Tod in Augsburg

Jan Hoffmann ist 1950 in Augsburg geboren und im Dorf Wengen in Bayerisch-Schwaben aufgewachsen. Nach einer Ausbildung als Journalist war er als Fotoreporter tätig und lebte eine Zeit lang in Italien und Schweden. Nach dem Ende seiner beruflichen Laufbahn befindet sich Hoffmann im literarischen Unruhestand. Er ist verheiratet und hat zwei Kinder.

JAN HOFFMANN

Tod in Augsburg

KRIMINALROMAN

emons:

Bibliografische Information der Deutschen Nationalbibliothek
Die Deutsche Nationalbibliothek verzeichnet diese Publikation in der Deutschen Nationalbibliografie; detaillierte bibliografische Daten sind im Internet über http://dnb.d-nb.de abrufbar.

MIX
Papier aus verantwortungsvollen Quellen
FSC® C083411

Umschlagmotiv: photocase.com/carline
Umschlaggestaltung: Tobias Doetsch
Gestaltung Innenteil: César Satz & Grafik GmbH, Köln
Druck und Bindung: CPI – Clausen & Bosse, Leck
Printed in Germany 2014
ISBN 978-3-95451-270-6
Originalausgabe

Dieser Roman wurde vermittelt durch Roman Hocke und die Autoren- und Verlagsagentur AVA international GmbH.
www.ava-international.de

Es gibt ein Leben nach dem Tod: das Aufleben der Erben.

Klaus Klages

PROLOG

Hans Meister hob den Kopf und horchte nach draußen. Der Wind zerrte an den Bäumen und wehte einzelne Blätter und kleine Äste über den Gehsteig und gegen die Fenster. Ein Auto hielt, die Autotür schlug zu.

Sie waren da. Er wusste es. Jetzt würde er sterben.

Die Hand ging zum Telefon auf seinem Schoß. Sie zitterte, aber nicht aus Angst. Er hatte vor nichts mehr Angst. Er drückte die Freitaste, suchte die Nummer und wählte sich ein. Das Rattern der Nummernsuche war zu hören, dann knackte es.

Es nutzte nichts mehr, Verbindungskabel durchzuschneiden oder die Buchse aus der Wand zu reißen. Die moderne Technik hatte ihn von alledem befreit. Er war von solchen Angriffen unabhängig geworden.

»Ja?«, meldete sich eine weibliche Stimme am anderen Ende.

»Hans Meister«, sagte er. Mit Befriedigung stellte er fest, dass seine Stimme fest und kräftig klang wie eh und je, nicht wie die eines Mittneunzigers.

»Womit darf ich dienen?«, fragte dieselbe weibliche Stimme etwas metallen.

»Ragnarök«, sagte er laut und deutlich in die Muschel.

Am anderen Ende der Leitung herrschte zunächst Stille. Hans Meister wartete geduldig. Alles hatte sich verändert in den letzten sechzig Jahren, doch diese Stille nach seinem Anruf war gleich geblieben.

In der Leitung knackte es erneut, dann meldete sich eine männliche Stimme. Sie war tief und ruhig und menschlich.

»Sie wünschen?«

»Hans Meister.«

»Notiert.«

»Ragnarök.«

»Notiert.«

»03187 E.«

»Notiert.«

Meister ließ seinem Gegenüber Zeit, seine Angaben zu überprüfen, dann fuhr er fort.

»Sie haben die Anweisungen für den Fall meines Ablebens erhalten?«

»Ja«, antwortet sein Gegenüber knapp.

In diesem Moment hörte er, wie sich der Schlüssel im Schloss der Haustür drehte.

»Sie treten ab morgen zehn Uhr in Kraft, wenn ich mich nicht vorher melde und sie widerrufe.«

»Bestätigen Sie bitte mit Ihrem persönlichen Aktivierungscode.«

Hans Meister nannte einen Namen. Dann drückte er auf die Unterbrechertaste. Es war geschafft. Sie würden ihn nicht mehr bekommen.

Im Flur rappelte es. Jemand stieß gegen den Schirmständer und warf ihn um. Er hörte einen unterdrückten Fluch. Sie hatten es nicht mehr nötig, leise zu sein.

Meister legte sein Telefon ab. Dann suchte seine Zunge zwischen den Zähnen die Plombe. Er drückte dagegen und schob sie aus der Fassung.

Als sich die Tür öffnete, biss er zu.

Er merkte noch, wie bitter das Zeug schmeckte und wie es ihm plötzlich die Luft abschnürte. Mandelgeruch stieg ihm in die Nase. Hans Meister hatte schon viele so sterben sehen und wusste, dass es ein elender Tod war, gegen den man sich lange wehrte. Aber er hatte noch nie erlebt, dass man einen hatte zurückholen können. Das war ihm eine Genugtuung.

Der Schmerz krümmte seinen gichtigen Körper und warf ihn vom Stuhl. Er fühlte noch, wie er mit der Schulter gegen den Tisch schlug. Ein rasendes Brennen höhlte ihn aus, ließ ihn sich krümmen. Seine Mundhöhle fühlte sich kurz an, als wäre sie rohes Fleisch.

»Herr Meister?«, hörte er die Frage durch die Tantaluslohe in seinem Inneren auf das ertaubende Gehör treffen. »Mein Gott, was haben Sie denn?«

Er sah nichts mehr, hörte nichts mehr, fühlte nichts mehr außer einer tiefen Befriedigung, die im Schmerz ertrank.

Sie hatten ihn nicht erwischt.

1

Ihre Hände waren schweißnass. Anne Karg musste sie an ihrer Hose trocken reiben, bevor sie die Klinke drückte. Sie hätte wegbleiben sollen.

»Sind Sie auch zum ersten Mal bei so einer Veranstaltung?«

Sie war so konzentriert gewesen, dass sie nicht gehört hatte, wie jemand von hinten an sie herangetreten war. Anne fuhr herum und konnte einen kleinen Schrei nicht unterdrücken.

»Oh, habe ich Sie erschreckt? Das wollte ich nicht.«

»So reagiere ich immer auf Männer«, blaffte sie in das Pickelgesicht des jungen Mannes, der sie angesprochen hatte. »Deshalb bin ich ja hier.«

Der Kerl war riesig. Sie musste den Kopf in den Nacken legen, wenn sie mit ihm sprechen wollte.

»Klar«, war alles, was der Junge sagte.

Er schob sich an ihr vorbei. Sie folgte ihm.

Der Saal hatte den Charme einer Bahnhofshalle und entsprach dem trostlosen Anblick der Homepage der Partnervermittlung im VHS-Netz. Er war kahl, bis auf einige Vorhänge an den beiden Fensterseiten, die man schon vor Jahren hätte waschen sollen.

In der Mitte des Raumes fristeten zehn Einzeltische mit je zwei einander gegenüberstehenden Stühlen ein trauriges Dasein. Sie sahen aus, als wären sie aus irgendeinem Klassenzimmer direkt hierhergeholt worden. Es fehlten nur die Schmierereien auf den Tischplatten. Von der Decke strahlte Neonlicht.

Auf der Bank zwischen den beiden Fensterfronten saß eine Anzahl Männer und Frauen mit dem Rücken zur Wand. Sie hatten alle einen gewissen Abstand zwischen sich und dem Nachbarn gelassen, als litten sie an irgendeiner ansteckenden Krankheit, und Anne fand das durchaus angebracht. Sie selbst war keine wirkliche Schönheit, obwohl sie sich durchaus attraktiv fand, wenn sie im Badezimmer vor dem Spiegel posierte. Im Gegensatz zu den Gestalten, die da vor ihr saßen, galt sie geradezu als Covergirl.

Oh Gott, dachte Anne. Sie hatte sich doch nicht in die Bewerberreihe für die nächste Geisterbahn gestellt. Da war ja das Pickelgesicht von eben der attraktivste Kerl, auch wenn der mit seinen ein Meter neunzig etwas zu groß geraten war für sie.

Ihr Blick blieb an jedem der Kandidaten hängen und hakte sie innerlich ab: zu dick, zu phlegmatisch, zu jung, zu hässlich … Anne konnte nur hoffen, dass sich noch attraktivere Gesellen hier einfanden. Ihr Instinkt riet ihr, sofort umzudrehen und die Flucht zu ergreifen.

»Sie sind …?«

Ein junger Mann Mitte dreißig stach auf Anne zu, packte sie an der Schulter und dirigierte sie zur Bank auf der anderen Seite des Saals. Er trug eine sauerkirschrote Hose, die den Augen wehtat.

Anne fand keine Zeit zu antworten, denn der Kerl plapperte ohne Punkt und Komma. Sie konnte sich nicht einmal auf das konzentrieren, was die rote Hose genau sagte. Offenbar erklärte er ihr, wie der Abend ablaufen sollte. Dann drückte er sie auf die Bank. Sie nahm gehorsam Platz, und er trollte sich.

Sie saß schweigend da, wagte nicht, den Blick nach rechts oder links zu wenden, aus Angst, das Pickelgesicht könnte sich wieder für sie interessieren. Sie wollte schließlich nichts heraufbeschwören.

Nach ihr betraten noch weitere Frauen und Männer den Raum. Keiner der Kerle traf ihren Geschmack. Innerlich stöhnte sie leise.

Schließlich trat die rote Hose vor die Gruppe und klatschte in die Hände.

»Also einen schönen Abend«, säuselte die Stimme. Sie klang wie mit hochgeschnürten Hoden erzeugt. »Ich bin der Theo. Ich komm jetzt zuerst einmal vorbei und kassiere den Beitrag für heute Abend. Dann zieht ihr euch eine Nummer: Frauen rosa, Männer blau, und begebt euch zu dem Tisch mit eurer Nummer. Bitte noch nicht hinsetzen. Ich gebe das Zeichen. Ihr habt jeder jeweils vier Minuten, euch zu erklären. Der Nachbar darf währenddessen nicht unterbrechen. Dann könnt ihr zwei Minuten frei quatschen. Nach zehn Minuten kommt der Gong. Die Männer stehen dann auf und gehen zum nächsten Tisch. Immer brav im Uhrzeigersinn. Die Frauen bleiben einfach sitzen. Für den Fall, dass ihr nicht wisst, was ihr sagen sollt, gibt es den Stichwortzettel, den ich euch schon zugesandt hatte, noch einmal auf jedem Platz als Gedächtnisstütze.

Haltet euch einfach an den. Und legt unauffällig eine Visitenkarte neben euch hin. Wenn es funkt, könnt ihr sie einfach rüberschieben, ohne dass es groß auffällt.«

Wieder überkam Anne das dringende Bedürfnis, aufzustehen und davonspringen zu müssen. Es war ein Fehler gewesen, sich einem Volkshochschulkurs anzuvertrauen. Sie hatte alles erwartet, aber keinen Theo. Allein dessen piepsige Stimme brachte sie schon in Rage.

Was für ein Wahnsinn? Sie zahlte fünfzig Euro dafür, in einer Art Bahnhofshalle einem Kerl gegenüberzusitzen und dessen Seelenschmerz anzuhören, während sie wahrscheinlich innerlich kotzen musste. Verstohlen musterte Anne die Männerriege. Sie vermutete, dass einige der Kerle nicht nur mit belasteter Seele herumliefen, sondern auch sonst unter Druck standen. Die Art Typen hätte sie in jeder Bar aufgabeln können.

Herrgott, sie hätte einfach zu Hause bleiben und sich vor den Fernseher schmeißen sollen. Eine Tüte Pommes und ein Burger hätten es auch getan. Wie konnte sie nur glauben, auf diesem Weg einen Mann fürs Leben zu finden? War sie denn bescheuert?

Ein Gong holte sie aus ihrer Lethargie. Sie fand sich vor ihrem Tisch, ihr gegenüber stand das Pickelgesicht, dem sie beim Eintreten schon begegnet war. Sie hob den Kopf.

»Hi«, begann der junge Kerl.

»Hallo.«

»Ich bin der Tobias.«

Erwartungsvoll sah er sie an.

Anne konnte nicht antworten. Sie stand da wie erstarrt. Was für ein Glück, dachte sie. Wieder eine Arschkarte gezogen. Verflucht, ich bin zu alt für dich – und zu klein. Sie stöhnte innerlich.

»Wollen Sie mir nicht Ihren Namen … ich denke, das gehört sich so.«

Anne konnte nur nicken. Der Abend war ohnehin im Eimer, also konnte sie ebenso gut mitspielen. Sie hasste sich dafür, nicht Frau genug zu sein, den Raum zu verlassen.

»Setzen wir uns doch«, schlug das Pickelgesicht vor.

»Ich bin die Anne. Ich bin von Beruf Juristin und arbeite für einen Notar. Ich bin zweiunddreißig Jahre alt.« Sie ratterte ihre persönlichen Daten herunter. Deren Basis bildete der Stichwortzettel von Theo vor ihr auf dem Tisch, anhand dessen sie ihre Rede zu Hause vorbereitet hatte. Dabei bemühte sie sich, ihre Visitenkarte mit der linken Hand zu bedecken. Pickelgesicht Tobias knetete umständlich seine Hände, dann lächelt er sie an, und in dem Moment glaubte Anne zu wissen, dass der Kerl nicht wusste, wie eine Frau unter ihrer Wäsche aussah. Jedenfalls nicht in Natur. Vermutlich hatte der noch nicht einmal sein Abitur hinter sich. So rutschte ihr bei dem einminütigen freien Gespräch unabsichtlich der Satz heraus. »Ich glaube, ich bin zu alt für dich!«

Doch Pickelgesicht Tobias überraschte sie, als er seine Version des Lebens aufdeckte. Er war ein Jahr älter als sie, Historiker, und Anne fragte sich, was in dieser Welt ihn daran gehindert hatte, auch äußerlich erwachsen zu werden.

Anne war verblüfft und wie paralysiert. Sie wollte nicht glauben, dass sie jünger war als dieser Milchbubi ihr gegenüber. So hörte sie die Glocke gar nicht, die nach zehn Minuten die Sitzung beendete, und war völlig konsterniert, als Pickeltobi aufstand und ihr seine Flosse hinhielt.

»Man sieht sich immer zweimal im Leben«, sagte er lakonisch, stand auf und setzte sich einen Stuhl weiter.

Sie hatte sich noch kaum erholt, als der nächste Kerl an ihren Tisch trat und sich vorstellte.

»Hallo, ich bin der Wolfgang.«

Dieser Wolfgang war ein durchaus attraktiver Mann. Wo kam der plötzlich her? Sie blickte nach links und rechts und kam zu dem Schluss, dass sie tatsächlich bei ihrer ersten Durchsicht den attraktivsten Mann des ganzen Saales übersehen hatte. Sofort waren ihre finanziellen Aufwendungen vergessen. Der Fuffi war gut investiert gewesen. Ab jetzt rechnete sie ihn zu den Werbungskosten. Anne stand auf.

»Hallo, ich heiße Anne.« Sie grinste verlegen.

»Hallo!«, begann ihr Gegenüber noch einmal. Sie standen beide etwas verlegen da.

Sie maßen sich gegenseitig mit dem Drei-Sekunden-Blick, der über Sympathie oder Antipathie entschied. Seine grauen Augen glitten über Lippen, Brüste und ihren Bauch hinweg und kehrten zu ihrem Gesicht zurück. Dann erst streckte er ihr die Hand hin.

Dieser Wolfgang war ein smarter Typ mit lockigem Haar, das allerdings auf der Stirn bereits lichter zu werden begann. Seine Nase überzogen feine rote Äderchen, was auf einen gesunden Weinkonsum schließen ließ. Sein Oberkörper wirkte etwas zu muskulös, und seine Finger waren fleischiger, als sie es mochte. Vermutlich waren sie feucht. Seine Hand war ungewöhnlich groß. Ihre verlor sich darin beinahe. Doch sein fester, trockener Händedruck überraschte sie. Annes Lächeln wurde breiter. Er antwortete in gleicher Weise. Dieser Wolfgang war zumindest einer zum Austesten.

Sie setzten sich einander gegenüber – ein wenig ungeschickt, ein wenig scheu, doch das Zeitlimit war gnadenlos.

»Sie sind dran, auch wenn es unhöflich ist«, ermunterte Wolfgang sie.

Ich darf mich nicht mit Nebensächlichkeiten aufhalten, disziplinierte sich Anne. Sie steckte sich ein professionelles Lächeln auf und begann ihren auswendig gelernten Gesprächsteil herunterzuspulen.

»Ich bin zweiunddreißig Jahre alt, ledig, noch ohne Kinder, arbeite selbstständig, bin interessiert an Kultur, vor allem an Literatur und Musik, mache regelmäßig Sport, jogge und reise gern. Ich spreche neben …«

»Du willst Kinder?«, unterbrach Wolfgang ihren Redefluss, obwohl das so nicht vorgesehen war.

Annes Lächeln gefror. »Habe ich das gesagt?«

»Du hast gesagt … ›noch keine Kinder‹ … daraus schließe ich, dass du irgendwann welche haben willst.«

»Ja, nun«, stotterte Anne. »Als Frau kann man das ja nicht immer ausschließen, oder?«

»Also … das ist ein Risiko für mich«, sagte Wolfgang unumwunden. »Und ausschließen kann man das sehr wohl. Mit den heutigen Möglichkeiten.«

Anne zuckte überrascht mit den Augenlidern. »Ein Risiko? Frauen, die Kinder bekommen können, sind ein – Risiko?«

»Die Kids nerven und Frauen, die Kids wollen, nerven noch

mehr. Hey, jetzt schau nicht so. Das Leben kann sexy sein. Wir sind noch jung, wir sollten zusammen Spaß haben. Keine Kinder. Kinder sind eindeutig eine Spaßbremse.«

Wolfgangs Pranke langte zu ihr herüber, und Anne war verblüfft genug, ihre Hand nicht wegzuziehen. Seine Augen wanderten zu ihrem Ausschnitt und blieben dort haften.

»Also Spaß, ja? Kinder und Familie nerven, ja? Die gehören bei mir aber dazu. Und jetzt lassen Sie bitte meine Hand los.« Anne betonte das »Sie« deutlich.

Wolfgang zuckte mit den Schultern. »Sorry, Mädchen. Kinder? Nicht mit mir. Aber wenn du mit mir ficken willst, melde dich.« Er schob ihr wie nebenbei sein Kärtchen zu. »Du bist wirklich eine scharfe Tussi.«

Anne blieb der Mund offen stehen. Wo war sie denn hier gelandet? In der Fleischhalle?

Sie stand so schnell auf, dass der Stuhl polternd umfiel, dann stürmte sie zur Tür. Sie hatte genug von diesem Spiel.

Sie hörte Theo einen schrillen Schrei ausstoßen und in seinen roten Hosen hinter ihr hergaloppieren, doch da war sie schon durch die Tür und auf der Straße draußen.

Sie hatte das nicht nötig, sagte sie sich ständig vor, als wäre es ein Mantra. Sie hatte das nicht nötig!

2

»Frau Karg, schön, dass Sie heute am Montag so schnell kommen konnten. Nehmen Sie Platz.«

Dr. Fritsch umrundete seinen Schreibtisch und schob ihr den Stuhl unter. Anne mochte die altmodische Höflichkeit des Notars.

»Was haben Sie für mich?«

Der Notar räusperte sich, zog zwei Umschläge aus der Schublade und legte sie vor sich hin.

»Ich muss Sie vorher wie immer darauf hinweisen, dass Sie zur Verschwiegenheit verpflichtet sind, Frau Karg.«

»Natürlich.«

Wieder räusperte er sich.

»Also, das ist insgesamt etwas ungewöhnlich, aber interessant. Ich bin gestern vom Tod eines Klienten informiert worden. Allerdings erst nach seiner Beisetzung. Er hatte für diesen Fall …«

»Entschuldigen Sie, Herr Dr. Fritsch. Ist der Name Ihres Klienten geheim?«

Anne unterlegte ihre Frage und die Unterbrechung mit einem gewinnenden Lächeln.

»Äh, nein, natürlich nicht. Verzeihen Sie.« Wieder räusperte er sich. »Also, Hans Meister, mein Klient, hat diesbezüglich genaue Anweisungen getroffen. Das Testament besitzt zwei Teile. Der eine Teil muss nach seinem Tod sofort von mir geöffnet werden, was ich gestern getan habe, der andere Teil darf erst nach einem Jahr geöffnet werden, wenn kein Erbe gefunden wird.«

Der Notar machte eine theatralische Pause und sah sie an.

»Haben Sie eine Ahnung, was im zweiten Testamentsteil steht?«

»Nein. Und wenn …«

»… dürften Sie es mir nicht sagen. Ich weiß.«

Anne konnte in seiner Miene lesen wie in einem Buch. Er war einerseits besorgt, andererseits erfreut. Worüber, würde sie gleich erfahren.

»Hans Meister hat Sie, Frau Karg, postum persönlich beauftragt, seine letzte Verwandte aufzuspüren.«

»Mich?«

»Namentlich.«

»Aber ich kenne keinen Hans Meister«, entfuhr es ihr. Sie begann, im Gedächtnis die Namen aller Männer durchzublättern, denen sie im Laufe ihres Lebens begegnet war. Ein Hans Meister war nicht darunter.

»Würde mich auch wundern. Er war fast zweiundneunzig Jahre alt. Aber er kannte offenbar Sie. Und er hält von Ihnen auch einiges. Der erste Teil des Testaments bestimmt eine nicht unbeträchtliche Summe, die Sie für Spesen ausgeben können.«

Ungläubig starrte sie den Notar an.

»Heißt das, ich bin nicht auf Ihr bescheidenes, aber doch unzureichendes Honorar angewiesen?«

Dr. Fritsch zuckte nicht mit der Wimper wegen der kleinen Stichelei, sondern nickte nur.

»Das investiere ich dafür in jemanden, der Ihnen zur Seite stehen wird.«

Anne hob eine Augenbraue. »Sie geben mir einen Partner?«

»Mir erscheint diese Maßnahme notwendig.«

Er schob ihr den ersten Umschlag über den Schreibtisch zu. Anne öffnete ihn. Er enthielt eine Adresse und einen Wohnungsschlüssel. Die üblichen Utensilien für ihre Recherchen. Außerdem ein Geldbündel über mindestens fünftausend Euro. Sie pfiff leise durch die Zähne.

»Ein Vorschuss. Wenn Sie mehr brauchen … Ihr Partner bekommt seine Spesen von mir.«

»Herr Dr. Fritsch! Ich brauche keinen Partner«, sagte Anne bestimmt. Sie wollte ihn überzeugen. Einen Versuch war es wert.

Dr. Fritsch ignorierte ihren Versuch, indem er einfach nicht darauf einging.

Resigniert fragte sie nach: »Wie heißt er? Was ist er von Beruf?«

Dr. Fritsch räusperte sich und strich sich das graue Haar aus der Stirn. Obwohl er eine altmodische Höflichkeit pflegte, war er in anderen Dingen eher unkonventionell. Sein offenbar schon früh ergrautes Haar trug er nach hinten gekämmt. Es hätte vor sechs Wochen bereits eines Friseurs bedurft, doch Dr. Fritschs unerklärliche Abneigung gegen diesen Berufsstand ließen ihm die glatten Schnittlauchlocken links und rechts wie Hörner ins Gesicht fallen.

Der Notar beugte sich zur Seite und drückte die Wahltaste seines Telefons.

»Elsa, schicken Sie mir doch den jungen Mann herein.«

Für eine kurze Zeit saßen sie sich stumm gegenüber. Anne musterte den Notar, der auf sie immer wirkte, als wäre er ihr Vater, und sich manchmal auch so verhielt. Dennoch konnte sie nicht klagen. Die Arbeit, die er ihr verschaffte, war interessant und vielseitig, genau das, was sie sich gewünscht hatte, als sie damals ihr Jurastudium begonnen hatte.

Es klopfte. Ein Kopf erschien in der Tür. Anne sah über die Schulter zurück und traute ihren Augen nicht.

Ein etwas linkischer, jugendlicher Schlacks betrat den Besprechungsraum: Pickelgesicht Tobias. Er wirkte noch größer als Samstagabend. Regelrecht riesig. Sie registrierte erst jetzt sein dunkelblondes Haar und die braunen Augen. Dabei war er blass, als hätte er die letzten Jahre im Keller verbracht.

Er ging auf Anne zu und streckte seine Hand aus. Dabei grinste er übers ganze Gesicht. Er hatte sie sofort erkannt.

»Elder«, sagte er.

Anne konnte nicht anders. Sie musste lachen. »Wie bitte? Älter? Müssen Sie das betonen?«

»Tobias Elder«, wiederholte Dr. Fritsch an Stelle des jungen Mannes. »Elder mit ›E‹. Historiker. Übrigens mit einem hervorragenden Abschluss.«

Anne wäre beinahe ein »Ich weiß« herausgerutscht. So stöhnte sie nur leise. »Muss es der sein?«

Nach ihrem gestrigen Desaster bei der Partnervermittlung war sie nicht scharf darauf, gerade diesen Milchbubi um sich zu haben. Dieser Tobias Elder sah so mausgrau aus, dass er mit der Tapete hätte verschmelzen können, wenn er nur stillgehalten und etwas gegen seine Pickel getan hätte. Außerdem verband sie eine gemeinsame Erinnerung, die sie am liebsten ganz verdrängt hätte.

Dr. Fritsch hob eine Augenbraue. »Das gehört zum Deal, oder ich gebe den Fall an jemand anderen ab. Hans Meister hat dafür Anweisungen gegeben.«

»Wie lauten die Bedingungen?« Anne stöhnte innerlich bei dem Gedanken, mit diesem Elder durch die Gegend ziehen zu müssen.

Der Notar schob ihr einen gefalteten Bogen Papier über den Tisch, den Anne aufnahm. Er enthielt den Vertrag und einen weiteren Betrag als Scheck. Anne blieb die Luft weg, als sie den Betrag sah.

»Alter Schwede«, murmelte sie. »Das ist …«

»Sie können ablehnen!«, sagte Dr. Fritsch mit einem süffisanten Lächeln.

Anne blies die Backen auf. Fünftausend die Woche, dazu Spesen in dreifacher Höhe des Grundsatzes sowie ein Mietwagen waren das beste Angebot, das sie je bekommen hatte.

»Wer bezahlt das?«, entfuhr es ihr.

»Der Tote. Ist so festgelegt. Ein Sperrkonto ist eingerichtet. Befristung auf ein Jahr.« Dr. Fritsch räusperte sich. »Sie können sich also Zeit lassen. Werden Sie früher fertig, wird Ihnen das restliche Geld ausbezahlt. Zusammen mit einem Bonus.«

»Wow«, sagte Anne tonlos. Was für ein Spinner, dachte sie.

»Ihr Adlatus, ich meine Herrn Elder, ist Pflicht, sonst tritt der Vertrag nicht in Kraft.«

Als Anne den Mund verzog, weil sie etwas einwenden wollte, hob der Notar nur die Hand.

»Steht so in den Papieren. Seite vier unten.«

Dann eben mit Adlatus, dachte sie. Bei dem Preis nahm sie auch den in Kauf.

»Er darf nur nicht stören«, sagte sie und blickte zu Elder hinüber.

Mein Gott, der ist so unscheinbar. Gestern wäre mir nicht einmal aufgefallen, dass er mir gegenübersitzt, wenn er nicht so riesig gewesen wäre.

Spontan beugte sie sich zu ihrem »Partner« hinüber und säuselte: »Also wenn Sie auf der Straße neben mir gehen wollen, da müssen Sie sich schon etwas bunter kleiden, sonst kann es sein, dass ich Sie nicht vom Pflaster unterscheiden kann.«

»Wenn Sie mir dagegen versprechen, ein wenig Rouge und Make-up aufzulegen und einen Rock zu tragen«, kam es sofort zurück.

Verblüfft sah sie Elder ins Gesicht.

Der lächelte schmallippig, und seine Krähenfüßchen um die Augen hatten sich zu einem Spinnennetz aus Fältchen verzogen.

»Ich mag keine Frauen in Anzughosen.«

»Sie können Ihre gegenseitigen Animositäten draußen austragen. Frau Karg, ich nehme an, dass Sie damit andeuten wollen, dass Sie den Fall übernehmen.«

»Ja«, sagte Anne, ohne den Blick des Adlatus loszulassen.

»Dann unterschreiben Sie hier für den ersten Vorschuss und den Vertrag.«

Dr. Fritsch schob ihr einen Stapel Papier hin, blätterte dann auf die letzte Seite und machte mit seinem Kugelschreiber ein Kreuz an der Stelle, an der sie unterschreiben sollte. Er machte immer ein Kreuz, wie ein Versicherungsvertreter, und sie hasste ihn für diese Bevormundung. Als wenn sie nicht selber in der Lage wäre, die richtige Stelle für ihre Unterschrift zu finden. Gerade aus Trotz setzte sie dort, wo der Name stehen sollte, das Datum und erst darunter ihren Namen ein. Dr. Fritsch nahm die Papiere mit der Unterschrift kommentarlos an sich, löschte die Tinte mit einem Löschblattstempel und schob ihr einen weiteren geschlossenen Umschlag sowie einen Autoschlüssel zu.

»Hier die Adresse, bei der Sie beginnen sollen. Das Auto steht unten auf meinem Parkplatz. Mir wäre es recht, wenn Sie es baldmöglichst wegfahren könnten.« Dr. Fritsch räusperte sich. »Sie haben doch einen Führerschein?«

Sie nahm alles an sich, öffnete wortlos den ersten Umschlag, der eine Adresse und einen Haustürschlüssel enthielt, ließ den Notar ohne eine Antwort stehen und verließ das Büro.

»Passen Sie mir auf das Mädchen auf«, rief Dr. Fritsch ihrem Adlatus nach, der sofort aufgesprungen und ihr gefolgt war.

Anne hatte die Bemerkung gehört.

Ich bin kein Mädchen!, zischte Anne innerlich, dann hopste sie, die Schlüssel in die Luft werfend, den Flur entlang zum Treppenhaus, Tobias Elder wie ein Krabbenkutter sein Fangnetz hinter sich herziehend.

3

Auf dem Parkplatz stand ein spritziger BMW der 3er-Klasse. Sogar in Rot, ihrer Lieblingsfarbe, mit schwarzen Lederbezügen. Sie nickte nur, als sei das selbstverständlich, und stieg ein. Tobias Elder spurtete um den Wagen herum, um mit ihr Schritt zu halten. Er hatte die Tür noch nicht ganz geschlossen, als Anne den Wagen startete und anrollen ließ.

»Folgende Verhaltensmaßregeln sollten Sie sich merken, mein Junge!«, sagte Anne an ihren neuen Partner gewandt. »Regel eins: Sprechen Sie mich morgens immer erst nach der zweiten Tasse Kaffee an. Ich bin ein Morgenmuffel, der erst nach neun Uhr in Fahrt kommt. Regel zwei: kein Wort über Kleidung oder Make-up. Regel drei: kein Wort über Männer oder den letzten Abend. Haben Sie das verstanden?«

Elder hatte Mühe sich anzuschnallen, während sie auf die Hauptstraße hinausschoss. Für seine Körperlänge war ein BMW eindeutig zu klein.

»Ja«, lautete seine kurze Bestätigung. Dann atmete er kurz durch. »Ich hoffe, Sie ermitteln nicht so, wie Sie Auto fahren.«

»Wie …?« Verblüfft sah sie kurz zu ihm hinüber, doch in seinem Gesicht konnte sie keinen Spott lesen. Er suchte nur krampfhaft nach einem Haltegriff. »Schneller. Ich ermittle schneller«, zischte sie. »Ich habe noch jeden verschollenen Verwandten gefunden.«

»Ich meine nicht Ihre Schnelligkeit. Schließlich zahle ich die Verwarnungen nicht. Ich meine Ihr ruckartiges Kuppeln und Gasgeben …«

»Nächste Regel. Nummer vier«, zischte Anne. »Kein Wort über meine Fahrkünste, sonst laufen Sie nebenher.«

Die nächsten Minuten saßen sie schweigend nebeneinander. Sie war wütend, dass dieser riesige milchgesichtige Kerl in seinem unscheinbaren Outfit ihr auf den Kopf zusagte, was sie falsch machte. Anne musste nämlich zugeben, dass sie Schwierigkeiten mit den Pferdestärken unter der Haube hatte. Der Wagen reagierte schneller und empfindlicher als alles, was sie bislang an Autos gefahren hatte. Und er ruckelte, wenn sie kuppelte.

Doch bis in die Lange Gasse musste Elder das jetzt aushalten.

Keine zehn Minuten später hielt sie mit quietschenden Reifen vor einem ockergelben Haus, das sicherlich aus dem 16. Jahrhundert stammte. Es duckte sich zwischen zwei Neubauten und wirkte seltsam schief. Es war jedoch renoviert und machte den Eindruck, als hätte der Bauherr gutes Geld investiert, um den Originalzustand möglichst getreu wiederherzustellen.

Die Tür zum Haus befand sich genau in der Mitte des Gebäudes und führte direkt in den Verkaufsraum der Firma »KLAVIERBAU XAVER«, wie deutlich auf einem Schild über der Tür zu lesen stand.

Anne verglich die Adresse an der Hausmauer mit der im Umschlag. Sie war richtig. Unschlüssig, ob sie in den Verkaufsraum gehen sollte oder nicht, zögerte sie etwas.

»Hier hat er gewohnt.«

Elder war ebenfalls ausgestiegen. Er stand links neben der Fassade und winkte ihr. Zwischen dem Haus und dem Nachbargebäude gab es eine schmale Zufahrt. Als Anne zu ihm trat, sah sie, dass ein Teil des Durchgangs von einer Treppe aus Metall ausgefüllt wurde, die in den ersten Stock hinaufführte.

»Fixer Junge«, murmelte sie.

Die Treppe war wie ein Käfig gestaltet und von einer Gittertür verschlossen. Anne steckte den beiliegenden Schlüssel ins Schloss. Es ließ sich problemlos öffnen.

»Litt dieser Hans Meister unter Verfolgungswahn?«

Die gesamte Eisenkonstruktion begann unter ihrem Gewicht zu vibrieren, als sie hinaufstiegen. Schließlich standen sie vor der eigentlichen Wohnungstür. Auch hier sperrte der Schlüssel. Anne spürte ein vages Kribbeln im Bauch: die Anspannung, die den Beginn eines jeden ihrer Fälle begleitete.

»Regel fünf: Niemand betritt eine Wohnung, ohne dass ich sie zuvor vom Eingang her lang und breit betrachten durfte«, zischte sie Elder zu, bevor sie die Tür öffnete.

Anne ließ die Tür nach innen aufschwingen, blieb jedoch auf der Schwelle stehen. Neugierig betrachtete sie den Flur. Eingangsbereiche einer Wohnung verrieten viel über deren Besitzer. Doch diesmal wirkte die Diele wie der antiseptische Vorraum eines Krankenhaus-OPs. Wie lange war der Alte tot? Zehn Tage – und im Flur hing kein Spinnennetz, nicht einmal eine tote Fliege lag herum. Als wäre der Innenraum eben erst gereinigt worden.

Schon der Geruch kam ihr merkwürdig vor, doch sie konnte ihn nicht richtig zuordnen. Vertraut und doch fremd.

Anne fühlte sich sofort als Eindringling. An der Garderobe hingen weder Mantel noch Schirm. Die Hutablage war leer. Es standen keine Schuhe im offenen Schuhschrank, keine Handschuhe lagen auf der Ablage. Die Fliesen im Eingangsbereich glänzten gebohnert, und der Teppichboden, der daran anschloss, wies keinerlei Abnutzung auf, wie ihn tägliche Wege zwangsläufig verursachten. Es war, als hätte ihn niemals jemand betreten.

Das Gefühl, in die Verkaufsabteilung eines Möbelhauses zu blicken, überkam sie, so steril wirkte alles. Als wäre es inszeniert.

Elder, der ihr über die Schultern sah, brachte ihre Empfindung auf den Punkt.

»Konnte der Kerl fliegen? Nicht einmal Trittspuren auf dem Teppich. Das sieht ja toter aus als der, den sie da rausgetragen haben.«

»Wenn sie ihn hier herausgetragen haben, Sie Witzbold«, knurrte sie. »Will uns der Kerl auf den Arm nehmen?«

»Meinen Sie ihn oder mich?«, fragte Elder nach, wieder ohne eine Miene zu verziehen.

»Kommen Sie. Entweder dieser Meister war ein Pedant, wie ich ihn noch nie gesehen habe …«

»Wir!«, sagte Elder.

»Wir was?«, fragte Anne überrascht.

»Wie wir ihn noch nie gesehen haben …«, korrigierte sie Elder nebenbei. »Regel sechs: Wir sind ein Team!«

Anne blieb verblüfft stehen und drehte sich zu Tobias Elder um, doch der ging schnurstracks an ihr vorbei auf das Wohnzimmer zu.

»Halt, verd… bleiben Sie gefälligst stehen!«

Elder streckte seine rechte Hand nach oben, um ihr zu zeigen, dass es ihm gelungen war, Latexhandschuhe überzuziehen. Dann öffnete er die Tür zum Wohnzimmer und ließ sie aufschwingen. »Ich weiß, ich weiß, Regel fünf!«

Anne war so überrascht, dass sie ihm nicht einmal böse sein konnte, vor allem deshalb nicht, weil er keinen Millimeter weiterging. Sie musste schmunzeln, wie sie ihn da so stehen sah, etwas gebückt wegen seiner Größe und abwartend.

»Nach Ihnen, damit wir heute noch fertig werden«, sagte er in seiner völlig emotionslosen Art und deutete in den Raum.

Hier trafen sie auf das gleiche Bild. Das Wohnzimmer war extrem sauber und aufgeräumt, als hätte jemand die Möbel hineingestellt, die Wohnung abgeschlossen und die Räume nie wieder betreten – und doch jede Woche Staub gewischt und gesaugt.

»Das gibt's doch nicht«, entfuhr es Anne.

»Gibt es doch«, sagte Elder, der über ihre Schulter hinweg in den Raum blickte. »Liegt direkt vor unserer Nase.«

Anne langte in ihre Handtasche und holte den Umschlag heraus, den ihr der Notar überreicht hatte. Sie überprüfte die Adresse. Sie stimmte.

»Irgendwas ist hier faul«, sagte Anne.

Elder schnüffelte in der Luft. »Ich rieche nichts.«

Anne verdrehte die Augen und betrat das Wohnzimmer: Couchgarnitur, ein halbhoher Tisch, ein Sessel, ein Fernsehapparat, ihnen gegenüber ein Wandschrank mit Bücherregalen, in denen ganz wenige Bücher standen. Nirgends irgendwelcher Nippes außer einigen alten Fotografien, alle schwarz-weiß. An der Wand hing ein altes Ölgemälde, das einen Sturzflug zeigte, gemalt aus der Kanzel eines Flugzeuges.

Elder folgte ihr und ging schnurstracks auf das Bild zu.

»Ein komischer Heiliger. Das ist der Angriff eines Stuka auf eine … eine … Armeeeinheit. Ist schwer zu erkennen. Der Firnis ist total vergilbt. Wer sich so was an die Wand hängt?«

»Der Besitzer war über neunzig. Gut möglich, dass er im Zweiten Weltkrieg Pilot gewesen ist.«

Anne schritt die Regalwand ab und betrachtete die fünf gerahmten Fotografien, die über die Regale verteilt waren. Sie zeigten einen Mann in allen möglichen Posen, mit und ohne Anzug. Auf keinem der Bilder war der Mann jünger als sechzig Jahre.

»Der hatte vorher kein Leben …«, murmelte sie.

»… oder keinen Fotoapparat!«, ergänzte Elder nüchtern.

Schlafzimmer und Küche boten das gleiche Bild.

»Womit beginnen wir?«

Anne nickte. Sie hatten Arbeit vor sich.

»Zuerst das Schlafzimmer, dann die Küche und den Flur, als Letztes das Wohnzimmer. Alle Schubladen öffnen und ganz herausziehen, alle Schränke von der Wand rücken und nachsehen, ob auf deren Rück- oder Unterseite etwas angeklebt ist, ob es Hohlräume gibt, ob irgendwelche Gefäße wie Blumenvasen oder Schirmständer Schlüssel, Geld oder Briefe enthalten. Wir sehen hinter alle Bilder und nehmen sie aus dem Rahmen. Uns interessiert einfach alles«, spulte sie mechanisch herunter, während sie damit begann, das Nachtkästchen zu untersuchen. Sie setzte sich dabei aufs Bett und musste sich eingestehen, noch nicht einmal entscheiden zu können, auf welcher Seite dieser Hans Meister in dem Doppelbett gelegen haben mochte.

Das Nachtkästchen enthielt nichts. Sie hob die Matratze, zog das Laken ab, öffnete den Schrank, der keinerlei Wäsche oder Kleidung enthielt, und nach fünf Minuten sahen sich beide ratlos an.

»Hier hat tatsächlich niemand gewohnt«, brachte Elder es auf den Punkt.

»Kein Laken im Schrank, keine Bettwäsche, keine Unterwäsche, … nichts!«

Anne zuckte mit den Schultern. Vielleicht hatte man schon alles weggeräumt, der Sozialstation vorbeigebracht oder in einen blauen Sack gestopft. Aber wer sollte das getan haben? Hans Meister war tot und hatte keine Verwandten zurückgelassen, von denen er oder die von ihm wussten. Sonst wäre sie überflüssig gewesen.

»Ist Ihnen das schon einmal untergekommen?«

Anne schüttelte den Kopf und steuerte die Küche an.

Diese sah belebter aus. Im Kühlschrank gammelte ein Tetrapak offene Milch und verbreitete einen säuerlichen Geruch, und bei einem Stück Käse hatte der Schimmel die Oberhand gewonnen. Weiter fand sich nichts darin. Das Brot war steinhart getrocknet, und ein Toastbrot in seiner Plastikverpackung war blau verschimmelt, aber bereits so trocken, dass sich Sporen gebildet hatten und staubten, als sie die Plastikpackung anhob. Im Wandkasten zum Fenster hin wurde sie erstmals fündig.

»Eine Sammlung Rechnungen«, sagte sie und legte sie auf den Küchentresen. Dann hielt sie inne. Aus einer Porzellandose, in der auch zwei kleine Batterien lagen, fischte sie ein Bild, kaum größer als ein Passfoto, schwarz-weiß, mit einer Bleistiftnotiz auf der Rückseite. Es zeigt ein kleines Mädchen, kaum fünf Jahre alt, an der Hand einer Frau. Daneben stand ein älterer Herr, vielleicht der Großvater. Er hielt ein Dreirad aus Holz in der Hand. Eines der Holzräder war mit Holzleim gerichtet worden. Man sah noch die Bruchspur quer über das Rad laufen. Es war bunt bemalt, obwohl die Fotografie nur aus Grautönen bestand.

Sie spürte, wie Elder neben sie trat. »Was haben Sie gefunden?«

»Das Bild hier. Es ist … es sieht aus, wie ein Bild, das meine Mutter … ich meine, wir haben zu Hause auch solche Fotografien.« Sie drehte das Bild um, versuchte die Schrift zu entziffern. An der Uni hatten sie Paläografie studieren müssen, Schriftenkunde. Sie erkannte die Schriftart sofort. Es war eine Sütterlin-Handschrift mit einem verquasten, großgeschriebenen H, aber sie konnte sie problemlos lesen.

»Was steht da?«, fragte Elder und griff nach dem Bild, doch sie entzog es ihm.

»Ein Name. Könnte die gesuchte Verwandte sein. Hiltrud, fünf Jahre alt, August 1965. Die ist 1960 geboren worden – und lebt wahrscheinlich noch. Einundfünfzig Jahre alt. Eine mögliche Kandidatin. Vielleicht die Enkelin.« Sie hielt kurz inne und sagte dann. »Mein Gott. Wer nennt sein Kind schon Hiltrud?«

Sie drehte das Bild erneut um und betrachtete lange das Dreirad. Das Dreirad … Es gab sicherlich Tausende von Dreirädern mit gebrochenen Holzrädern, die man mit Holzleim geflickt hatte. Sie holte eine Plastikhülle aus ihrer Handtasche und tütete das Foto ein.

»Wir suchen im Wohnzimmer weiter«, bestimmte sie, um ihre kurze Unsicherheit zu überspielen.

Sie räusperte sich und ließ Elder stehen. Sie spürte seinen fragenden Blick im Rücken.

Sie legte das eingetütete Bild auf den Wohnzimmertisch und machte sich mit Elan weiter an die Arbeit. Die Schränke waren leer, bis auf einige Gläser. In der Bar stand eine einzige, halb volle Kornflasche. Als sie sich bückte, um eine Schublade des Bodenschranks zu öffnen, stutzte sie. Alle Türen waren bislang gut zu öffnen gewesen, diese hier sperrte sich.

»Herr Elder, helfen Sie mir doch bitte«, sagte sie. Sie war noch förmlicher geworden, spürte eine eigenartige Kühle in ihrer Stimme. Am liebsten wäre sie jetzt allein gewesen. Es störte sie, dass Dr. Fritsch ihr einen Helfer mitgegeben hatte, der in ihren Augen eher ein Aufpasser war.

Elder kniete sich vor den Unterschrank. Sie machte ihm gerne Platz. Er prüfte, ob sich Schlösser oder sonstige Sperren finden ließen, öffnete die Schübe links und rechts davon, die allesamt leer waren. Suchte unter der Schranktür nach einer Entriegelung, fand aber nichts. Die Tür war massiv – und wenn man sich das Regalsystem genau betrachtete, schien diese Tür nachträglich angefertigt und eingefügt worden zu sein.

»Ich will den Schrank nicht zerstören«, sagte Anne und setzte sich aufs Sofa. Beinahe automatisch suchten ihre Hände in den Ritzen des Sofas nach. Eine Bewegung, die ihr zur Gewohnheit geworden war. Tatsächlich erspürte sie eine Art Stift und popelte ihn hervor.

»Was ist das?«, fragte Elder.

Anne zuckte mit den Schultern. »Was weiß ich? Hat in der Sofaritze gesteckt.«

Sie betrachtete das Teil. Ein langer, breiter metallener Bügel, der am einen Ende rund gebogen war, am anderen einen Haken besaß.

»Partyspieß?«, fragte Elder.

»Oder etwas anderes«, sagte Anne. Sie schob ihren Ringfinger in die Öse, besah sich die Tür des Unterschranks und sah die schmale Ritze zwischen Ablage und Tür. So groß, dass man den Bügel hindurchstecken konnte.

Einer Eingebung folgend schob sie den Bügel hinein und suchte mit dem Haken links und rechts hin- und herfahrend nach einem Widerstand. Sie fand ihn schließlich, hakte ein und zog. Nichts geschah. Anne war enttäuscht, bis ihr einfiel, dass man nicht nur ziehen, sondern auch schieben konnte. Mit einem Ruck schob sie den Widerstand nach hinten. Es klackte leise, und die Rollschublade ließ sich problemlos öffnen.

»Wer sagt es denn?«, murmelte sie. »Auch ohne einen Adlatus gelöst!«

Der Spott galt Elder, der jedoch nicht reagierte.

Langsam öffnete sie den Schub ganz. Sie zitterte vor innerer Erregung.

»Himmel hilf!«, entfuhr es Elder, als er den Inhalt sah.

»Arbeit«, knurrte Anne.

Die Schublade enthielt, ganz im Gegensatz zu der penibel aufgeräumten und gesäuberten Wohnung, ein Durcheinander von Bildern, Briefen und Dokumenten, als hätte man all das eilig dort hineingekippt.

»Das passt doch alles nicht zusammen, Elder«, murmelte Anne. »Das passt alles irgendwie nicht zusammen.«

4

»Lassen Sie uns schauen, was wir da haben.«

»Ein Ordnungsfanatiker ist er nicht gerade gewesen, dieser Hans Meister«, maulte Tobias Elder.

Anne betrachtete die drei Stapel auf dem Küchentisch. Links lagen persönliche Dokumente und Urkunden, in der Mitte Briefe an Hans Meister und die Familie, rechts eine ganze Reihe von Bildern.

Elder schob die Papiere auseinander und las über die Urkunden weg. »Geburtsurkunde der Ehefrau, Pass der Ehefrau, entwertet; Geburtsurkunde des Sohnes, Pass des Sohnes, entwertet; Geburtsurkunde von Hans Meister: Augsburg, 19.10.1919, Pass. Der hat buchstäblich alles behalten.« Er fischte aus dem Stapel einen besonderen Lappen heraus. Es war ein roter Karton mit gelbem Innenblatt. »Ein Mitgliedsausweis der KPD. Ausgestellt auf Hans Meister.«

»Geben Sie her«, sagte Anne.

Die Innenseite zeigte eine hohe Mitgliedsbuchnummer, dann den Beruf, die Mitgliedsmarken waren sauber eingeklebt. »Er war Schlosser«, sagte sie. Darunter kam das Geburtsdatum. »Mitglied in der KPD seit 1937. Da war er erst achtzehn Jahre alt. Kurz vor dem Krieg. Ein etwas ungewöhnlicher Beitrittstermin, finden Sie nicht?«

»Ich habe gar nicht gewusst, dass man 1937 noch der KPD beitreten konnte«, stichelte Elder. »Da war die Partei doch längst verboten und in den Untergrund abgetaucht.«

Anne legte den Mitgliedsausweis beiseite, um ihn nachher noch einmal zu prüfen.

Sie beschäftigte sich mit dem Bilderstapel.

»Wissen Sie, was mich irritiert?«

»Oh, das gibt's?« Elder sah amüsiert von seinem Ausweis auf.

Anne schnaubte. »Lassen Sie die blöden Bemerkungen.«

»Wieder eine Regel? Regel … lassen Sie mich nachdenken …«

Anne schlug mit der flachen Hand auf den Tisch. »Ein wenig

Professionalität, bitte. Ich suche hier nach einer Verwandten. Witze sind für den Biertisch.«

»Ist schon gut«, grinste Elder. »Ich wollte nur nichts falsch machen.«

Anne verdrehte die Augen, dann breitete sie die Bilder aus.

»Der Mann war Kommunist. Aber auf den Bildern sehe ich einen Jungen in HJ-Uniform, einen Reichsarbeitsdienstler, einen SS-Mann, einen Offizier der Totenkopfeinheiten. An der Wand im Wohnzimmer hängt ein Stuka-Angriff in Öl, gemalt aus dem Cockpit der ME 109. Das ist doch mehr als merkwürdig. Wo sind die Aufnahmen der Ortsgruppenversammlungen, der Betriebsgruppe, der Kampfgruppe? Zumindest Sammelalbum-Bilder ›Die Geschichte der Arbeiterklasse‹ sollten zu finden sein. Nichts dergleichen.«

»Er hat sie vernichtet. Schließlich wurden die Kommunisten verfolgt.«

»Denkbar, Elder. Aber dann verstehe ich die HJ-Uniformen trotzdem nicht.«

»Vielleicht war er als Jugendlicher Nazi und hat es sich dann anders überlegt. 1937. Die Kriegsspielchen haben ihn geläutert. Das war doch bei der Weißen Rose auch so. Der Hans Scholl, der war doch auch bei der HJ.«

»Deshalb die fehlenden Bilder.«

»Er musste sich damals womöglich tarnen. Wer 1937 in die KPD eingetreten ist, der konnte leicht in einem SA-Gefängnis landen – oder in Moskau auf Nimmerwiedersehen verschwinden.«

»Unserem Hans Meister wäre dann die perfekte Tarnung gelungen. Als KPD-Mitglied in einer SS-Totenkopf-Einheit.«

»Das soll es tatsächlich gegeben haben«, sagte Elder und nahm sich den mittleren Stapel Briefe vor.

Anne durchblätterte weitere Bilder. Alle zeigten einen jungen Mann in unterschiedlichen Posen, aber immer in Militäruniform. Kein Bild mit Schiebermütze oder einer gereckten Faust. Irgendetwas stank hier zum Himmel.

»Hier steht Augsburg, Oberhausen«, sagte sie und legte eine Fotografie vor. Sie zeigte den jungen Hans Meister offenbar vor einem kleinen, baufälligen Haus. »Ich kenne mich da ja nicht gut aus, aber mir scheint, das ist die Zollernstraße. Im Hintergrund St. Peter und Paul. Könnte das Elternhaus sein. Wer hier aufgewachsen ist, gehörte zur Arbeiterschicht, zu den Textil- oder den MAN-Arbeitern.«

Der junge Meister lehnte gegen einen Staketenzaun. Dahinter stand, etwas verschwommen, die Mutter. Den Arm hatte der Junge um einen älteren Mann gelegt, offenbar den Vater. Sie lächelten beide stolz in die Kamera.

»Sieht mir nicht aus wie ein in die Uniform der SS gezwungener Kommunist.«

»Hier. Das dürfte auch interessant sein. Meister war inhaftiert.« Elder nahm einen Brief. »Ein Entlassungsschein auf den Namen ... der ist nicht mehr zu lesen. Da fehlt ein ganzes Stück.«

»Er war im Gefängnis?« Anne hob neugierig den Kopf.

»Kriegsgefangenschaft bei den Amis. Entlassung Herbst 1945, Bremerhaven. Er ist offenbar an der Westfront verhaftet worden. Winter 1944. Kommt dann nach Bremerhaven, wohl um nach Amerika verschifft zu werden ...«

»Sie sollen nicht spekulieren. Wir brauchen Fakten, keine Geschichten«, unterbrach ihn Anne.

»Also gut, er ist nach Bremerhaven gekommen, von wo aus die Amis ihre Kriegsgefangenen aus Europa herausbrachten. Dort ist er offenbar geblieben und ein Jahr später entlassen worden. Juli 1945.«

Anne zeigte auf zwei Bilder. »Seine Frau und sein Sohn. Beide haben den Krieg überlebt.«

»Beinahe«, warf Elder ein. Dann stutzte er. »Schauen Sie sich das an. Das ist vielleicht gruselig. Kaum ist der Ehemann zu Hause, sterben die beiden. Hier. Die Sterbebilder.«

Stumm betrachtete Anne die beiden Faltblättchen. Beide hatten sie schwarze Umrandungen, beide zeigten sie Dürers zum Beten gefaltete Hände.

»Am selben Tag. Sie sterben beide am selben Tag im September 1945.«

»Das kam vor«, sagte Elder. »Einstürzende Fassaden, Blindgänger, die explodierten, randalierende Ehemänner, GIs, die um sich geschossen haben, weil sie das Töten nicht verkraftet haben,

Selbstmord, weil sich der zurückgekehrte Ehemann als Monster erwiesen hat.«

Anne nickte. Das kannte sie. Natürlich. Der Krieg hinterließ Spuren bei Männern und Frauen. Nur naive Menschen konnten glauben, mit einem Waffenstillstand sei alles vorbei. Ein Krieg zog sich noch Generationen hindurch in den Frieden hinein, zerstörte Beziehungen, Familien und tötete sogar Menschen. Am besten waren die dran, die sich selbst umbrachten, weil sie mit einem Leben nicht mehr zurechtkamen, in dem ihre sogenannten »Heldentaten« plötzlich in einem anderen Licht erschienen. Wenn das Töten an der Front zum Mord wurde, wenn die Nahrungsbeschaffung fürs eigene Überleben zum Diebstahl degradiert wurde, wenn der Dienst in der Armee selbst ein Verbrechen war oder sich gar die Organisation, in der man gedient hatte, als eine Mördergrube erwies. Das konnte Männer zu Schlägern, zu Mördern, zu Vergewaltigern, zu Verbrechern machen und ihre Kinder und Kindeskinder so stark prägen, dass sie ebenfalls für die Gesellschaft, in der sie lebten, untauglich wurden.

»Tja, da gibt es allerdings ein Problem«, warf Elder ein.

»Und das wäre?« Anne war gespannt, wieweit sich das junge Pickelgesicht bereits in andere Personen hineinversetzen konnte.

»Wenn Frau und Sohn umgekommen sind, dann hat es entweder noch weitere Kinder gegeben, oder er hat noch einmal geheiratet. Sonst gibt es keine Nachkommen.«

»Das müssen wir nachprüfen.« Anne war beeindruckt von seiner Schlussfolgerung.

Anne nahm sich das Mitgliedsbuch der Kommunistischen Partei noch einmal vor. Sie klappte es auf und betrachtete das Geburtsdatum. Es war so unregelmäßig geschrieben, dass es auffiel. Aber sie konnte nicht sagen, was sie daran störte.

»Packen wir zusammen«, sagte sie. »Vorerst genügt uns das. Wir müssen die Dinge überprüfen und notieren. Das sind alles nur lose Enden. Nehmen Sie sich die Briefe mit und lesen Sie sie durch. Notieren Sie sich alle Namen, Daten, Orte oder sonstige Hinweise, die man nachprüfen kann. Uns interessiert alles.« Dabei betonte sie das »uns«.

Anne hielt eine einzelne Lebensmittelmarke hoch. Brot hätte man damit beziehen können. Sie war nicht eingelöst worden.

»Ich geh ins Staatsarchiv. Wenn die Familie Lebensmittelmarken erhalten hat, dann gibt es auch einen Entnazifizierungsbogen. Die sind freigegeben. Ich werde mir die Angaben dort ein wenig durchsehen.«

Anne lächelte Tobias Elder aufmunternd zu. Sie verpackten die Unterlagen in durchsichtige Plastiktüten. Die nächsten Stunden würde sie damit zubringen, die Bilder in Klarsichthüllen zu stecken, sie zeitlich zu sortieren, soweit dies möglich war, und zu nummerieren. Anschließend würde sie dann alle genau durchsehen und alle relevanten Dinge, die sie darauf fand, auf einen Zettel notieren. Wie viele Menschen waren auf dem einzelnen Bild zu sehen? Waren Verwandtschaftsgrade auszumachen?

»Gehen Sie doch ins Friedhofsamt.« Anne schaute auf dem Sterbebild nach. »Nordfriedhof. Manchmal wird die Todesursache mit notiert. Es kann bei Mutter und Sohn ein Unfall gewesen sein.«

Elder knurrte etwas Unverständliches.

5

Die SMS auf ihrem Blackberry hatte sie nicht erwartet.

»Hi. Tut mir leid. Wollen wir uns treffen? Wolfgang.«

Anne schaute ungläubig auf das Display. Sie kannte keinen Wolfgang.

Wütend tippte sie in ihre Tastatur: »Wer sind Sie?«

Als hätte der Typ hinter seinem Handy gesessen und auf ihre Antwort gewartet, kam prompt die Antwort: »Gespräch letzten Samstag. Erinnern Sie sich?«

Und ob sie sich erinnerte. Der Kerl mit der Kinder-Nummer! Das war der Letzte, den sie jetzt sehen wollte. Sie begann, ihre Antwort einzutippen, doch dann zögerte sie. Sie hatte es nicht nötig zu antworten.

Wütend schaltete sie ihr Gerät aus.

Woher hatte der Kerl ihre Telefonnummer?

Jetzt brauchte sie einen Kaffee, bevor die trockene Luft im Archiv sie umbrachte. Das nächste Restaurant, in dem auch Kaffee serviert wurde, lag unweit der Gasse. Sie würde zu Fuß hingehen und dann erst mit dem Auto ins Staatsarchiv fahren. Sie kannte sich. Wenn sie jetzt ins Auto stieg, dann würde der Kaffee flachfallen.

»Und wie soll ich zum Nordfriedhof rauskommen?«, fragte Elder, der hinter ihr herlief wie ein kleiner Hund.

»Straßenbahn, Taxi, zu Fuß. Das Taxi zahlen Sie selber.«

Ohne sich um ihr lästiges Anhängsel zu kümmern, lief sie weiter. Er kam ihr nicht nach.

Zeit, sich ein wenig Gedanken über ihren Auftrag zu machen. Es roch geradezu nach einer krummen Sache.

Warum um alles in der Welt wirkte diese Wohnung so unbewohnt?

Anne strich sich ihr Haar aus dem Gesicht und versuchte, sich den Menschen zu dieser Wohnung vorzustellen. Aber es gelang ihr nicht.

Sie querte den Fronhof und lief zum Obstmarkt hinunter. Auf halbem Weg lag die Pyramide, ein gemütliches Restaurant. Sie bestellte ein Kännchen Kaffee, und während sie darauf wartete, zog sie noch einmal die Bilder aus ihrer Tasche.

Der Junge mit seinem Vater, der beinahe Achtzehnjährige im Reichsarbeitsdienst, eine Hacke geschultert. Sie drehte das Bild um. »1938« stand mit Bleistift aufnotiert.

Das nächste Bild drehte sie zuerst um. »1939, Unterscharführer« entzifferte sie. Dann musterte sie den jungen Mann auf dem Foto. Er trug eine SS-Uniform. Die beiden SS-Runen auf dem Kragenspiegel blitzten im Licht. Er deutete stolz auf ein Schulterstück. Dieser Hans Meister sah nicht so aus, als wäre er zur SS gezwungen worden. Im Gegenteil. Er lächelte, präsentierte stolz seine Abzeichen – wohl als eine Art Offiziersanwärter. Sie musste schlucken. Hans Meister war SS-Offizier gewesen. Ein Junge aus Oberhausen, der Arbeitervorstadt Augsburgs, und SS-Offizier!

Sie legte sich auch das Bild mit dem Dreirad auf den Tisch, doch es war zu klein für eine eingehende Betrachtung. Sie brauchte dazu Ruhe und eine Lupe.

Ihre Gedanken wurden von der Bedienung gestört, die das Kännchen brachte.

»Ich würde gerne gleich bezahlen«, sagte sie.

»Danke, das übernehme ich«, sagte eine Stimme, und dann saß ihr plötzlich Wolfgang gegenüber. »Das ist Ihnen doch recht. Schließlich habe ich etwas gutzumachen.«

Anne war zu verblüfft, um zu antworten, was die Bedienung als Zustimmung auffasste, und sie verließ den Tisch.

Jetzt erst zischte sie den Mann an. »Nein, ist es mir nicht. Ich lasse mich ungern einladen.«

»Ich kann ja Ihre Wut auf mich verstehen, aber … es war dumm von mir, Sie derart zu überfahren. Schließlich konnte ich nicht ahnen, dass Sie einfach aufstehen und abhauen.«

»Ach. Konnten Sie nicht?« Anne sammelte ihre Bilder zusammen und steckte sie zurück in die Tüte.

»Nein. Ich teste damit normalerweise die Frauen, die vor mir sitzen.«

»Ach, Sie testen sie also damit, dass Sie ihnen vorschlagen, sie im Bett auszuprobieren?«

»Blödsinn. Aber Sie glauben nicht, wie viele darauf ganz versessen sind.«

»Ich ... bin ... es ... nicht!«, fauchte Anne. »Und jetzt entschuldigen Sie mich. Ich habe zu arbeiten.«

Sie erhob sich, drehte sich um und ließ ihn einfach sitzen. Nach vier Schritten drehte sie sich doch noch einmal um. Eine Sache ließ ihr keine Ruhe. Sie ging drei Schritte auf diesen Wolfgang zu.

»Woher wussten Sie, dass ich hier sitze?«

Wolfgang schmunzelte spitzbübisch, dann wurde er unvermittelt ernst.

»Wenn Sie es wissen wollen, müssen Sie mir schon zuhören. Sie können ja dazu Ihren Kaffee trinken«, sagte Wolfgang. Er lächelte wieder – und Anne fühlte sich von dieser entwaffnenden Ehrlichkeit durchaus angezogen. Außerdem siegte die Neugier. Der Mann sah einfach zu gut aus.

Sie setzte sich wieder, rückte jedoch den Stuhl etwas vom Tisch ab. Sie wollte ein klares Zeichen setzen.

»Schießen Sie los.«

Wolfgangs Lächeln wandelte sich in ein bubenhaftes Grinsen, als hätte ein Plan funktioniert, den er sich zurechtgelegt hatte. Er bestellte selbst eine Tasse Kaffee, dann griff er sich in die Brusttasche seines Hemdes und holte eine Visitenkarte heraus.

Anne erkannte sie sofort. Es war die ihre.

»Sie haben das Kärtchen bei Ihrem, sagen wir überstürzten, Aufbruch liegen lassen. Ich habe es einfach an mich genommen.«

Anne schnaufte durch die Nase. Sie hatte geahnt, dass ihre Impulsivität ihr irgendwann Schwierigkeiten bereiten würde.

»Jetzt schauen Sie nicht wie sieben Tage Regenwetter«, sagte Wolfgang.

»Sie sind im Vorteil. Sie kennen mich, meine Telefonnummer, meine Geschäftsadresse, meinen Beruf. Ich weiß von Ihnen nichts. Außerdem erklärt das Kärtchen nicht, woher Sie wussten, dass ich hier sitze.«

»Da haben Sie recht. Man braucht nur ein wenig Technik dazu und – Kombinationsgabe.«

»Ach, und Sie verfügen tatsächlich über beides?«

Anne trank einen Schluck Kaffee. Sie hatte ihn sichtlich in seiner Ehre getroffen.

Er legte sein Handy auf den Tisch, drückte ein wenig darauf herum, und es erschien eine kleine Karte mit einem blinkenden Punkt.

»GPS«, sagte er. »Damit wusste ich ungefähr, wo Sie waren, jedenfalls in einem Umkreis von zwanzig Metern. Die Mittagszeit verriet mir, dass Sie vermutlich etwas essen wollten. Da kam in der Gegend nur ›Die Pyramide‹ in Frage. Voilà! Schon hatte ich Sie.«

Anne nahm ihr Blackberry aus der Tasche und schaltete es ganz aus.

Sofort verschwand der blinkende Punkt vom Display. Vor Überraschung blieb ihr die Luft weg. Das war doch die Höhe, dass dieser Kerl sie einfach ortete, ohne dass sie etwas dagegen tun konnte. Sie wollte ihm gerade gehörig die Meinung sagen, da blickte sie in seine Augen.

Wolfgang sah sie an. Sein Bubenlächeln war verschwunden. Ein anderer Ausdruck lag in seinen Augen – und es war nicht dieser »Ich will dich im Bett haben«-Blick, den sie hinlänglich kannte. Sie fühlte sich einerseits unwohl, andererseits genoss sie die Neugier, die dahinterstand.

»Verzeihen Sie mir meine etwas rüpelhafte Art? Wenn Sie wollen … ich würde Sie für heute Abend gerne zum Essen einladen. Natürlich nur, wenn Sie damit einverstanden sind.«

Anne war hin- und hergerissen. Sie wollte dem unverschämten Kerl eigentlich eine Absage erteilen, andererseits konnte sie diesem Blick nicht widerstehen. So war sie noch nie angesehen worden. Sie fühlte sich unter diesen Augen nicht als Wild, das erlegt, oder als Burg, die erobert werden musste. Sie fühlte sich einfach als – Frau.

Sie stieß Luft aus und nickte dann zögernd.

»Rufen Sie mich an.«

»Vergessen Sie nicht, Ihr Handy einzuschalten.«

»Keine Sorge. Nach zwanzig Uhr ist es auf Sendung.«

Sie ging, ohne sich noch einmal zu ihm umzudrehen, doch sie

spürte seinen Blick – und sie hatte das Gefühl, er lag nicht auf ihrem Hintern, sondern beurteilte ihren Gang, die Geschmeidigkeit ihres Körpers. Sie musste den Kopf schütteln. Wie sie nur auf solche Gedanken kam?

6

Anne hatte die Bilder auf ihrem Schreibtisch im Büro verteilt. Und das Bild mit dem Dreirad lag mittendrin. Es unterschied sich nicht von den anderen aus derselben Zeit. Es war schwarz-weiß und hatte diesen auffälligen gezackten Rand.

Bilder von ihrer Familie und von ihr selbst waren alle bereits farbig. Zugegeben, die meisten waren verblasst und besaßen einen untrüglichen Rotstich aufgrund der schlechten Qualität der damals verwendeten Kassettenkameras, doch sie waren nicht schwarzweiß und allesamt ohne Zackenrand. Diese Ränder hatte es nur bis in die sechziger Jahre hinein gegeben, aber da war sie noch nicht einmal auf der Welt gewesen.

Sie hob das Bild auf und betrachtete es eingehend mit der Lupe: So sah also diese Hiltrud aus. Sofort verglich sie das Mädchen mit sich selbst im gleichen Alter. Sie hätten Zwillinge sein können. Aber traf das nicht auf alle Mädchen zu?

Das Dreirad kam ihr allerdings bekannt vor. Sie spürte geradezu den harten Holzsitz unter ihrem Hintern und das etwas holprige Rollen des geleimten Rades. Sie hatte ein ebensolches Dreirad besessen. Daran gab es keinen Zweifel – und das beunruhigte sie.

Mit der Lupe holte sie sich Details des Bildes näher heran und blieb an der Klingel hängen. Wenn sie bis dahin noch Zweifel gehabt hatte, waren sie jetzt ausgelöscht. Dafür war ihre Verunsicherung gewachsen. Auf der linken Seite war am Lenker eine Klingel montiert. Sie hatte früher wohl zu einem Fahrrad gehört. Einem alten Wanderer-Fahrrad, wie das große »W« auf dem Klingeldeckel dokumentierte. Wenn sie die Augen schloss, konnte sie das tiefe, metallische Klingeln noch hören. Es war sonor gewesen, nicht unangenehm und alarmierend wie die heutigen Klingeln, sondern bestimmend und eindrucksvoll. Am Klingelknopf, der in ein dreiblättriges Klettblatt auslief, fehlte eines der drei Blätter. Es war abgebrochen.

Anne hob noch einmal die Lupe an ihr Auge. Es bestand kein Zweifel daran, dass es sich dabei um ihr Dreirad handelte.

Sie musste kurz durchatmen, stand auf, goss sich eine Tasse Kaffee ein, setzte sich erneut.

Sie betrachtete das Mädchen, das stolz an der Hand der Frau ging, eine Prinzessin in Rüschenweiß. Es blickte auf die Klingel des Dreirads, nicht in die Kamera. Das Mädchen, das dort abgebildet war, sah aus wie Anne selbst vor fünfundzwanzig Jahren. Es war ihr wie aus dem Gesicht geschnitten. Doch das war unmöglich. An ein solches Foto konnte sie sich nun wirklich nicht erinnern. Auch ein Kleid, wie es das Kind auf dem Bild trug, hätte sie niemals angezogen.

Die junge Mutter, an deren Hand das Mädchen ging, war bunt gekleidet, wie es vor fünfundzwanzig Jahren unmöglich gewesen wäre. Der Stoff war hell, vielleicht gelb, und mit großen Blumen bedruckt. Es war Nachkriegsmode der sechziger Jahre. Auch die Frisur, eine künstliche Dauerwelle, gehörte in diese Zeit. Damit war das Bild definitiv älter als sie selbst.

Anne wandte sich dem älteren Herrn zu.

Sie nahm eines der Fotos, die um sie herum auf dem Tisch lagen, und legte es neben das Bild mit dem Dreirad. Die Ähnlichkeit war frappierend. Das also war Hans Meister. Der Mann wäre dann eigentlich erst knapp unter fünfzig gewesen, sah aber wesentlich älter aus, als hätte ihn die Zeit stärker altern lassen. Ein Phänomen, das Anne bekannt war. Kriegserlebnisse, Gefangenschaft, Wiederaufbau hatten aus jungen Männern schnell alte Männer gemacht.

Hans Meister blickte direkt in die Kamera. War die junge Frau daneben seine Tochter? Die Kleine zu seinen Füßen das Enkelkind? Wenn es so war, galt es, dieses Mädchen oder seine Mutter zu finden. Anne schnippte mit dem Finger. Eine erste Spur.

Sie steckte das Bild in den Scanner. So konnte sie die Bilder immer bei sich tragen, ohne dass sie Unmengen von Materialien mit sich herumschleppen musste. Sie scannte Vorder- und Rückseite und verfuhr genauso mit den anderen Bildern.

In diesem Moment läutete das Telefon.

Anne zuckte zusammen. Es war der Festnetzanschluss. Das war hoffentlich nicht dieser Wolfgang. Auf ihrem Kärtchen hatte die Nummer nicht gestanden. Sie sah auf das Display, doch die Nummer war unterdrückt.

Anne beschloss, das Rendezvous abzusagen, wenn er es war. Sie wollte eingeladen, aber nicht belästigt werden. Seufzend nahm sie ab.

»Karg!«

»Gut, dass Sie dran sind. Ich glaube, ich habe da was«, sagte die Stimme am anderen Ende.

»Elder!«, brummte Anne. »Warum ist Ihre Nummer unterdrückt?«

»Bitte?«

»Ich kann Ihre Nummer nicht auf meinem Display lesen. Warum?«

»Ach das! Es soll ja auch nicht jeder wissen, wer ich bin und wo ich bin!«

Das klang nach ihrem Wolfgang-Erlebnis durchaus sinnvoll.

»Wollen Sie jetzt hören, was ich gefunden habe, oder gehört das auch zu den Regeln …«

»Wir treffen uns in einer halben Stunde im Café Weinberger, Elder.«

Der Gedanke daran, wie Wolfgang sie ausfindig gemacht hatte, hatte sie aufgeschreckt. Wenn das so leicht möglich war, was war sonst noch möglich?

»Sie zahlen!«, sagte Elder und legte auf.

Anne starrte das Telefon an und legte dann selbst langsam auf. Was hatte sie da geritten? Sie fühlte sich jedoch wohler bei dem Gedanken, die Dinge nicht über die Leitung erörtert zu haben.

Dann griff sie noch einmal zum Hörer und wählte die Nummer der Kanzlei.

»Notariat Dr. Fritsch. Was kann ich …«

»Ich bin's, Elsa. Gib mir doch mal Dr. Fritsch. Es ist dringend.«

»Hallo, Anne. Er ist gerade in einer Besprechung.«

»Es ist nur eine klitzekleine Frage. Und ich muss es sofort wissen.«

Sie wurde in die Warteschleife abgeschoben, die ein nicht enden wollendes Gedudel einer Mozartmelodie von sich gab. Schließlich wurde der Hörer abgehoben.

»Ja?«

»Dr. Fritsch?«

»Ja!«

»Anne Karg. Wer hat den Toten gemeldet?«

»Wie bitte?«

»Na, dieser Hans Meister kann sich ja nicht selbst gefunden haben. Wer hat den Toten gemeldet und Sie daraufhin benachrichtigt?«

»Ich ... die Meldung kam aus Norwegen.«

»Norwegen?«

»Von einer Gesellschaft, die ... das würde zu lange dauern.«

»Woher wusste die Gesellschaft aus Norwegen davon?«

»Er hat ihr ... den Tod selbst mitgeteilt.«

»Wie bitte? Er hat denen gesagt, horcht, ich sterbe morgen, verständigt bitte meinen Anwalt?«

»So ähnlich.«

»Halten Sie mich nicht zum Narren, Dr. Fritsch. Jemand hat diese Agentur oder Gesellschaft verständigt. Wer zum Teufel war es? Und wie heißt die Gesellschaft?«

»Ich erkundige mich.«

»Ich rufe wieder an.«

Anne legte den Hörer auf die Gabel und musste unwillkürlich den Kopf schütteln. Sie war wütend. Fritsch hatte ihr Informationen vorenthalten. Das tat er sonst nie. Außerdem war das ganze Szenario völlig absurd. Niemand meldete einer Agentur seinen eigenen Tod.

Sie packte das Bild mit dem Dreirad, nahm vier weitere Bilder von Hans Meister und verstaute sie in ihrem »Tresor«. Dann schnappte sie sich ihren Laptop und machte sich auf den Weg zum Café Weinberger.

Elder wartete bereits auf sie. Er saß mit Blickrichtung zur Tür und hob nur eine Augenbraue, als sie eintrat.

Anne blickte sich flüchtig um. Zwei Tische waren mit Damen jenseits der siebzig besetzt. Ein Mann mit dickem Pilotenkoffer saß allein an einem Tisch. Er drehte Elder den Rücken zu. Sie hatte am Parkplatz vor der Tür einen weißen Audi 100 mit Hamburger Kennzeichen bemerkt. Offenbar ein Geschäftsmann, der hier abstieg. Ein weiteres Paar saß hinter einem Raumteiler, die Hände und Blicke ineinander verschränkt. Ansonsten waren sie allein.

Sie trat an Elders Tisch, setzte sich, wartete, bis sie bedient worden war, und fragte dann: »Was haben Sie, Elder?«

»Zwei Dinge«, sagte ihr Adlatus.

Er kramte umständlich in seiner Jackentasche und zog einen Ring heraus. »Der hat mich hundert Euro gekostet. Schwarz. Das sollte auf die Spesenrechnung.«

Er zeigte ihr den Ring.

»Was ist das?«

Sie drehte den Ring hin und her und betrachtete ihn genau. »Totenkopf und Eichenlaub?«

Der Ring zeigte den Totenkopf vor einem diagonalen Knochenkreuz. Links und rechts davon waren SS-Runen eingelassen. Der restliche Ring war außen mit Eichenlaub verziert.

»Ja. Ich habe das nachgeprüft. Ein SS-Totenkopf-Ring. Genauer gesagt ein ›Ehrenring‹ der Sturmstaffel Heinrich Himmlers, sobald der Anwärter die ›SS-Führerschule‹ erfolgreich abgeschlossen hatte.«

»Seit wann sammeln Sie NS-Devotionalien?«, fragte Anne spöttisch und trank einen Schluck Kaffee.

»Ich sammle keinen NS-Schund, sondern harte Fakten. Schauen Sie sich die Innenseite an«, sagte Elder.

Anne musste die Augen zusammenkneifen, damit sie etwas sehen konnte. Auf der platt gehämmerten Innenseite standen Zahlen und eine Schrift.

»5.6.44 Hacker H. Himmler«, las sie laut vor.

»Ein echter SS-Ring. Von Himmler persönlich verliehen. Verleihungsdatum und Name des Trägers stehen drauf. Er wurde einem Mann namens Hacker verliehen.«

»Wo haben Sie den her, Elder?«

»Hab ich schon gesagt: gekauft. Hundert Euro.«

»Für Blech?«

»Silber. Das ist ein Silberring, auch wenn keine Punze drin ist. Echt ist er, weil die Verleihungszahl ohne Null davor geschrieben wird, als 5.6. statt 05.06. Kommt bei Fälschungen schon mal vor.«

Verblüfft sah Anne den unscheinbaren Mann an. Er wirkte auch jetzt noch blass und eher etwas lebensfremd.

»Von wem haben Sie den Ring?«

»Vom Totengräber.«

Anne musste husten. »Von wem?«

»Totengräber sind schlecht bezahlte Leute. Sie bessern ihr Salär oftmals damit auf, dass sie Schmuck, der in die Särge mitgegeben wird, vorher abziehen und verhökern. Silberne Kreuze, Eheringe, Ketten, Armbänder, aber auch Geldstücke. Ein kleines Nebengeschäft.«

Anne wischte einen Tropfen Kaffee von der Tischplatte.

»Das ist illegal. Und Sie wissen davon?«

»Ich bin in der Nähe des Nordfriedhofs aufgewachsen. War Friedhofsministrant. Da bekommt man solche Dinge mit. Ist natürlich riskant für die Totengräber. Aber kaum jemand macht einen Sarg noch einmal auf, wenn er mal geschlossen ist.«

»Wie hängt das mit unseren Recherchen zusammen?« Anne blickte im Raum umher. Sie hatte das Gefühl, dass das Gespräch unbedingt unter ihnen bleiben musste. »Sie wollen doch damit nicht sagen …«

»Doch, will ich«, unterbrach Elder sie. »Der Totengräber hat Meister den Ring vom Finger gezogen. Er wusste genau, dass man das Ding nicht offiziell über Ebay oder an einen Juwelier verscherbeln kann, weil ein Name drinsteht. Also hat er ihn mir angeboten, als ich nachgefragt habe, ob er denn etwas unter der Hand weitergeben könnte.«

»Sie wollen damit sagen, Sie haben ihn darin bestärkt, Hehlerei zu betreiben.«

Elder zuckte mit den Schultern.

»Ist doch merkwürdig, dass ein in der Wolle gefärbter Kommunist wie Hans Meister einen SS-Ehrenring trägt, der einem Mann namens Hacker verliehen worden ist. Noch viel merkwürdiger ist, dass er den Ring bis zu seinem Tode mit sich herumträgt. An der Hand. Oder empfinden Sie das alles als normal?«

Das war in der Tat höchst merkwürdig, aber Anne wollte Elder diesen kleinen Sieg nicht gönnen.

»Wenn Sie meinen«, antwortete sie so wenig beeindruckt wie möglich.

»Ich habe noch etwas«, platzte er heraus.

Anne lehnte sich zurück und ließ sich den Kaffee schmecken.

»Bei der Beerdigung lief eine Frau mit. Eine ältere Frau. Sie hat dem Toten das letzte Geleit gegeben. Der Alte wollte wohl keine offizielle Bestattung und keinen Trauergottesdienst. Unter den uns bekannten Umständen kein Wunder. Dennoch ist jemand mitgelaufen.«

Jetzt war Anne wirklich interessiert. Dieser Elder entpuppte sich mehr und mehr als fähiger Mitarbeiter.

»Wie heißt sie? Wo wohnt sie? Wie können wir mit ihr in Kontakt treten?«

»Immer langsam mit den jungen Pferden. So weit bin ich noch nicht.«

»Schade, wäre für meinen Fall nicht schlecht gewesen.«

Elder räusperte sich.

»Was haben Sie denn zu *unserem* Fall beizutragen?«

Elder betonte das Possessivpronomen »unserem« derart deutlich, dass Anne beinahe der Kragen geplatzt wäre. Es war noch immer *ihr* Fall. Dennoch hatte er bis zu einem gewissen Grad recht. Es war ihr beider Fall, solange sie zusammen ermitteln mussten.

7

Ihr Blackberry klingelte. Anne blickte auf das Display, dann entschuldigend zu Elder. Die Nummer war ihr bekannt. Sie nahm den Anruf an.

»Patrizia?«

»Komm schnell, deine Mutter. Sie liegt im Garten. Sie ist … zusammengebrochen.«

»Ich komme! Wir reden später darüber«, vertröstete sie Elder. »Leider müssen Sie zahlen.« Bevor Elder noch etwas einwenden konnte, hastete sie schon zum Wagen, ihre Jacke nur über den Arm geworfen, und fuhr los. Der Verkehrsfunk dudelte in ihre Gedanken, und sie schaltete ihn genervt ab. Sie konnte jetzt weder Musik noch fremde Stimmen in ihrem Kopf gebrauchen.

Ihre Mutter lebte seit Jahren allein, hatte eine künstliche Herzklappe, trank zu wenig Wasser, und ihre Beine wollten auch nicht mehr so recht. Dennoch wühlte sie sich das halbe Jahr lang durch den Garten, züchtete Rosen, zog Gurken, Tomaten und erntete Salat, weil sie der Bio-Kost-Werbung nicht über den Weg traute, pflegte ihre Blumenrabatten, beschnitt Cotoneaster-Pflanzen und übernahm sich dabei regelmäßig körperlich.

Warum hatte sie nicht den roten Knopf gedrückt, mit dem sie selbst Hilfe herbeirufen konnte? Vor einigen Wochen erst hatten sie zusammen den Hausnotruf des Roten Kreuzes eingerichtet und ausprobiert. Sie hatte ihre Mutter dazu ermahnt, ihn immer am Handgelenk zu tragen, egal, wo im Haus oder Garten sie sich aufhielt.

Anne fuhr über einige Ampeln, die bereits auf Gelb schalteten, überholte riskant und zwang sich endlich dazu, vorsichtiger zu fahren. Es nutzte ihrer Mutter nichts, wenn die Tochter in einen Unfall verwickelt wurde und im Straßengraben lag. Zehn Minuten später war sie vor Ort.

Patrizia, ihre Nachbarin, die immer ein Auge auf Annes Mutter hatte und eine Seele von Mensch war, stand im Garten und hielt eine Decke hoch. Sie gab so Annas Mutter Schatten, die verdreht im Gras lag.

»Mama!«, rief Anne. Sie sah sofort, dass ihre Mutter den roten Knopf nicht umgelegt hatte. »Was ist denn passiert?«

»Anne!«, flüsterte die nur. »Anne, Gott sei Dank! Anne.« Ihre Augen schielten, und eine Gesichtshälfte hing schlaff herab. Sie nuschelte, als wäre sie schwer betrunken.

Anne sah auf den ersten Blick, dass es sich nicht um ein bloßes Umknicken oder um einen Schwächeanfall handeln konnte, wie sie es schon mehrmals erlebt hatte. Ihre Mutter hatte sich erbrochen und eingenässt. Wenn sie die Entstellung im Gesicht und die Sprachschwierigkeiten richtig deutete, wies alles auf einen Schlaganfall hin. Aber sie war keine Ärztin.

Zuerst war Erste Hilfe angesagt. Sie zog ihre Mutter vorsichtig in eine stabile Seitenlage in den Schatten und legte ihr die Decke über. Ihre Mutter lag da, apathisch und mit geschlossenen Augen. Sie murmelte nur immer wieder Annes Namen. Dann sah sich Anne um.

Wo zum Teufel war dieser rote Knopf?

»Ich muss den Notruf finden«, sagte Anne rasch. »Bleib bitte noch einen Moment bei ihr, ja?«

»Ich habe über Handy schon den Krankenwagen angefordert«, sagte Patrizia. Sie hatte genau erkannt, was geschehen war.

»Du bist ein Schatz, Patrizia.«

Ihre Nachbarin lächelte sie unsicher an. »Wenn ich nicht draußen gewesen wäre, hätte ich sie nicht gefunden. Wir haben uns unterhalten – und plötzlich ist sie verstummt. Ich dachte zuerst, sie sei weggegangen, aber da war dieses Stöhnen – und dann habe ich sie liegen sehen.«

Anne nickte. Patrizia hörte gar nicht auf zu erzählen, während Anne vor ihrer Mutter kniete und sie streichelte.

Ihr ging es auch immer so. Sie musste Erlebnisse, die sie aufwühlten, in einem ununterbrochenen Redestrom mitteilen. Wenn sie redete, dann fühlte sie sich weniger gefangen in den Ereignissen, war eher Herr über sie. Erst wenn sie aufhörte zu reden, wenn sie nachzudenken begann, wurde sie von ihnen gepackt und zu Boden gedrückt.

Die Sirene des Krankenwagens riss Anne aus ihren Gedanken.

»Ich lass sie rein«, sagte Patrizia.

Keine zwei Minuten später kniete der Notarzt neben ihrer Mutter, die immer leiser geworden und schließlich in Ohnmacht gefallen war. Er ließ sich von Patrizia und Anne berichten, was sie wussten, während er eine Infusion legte, ihre Mutter auf die Bahre hieven ließ und sie zum Rettungswagen begleitete. Er wollte den Zeitpunkt des Zusammenbruchs wissen und wie lange sie schon auf dem Boden gelegen hatte. Patrizia und Anne kamen zusammen auf eine halbe Stunde.

»Gut, sehr gut«, murmelte der Notarzt.

Anne berichtete noch, dass ihre Mutter eine künstliche Herzklappe besaß, Bluthochdruckmedikamente brauchte und eigentlich den Blutverdünner Marcumar nahm, jedoch gerade wegen einer Behandlung am Knie auf Heparin umgestellt hatte. Der Rettungsassistent schrieb fleißig mit, erkundigte sich zuletzt nach Annes Adresse und Telefonnummer, dann wurde die Bewusstlose in den Rettungswagen geschoben und die Tür geschlossen.

»Notaufnahme Klinikum«, sagte der Arzt noch, bevor er in den Wagen stieg. »In etwa zwei Stunden wissen wir mehr. Wir haben ja Ihre Telefonnummer.«

»Ja, aber …«

Anne wollte weiterreden, doch der Arzt schüttelte nur den Kopf.

»Sie können jetzt nichts für sie tun. Packen Sie ein wenig Kleidung zusammen, Zahnbürste und was sie sonst noch so braucht. Dann kommen Sie mit der Tasche ins Klinikum. Am besten erst morgen.«

Als die Sirene verstummt war, fiel Anne in eine Leere. Patrizia war verschwunden. Anne ging zurück in den Garten, legte die Decke zusammen, holte den Wasserschlauch und spülte das Erbrochene fort.

Dann ging sie ins Haus. Der Fernseher lief. Sie schaltete ihn ab und setzte sich aufs Sofa. Es roch nach ihrer Mutter. Sie strich mit der Hand über die Decke, mit der es abgedeckt war, damit der Sitzstoff nicht beschädigt wurde. Sie fühlte sich weich und gleichzeitig kratzig an. So war ihre Mutter, sowohl weich als auch kratzig in ihrer Selbstständigkeit und in ihrem Anspruch, ihr Kind um sich haben zu wollen.

Langsam erst wurde ihr bewusst, was da gerade passiert war. Ihre Mutter hatte einen Schlaganfall erlitten. Mit einundfünfzig Jahren. Sie presste die Finger an die Schläfen und stützte ihr Gesicht in die Hände. Das war doch kein Alter. Schlaganfälle kamen mit siebzig und achtzig Jahren, aber nicht mit einundfünfzig.

Annes Mund fühlte sich trocken an, und sie spürte, wie ihr Tränen über die Wangen liefen. Sie konnte nichts dagegen tun. Aber das rüttelte sie auf. Sie war nicht der Typ für Selbstmitleid. Anne musste etwas unternehmen. Sie stand auf und stieg ins Schlafzimmer im ersten Stock. Ihre Mutter brauchte Wäsche, Kleidung, Schlafanzüge, Morgenrock, Socken, dann Toilettensachen. Im Geist ging sie eine Liste notwendiger Utensilien durch und packte alles in einen kleinen Rollkoffer: Hörgeräte, Brille, Geldbeutel, Telefon. Alles summierte sich zu einem Berg, der nicht mehr in den Koffer passen wollte und Anne erneut verzweifeln ließ. Sie hockte sich hin, heulte ungehemmt. Plötzlich hielt sie inne und musste lachen, weil sie mit gespreizten Beinen auf ihren Fersen saß und an ihre Mutter denken musste. Die hatte immer gesagt, ein Mädchen würde sich so nicht hinsetzen. Ihre Mutter war in ihren Gedanken, doch sie konnte sich nicht vorstellen, was gerade mit ihr passierte. Sie lag in der Notaufnahme eines Krankenhauses, hilflos, den Ärzten und einer Medizin ausgeliefert, die häufig genug nur den Geldbeutel des behandelnden Arztes im Blick hatte, nicht den Kranken.

Warum musste das gerade jetzt passieren? Warum gerade ihr?

In einem Anfall stiller Wut packte sie den Rollkoffer, leerte den Inhalt aufs Bett und sortierte aus: keine zehn Unterhosen, sondern nur drei, keine vier Nachthemden, sondern nur zwei, keine fünfzehn Sockenpaare, sondern nur fünf … Die Kleidermenge verringerte sich, der Platz reichte aus.

Sie schleppte den Koffer nach unten und stellte ihn neben die Haustür. Zwei Stunden hatte der Notarzt gesagt. Zwei Stunden. Ob sie in die Notaufnahme fahren, ob sie dort vor Ort warten sollte?

Anne entschied sich dagegen. Sie mochte den Geruch von

Krankenhäusern nicht. Sie würde nur im Gang sitzen und warten müssen, während ihre Mutter in Röhren geschoben und an Apparate angeschlossen wurde, Infusionen bekam und Blutverdünner erhielt. Nein. Sie würde zu Hause bleiben, auch wenn das schlechte Gewissen sie beinahe zerfraß. Sie war nicht bei ihrer Mutter, hielt nicht deren Hand, sondern hatte die Verantwortung abgegeben.

Sie brauchte ein Taschentuch, um die Tränen abzuwischen und die verstopfte Nase frei zu machen. Dann setzte sie sich aufs Sofa und starrte gegen den toten Bildschirm des Fernsehers. Sie sah sich dunkel darin gespiegelt, wie eine der Schicksalsgöttinnen. Mit unnatürlich großen Augen und einer Aura aus schwarzem Licht.

Wie lange sie so gesessen hatte, hätte sie später nicht mehr sagen können. Unvermittelt erwachte sie aus ihrer Starre. Sie würde Antworten geben müssen, Antworten, bei denen sie selbst unsicher war: Welche Krankenkasse hatte ihre Mutter? Kannte sie die Versicherungsnummer? Wo lag die Vorsorgevollmacht, zu deren Abschluss sie ihre Mutter vor gut einem Jahr hatte überzeugen können?

Anne stand auf und bemerkte erst jetzt, wie schwer es ihr fiel. Sie ging zum Wandschrank und öffnete die Tür, hinter der alle wichtigen Unterlagen verstaut waren. Sauber nebeneinander wie Zinnsoldaten standen beschriftete Leitz-Ordner da: Haus, Krankenversicherung, Bank, allgemeine Ausgaben, Anne.

Anne nahm sich den letzten Ordner heraus. Was ihre Mutter darin wohl gesammelt hatte?

Es waren kleine Zeitungsausschnitte, Bilder: Anne als Ballett-Mädchen bei einer Aufführung, Anne als Schauspielerin, Anne beim Abschlussball des Fugger-Gymnasiums, Anne als frisch gebackene Juristin, Anne bei der Eröffnung ihrer Agentur. Sie verglich die Bilder mit der Dreirad-Aufnahme und kam zu dem Schluss, dass die Ähnlichkeiten doch nur oberflächlich waren. Ganz hinten war ein versiegelter Umschlag in einer Klarsichthülle. »Wichtige Unterlagen« stand darauf, und der Zusatz »Öffnen bei schwerer Krankheit, Tod«. Anne nahm ihn heraus und drehte ihn in der Hand. War das für sie gedacht, oder war es das Testament ihrer Mutter?

Sie beschloss, die Unterlagen vor Ort zu belassen. Sie würde sie durchsehen, wenn sie mehr Zeit dafür hatte.

Sie sah die anderen Ordner noch flüchtig durch, schrieb sich die Konto- und die wichtigsten Versicherungsnummern ab, dann verstaute sie alles wieder.

Sie schloss die Tür zur Terrasse, sperrte die Haustür ab und packte den Rollkoffer ins Auto.

Als sie ins Auto stieg, entschlossen, ins Krankenhaus zu fahren, summte ihr Blackberry.

»Karg. Ja?«, meldete sie sich.

»Anne Karg? Sind Sie die Tochter von Frau Müller, Amelie?«

»Bin ich. Karg ist der Mädchenname meiner Mutter. Und wer sind Sie?«

»Dr. Ruszku«, sagte die Stimme. »Ich bin der behandelnde Oberarzt in der Notaufnahme.«

»Ich bin gerade auf dem Weg ins Krankenhaus«, sagte Anne.

Der Mann am anderen Ende räusperte sich.

»Sparen Sie sich den Weg. Ihre Mutter hatte einen schweren Schlaganfall in der Nähe des Stammhirns. Gibt es eine Patientenverfügung?«

Anne schluckte. Sie fühlte, wie ihr ganzer Körper plötzlich weich wurde, und war froh, dass sie saß.

»Ja«, sagte sie. Ihre Stimme klang ungewollt heiser. »Sie will nicht an Apparate angeschlossen werden.«

»Gut. Wir werden also nichts dergleichen tun. Ich muss nur wissen, ob wir ein blutverdünnendes Medikament geben dürfen. Es würde das Blutgerinnsel auflösen, könnte aber zu einer verstärkten Einblutung ins Gehirn führen und damit den Tod auslösen.«

»Und wenn Sie es ihr nicht geben?«

»Dann steht zu befürchten, dass weitere Areale des Gehirns länger nicht durchblutet werden und absterben. Ihre Mutter würde ein Schwerstpflegefall werden. Mit einundfünfzig Jahren.«

Anne fühlte, wie sich Tränen aus den Augen lösten und ihr über die Wange und den Mundwinkel abliefen. Sie würde sich entscheiden müssen. Beide Entscheidungen konnten den Tod bedeuten. Aber man konnte solche Entscheidungen doch nicht einfach im Auto sitzend treffen.

»Frau Karg, bitte entscheiden Sie sich. Jede Minute ist kostbar.«

Anne schloss die Augen.

»Geben Sie ihr den Blutverdünner«, flüsterte sie.

»Habe ich Sie richtig verstanden? Wir sollen Ihrer Mutter Blutverdünnung geben, sie aber nicht künstlich am Leben erhalten?«

Der Arzt sprach so laut und wiederholte ihre Anweisung so deutlich, dass Anne annahm, dass eine Krankenschwester neben ihm stand und mitschrieb.

»Ja«, stieß Anne hervor.

»Gut, das war's. Danke.«

Ein Klicken verriet ihr, dass der Arzt aufgelegt hatte. Anne zitterte noch die Hand, als sie ihr Notizheft hervorzog und Namen sowie Telefonnummer des Arztes vom Display ablas und eintrug. Sie packte den Rollkoffer und schleppte ihn zurück ins Haus. Er musste erst einmal warten. Sie setzte sich in den Sessel gegenüber dem Fernseher. Sie brauchte etwas Ruhe. In der Ecke neben dem Apparat stand eine hölzerne Madonna, die ihre Mutter aus Tirol mitgebracht hatte. Anne hatte ihr aber nie sonderliche Bedeutung beigemessen. Jetzt betrachtete sie die Figur lange. Dann schloss sie die Augen und versuchte ein kleines Gebet, das ihr jedoch nur unbeholfen und holprig gelang.

8

Als Anne wieder klar denken konnte, stand sie mit dem Auto vor Meisters Wohnung. Sie zwang sich, die Sorgen um ihre Mutter zurückzudrängen. Sie hatte einen Auftrag. Langsam stieg sie aus, fingerte den Wohnungsschlüssel aus ihrer Handtasche und begab sich nach oben.

Sie musste den Impuls unterdrücken, Elder anzurufen. Zuerst wollte sie einfach nur allein sein und sich die Wohnung noch einmal gründlich vornehmen.

Wovon hatte dieser Hans Meister gelebt? Warum gab es keine Hinweise auf Frau und Kinder, wenn es eine Nachfahrin geben sollte?

Diesmal zögerte sie nicht an der Türschwelle, sondern ging stracks ins Wohnzimmer. Sie schaltete das Licht ein. Vor dem Gemälde blieb sie stehen. Doch nicht der Blick aus der Kanzel der ME 109 war es, der sie interessierte. Sie packte den Rahmen und versuchte, das Bild von der Wand zu nehmen. Es gelang ihr nicht. Etwas in der Art hatte sie vermutet. Dann probierte sie, es nach oben zu schieben, nach unten zu drücken oder nach vorne zu kippen. Nichts dergleichen gelang. Sie untersuchte den Rahmen mit den Fingern – und wurde an der Unterseite tatsächlich fündig. Ein Dorn ragte hervor. Sie drückte ihn – und sofort löste sich eine Sperre. Das Bild schwang nach links auf. Dahinter kam ein Tresor zum Vorschein.

Anne musste lächeln. Sie nahm ihr Blackberry zur Hand, schaltete es an und tippte eine Nummer ein.

»Elder?«

»Frau Karg, Sie?«

»Wo sind Sie gerade?«

»Zu Hause bei einem kleinen Bier. Den Kneipenbesuch musste ich mir verkneifen. Schließlich war ich es heute, der den Kaffee …«

»Reden Sie kein Blech, Elder. Kommen Sie in die Wohnung von Hans Meister. Ich habe da eine interessante Entdeckung gemacht.«

»Jetzt gleich?«

»Augenblicklich«, zischte Anne und beendete das Gespräch.

Noch während sie das Blackberry in die Tasche steckte, klingelte es erneut. Wütend hielt sie es an ihr Ohr und zischte: »Sofort und ohne Widerrede!«

»Oh«, hörte sie eine Stimme am anderen Ende der Leitung überrascht reagieren. »Habe ich mich verwählt oder spreche ich tatsächlich mit Anne Karg?«

Anne war zu verblüfft, als dass sie sofort hätte antworten können.

»Äh, wer … ach, Siiiie sind's«, sagte sie endlich erleichtert und ein wenig verärgert.

»Was ist sofort und ohne Widerrede zu tun?«, fragte Wolfgang spöttisch.

»Das war nicht für Sie bestimmt, sondern für meinen Mitarbeiter. Manchmal denkt der Kerl, er sei Mitglied in einer Gewerkschaft. Aber wir arbeiten freiberuflich – und da zählt Engagement, nicht Mitgliedschaft. Ausruhen kann er sich, wenn er tot ist.«

»Harte Ansichten. Darüber könnte man zumindest reden. Wenn ich es richtig sehe, sind Sie ebenfalls in der Nähe des Doms. Das trifft sich. Wir könnten …«

Anne realisierte in diesem Augenblick, dass sie ihren Standort verriet. Das Blackberry war an und konnte geortet werden. Sie fluchte innerlich. Außerdem sagte ihr ein Bauchgefühl, dass sie ihren Standort nicht verraten sollte.

»Äh, ja, ich … also … Es geht heute nicht«, flötete sie. »Ein andermal vielleicht. Ich rufe Sie an.«

Bevor Wolfgang noch etwas antworten konnte, unterbrach sie das Gespräch und schaltete sofort ihr Blackberry aus.

Zugang zum Wandtresor verschaffte man sich über ein Tastenfeld mit Zahlen. Sie überlegte kurz, dann nahm sie Meisters Ausweis aus den Unterlagen in ihrer Handtasche und probierte die Geburtsdaten: zuerst seine eigenen, dann die der Frau, dann die des Kindes. Nichts. Sie fluchte leise vor sich hin und ertappte sich erneut dabei, wie sie vor ihrem geistigen Auge ihre Mutter sah, die tadelnd den Kopf schüttelte: Ein Mädchen flucht nicht, hallte die Stimme ihrer Mutter in ihr nach.

Sie versuchte weitere Kombinationen, die ihr einfielen: die

Geburtsdaten rückwärts, in amerikanischer Reihenfolge, mit und ohne Nullen, die Jahreszahl ganz ausgeschrieben, die Hausnummer vorne und hinten ergänzt … nichts führte zum Erfolg.

Sie schreckte auf, als es an der Haustür klingelte.

Zuerst wusste sie nicht, wie sie vorgehen sollte, dann erinnerte sie sich, dass sie ja ihr Handy ausgeschaltet hatte. Sie öffnete die Tür und spähte nach draußen. Elder stand unten am Aufgang vor der Gittertür.

»Lassen Sie mich wenigstens rein, wenn ich schon antanzen muss«, brummte er missmutig.

Anne holte ihn in die Wohnung und stellte ihn vor den Tresor.

»Ich habe schon alles Mögliche versucht«, sagte sie resigniert.

Er nickte anerkennend. »Gewusst oder erraten?«

»Was?«

»Das Versteck. Haben Sie es gewusst oder erraten?«

»Woher soll ich das gewusst haben? Ich habe einfach nachgedacht. Ich kann das.«

Elder schmunzelte.

»Schauen wir uns in der Wohnung um. Oft nehmen ältere Menschen Zahlenkombinationen, die offensichtlich sind. Schon um sie nicht zu vergessen.«

»Sie haben in Ihren Unterlagen nichts dazu gefunden?«, fragte Anne beiläufig. »Keine Zahlenreihe? Kein Schlüsselwort?«

»Ich habe nicht danach gesucht«, sagte er lapidar.

Wieder eine Stichelei. Hätte sie ihm ihre Überlegung mitteilen sollen? Nein. Das ging entschieden zu weit. Fritsch hatte ihn ihr ans Bein gebunden. Deswegen war es noch immer ihr Fall, es waren ihre Überlegungen, es waren ihre Entscheidungen.

Sie durchkämmten systematisch die Wohnung. Je länger sie suchten, desto unheimlicher wurde Anne die Leere um sie herum.

»Glauben Sie, der Alte hat hier wirklich gelebt?«, fragte sie aus dem Bad. Die Schränke dort waren leer bis auf eine Zahnbürste, ein Rasierwasserfläschchen, ein Handtuch und eine Rolle Toilettenpapier.

Schließlich trafen sie sich wieder im Wohnzimmer.

Elder stand vor dem Bild und sah immer wieder zu der kleinen Bildergalerie, dann wieder zum Bild und hinüber zur Galerie.

»Hier verarscht uns einer«, sagte er trocken.
»Ach!«
»Okay. Ich habe eine Idee«, sagte er schließlich.
Elder machte eine theatralische Pause, bis Anne die Augen verdrehte.
»Verraten Sie mir diese auch, oder bleibt sie Ihr Geheimnis?«
»Wird sich zeigen.« Er fingerte an seinem Smartphone herum, tippte ein Wort ein und sagte dann: »Ich sage Ihnen die Zahlen, Sie drehen.«
»Um das klarzustellen: Ich bin der Boss!«, sagte sie ruhig.
»Aber ich habe die Idee.« Elder grinste sie an.
Anne verdrehte wieder die Augen. Sie würde es dem Schnösel bei nächster Gelegenheit heimzahlen.
»Ich hoffe, Ihre sogenannte Idee erweist sich als zutreffend. Ansonsten verpasse ich Ihnen einen Fußtritt ...«
Elder hob den Zeigefinger und dirigierte sie zum Safe.
»Keine leeren Drohungen. Also: 200489!«
Anne drückte die Kombination – nichts geschah. Kein Piepen, kein Klacken.
»Gut«, sagte Elder. »Die nächste Kombination lautet: 071000.«
»Bescheuerte Zahl«, sagte Anne. »So etwas verwendet doch kein Mensch für seinen Safe. Was sind das überhaupt für Zahlen?«
»Ich habe einfach nachgedacht«, sagte Elder leise, dann ergänzte er: »Welche Stelle nimmt der Buchstabe »M« im Alphabet ein?«
»Bitte?« Jetzt musste Anne kichern. »Was wird das? Ein Ratespiel?«
»Herrgott, kommen Sie doch mal von Ihrem hohen Ross runter, Lady, und helfen Sie einfach«, brummte Elder. Dann schloss er die Augen und zählte leise vor sich hin. »... zwölf, dreizehn. M ist der dreizehnte Buchstabe. E ist der fünfte Buchstabe. Los, geben Sie schon ein: 135109!«
»Was ist denn das ...«, wollte Anne sagen, da klackte der Sicherheitsmechanismus. Die Tür ließ sich öffnen.
»Was zum Teufel ...?«, fragte Anne verblüfft.
»Ganz einfach: Hitlers Geburtsdatum, Himmlers Geburtstag, Kombination der ME 109, wenn man die Buchstaben in Zahlen umwandelt.«

Anne nickte anerkennend. Vielleicht war der Kerl ja doch nicht so ein Hindernis. Sie wäre nie auf die Zahlenkombinationen gekommen.

»Und das haben Sie herausgefunden, weil Sie sich die Bilder angesehen haben?«

»Richtig. Wer sich mit einem SS-Ring begraben lässt, der verwendet vielleicht auch in anderen Bereichen solche Symbole. Als Nächstes hätte ich es mit den Geburtstagen von Stalin und Lenin versucht. Schließlich war er Kommunist. Aber auf die Idee hätte jeder kommen können.«

»Hätte …«, bestätigte Anne. Ihre Aufmerksamkeit wurde völlig vom Inhalt des Safes gefangen genommen. Der Safe hatte zwei Fächer. Beide waren leer.

»Was soll das denn? Wer lässt sich einen Safe einbauen, wenn er nichts darin aufbewahrt?«

Anne war ehrlich verblüfft.

9

Anne saß auf dem Sofa und überlegte, ob sie ihr Blackberry einschalten sollte. Es war erst neun Uhr, doch sie war irgendwie aufgedreht und konnte nicht einschlafen. Zu viel war in den letzten Tagen geschehen, was sie verarbeiten musste: der Schlaganfall ihrer Mutter, der Auftrag Hans Meisters, der leere Safe, ihr Adlatus Elder und schließlich die Begegnung mit Wolfgang, die ihr noch jetzt einen Schauer über den Rücken jagte, wenn sie daran dachte.

Wenn sie ihr Blackberry anschaltete, würde sich Wolfgang sofort melden. Davon war sie überzeugt. Aber dann wüsste er auch, wo sie tatsächlich wohnte. Die Adresse auf ihrem Kärtchen, das sie beim Speed-Dating zurückgelassen hatte, war natürlich falsch. Nur die Handynummer stimmte. Sie hatte die Kärtchen für solche Fälle eigens ausgedruckt.

Vor ihr lagen die Meister-Unterlagen, die so banal waren, dass sie keine Lust mehr hatte, darin zu blättern: Rechnungen und Bilder. Ein Parteibuch der KPD mit sorgfältig eingeklebten Beitragsmarken, einige Briefe, die sie erst würde entziffern müssen. Meister hatte eine kleine, wenn auch sorgfältige Schrift. Doch er schrieb in Sütterlin.

Wieder ließ sie sich von ihrem Blackberry ablenken. Es lag dunkel neben all den Dokumenten. Dunkel wie die Bildhintergründe der Abzüge. Sie brauchte nur die Taste an der Seite drücken und würde einen netten Abend, vielleicht sogar ein erotisches Abenteuer erleben, etwas ausspannen können. Sie nahm das Handy in die Hand, betrachtete es und legte es wieder beiseite. Sie würde es hier in ihrem Zimmer, an ihrem Rückzugsort, niemals einschalten. Morgen musste sie sich ein neues kaufen, vielleicht ein Prepaidtelefon, damit sie für Elder und für ihre Mutter nicht unerreichbar war.

Ihre Mutter. Anne fühlte sich schlecht, wenn sie jetzt an ihre Mutter dachte. Allein ihretwegen durfte sie ihr Handy nicht ausschalten. Wie konnte sie daran denken, sich zu amüsieren, wenn ihre Mutter womöglich gerade im Sterben lag. Unmöglich. Sie hätte gar nicht erst darüber nachdenken dürfen, ob sie Wolfgangs Angebot annehmen sollte.

Frustriert und voller Schuldgefühle wühlte sie in den Unterlagen. Sie sah wieder die Schreiben durch, sortierte nach privater und offizieller Natur, untersuchte eine alte Einkommenssteuererklärung, einen Mitgliedsausweis des Männergesangsvereins und zog aus einem kleinen Stapel Papiere, die miteinander verklebt waren, schließlich ein Dokument, das sie stutzen ließ: ein graues in der Mitte gefaltetes Papier, ein Ausweis. Vermerkt waren der Name Hans Meister, das Geburtsdatum, der Wohnort Augsburg und ein Zeitraum. 28. August 1943 bis 11. April 1945. So stand es da. Darunter waren unleserliche Unterschriften: Lagerkomitee, Lagerkommandant und ein Datum: Weimar-Buchenwald, 13. Mai 1945. Auf der gegenüberliegenden Seite klärte sich die Funktion. Das war ein vorläufiger Personalausweis mit einem Fingerabdruck statt einem Bild.

Anne war wie elektrisiert. Das war ein Entlassungsschein! Meister war im KZ gewesen! In Buchenwald!

Beinahe automatisch griff sie zu ihrem Blackberry, schaltete es ein und wählte Elders Nummer.

Der meldete sich nach fast zehn Klingeltönen etwas verschlafen.

»Elder!«

»Hier Anne Karg«, sagte sie und kam sofort zum Thema. Sie ignorierte seine schläfrige Stimme. »Ich habe da was gefunden. Sagten Sie nicht, in Ihren Unterlagen befände sich ein Schreiben, das Meister als Kriegsgefangenen ausweist, der in Bremerhaven entlassen wurde?«

»Es handelt sich lediglich um einen Entlassungsschein. Mehr nicht. Ein weitgehend unleserliches Papier.« Elder gähnte herzhaft. »Namen habe ich keinen gefunden.«

»Ich habe hier ein Entlassungsschreiben oder zumindest einen vorläufigen Personalausweis mit Fingerabdruck, ausgestellt auf Hans Meister. Jetzt halten Sie sich fest. Der Kerl war im KZ!«

Am anderen Ende der Leitung herrschte Stille.

»Sind Sie noch da, Elder?«

»Natürlich.«

»Also, da steht, er war vom 28. August 1943 bis 11. April 1945 im KZ-Buchenwald inhaftiert.«

»Einen kurzen Moment. Ich muss etwas nachprüfen.«

Anne hörte Tastenklappern durch das Telefon. »Was machen Sie denn?«, fragte sie neugierig.

»Recherchieren«, antwortete Elder einsilbig. Dann kam die Bestätigung: »Bingo! Er war nicht in Weimar-Buchenwald.«

»Halten Sie mich für blöd? Ich kann lesen, und hier steht eindeutig Weimar-Buchenwald«, blaffte Anne zurück.

»Das Lager Mittelbau-Dora wurde am 28. August 1943 errichtet und am 11. April 1945 befreit. Es gehörte zu Weimar-Buchenwald. Na, klingelt's?«

»Sie glauben, nur aus den Daten ablesen zu können, dass er in Mittelbau-Dora inhaftiert war?«

»Das wäre die naheliegende Erklärung. Als Wernher von Braun seine V2-Produktion von Peenemünde ins Landesinnere verlegen musste, forderte er Zwangsarbeiter an. Natürlich wäre es gewesen, unverbesserliche Feinde des Systems aus den Gefängnissen zu holen und nach Mittelbau-Dora zu schicken.«

»Und woher wissen Sie solches Zeug?«

»Ich bin Historiker«, sagte Elder beinahe schüchtern. »Ich habe das studiert.«

»Wie bringen wir das mit dem Entlassungsschein zusammen?«

»Vorerst gar nicht«, sagte Elder und gähnte dabei herzhaft ins Telefon. »Und wenn Sie mich nicht schlafen lassen, dann kann ich das morgen auch nicht. Gute Nacht!«

Er legte einfach auf. Verblüfft starrte Anne das Display ihres Blackberry an. Noch vor fünf Stunden hätte sie ihm eine solche Reaktion nicht zugetraut.

Anne legte das Telefon beiseite und den Ausweis auf einen eigenen Stapel: wichtige Dokumente, die noch genauer geprüft werden mussten.

Sie wollte sich gerade wieder den Unterlagen zuwenden, als das Blackberry erneut summte. Anne biss sich auf die Lippen. In ihrer Euphorie hatte sie das Gerät eingeschaltet und es auch eingeschaltet gelassen.

Wieder war die Nummer unterdrückt, aber sie wusste, wer am anderen Ende saß: Wolfgang.

Sie war im Zwiespalt: Sollte sie das Gespräch annehmen oder ihn wegdrücken?

Noch bevor sie eine rationale Entscheidung gefällt hatte, hatte ihr Bauchgefühl gehandelt: Sie hielt das Blackberry ans Ohr und hörte sich ein »Jaaa?« in den Hörer säuseln.

»Jetzt hätte ich beinahe geglaubt, du willst dich nicht melden«, sagte die Stimme am anderen Ende.

»Und wenn es so gewesen wäre?«

»Dann hätte ich gewartet.«

»Bis ich das Telefon benutzt hätte?«

»Bis du es benutzt hättest.«

»Aber du hast mich jetzt in der Leitung.«

»Was unternehmen wir? Hast du Hunger?«

Anne hatte tatsächlich Hunger. Seit dem Mittag hatte sie nichts mehr zu sich genommen. Wegen der Aufregung um ihre Mutter hatte es ihr nicht nur den Appetit verschlagen, sie war auch um ihre Mittagspause gekommen.

»Wohin gehen wir?«

»In die ›Wolfsklause‹!«, schlug er vor.

Anne sah vor sich einen italienischen Salat des Hauses, der mit angebratenen Speckstreifen und Kirschtomaten belegt war. Ihr lief das Wasser im Mund zusammen.

»Wir treffen uns dort«, sagte sie. »In einer halben Stunde.«

»Soll ich dich nicht abholen? Ich tu das gern.«

»Nein, nicht nötig«, flötete sie in ihrem süßesten Ton. Sie wollte nicht, dass er ihre Wohnung betrat. Schon deshalb, weil sie wirklich Hunger hatte und tatsächlich etwas zu sich nehmen wollte, bevor sie vielleicht mit ihm im Bett landete.

Sie hörte ihm seine Enttäuschung an.

Anne legte auf, schlüpfte aus ihren Kleidern und der Wäsche und ging unter die Dusche. Zehn Minuten später war sie fertig.

Als sie die Haustür hinter sich schloss und auf die Straße trat, stand er neben dem Auto und hielt ihr die Tür auf. Sie schalt sich eine Idiotin, weil sie erneut vergessen hatte, ihr Handy wieder auszuschalten. Jetzt wusste er, wo sie wohnte.

»Da haben wir auf unserem Kärtchen aber etwas geschwindelt!«, sagte Wolfgang lachend.

Er steckte in einem dunkelblauen Anzug, der so geschnitten war, dass er seinen muskulösen Oberkörper betonte. Sie roch sein herbes Parfüm, als sie einstieg und so tat, als würde sie sich nicht über ihre Dummheit ärgern.

10

Anne blätterte im Halbschlaf zum vergangenen Abend zurück. Wolfgang war süß gewesen. Ach was, süß, zum Anbeißen, aber er hatte sie nicht beißen lassen. Sie hatten in der »Wolfsklause« gegessen. Sie hatten unter der Holzpergola gesessen, bis es außer ihnen niemand mehr dort ausgehalten hatte. Wolfgang hatte noch einen letzten Wein bestellt, nachdem die Kellnerin bereits abkassieren wollte.

Erst als die Lichter gelöscht wurden und sie nur noch im Schein einer letzten Kerze dasaßen, waren sie aufgebrochen. Sie hatte diesen Aufbruch herbeigesehnt und gleichzeitig gefürchtet. Er forderte eine Entscheidung von ihr, von der sie nicht wusste, ob sie dafür schon bereit war. Wolfgang hatte den Arm um sie gelegt, und sie hatte ihn gewähren lassen. Er hatte sie plaudernd an sich gedrückt, und sie hatte dem wohligen Gefühl nachgespürt, das sie dabei durchlief. Nur sie zu küssen hatte er nicht versucht. Der Abend hätte, wie sie vermutet hatte, dennoch in ihrem Bett enden können. Doch Wolfgang hatte ihre Unsicherheit offenbar gespürt und ihnen ein Taxi gerufen. Er war mit zu ihrer Wohnung in der Innenstadt gefahren, hatte sie aussteigen lassen, bis zur Haustür begleitet und war dann gegangen. Sie hatte es hingenommen, und erst jetzt spürte sie eine Dankbarkeit, weil er ihr Zeit gelassen hatte.

Anne gähnte und streckte sich. Sie musste unter die Dusche und dann an die Arbeit. Es war ohnehin spät genug. Elder würde sicher bald anrufen. Sie überlegte sich, ob sie ihr Blackberry anschalten sollte, doch dann erinnerte sie sich daran, dass es egal war. Wolfgang hatte sie gestern ohnehin geortet. Sie stand auf und durchsuchte ihre Handtasche nach dem Telefon, fand es aber nicht. Vermutlich hatte sie es an der Garderobe abgelegt, was sie hin und wieder tat, wenn sie erschöpft nach Hause kam. Doch sie hatte auch auf der Ablage der Garderobe keinen Erfolg.

War sie so beschwipst gewesen, dass sie ihr Blackberry liegen gelassen hatte? Sie erinnerte sich, es in die Handtasche gesteckt zu haben, als sie das Zimmer verlassen hatte. Danach hatte sie es nicht mehr benutzt. Wo zum Geier war ihr Handy? Sie mochte sich gar nicht ausdenken, was es bedeutete, wenn sie das Ding verloren hatte. Sie fluchte halblaut. Ob in der »Wolfsklause« um – sie sah auf die Uhr – halb neun bereits jemand da war? Sie befürchtete, eher nicht. Über sich selbst und ihre Ungeschicklichkeit maulend ging sie unter die Dusche. Nach fünf Minuten, in denen sie nur kühles Wasser über sich hatte laufen lassen, war sie fertig. Sie trocknete sich ab, schlüpfte in ihre Jeans, zog eine Bluse an und wollte eben zum Hörer des Festnetzanschlusses greifen, als es an der Haustür läutete.

»Elder«, murmelte sie, darauf gefasst, dass ihr Partner vor der Tür stand. Doch zu ihrer Überraschung meldete sich Wolfgang über die Gegensprechanlage.

»Vermisst du etwas?«, fragte er.

»Was soll ich … mein Blackberry!«, kam es aus ihr herausgeschossen.

»Ich habe gestern damit doch das Taxi gerufen und es aus Versehen eingesteckt«, entschuldigte er sich.

Anne konnte sich beim besten Willen nicht daran erinnern, mit welchem Telefon er das Taxi gerufen hatte, aber wenn er es eingesteckt hatte, dann war es wohl so gewesen.

»Darf ich raufkommen?«

Anne überlegte kurz, sah sich in der Wohnung um, entdeckte den Stapel mit Unterlagen, der noch immer nur oberflächlich geordnet auf dem Wohnzimmertisch lag, sah auf die wahllos herumliegenden Stücke getragener Unterwäsche, den BH, der über der Stuhllehne baumelte, und die vier Hosen, die sie aus dem Schrank gekramt und nicht wieder zurückgehängt hatte, und entschied sich dagegen. Sie musste vorher aufräumen, bevor sie ihn hier heraufließ.

»Warte kurz, ich komme nach unten«, sagte sie.

Sie steckte den Umschlag mit den Unterlagen zu Hans Meister in ihre Handtasche, legte sich einen kleinen Blouson über den Arm, schnappte sich ihre Handtasche, schlüpfte in ihre Schuhe und war schon auf dem Weg.

Auf den Treppen versuchte sie sich noch einmal daran zu erinnern, wann sie ihr Blackberry aus der Tasche gezogen hatte, um es

Wolfgang zu geben. Sie glaubte, sich an eine Szene zu erinnern, kurz nachdem sie aufgestanden waren und festgestellt hatten, dass sie zu viel Wein getrunken hatten, als dass Wolfgang sie im Auto hätte nach Hause bringen können. Sie sah Wolfgangs strahlendes Lächeln. Er trug das Hemd offen und ein helles Jackett, das seine Augen betonte, zu einer dunklen Hose. Er sah umwerfend männlich aus.

»Na? Gut geschlafen?«, fragte er schelmisch.

»Kann man wohl sagen. Niemand, der sich neben mir bewegt oder schnarcht. Herrlich!«, gab sie zurück. Er grinste sie an. Seine Augen wurden eine Nuance dunkler. Er hielt ihr das Blackberry hin.

»Tut mir leid. Aber es hat mir zumindest die Gelegenheit gegeben, dich zu sehen«, sagte er. Er händigte ihr das Telefon aus. »Ich muss zur Arbeit.«

Beim Weggehen drehte er sich zu ihr um. Ihre Blicke trafen sich, und ihr lief eine Gänsehaut über die Arme. Am liebsten hätte sie ihn auf der Stelle in eine Hausecke gezogen.

»Sehen wir uns … heute Abend?«

Anne zuckte mit den Schultern. Ihre Stimme klang rauer, als sie es wollte.

»Vielleicht. Ich weiß es nicht.«

Wolfgang zwinkerte ihr zu, dann sprang er die fünf Stufen hinab und eilte zu seinem Auto.

Kurz vor dem Einsteigen drehte er sich abermals um.

»Kann ich dich irgendwohin mitnehmen?«

Sie schüttelte den Kopf, warf ihm aber einen Handkuss zu, für den er sich mit einem leichten Kopfnicken bedankte. Dann stieg er ein und fuhr davon. Sie blieb noch eine Zeit lang stehen und blickte ihm hinterher.

Wäre ihr nicht die erste Begegnung mit Wolfgang in den Sinn gekommen, hätte sie am liebsten ein glückliches »Ja!« in den Morgen hinausgeschrien. So konnte sie sich bezähmen.

Auf dem Weg in die Tiefgarage rief sie Elder an.

»Wo treffen wir uns?«, fragte sie kurz.

»Haben Sie kein Büro?«, fragte Elder zurück.

»Also im Büro. Halderstraße 16, über dem Chinarestaurant. Auf der Klingel steht ›Er-Ka, Karg-Ermittlungen‹. Bringen Sie Ihre Ergebnisse mit.«

Ohne eine Antwort abzuwarten, unterbrach sie das Gespräch, um sofort Dr. Fritsch anzurufen.

»Notar Dr. Fritsch. Was kann ich für Sie tun?«, meldete sich die Sekretärin.

»Elsa, stell mich doch bitte zu Dr. Fritsch durch. Weiß er schon, wer den Tod gemeldet hat? Er wollte es recherchieren.«

»Anne, er hat gerade Kunden da. Aber ich soll dir sagen, dass es sich um die Haushälterin von Hans Meister gehandelt hat: Lisa Stoller.«

Anne nickte unwillkürlich. Hatte sie doch recht gehabt, dass nicht er sich selbst oder eine Agentur seinen Tod gemeldet hatte. Was für ein Blödsinn!

»Wo wohnt sie?«

»In Lechhausen. Mirabellenweg 56. Kleine Eigentumswohnung.«

»Danke. Du bist ein Schatz«, flötete sie.

Das waren insgesamt gute Nachrichten. Sie würde sich zuerst mit Elder treffen, ihr weiteres Vorgehen besprechen und dann diese Frau aufsuchen. Vielleicht war sie schon länger seine Haushälterin und Zugehfrau und wusste über die familiären Verhältnisse Bescheid.

Sie stieg in ihren Wagen.

Obwohl sie für solche Dinge wenig empfänglich war, sog sie den Duft des Innenraums ein. Er roch nach echtem Leder und Extravaganz. Wenig später stellte sie ihn im Parkhaus in der Halderstraße ab. Elder wartete bereits vor dem Haus.

»Ich habe den ganzen Abend versucht, Sie anzurufen.« Der Vorwurf in seiner Stimme war unüberhörbar.

»Auch ich wünsche Ihnen einen guten Morgen«, antwortete sie bissig. »Ich hatte mein Blackberry liegen lassen.« Gleichzeitig regte sich in ihr das schlechte Gewissen. Ihre Mutter. Sie musste im Krankenhaus anrufen.

Sie stiegen zu Fuß in den zweiten Stock hinauf. Anne öffnete die Tür des kleinen Büros, das aus einer ehemaligen Zwei-Zimmer-Wohnung bestand, die sie umfunktioniert hatte: Büro, Besprechungsraum und Wohnküche.

»Nehmen Sie Platz, Elder, ich mache uns Kaffee – und dann muss ich ein dringendes Telefonat führen.« Sie ging in die Küche. »Schießen Sie schon mal los. Was haben Sie herausgefunden?«

»Tod von Frau und Sohn«, begann Elder, während sie die Kaffeemaschine befüllte. »Sie sind am selben Tag gestorben. Offenbar tatsächlich ein Unfall. Ich habe im Kirchenbuch in Oberhausen nachgesehen. Der Pfarrer hat ›Erschlagen von einstürzender Fassade‹ geschrieben. Auf dem Totenschein ist von zerschmetterten Gliedern und eingeschlagenen Köpfen durch einen Mauerabbruch die Rede. Kam wohl in den Tagen nach dem Krieg häufiger vor. Augsburg war zerbombt worden. Manche Häuser waren eigentlich nicht bewohnbar, aber man hat sich dennoch drin verkrochen, weil eben kein anderer Wohnraum zur Verfügung stand.«

Anne holte Tassen und Teller und stellte sie auf den Besprechungstisch. Kekse nahm sie aus dem Sideboard. Dann brachte sie Milch und Zucker.

»Was weiter?«, fragte sie.

»Jetzt kommt das Interessante: Hans Meister liegt noch gar nicht unter der Erde!«

Anne sah ihn fassungslos an.

»Wie bitte?«

11

Anne ließ sich zu Dr. Ruszku durchstellen. Der schien schon auf ihren Anruf gewartet zu haben. Beim zweiten Klingeln war er in der Leitung.

»Ruszku?«

Sie spürte, dass ihre Hand zitterte und auch ihre Stimme etwas fahrig klang.

»Anne Karg. Ich wollte nur fragen, wie es meiner Mutter geht, Amelie Müller, und ob ich sie besuchen kann.«

»Einen Augenblick. Ich gebe Sie an Ihre Mutter weiter«, sagte der Arzt.

Kurz trat Stille ein, dann hörte sie eine schwache Stimme, die einige unverständliche Worte lallte, aus denen sie nur ihren Namen heraushören konnte.

»Mutter?«, fragte sie ängstlich. Gleichzeitig schossen ihr Tränen in die Augen. Ihre Mutter war Gott sei Dank wieder bei Bewusstsein.

Wieder kam ein Schwall beinahe unverständlicher Wörter, dann war Stille.

»Frau Karg? Ruszku. Sie hören, Ihrer Mutter geht es den Umständen entsprechend gut. Sie hat die Einblutung überstanden. Es war die richtige Entscheidung, ihr eine Blutverdünnung zu geben. Natürlich ist das Sprachzentrum betroffen, auch der Bewegungsapparat linksseitig. Doch ich denke, das gibt sich mit der Zeit.«

»Wann kann ich sie besuchen?«

»Sie liegt auf Intensiv. Besuchszeiten sind nicht vor vierzehn Uhr dreißig. Bitte nicht allzu lange, sie braucht Ruhe.«

»Wie schätzen Sie die Genesungschancen ein?«

»Ich kann keine Prognose stellen. Bitte glauben Sie mir. Der Schlaganfall war ziemlich heftig. Außerdem steht zu befürchten, dass es weitere Einblutungen geben wird. Wir hoffen zwar, dass sich Ihre Mutter gut erholt, eine sichere Prognose lässt sich zum augenblicklichen Zeitpunkt allerdings noch nicht treffen.«

»Vielen Dank«, murmelte Anne.

Sie sortierte noch kurz ihren Schreibtisch, legte das Bild mit dem Dreirad neben das ihrer Mutter. Sie würde es später genauer untersuchen. Sie räumte den Rest in den »Tresor«.

Wortlos verließen sie das Büro. Anne sperrte zweimal ab und rüttelte am Türgriff, um sich sicher zu sein. Auf dem Weg zum Auto blieb sie stumm, und Elder fragte nicht nach.

Erschöpft ließ sie sich in das Lederpolster ihres Wagens zurücksinken.

»Was ist mit Ihrer Mutter?«, fragte ihr Assistent endlich.

Anne sah ihn an und entdeckte in seinem Gesicht eine Besorgnis, die sie rührte. Auf der Fahrt zum Nordfriedhof erzählte sie Elder vom Schlaganfall und von der Einlieferung ihrer Mutter, von der Entscheidung, die sie hatte treffen müssen, und von dem Gespräch eben. Als sie auf dem Parkplatz vor dem Friedhof ausstiegen, fühlte sie sich erleichtert.

Sie blieben kurz sitzen.

»Danke für Ihr Verständnis«, sagte sie mit einer gewissen Rührung.

Elder nickte stumm. Sie saßen noch eine Minute nebeneinander, ohne etwas zu sagen, dann stiegen sie beide wie auf Kommando gleichzeitig aus. Sie gingen den Hauptweg zur Friedhofsverwaltung des Nordfriedhofs hinunter.

Anne war wieder ganz sachlich und auf ihre Arbeit konzentriert.

»Damit ich das richtig verstanden habe: Das Familiengrab der Meisters ist ein Grab mit vier Grabstellen.«

Elder nickte, während er neben ihr herschlurfte.

»Jeweils zwei übereinander. Man füllt normalerweise jeweils eine Seite auf, das heißt, man legt die Toten übereinander. Dann füllt man die zweite Seite.«

»Und das ist nicht gegangen?«

»Gegangen schon, aber die unterste Lage war bereits belegt. Da lag ein Zinksarg.«

Anne hob die Augenbrauen.

»Ist das nicht verboten?«

»Eigentlich schon. Aber das Ding scheint älteren Datums zu sein.«

»Wie alt?«

Elder zuckte die Schultern. »Weiß ich auch noch nicht.«

»Es könnte also noch einen Toten geben, der zur Familie gehört hat.« Anne Karg dachte laut nach. »Das wird mir langsam zu verworren, Elder. Wir müssen eine gewisse Systematik in die Sache bekommen.«

Sie standen vor der Verwaltung und läuteten. Eine Stimme fragte über Lautsprecher nach ihrem Wunsch. Als Anne ihren Namen nannte, summte der Türöffner.

»Erster Stock, Zimmer vier«, ließ sich die Stimme vernehmen.

Sie traten ein, stiegen in den ersten Stock hinauf und betraten den Raum.

Hinter einem Schreibtisch, der sicher schon hundert Jahre auf dem Buckel hatte, saß ein typischer Verwaltungsbeamter, grau, unauffällig, bebrillt, mit gebeugtem Rücken.

»Schön, dass Sie kommen konnten«, sagte der Mann. »Erich Loost.« Er wies auf zwei Stühle, ohne aufzustehen.

Als Elder sich setzte, hätte Anne beinahe losgelacht. Der Stuhl war so tief, dass die Knie seiner langen Beine ihm fast bis zu den Brustwarzen reichten. Sie musste tief einatmen, um die pietätvolle Stille nicht zu stören.

»Sie haben die Aufgabe, nach Verwandten des Toten zu suchen?«

Anne nickte und reichte ihm den Auftrag von Dr. Fritsch.

Erich Loost schob die Brille hoch auf die Stirn und hielt sich das Blatt dicht vor die Nase, als müsse er es nicht nur lesen, sondern auch riechen.

»Ah ja, gut, das reicht«, murmelte er. Dann steckte er das Blatt in seinen Drucker, kopierte es und heftete es in eine Akte, die neu angelegt worden war.

»Nun, also«, begann er umständlich und schob die Brille zurück auf die Nase. »Unser Totengräber wollte den Sarg auf die unterste Ebene legen. Es war auf dieser Seite der erste Tote. Aber dann stieß er auf einen Zinksarg. In unseren Unterlagen gibt es keinen Hinweis darauf, wo der herkommt. Bauart und Form lassen jedoch den Schluss zu, dass der Sarg schon mindestens siebzig Jahre oder länger in der Erde liegt.«

»Wollen Sie damit sagen, dass er während der NS-Zeit dort deponiert worden ist?«

Elder schaltet sich ein.

»War der Sarg verlötet?«

Der Friedhofsbeamte nickte und presste die Lippen zusammen. »Eigentlich verboten. Schließlich sollen die Toten ja … der Erde übergeben werden. Die Holzhülle verrottet, bricht ein, der Tote wird zersetzt. Der ewige Kreislauf von Entstehen und Vergehen ist vollendet. So ist es üblich.«

»Das geht bei einem Zinksarg wohl nicht!«, stellte Anne fest.

»Nein. Luftdichter Abschluss. Die Leiche verwest nicht, sie mumifiziert. Der Sarg selbst verrottet nicht.«

»Was heißt, wir haben es hier mit einer Mumie zu tun?«

»Vermutlich. Wir haben den Sarg noch nicht öffnen lassen.«

»Dann öffnen Sie ihn. Ich muss wissen, wer das ist. Vielleicht ist der Tote das Bindeglied zu der Verwandten, die wir suchen.«

Der Beamte nickte. Dann schob er Anne ein Formular über den Tisch zu.

»Was ist das?«, fragte sie verblüfft.

»Die Kostenübernahme. Da kommt ganz schön was auf Sie zu.« Erich Loost lächelte verbindlich.

»Welche Kosten?«, fragte Elder.

»Lagerung der Leiche, Transport, Öffnung, Obduktion, Beisetzung, Entsorgung des Zinksarges. Das ganze Paket eben«, sagte Loost beiläufig. »Übrigens bringt Zink zurzeit gutes Geld.«

Anne verdrehte die Augen. Darum ging es dem Beamten also.

»Na schön. Geben Sie schon her. Wo muss ich unterschreiben?«

Er wies sie auf eine Stelle in dem Formular hin, und Anne unterzeichnete es.

»Wo steht der Zinksarg?«

»Gerichtsmedizinisches Institut.«

Anne stutzte. »Wir haben so etwas in Augsburg?«

Der Beamte schüttelte den Kopf. »Ulm. Ich lass solche Fälle nach Ulm bringen.«

Anne lächelte Elder an. »Das wird Ihre Aufgabe werden. Rufen Sie in Ulm an. Machen Sie etwas Druck. Lassen Sie klären, woher Leichnam und Sarg stammen.«

Dann wandte sie sich wieder an Loost.

»Haben Sie es häufiger mit solchen Fällen zu tun? Ich meine, dass ein Grab bereits belegt ist?«

Loost wiegte den Kopf.

»Nicht mehr oft. Aber es kommt vor.«

Anne hob eine Augenbraue. »Wie geht das? Werden die Leichen heimlich nachts bestattet? Ich dachte, das Problem ist eher umgekehrt, dass sie nachts wieder ausgebuddelt werden.«

Der Beamte zog seinen Mund schief. Sie sah ihm an, wie sehr er sich innerlich gegen diese Unterstellung wehrte.

»Früher wurden alle Zugänge handschriftlich bearbeitet. Aber wir waren schon immer unterbesetzt. Da kam es schon mal vor, wenn der Mann hier am Schreibtisch mal zwei Wochen krank war, dass man Beerdigungen vorgenommen hat, ohne sie in die Kladde einzutragen. Ins Register meine ich. Da blieb der Vorgang als Zettel auf dem Schreibtisch liegen – und dann, na ja, er fiel herunter, rutschte in andere Akten, verschwand sonst wohin. Man kann ja nicht jeden frischen Erdhügel kennen.«

»Und im Dritten Reich?« Elder hatte sich eingeschaltet. »Kam es das damals auch häufiger vor?«

Jetzt war Loosts Unbehagen beinahe körperlich zu spüren. Der Beamte rutschte auf seinem Schreibtischstuhl hin und her. Seine Finger spielten mit dem Brieföffner.

»Es war eine rechtlose Zeit. Meine Vorgänger haben zwar versucht, die Ordnung aufrechtzuerhalten. Wenn aber ein Befehl von oben kam … oder die Angehörigen darum baten … Da verschwand schon mal eine Eintragung.«

»Wie meinen Sie das?«, hakte Elder nach.

»Wie ich es gesagt habe. Hier auf dem Friedhof wurden sogenannte Helden begraben, die an der Ost-, West- oder sonst einer Front verreckt sind, aber auch gehängte Deserteure, Kommunisten, von der SA verhörte ›Staatsfeinde‹, die an ›Herzversagen‹ gestorben sind. Da nahm man es manchmal nicht so genau.«

Auch Anne hatte verstanden, was Elder hier dem Beamten entlockt hatte.

»Die Leiche im Grab der Familie Meister war so eine … unliebsame Bestattung?«

Loost zuckte mit den Schultern.

»Möglich. Es könnte aber auch sein …« Loost blätterte noch einmal in den Unterlagen. Dann nickte er. »Es könnte sein, dass die Belegung auf die Vorbesitzer zurückgeht.«

»Vorbesitzer?« Anne rutschte auf ihrem Sitz nach vorne.

»Ja. Das ist nichts Ungewöhnliches. Grabstätten werden von der Friedhofsverwaltung für zwanzig Jahre zur Benutzung verkauft. Danach kann man sie für weitere zwanzig Jahre erwerben. Wenn keine Nachkommen da sind, wird die Grabstätte aufgelöst, die Überreste werden daraus entfernt, und dann wird sie weiterverkauft. Wenn sie nicht belegt worden ist, prüft man nicht nach, ob eine Leiche drinliegt.«

»Aha«, sagte Elder.

»Gerade in der Umbruchzeit zwischen dem Nationalsozialismus und der neuen Bundesrepublik waren viele Grablegen ohne Besitzer. Die Familien waren ausgelöscht worden, ausgewandert oder verarmt.«

Auch Elder war aufmerksam geworden. Anne sah, wie er sich die Nase rieb und dann mit einem verbindlichen Lächeln fragte: »Welcher Familie gehörte das Grab vorher?«

»Da muss ich nachsehen«, sagte der Beamte, ohne sich zu rühren.

»Dann sehen Sie bitte nach«, forderte Anne. Sie nickte Elder anerkennend zu.

Loost sah auf seine Armbanduhr. Noch waren es zehn Minuten bis zwölf. Zu früh, um in die Mittagspause zu gehen, wie Anne vermutete. Seufzend erhob er sich und ging zu einem der Aktenschränke.

»Eigentlich wären die alten Kladden bereits im Archiv. Aber weil dort kein Platz ist, haben wir sie hierbehalten. Ein Glücksfall für Sie.«

Elder brummte nur zustimmend. Loosts Finger glitten eine Reihe brauner Bücher entlang, blieben bei einer Kladde stehen und zogen sie heraus. Zuerst pustete er den Staub von Umschlag und Schnitt. Dann legte er das Buch vorsichtig auf den Schreibtisch und beugte sich darüber. Er blätterte vor und zurück, verglich, feuchtete seinen Finger an, blätterte weiter und zeigte endlich auf eine Stelle. Grab Nr. 7/451 habe der Familie Hacker gehört, bevor es von Hans Meister gekauft worden sei. Eine Belegung habe es zuvor nicht gegeben. Das Grab sei also nicht untersucht worden.

»Hacker«, sagte Anne. »Merken Sie sich das, Elder.«

Loost wollte schon die Kladde schon zuschlagen, als er stutzte.

»Komisch«, sagte er.

Sofort hoben sich die Köpfe der beiden Besucher.

»Was ist komisch?«

»Das Grab. Es war gerade mal sechs Jahre im Besitz der Familie Hacker. Dann wurde es von Hans Meister gekauft. 1945!«

»Hatten Sie eben nicht gesagt, das sei üblich? Wenn ein Grab verwaist, dann wird es wieder freigegeben.«

»Das ist ja das Ungewöhnliche. Das Grab war nicht verwaist. Die Rechnung für das Grab war bis 1950, also auf zehn Jahre hinaus bezahlt. Erst dann hätte es veräußert werden dürfen, selbst wenn niemand es gepflegt hätte. Aber 1945 wird die Grablege einfach weitergegeben. An einen Hans Meister. Für weitere zwanzig Jahre.«

Elder und Anne sahen sich ratlos an. Elder zuckte mit den Schultern.

»Das habe ich noch nie gesehen. Das ist eigentlich – unmöglich«, sagte Loost.

Unsicher lächelte er die beiden an.

»Aber es ist passiert. Darf ich mal sehen?«, fragte Anne.

Loost nickte und schob ihr die Kladde über den Tisch zu.

Die Eintragung war kurz.

Zuerst stand da die Nummer der Grabstelle, dann der Preis, die Jahreszahl, bis wann sie gebucht worden war, dahinter zwei Unterschriften. Zuerst die des Käufers, dann die des Beamten.

Anne sah sich aus reiner Gewohnheit die Unterschrift des Käufers an. Konrad Hacker. Hacker unterschrieb mit dem umständlichen Schlaufen-H der Sütterlinschrift, die im Dritten Reich durchaus üblich war und gern geschrieben wurde.

Eine Zeile darunter war die Grabstelle weiterveräußert worden, und Hans Meister hatte unterschrieben. Auch sein H des Vornamens war das verschnörkelte Schlaufen-H. Ansonsten konnte Anne nichts Ungewöhnliches feststellen.

»Darf ich mir die Seite kopieren?«

»Ja, eigentlich …«, stotterte Loost mit einem unmissverständlichen Blick auf seine Armbanduhr. »Unser Kopierer …«

»Bemühen Sie sich nicht«, sagte Elder. Er zog aus seiner Hosentasche eine kleine Digitalkamera, schaltete sie an und wartete, bis sie funktionsbereit war. Dann stand er auf, ließ sie kurz über der Seite schweben und drückte ab. Ein roter Fleck erschien auf dem Papier, dann klickte es. »Das war's schon«, sagte Elder.

»Vielen Dank für Ihre Mühe«, sagte auch Anne und streckte Loost ihre Hand hin.

Bevor der Friedhofsbeamte sich von seiner Überraschung erholt hatte, waren sie durch die Tür und draußen.

»Gut gemacht«, sagte Anne anerkennend.

»Ist das Regel sieben: Bei guten Aktionen wird Lob gespendet?«, spottete Elder.

12

Anne war verstimmt. Elders Auftritt hatte ihr gezeigt, wie nützlich er einerseits war und wie bescheuert sie sich andererseits ihm gegenüber verhielt. Dennoch konnte sie seine letzte Bemerkung nicht einfach so hinnehmen.

Sie saßen im Auto, standen jedoch noch immer auf dem Parkplatz vor dem Haupttor des Nordfriedhofs.

»Wollen wir nicht fahren?«, fragte Elder. »Oder finden Sie das Loch für den Zündschlüssel nicht?«

Anne sah langsam zu Elder hinüber. Sie konnte wirklich nicht lachen.

»Lassen Sie Ihre blöden Bemerkungen, Elder. Wir sollten besser zusammenfassen, was wir bislang wissen.«

»Das ist trotz der Überfülle an Informationen denkbar einfach: Wir wissen – nichts!«

Anne schloss die Augen. Sie musste ruhig bleiben, sich zusammennehmen.

»Jetzt hören Sie mir genau zu, Elder ...«

»Regel acht?«, platzte Elder neben ihr heraus. Sie konnte hören, wie er über das ganze Gesicht grinste, weil ihm diese Anspielung eingefallen war. Doch Anne reichte es. Sie konnte sich gegenüber dem Pickelgesicht nicht mehr zurückhalten.

»Steigen Sie aus!«, schrie sie ihn an. »Laufen Sie nach Hause oder scheren Sie sich zu Dr. Fritsch und sagen Sie ihm, ich hätte Sie rausgeworfen, weil Sie nicht in der Lage sind, im Team zu arbeiten. Raus jetzt, sonst kratze ich Ihnen die Augen aus!«

»Sie sind heute aber empfindlich!«, maulte Elder zurück.

Anne hatte noch immer die Augen geschlossen. Sie hörte, wie sich die Tür öffnete und Elder ausstieg. Kaum war die Beifahrertür wieder zugefallen, startete sie den Motor und fuhr mit quietschenden Reifen los.

Sie war gar nicht in der Lage, klar zu denken, so kochte die Wut in ihr. Beinahe hätte sie auf der Höhe der Friedhofsgärtnerei eine ältere Dame überfahren. Sie stieg in die Eisen, hielt an und winkte der Frau, doch die Oma war nicht mehr dazu zu bewegen, die Straße zu überqueren. Nachdem sie mindestens zwei Minuten gewartet hatte, ohne dass die verschreckte Alte losgegangen wäre, gab Anne Gas. Wieder pfiffen die Reifen, und das Heck brach leicht aus.

Sie würde jetzt zwei Dinge tun: ihre Mutter besuchen. Es wurde Zeit, sich sehen zu lassen. Und die Haushälterin dieses Hans Meister aufsuchen.

Mit Gewalt zwang sie sich dazu, langsamer zu fahren.

Keine zehn Minuten später stand sie auf dem Parkplatz des Klinikums. Ebenso lange dauerte es, bis sie im elften Stock vor der Stroke Unit stand. Sie schüttelte den Kopf über dieses bescheuerte Denglisch: Stroke Unit statt Schlaganfall-Abteilung. Was wollte das Krankenhaus mit solchen Anglizismen erreichen? Sich einen Anstrich von Weltläufigkeit geben? Der Effekt war wohl eher der, dass sich die halbwegs Gebildeten unter den Besuchern eher einen Ast lachten. In ihren Ohren klang »Stroke Unit« eher wie der Megalacher »Thank you for travelling with Deutsche Bahn«.

Sie schüttelte noch immer den Kopf, als sie sich mit den Gegebenheiten vertraut machen musste: Die Intensivstation durfte nur mit Zustimmung des Personals ab vierzehn Uhr dreißig betreten werden. Es war aber erst kurz nach zwölf Uhr.

Anne läutete, doch niemand öffnete ihr. Sie wartete eine Viertelstunde, dann gab sie auf. Fluchend ging sie zurück zu ihrem Auto. Wenigstens in einem Fall wie dem ihren hätte man doch eine Sonderbesuchszeit einräumen können. Sie suchte die Adresse der Haushälterin und brauste los. Innerlich fluchend über die verdammten Ärzte und ihre Sonderwürste, die sie sich brieten, nur weil sie in weißen Mänteln durch die Gegend latschten.

Sie musste die halbe Stadt durchqueren. Ihr Navi zeigte ihr zwar den kürzesten Weg an, doch durch die allgegenwärtigen Baustellen war der Umweg die kürzeste Verbindung zwischen den beiden Punkten.

Sie hielt vor einem Wohnblock und musterte die Fensterfront. In den sechziger Jahren waren das Arbeiterwohnungen des Textilviertels, der MAN und der Papierfabrik Haindel, gewesen. In den Neunzigern waren die Wohnungen dann entkernt, umgebaut und zu Eigentumswohnungen umgewandelt worden. Offenbar hatten sich die Haushälterin und ihr Ehemann, sofern es einen gab, hier eingekauft.

Sie suchte die Hausnummer und prüfte die Türglocken: Stoller stand auf der zweiten Glocke von unten. Offenbar wohnte die Frau im Erdgeschoss.

Anne läutete. Sie wartete und fühlte sich wieder an die Situation im Zentralklinikum erinnert. Niemand öffnete. Sie läutete erneut. Wieder keine Reaktion.

Anne seufzte. War das der Tag, an dem ihr nichts gelang? Es gab solche Tage. Man hätte sie ebenso gut aus dem Kalender streichen können. Nur Füllsel, um die Zeit zwischen Morgendämmerung und hereinbrechender Nacht zu überbrücken. Ebenso inhalts- wie nutzlos.

Vor lauter Ärger drückte sie nacheinander alle Klingeln in der Hoffnung, wenigstens einen kleinen Erfolg verbuchen zu können. Es konnten doch nicht alle Bewohner dieses Aufgangs weg sein. Allein die Statistik sprach schon dagegen.

Tatsächlich summte plötzlich die Eingangstür. Anne drückte rasch dagegen. Sie war drin.

»Werbezeitungen«, schrie sie die Stufen hinauf. »Ich lege sie nur auf die Treppe.« Dann ließ sie die Tür wieder zufallen. Sie horchte den Treppenschacht hinauf und hörte, wie im zweiten oder dritten Stock ebenfalls eine Wohnungstür geschlossen wurde. Sie wartete einige Augenblicke, um ganz sicherzugehen, niemandem mehr zu begegnen.

Langsam stieg sie die Treppe hinauf, schob sich aber immer an der Wandseite entlang, um nicht von oben gesehen zu werden. Sie schaute auf die erste Türklingel auf der linken Seite. Bartsch. Hier war sie falsch. Sie ging zur anderen Seite hinüber: Bingo. In alter Sütterlinschrift stand groß »Stoller« an der Wohnungstür. Dort also wohnte die Haushälterin von Hans Meister.

Anne zögerte, bevor sie klingelte. Was erwartete sie von der Frau? Wenn sie etwas gewusst hätte, dann hätte sie damit doch bestimmt nicht hinter dem Berg gehalten. Sie würde die Haushälterin dennoch befragen, allein um alle Eventualitäten auszuschließen. Wenn Frau Stoller nichts über den Verbleib eines männlichen oder weiblichen Nachkommens wusste, dann konnte sie wenigstens aufhören, diese Spur zu verfolgen. Ihre Hand ging zum Klingelknopf, als ihr etwas auffiel: Die Tür stand einen Spalt weit auf. Ein ungutes Gefühl beschlich Anne. Wer ließ die Tür zu seiner Wohnung einfach offen stehen?

Geistesgegenwärtig stülpte sie den Ärmel ihrer Bluse über ihre Finger und drückte die Tür ganz auf. Sie schwang geräuschlos nach innen.

»Frau Stoller?«, rief Anne nach drinnen. »Sind Sie da? Die Tür steht auf. Darf ich hereinkommen?«

Sie vernahm keinen Laut. Langsam und vorsichtig, als betrete sie einen Sperrbezirk, tastete sich Anne vorwärts. Die Wohnung bestand aus zwei großen Räumen, einer Toilette und einer Küche.

Rasch hatte sie sich einen Überblick verschafft. Niemand war da. Allerdings wunderte sich Anne über die Sammlung von Antiquitäten, die überall in der Wohnung herumstanden: griechische Marmorköpfe, römische Bronzefiguren, Vasen, Münzen, Teller, Tassen, alte Bücher und Folianten. Die gesamte Wohnung war vollgestopft mit Gegenständen aus alter Zeit.

»Frau Stoller!«, rief Anne erneut. Der einzige Raum, den sie noch nicht angesehen hatte, war die Toilette beziehungsweise das Bad. Sie vermutete beide Sanitäreinrichtungen im selben Zimmer. Ihr Herz pochte, als sie den Türgriff in die Hand nahm und niederdrückte.

»Was machen Sie denn da?«, fragte eine Stimme hinter ihr.

Anne fuhr herum. In der offenen Wohnungstür stand eine alte Frau, einen guten Kopf kleiner als sie, und trug einen Wäschekorb, den Türschlüssel in der Linken.

»Ich … äh … die Tür … sie stand auf, und niemand hat geantwortet … da dachte ich … äh … ich heiße Anne Karg … bin Juristin und im Auftrag von Fritsch, … ich meine dem Notar Dr. Fritsch … also … äh … ich …«

Sie verhaspelte sich hilflos.

»Jetzt setzen Sie sich erst einmal hin«, sagte die Alte mürrisch. »Dieses Kauderwelsch hält ja kein Mensch aus. Und dass Sie mich nicht beklauen wollten, sieht man.«

Mit dem Kinn deutete die alte Frau in Richtung Wohnküche. Anne nickte dankbar und ging vor ihr her.

»Kaffee? Tee?«, fragte Frau Stoller.

»Tee, bitte.«

»So, jetzt atmen Sie erst einmal durch und erzählen mir dann in Ruhe und ausführlich, was Sie hierher- und in meine Wohnung treibt.«

Die Haushälterin Hans Meisters hantierte mit einem elektrischen Wasserkocher, den sie füllte und einschaltete, holte Tassen heraus, suchte in einem der Schränke nach Tee und Filter, räumte Zucker und ein paar Kekse her, ohne sich um Annes Protest, sie solle sich doch keine solchen Umstände machen, zu kümmern. Mit einer merkwürdig geformten Schere öffnete sie eine verschlossene Teepackung.

»Ich hätte noch einige Fragen zum Tod Hans Meisters. Ich bin von Notar Dr. Frisch damit beauftragt, Nachfahren zu suchen«, brachte sie endlich zustande.

»Geht doch«, murmelte die alte Frau, während sie den Tee in ein Sieb gab und langsam Wasser aufgoss. Sie hantierte mit der linken Hand ebenso geschickt wie mit der rechten. »Fragen Sie!«

»Sie haben Hans Meister gefunden?«

Die Greisin nickte. »Das war ein feiner Mann, der Hans Meister. Ein ganz feiner Mann. Er hat meinem Gatten und mir geholfen, diese Wohnung zu kaufen. Hat uns Kredit gegeben. Mein Mann war Restaurator und ich Haushaltshilfe. Da bekommt man von der Bank nicht so leicht einen Kredit, nicht einmal für eine kleine Wohnung. Aber der Herr Meister, nicht eine Sekunde hat er gezögert. Nicht eine Sekunde. Ein ganz feiner Mann – und gebildet.«

»Wie ist er denn gestorben?«, fragte Anne vorsichtig.

»Er war alt. Über neunzig. In diesem Alter fragt man sich nicht mehr, wie einer gestorben ist, sondern, warum er noch lebt.«

Die Haushälterin nahm das Teesieb aus der Kanne, legte es beiseite und goss Annes Tasse voll.

»Zucker?«

Anne schüttelte den Kopf. »Nein.«

»Sie sind also keine Süße, mein Kind.«

Die ehemalige Haushälterin Hans Meisters lächelte und führte ihre eigene Tasse an die Lippen.

»Sie offenbar auch nicht. Sie haben sich ja auch keinen Zucker gegönnt.«

»In meinem Alter muss man einiges weglassen, was man gerne tun würde. Als ich so alt war wie Sie, da konnte es nicht süß genug sein. Aber jetzt hab ich den Zucker im Blut – und das genügt.«

Anne musterte die Frau. Sie wirkte fit, war drahtig, wenn auch etwas gebeugt durch das Alter. Sie schätzte Lisa Stoller auf Mitte, Ende achtzig.

»Sie haben eine schöne Wohnung«, sagte Anne mit dem Blick auf einige der Antiquitäten, die selbst in der Küche herumstanden.

»Ach, Sie meinen bestimmt das Zeugs da!« Lisa Stoller deutete auf einen Torso aus Bronze, der sicherlich zweitausend Jahre alt war. »Mein Mann hat Repliken gesammelt. Er war ganz vernarrt danach. Manche hat er selbst hergestellt, als Restaurator. Er war ein guter Handwerker. Jetzt habe ich das Gelump am Hals. Zum Wegwerfen ist es zu schade. Aber es stellt die gesamte Wohnung voll und muss immer nur abgestaubt werden.«

Anne lächelte zustimmend. Für Repliken sahen die Gegenstände ziemlich echt aus.

»Ihr Mann war ein Künstler«, sagte Anne beiläufig.

»Sie wollten etwas zu Hans Meister fragen«, steuerte Lisa Stoller wieder in das rechte Fahrwasser.

»Ja. Richtig. Es hat Sie also nicht überrascht, dass er tot war?«

»Nein. Er war krank. Schon seit längerer Zeit. Das Herz, die Beine, langsam auch der Kopf. Wahnvorstellungen. Er war an den Rollstuhl gefesselt. Konnte nicht mehr laufen. Die Hüfte. Mit über neunzig Jahren operiert man keine Hüften mehr. Er sagte immer, dass das Ersatzteil für ihn mehr kosten würde, als er selbst wert wäre.«

»Hat er je etwas über eine Enkelin, Urenkelin oder sonstige Verwandte gesagt?«

Die Alte verneinte. »Er war sehr schweigsam. Hat wenig geredet. Wie die Männer eben waren, wenn sie aus dem Krieg gekommen sind.«

»Ich dachte, er war im KZ?«

Die Alte zuckte mit den Schultern. »Möglich.«

»Wie lange haben Sie eigentlich für Meister gearbeitet?«

Die Frau sah Anne prüfend an. »Seit Kriegsende. Nachdem seine Frau und der Sohn …«

»Davon weiß ich. Und zuvor? Haben Sie ihn zuvor schon gekannt?«

Lisa Stoller musterte Anne mit einem Blick, der alles bedeuten konnte: Misstrauen, Furcht, Argwohn, Besorgnis.

Die Greisin schüttelte bedächtig den Kopf. Die Zeit, die sie dazu gebraucht hatte, ließ Anne stutzen. Die Frau verbarg etwas vor ihr. Doch wenn sie jetzt insistierte, würde die Alte ihr vermutlich gar nichts mehr sagen.

»Haben Sie die Wohnung in der Langen Gasse gereinigt, bevor Hans Meister fortgetragen wurde?«

Zum ersten Mal blickte Frau Stoll Anne verblüfft an.

»Eine Wohnung in der Langen Gasse? Davon weiß ich nichts.«

»Aber Sie haben ihn doch dort gefunden!« Jetzt war es an Anne, verblüfft zu sein.

»In der Langen Gasse? Was reden Sie da? Er wohnte in der Gumpelzheimerstraße. In der alten Fabrik. Hohe Zimmer. Große Räume. Ich glaube, ihm gehörte das gesamte Areal, aber er hat nur einen Teil davon bewohnt. Hatte es wohl geerbt.«

Anne verschlug es die Sprache.

»Er wohnte nicht in der Langen Gasse?«

»Nein. Das sagte ich doch schon. Ich kenne keine Wohnung in der Langen Gasse.«

»Und in der Gumpelzheimerstraße ist er auch gestorben?«

»Was soll die Frage? Natürlich. Ich habe den Arzt geholt, wie er es mir aufgetragen hat, wenn er sterben sollte. Das war ja abzusehen. Dann habe ich gewartet.«

»Gewartet?«

»Jemand musste ja den Arzt und das Beerdigungsinstitut in die Wohnung lassen.«

Anne verstand, wusste aber die Information noch immer nicht recht einzuordnen. Warum hatte Dr. Fritsch sie dann in die Lange Gasse geschickt? Hatte er auch nicht mehr gewusst?

»Hans Meister hat wirklich niemals über irgendwelche Verwandten geredet? Oder hat er vielleicht angedeutet, dass er irgendwo eine Ahnentafel oder etwas Ähnliches versteckt hat?«

»Kindchen«, sagte die Alte. »Er hat Suppe bestellt, hat mir aufgetragen, die Fenster zu putzen, ihm die Wäsche zu bügeln, und zuletzt habe ich ihm die Urinflasche gegeben. Mehr nicht. Er war – wie gesagt – nicht sehr redselig. Aber er hat gut bezahlt, hat mir immer geholfen und war ein feiner Mann. Ein wirklich feiner Mann, auch wenn er vielleicht Fremden gegenüber manchmal etwas mürrisch war. Mehr weiß ich nicht.«

Anne führte ihre Teetasse an die Lippen, trank jedoch nicht. Plötzlich kam ihr ein Gedanke.

»Haben Sie noch den Schlüssel zu seiner Wohnung?«

Die alte Frau nickte.

»Würden Sie mich in die Wohnung lassen? Ich muss nach Hinweisen suchen, die auf irgendwelche Verwandte hindeuten.«

Die Haushälterin sah Anne skeptisch an. Doch die zog einen Brief aus der Tasche. Es war der Auftrag von Dr. Fritsch mit der Unterschrift von Hans Meister.

»Hier. Mein Auftrag. Noch von Ihrem alten Arbeitgeber unterschrieben. Sie dürfen mir den Schlüssel gerne auch überlassen.«

Lisa Stoller zögerte. Dann sagte sie: »Ich musste Herrn Meister schwören, ihn niemals aus der Hand zu geben.«

»Auch wenn er tot ist?«

»Das weiß ich nicht.«

»Dann machen wir es doch so«, sagte Anne und sah auf ihre Uhr. »Ich gehe jetzt zu meiner Mutter ins Krankenhaus. Sie liegt dort mit einem Schlaganfall.«

»Das tut mir leid«, murmelte die alte Frau.

»Wir könnten uns ja in der Wohnung treffen. Dann geben Sie den Schlüssel nicht aus der Hand, und ich kann die Wohnung dennoch besichtigen. Soll ich Sie abholen?«

Die Alte schmunzelte. »Ich fahre mit dem großen Taxi.« Als sie Annes ratlosen Gesichtsausdruck bemerkte, setzte sie »mit dem Bus« hinzu.

»Wann treffen wir uns in der Wohnung, Frau Stoller? Vier Uhr?«

»Vier Uhr«, bestätigte Frau Stoller.

Anne bedankte sich für die Bewirtung und verabschiedete sich.

Noch als sie die Treppen hinunterging, holte sie ihr Handy heraus und wählte Elders Nummer.

»Wo sind Sie, Elder?«, fragte Anne unumwunden.

»Beim Kaffeetrinken.«

»Wir treffen uns um vier Uhr in der Gumpelzheimerstraße, bei der aufgelassenen Fabrik in Oberhausen. Dort hat Hans Meister wohl tatsächlich gewohnt. Seien Sie pünktlich.«

Ohne seine Antwort abzuwarten, unterbrach sie das Gespräch und lief zum Auto. Offenbar hatte er ihren Wutausbruch nicht allzu tragisch genommen, dachte sie und ließ den Motor an.

13

»Mama!«

Ihre Mutter hatte die Augen geschlossen und schlief. Das Gesicht zeigte nur noch eine leichte Erschlaffung. Nach zehn Minuten Wartezeit vor der verschlossenen Tür der Stroke Unit war sie endlich eingelassen worden. Sie musste sich einen grünen Kittel anlegen, Handschuhe überstreifen sowie einen Mundschutz nehmen.

»Eine halbe Stunde, nicht länger«, hatte die Schwester sie gemahnt. »Ich hole in der Zwischenzeit den Arzt.«

Anne hatte genickt und sich vorsichtig dem Bett genähert. Ein grauer Kasten mit zwei Bildschirmen, auf denen sich ständig ändernde Zahlen und Linien in Blau, Grün und Rot zu sehen waren, stand am Kopfende. Am auffälligsten waren darauf die Piks des Herzrhythmus, die eine beunruhigende Unregelmäßigkeit zeigten. Schläuche führten von einem Tropf an den Handrücken. Ein Blutdruckmessgerät und eine Sauerstoffversorgung waren angeschlossen. Sie piepten und gurgelten leise. Der Herzschlag wurde kontrolliert, ebenso die Sauerstoffsättigung und die Pulsfrequenz.

»Frau Karg!«, versuchte sie es offizieller, doch ihre Mutter rührte sich nicht.

Ein Mann trat neben sie. Der Arzt.

»Sie sind die Tochter? Anne?«

Anne sah den Arzt von der Seite an. Er wirkte müde, lächelte ihr jedoch zu.

»Wacht sie wieder auf?«

»Oh ja. Ihre Mutter ist nur müde. Das ist normal. Ihr geht es im Grunde gut. Sie hat keine weiteren Einblutungen erlitten. Jetzt schläft sie. So ein Schlaganfall erschöpft den Körper. Ich denke aber, dass Sie morgen oder übermorgen wieder mit ihr reden können.« Er machte eine Pause. »Sie hat die ganze Nacht nach Ihnen gerufen.«

Der letzte Satz trieb ihr Tränen in die Augen, und sie sah in das leicht entstellte Gesicht. Ihre Mutter war immer für Anne da gewesen, hatte sie unterstützt, hatte ihr während des Studiums Geld zugesteckt und nie geklagt, obwohl sie jede Mark von ihrer Witwenrente hatte absparen müssen.

»Bleiben Sie ruhig noch eine Weile sitzen. Unsere Erfahrung ist, dass die Kranken es sehr wohl spüren, wenn ihre Lieben da sind.«

Anne wandte sich wieder ihrer Mutter zu, nahm ihre Finger in die Hand, weil der Handrücken unter dicken Binden verschwand.

»Sie hat auf der linken Seite einen Ausfall des Sehfeldes um gut dreißig Prozent. Ob sich das wieder gibt, wissen wir nicht. Auch sind irreparable Störungen des Gleichgewichtsorgans nicht auszuschließen. Aber es ist noch zu früh, um eine vollständige Diagnose zu stellen. Es kann auch sein …« Der Arzt stockte kurz, als würde ihm die folgende Äußerung schwerfallen. »Es kann sich noch ein weiterer Schlaganfall entwickeln. Bitte rechnen Sie damit. Erst in sechs, acht Wochen können wir Entwarnung geben. Bis dahin …«

Anne bemerkte nicht, wie sich der Arzt aus dem Zimmer schlich, denn ihre Mutter öffnete ein Auge. Sie blickte umher, als suche sie nach etwas, fixierte aber nichts.

»Mama!«, sagte Anne lauter.

»Ja? Wer ist …? Anne?«

Ihre Mutter redete mit schwerer Zunge, die nur halb verständliche Laute produzierte. Plötzlich ergoss sich ein Schwall von Worten über Anne, aus denen sie heraushörte, dass ihre Mutter seit Stunden auf Anne gewartet, dass sie immer wieder nach ihr gerufen hatte. Anne verstand nicht alles, konnte sich jedoch das meiste zusammenreimen. Es tat ihr weh, dass ihre Mutter an ihr vorbeisah, sie offenbar nicht wirklich sehen konnte, sondern nur an der Stimme erkannte.

Anne drückte ihr die Hand, doch ihre Mutter entzog sie ihr. Sie war nie der Kuscheltyp gewesen, schon als Kind hatte sie große körperliche Nähe nur bedingt zugelassen. Doch Anne ließ sich nicht beirren. Sie griff erneut nach den Fingern und hielt sie einfach fest.

Ihre Mutter fragte alles Mögliche wirr durcheinander, sah Personen, die es nicht gab, und war felsenfest davon überzeugt, es sei Sonntag, obwohl der Dienstag schon halb vorüber war. Anne bemerkte, wie rasch die aufschäumende Kraft, die ihre Mutter geweckt hatte, wieder erlahmte, wie sich das eine Auge immer öfter schloss und schließlich ein leises Schnarchen anzeigte, dass sie wieder eingeschlafen war.

Anne erhob sich, warf ihr einen Handkuss zu und eilte nach draußen, wo sie auf die Krankenschwester stieß.

»Sie macht sich gut, für die Schwere ihres Schlaganfalls«, sagte diese. »Kommen Sie morgen wieder, dann wird es ihr besser gehen.« Sie lächelte zuversichtlich und zeigte Anne den Abfallbehälter für die Schutzkleidung und den Ausgang.

Den Weg zum Auto genoss Anne ungewohnt intensiv. Sie bemerkte plötzlich, wie wertvoll das Laufen war, sah sich um, horchte auf die Vögel in den Bäumen, auf das Rattern der Baustelle nebenan. Der Mensch war ein Wunder. Wie fein die Mechanik aufeinander abgestimmt war, wie mühelos das Gehirn mit den unterschiedlichen Tätigkeiten, Eindrücken, Gedanken fertig wurde, wie rasch aber alles auch aus dem Ruder laufen konnte, wenn nur an einer Stelle eines der Rädchen brach. Sofort war der Mensch auf ein Niveau der Hilfebedürftigkeit herabgeworfen, das ihn nicht allzu sehr vom Tier unterschied.

Anne atmete tief durch und sah auf die Uhr. Noch eine Stunde. Sie setzte sich ins Auto und schaltete das Blackberry ein. Sie war gespannt, wie lange es dauern würde, bis sich Wolfgang meldete. Dann startete sie den Motor und fuhr los.

Sie bog ins Industrieviertel von Kriegshaber ein, hielt im Kurzen Geländ am Straßenrand an, holte die Unterlagen heraus, die sie von zu Hause mitgenommen hatte, und begann, diese durchzusehen. Irgendetwas war ihr aufgefallen, obwohl sie nicht sagen konnte, was genau es gewesen war.

Sie blätterte im Stammbuch, verglich die Daten miteinander, die alle noch handschriftlich vorgenommen worden waren. In Sütterlin stand dort:

Hans Meister, geb. 7. Juli 1919, verheiratet seit 15. Oktober 1940 mit Hildegard Meister, geborene Messmer, geb. 14. April 1921; Kinder: Hannes, geb. 26. März 1941.

Ihr geschultes Auge erkannte sofort, dass es sich wohl um eine

Notheirat gehandelt haben musste, da das Kind bereits unterwegs gewesen war.

Sie notierte den Namen und das Geburtsjahr des Sohnes.

Doch dann stutzte sie und ließ den Blick auf der Unterschrift der beiden Eheleute unter dem Dokument ruhen.

Sie kramte in ihrer Aktentasche, holte den eigenhändig von Hans Meister unterschriebenen Auftrag heraus und legte ihn neben das standesamtliche Dokument. Schließlich suchte sie erneut in ihren Unterlagen. Dort gab es noch den Personalausweis Hans Meisters. Das Kärtchen war zwar neu, es enthielt jedoch ebenfalls eine Unterschrift. Sie legte es neben das Heiratszeugnis und den Auftrag.

Sie kramte nach ihrem Blackberry und wollte Elders Nummer wählen, als es klingelte. Wolfgang. Sie zögerte einen Augenblick und überlegte, ob sie ihn wegdrücken sollte, doch dann entschloss sie sich, das Gespräch anzunehmen.

»Anne«, meldete sie sich und wunderte sich selbst über ihre Stimme, die säuselte, als wäre sie läufig.

»Hab ich mir fast gedacht. Darf ich dich wieder zu einer Tasse Kaffee einladen? Ich bin in der Nähe. Warte …«

Anne hörte, wie hinter ihr ein Wagen hielt.

»… ja, du stehst direkt vor mir. Gegenüber ist ein kleines Café.« Es entstand eine kurze Pause, dann folgte ein gehauchtes: »Bitte!«

»Ich habe fast das Gefühl, du verfolgst mich.«

»Hättest du etwas dagegen?«, fragte er lachend.

»Im Moment nicht.« Anne stieg aus und sah kopfschüttelnd zum Fahrer hin, der hinter ihr parkte. Wolfgang stieg ebenfalls aus.

»Was machst du in der Gegend?«

»Was man tagsüber so treibt: arbeiten! Komm.«

Anne sah auf die Uhr. Noch eine knappe Stunde, bevor sie sich mit Elder traf.

Er nahm ihre Hand, und sie spürte wieder das Prickeln, das ihren gesamten Körper durchrieselte. Dieser Mann hatte etwas an sich, das sie einfach nicht beiseiteschieben konnte. Er war, was man männlich nannte, zielstrebig, direkt – und er hatte noch eine andre Seite, die Frauen wohl besonders reizte: Er war einfühlsam und ein wenig … weiblich. Es klang komisch in ihren Ohren, denn nichts an Wolfgang war »weiblich«. Und doch, seine Art, wie er sie an sich band, das war nicht die Art, die sie bislang bei Männern erlebt hatte. Sie empfand neben der Sicherheit, die Größe und Statur ausstrahlten, auch das wohltuend Einfühlsame, das vielen Männern abging. Er stellte sich auf sie ein, und das wiederum nahm sie für ihn ein. Er zog sie mit sich, und sie gingen langsam an den noch jungen Alleebäumen entlang, überquerten den Kobelweg Hand in Hand und liefen hinüber zu einem Imbisscafé, das zu Mittag zwar immer rappelvoll war, jetzt aber nur ein paar Gäste beherbergte. Es war nicht gerade die romantischste Ecke der Stadt, doch allein der Mann neben ihr bot ausreichend Flair für ein paar entspannende Minuten.

»Dasselbe wie letztens oder etwas Abwechslung? Ein Kännchen Kaffee?«, fragte er. Allein diese Frage verblüffte sie.

Jeder andere Mann hätte sich noch nicht einmal daran erinnert, ob sie Kaffee oder Tee getrunken hatte. Und er wusste sogar noch, dass es ein Kännchen gewesen war, obwohl er bei der Bestellung noch gar nicht da gewesen war.

Sie setzten sich auf die Korbstühle im Freien vor dem Verkaufsraum. Der Verkehr floss in einem ununterbrochenen Strom an ihnen vorüber, sodass sie sich zueinander beugen mussten, um sich zu verstehen.

»Und. Was darf ich ordern?«

»Diesmal einen Latte macchiato!«, sagte sie.

»Gern.« Er winkte die Bedienung an ihren Tisch, bestellte selbst ein Kännchen und ihr einen Latte.

»Was arbeitest du eigentlich?«, fragte Anne.

Zum ersten Mal beobachtete sie, wie er stockte, als müsse er sich die Antwort ganz genau überlegen. Er blickte auf den Tisch, dann in ihre Augen.

»Wenn ich das sage, dann bin ich die meisten Frauen auch schon wieder los«, sagte er, und in seiner Stimme schwang so etwas wie Enttäuschung mit, dass sie die Frage gerade jetzt stellte.

»Ich laufe dir schon nicht davon.« Anne blinzelte in die Sonne. Er hatte sich so gesetzt, dass er mit dem Rücken zur Sonne saß. »Jetzt bin ich erst wirklich neugierig geworden.«

Er wartete noch ab, bis die Getränke an ihrem Platz standen

und Anne den Milchschaum eingerührt hatte. Während er sich eingoss, erzählte er.

»Ich … arbeite im Sicherheitsgewerbe. Wir beschützen Firmenbosse, Schauspieler, politische VIPs. Alle, die das Gefühl haben, sie benötigten einen besonderen Schutz vor der Öffentlichkeit.«

Deshalb das Equipment und sein Wissen darum, wo ich mich aufhalte, dachte sie.

»Was ist daran so fürchterlich, dass dir die Frauen davonlaufen?«, fragte sie.

»Im Grunde nichts, außer der Tatsache, dass die Arbeitszeiten etwas ungewöhnlich sind und viele Frauen damit … nun ja … nicht klarkommen. Ich bin nicht jeden Abend um siebzehn Uhr zu Hause oder kann am Wochenende zum Grillen gehen. Dafür gibt es Monate, da arbeite ich kaum und bin ständig zu Hause. Das wiederum wollen sie auch nicht.« Wolfgang grinste sie an. »Wie es kommt, es ist immer falsch.«

Anne verstand sehr wohl, worin das Problem lag. Viele Frauen wollten Sicherheit, wollten ein geregeltes Einkommen und feste Arbeitszeiten, um das Verwöhnprogramm ablaufen lassen zu können, mit dem sie die Männer immer fester an sich banden, bis diese völlig unselbstständig waren. Sie kannte das aus ihrem Freundeskreis.

»Dann ähnelt deine Art zu arbeiten der meinen. Auch ich habe keine festen Arbeitszeiten, sondern muss los, wenn ich losmuss.« Sie schlürfte ihren Latte macchiato und lächelte ihn über das Glas hinweg an.

»Schwierig wird es nur, wenn man Termine vereinbaren muss«, sagte er schelmisch.

»Du kannst es heute Abend noch einmal versuchen«, sagte sie und blinzelte ihn an. Sie schalt sich wieder eine dumme Gans, weil ihre Stimme gurrte wie der Lockruf einer Taube. »Ich lasse es eingeschaltet. Wenn du keine Zeit hast, dann mach dir keinen Kopf draus. Vielleicht bin ich selbst ja auch nicht da.«

»Das wird eher eine ungewöhnliche Erfahrung für mich werden«, sagte er und beugte sich zu ihr vor. Er nahm ihre Hand in die seine und drückte sie. Anne ließ ihn gewähren.

Sie redeten noch ein wenig über Gott und die Welt, bis Anne erschrocken auf ihre Uhr sah.

»Ich muss los. Habe ich das recht verstanden, du lädst mich ein?«

»Wie versprochen«, sagte er nur und ließ sie gehen. Anne spürte, wie er ihr nachsah. So intensiv wie bei Wolfgang hatte sie das noch bei keinem Kerl gefühlt. Und sie glaubte, sich daran gewöhnen zu können.

Mit quietschenden Reifen schoss sie wenig später in die Gumpelzheimerstraße hinein und suchte sich einen Parkplatz.

Elder wartete schon vor der großen Fabrikhalle. Alles sah so aus, als wäre das Unternehmen bereits im Krieg beschädigt worden und dann langsam weiter verfallen. Eine Art Vorplatz bildete den Eingangsbereich, dann kamen gut sechs Treppenstufen, die zu einer Tür führten, die nagelneu zu sein schien. In der bröckligen Fassade des Gemäuers wirkte sie fehl am Platz.

»Woher wissen Sie, dass Meister hier gewohnt hat?«, begrüßte Elder sie.

»Ich habe mit der Haushälterin gesprochen. Die kannte noch nicht einmal die Wohnung in der Langen Gasse.«

Elder pfiff durch die Zähne.

»Wenn das nicht mysteriös ist. Wozu zwei Wohnungen?«

»Es kommt noch besser, Elder«, kündigte sie an. »Aber zuerst müssen wir das hier hinter uns bringen. Sie haben Frau Stoller noch nicht gesehen?«

»Ich kenne sie nicht einmal. Kann also nicht sagen, ob ich sie gesehen habe.«

»Dann klingeln wir. Vielleicht ist sie schon drinnen. Sie hat ja offenbar noch einen Schlüssel.«

Sie stiegen die Stufen hoch, und Anne suchte nach der Klingel. Es existierte keine.

»Klopfen Sie!«, empfahl Elder.

Schließlich klopfte Anne gegen die Tür – und diese schwang auf. Sie war offen gewesen. Die beiden sahen einander an. Elder zuckte mit den Schultern.

Anne zog ihre Latexhandschuhe über und deutete Elder an, dies ebenfalls zu tun. Er verzog das Gesicht, als fände er die Vorsichtsmaßnahme übertrieben.

»Sie zuerst«, murmelte er.

Annes Herz klopfte. Sie warf einen Blick ins Innere. Ein Windfang öffnete sich, der aus einem Stahlrahmen und Glas bestand. Er war nachträglich eingefügt worden. Dahinter sah man eine weitläufige Halle, einen ehemaligen Produktionsraum. Anne öffnete die nächste Tür. Sie führte in den riesigen Raum, der nur mit Stellwänden unterteilt war.

»Textilfabrik«, sagte Elder. »Spinnerei oder Weberei.«

»Umgebaut zu einer weitläufigen, etwas morbid wirkenden Wohnung. Aber erstaunlich modern.«

Anne sah sich um, ohne sich von der Stelle zu rühren. Die Wohnung wirkte amerikanisch, wie aus einem der Filme, in denen die Helden in ehemaligen Fabrikgebäuden wohnten. Der Wohnraum war offen, die Küche ebenfalls. Um einen rechteckigen Tresen versammelten sich verschiebbare Küchenmöbel auf Rädern. Alles war neu, bis auf eine alte Lampe aus einem Damhirschgeweih.

»Sie ist tatsächlich bewohnt gewesen«, sagte Anne.

»Kommt mir auch so vor. Es ist so ruhig hier.«

Auch Anne war die Stille schon aufgefallen. Seit die Tür hinter ihnen zugefallen war, war der Lärm der Welt wie abgeschnitten. Als bestünden alle Fenster und Türen aus hochwertigem Lärmschutzmaterial.

»Allein das Heizen dieser Wohnung muss ein Vermögen gekostet haben.«

Die Garderobe bestand aus einem metallenen Gestell in einem klaren, ohne viel Schnörkel ausgeführten Stil. Daran hingen mehrere Jacketts, ein Hut, ein Schirm. Auf der Ablage lag ein Schlüsselbund.

»Frau Stoller«, sagte Anne und deutete mit dem Kinn auf den Frauenhut an der Garderobe, der ziemlich abgetragen wirkte. »Sie ist wohl doch schon da.«

Langsam, als müssten sie verhindern, dass Spuren verwischt werden, betraten sie den Raum. Anne betrachtete die Küche. Sie war sauber aufgeräumt. Töpfe und Teller standen oder hingen in Etageren an der Wand. Auf einem der Möbel stand ein Messerblock, wie Anne ihn aus einer Werbung kannte: extrem scharfe Messer von Jamie Oliver. Eines der Messer fehlte. Über der rechteckigen Anrichte schwebte ein gewaltiger Abzug.

Anne ging durch die Küche und überlegte sich, ob sich die Wohnung trotz des Abzugs mit Kochgerüchen füllte, wenn gearbeitet wurde.

»Also – gekocht wurde hier«, sagte Elder und deutete auf eine halb leere Flasche Mazola-Keimöl.

»Muss fürchterlich nach Essen gerochen haben, wenn aufgekocht wurde«, sagte sie. Tatsächlich zeigte diese Küche Leben. Hier war jemand zugange gewesen, ganz anders als in der Wohnung in der Langen Gasse.

»Wo kann man hier schlafen?« Elder holte sie aus ihren Überlegungen.

»Müde?«, kam die Antwort zurück. Anne grinste.

»Neugierig«, sagte Elder. Er deutete nach links. Ganz in der Ecke der Wohnung befand sich ein dunkler Kubus. Daneben ein Eingang.

Sie öffneten die Tür. Dahinter lag eine schmale Abstellkammer mit Werkzeugen. Elder deutete auf eine Dose Grafitöl, Schraubenzieher und Zangen.

»Offenbar hat er auch ein wenig selbst gehandwerkelt.«

Anne nickte nur geistesabwesend und versuchte, das Bild dieser Wohnung in sich aufzunehmen. Sie wirkte so völlig anders als die ihnen bereits bekannte Wohnung. Hier hatte jemand gelebt, hatte jemand gearbeitet. Abgestandener Zigarrenrauch lag in der Luft.

Elder ging auf den Kubus zu.

»Frau Stoller!«, schrie Anne. Elder zuckte zusammen.

»Vielleicht könnten Sie mich vorher warnen, wenn Sie wieder so etwas vorhaben.«

Anne nickte. Die ganze Zeit über hatte sie erwartet, dass er auf ihren Wutausbruch zu sprechen kommen würde. Doch Elder schwieg beharrlich. Vielleicht hatte Fritsch ihm von ihrer etwas impulsiven Art erzählt, und er nahm sie einfach hin.

Während Elder sich zum Schlafraum aufmachte, nahm sie sich den Schreibtisch vor. Er war aufgeräumt. Es lagen keine Papiere herum. Stifte, Locher und Briefpapier waren sauber angeordnet. Sogar die Platte war poliert, als würde der Besitzer Wert darauf legen.

»Frau Karg!« Elders Stimme klang alarmiert. »Sie sollten herkommen.«

Er stand nicht im Schlafzimmer, sondern an der Tür eines Badezimmers, das sich rechts davon anschloss. Ebenfalls abgetrennt von der übrigen Wohnung und vermutlich durch eine weitere Tür mit dem Schlafzimmer verbunden. Sie konnte darauf ein Schild erkennen, das eine Badewanne sowie ein Handtuch zeigte.

Elder rüttelte am Griff, doch die Tür war verschlossen.

Anne war im ersten Moment perplex. Dann begriff sie. Dahinter befand sich die Frau, die sie suchten.

Anne klopfte.

»Frau Stoller? Sind Sie dadrinnen?«

Niemand rührte sich. Sie klopfte erneut. Wieder keine Reaktion. Anne und Elder sahen sich an. Dann untersuchte Anne das Schloss. Es war ein normales Schloss für Innenraumtüren mit Bartschlüssel.

»Schauen Sie, ob die Tür zum Schlafzimmer offen steht!«, sagte Anne. »Da gibt es bestimmt noch eine Verbindung.«

Elder verschwand im Schlafzimmer, während sie sich nach einem Gegenstand umsah, mit dem sie das billige Schloss würde knacken können. Bei Schlössern für veraltete Bartschlüssel reichte ihr ein billiger Nagel, den man in Form biegen konnte. Doch Anne entdeckte nirgends eine Werkzeugkiste, geschweige denn einen Nagel.

Dann kam ihr eine Idee. In der Schlafzimmertür steckte ein Schlüssel. Sie zog ihn ab und versuchte ihn. Zuerst wehrte er sich, da offenbar etwas von innen steckte. Schließlich hörte Anne Metall innen auf die Fliesen fallen, und ihr Schlüssel sperrte.

Als sie die Tür zum Bad öffnete, schlug ihr ein feuchtmetallischer Geruch entgegen, von dem ihr übel wurde.

»Was um alles in der Welt …«, murmelte sie. Dann sah sie die Frau. Sie lag völlig angekleidet in der Badewanne. Ihre helle Bluse war rot von Blut. Über das linke Handgelenk und die linke Halsseite liefen tiefe Schnittwunden. Sofort erinnerte sich Anne an das fehlende Messer im Messerblock. Sie besaß selbst solche Messer, mit denen man sich sogar Schnitze vom Fingernagel absäbeln konnte, wenn man nicht vorsichtig damit umging. Einmal war ihr eines der schweren Messer aus der Hand gerutscht und auf den Oberschenkel gefallen. Mit einer Reflexbewegung war es ihr gelungen, den Griff wieder zu packen. Sie hatte das Messer zurückgelegt, um sich die juckende Stelle am Oberschenkel zu kratzen – bis sie feststellte, dass ihre Jeans einen Schnitt aufwies und aus ihrem Oberschenkel Blut quoll. Die bloße Berührung der Jeans hatte diese zerschnitten und eine drei Zentimeter lange Wunde in ihrem Oberschenkel verursacht. Sie hatte genäht werden müssen. Ein solches Messer erklärte die Wunden am Handgelenk und am Hals der Frau durchaus.

»Elder!«, flüsterte Anne.

»Ich sehe es«, sagte er in ihrem Rücken. »Sie waren mit ihr verabredet?«

»Ja. Ich wollte zuerst meine Mutter besuchen, dann … dann bin ich hierhergekommen.« Von Wolfgang musste Elder nichts wissen. »Wir wollten uns hier treffen, und sie wollte mir noch etwas über … über Meister erzählen.«

»Das wird nur noch schwer möglich sein. Schade.«

Anne betrat vorsichtig den Raum und ging um die Frau herum. Ihr leerer Blick war auf die Deckenlampe gerichtet.

»Gruselig«, sagte Anne.

»Selbstmord?«, fragte ihr Assistent.

»Was sonst, Elder?«, sagte Anne. »Die Tür war von innen abgeschlossen. Oder sehen Sie einen zweiten Ausgang?«

Elder verneinte brummend. »Sind Sie sich sicher? Sie wird sich kaum den Hals durchgeschnitten und dann das Messer versteckt haben. Oder sehen Sie es irgendwo?«

Anne ging noch einmal um die frei stehende Badewanne herum. Neben der rechten Hand lag das Messer, blutbeschmiert. Es war ihr offenbar aus der Hand gefallen.

»Es liegt hier«, sagte Anne.

»Verflucht. Wer macht denn so was? Sich selbst den Hals durchzuschneiden. Was jetzt?«

»Polizei!«, sagte Anne tonlos. Ihr war nicht nur eisig, sie hatte das Gefühl, als wäre sie in einem Block aus Eis eingefroren. Sie sah sich das Messer an und dann die alte Frau.

Warum hatte sie das getan? Wovor hatte sie sich gefürchtet?

»Selbstmord … in diesem Alter?«, fragte Elder.

»Ich finde hier so einiges merkwürdig, Elder. Sie hatte das Messer in der rechten Hand«, sagte Anne zu sich selbst. Ihr lief ein Schauder über den Rücken, der sie zittern ließ. »Wir schauen uns zuvor noch einmal genau um. Es wird keine Rolle spielen, ob die Polizei eine halbe Stunde früher oder später hier eintrifft. Frau Stoller ist tot.«

Anne war von ihrer eigenen Kaltblütigkeit überrascht. Elder nickte und sah dankbar auf seine Handschuhe hinunter.

Anne nahm ihr Blackberry und knipste mehrere Bilder von der Toten, dem Messer und der rechten Hand.

14

Die Fragen der Polizei hatten sie ermüdet. Eine kleine blonde Person mit einer knolligen Nase hatte sie befragt. Anne hatte die Angewohnheit der Frau irritiert, ihre Augen ständig zu schmalen Schlitzen zusammenzupressen, als wäre sie kurzsichtig und müsste aus Eitelkeit diesen Augenfehler ohne Brille korrigieren. Man sah der Frau an, dass sie Sport trieb und einen muskulösen Oberkörper ausgebildet hatte, der ihren Mangel an Busen etwas kompensierte.

Sie war eine misstrauische Person, die kleine blonde Kommissarin, was Annes Auftrag anbelangte.

Annes und Elders Suchaktion war niederschmetternd erfolglos geblieben. Sie waren beide übereingekommen, von ihren eigenen Ergebnissen vorerst nichts an die Behörden weiterzugeben.

»Das können wir immer noch tun, wenn wir mit unseren Nachforschungen Erfolg haben«, hatte Anne gesagt.

Nur eines war im Gespräch mit der Kommissarin deutlich geworden: Es war kein Raubüberfall, und es war kein Mord gewesen. Nichts war entwendet worden. Die alte Frau hatte ihre Tasche noch bei sich gehabt. Anne und Elder hatten sie schon an der Garderobe gesehen und in der Tasche ihren Geldbeutel mit etwa zweihundert Euro entdeckt. Auch ein weniges an Goldschmuck in Form einer goldenen Halskette und zweier goldener Ringe mit billigen Smaragden hatte sie noch besessen. Nur der Hausschlüssel fehlte. Anne hatte ihn bei der ersten Durchsuchung einfach an sich genommen. Die Kommissarin vermisste ihn nicht. Anne würde ihn irgendwann in der Wohnung deponieren. Selbst die Tatwaffe hatte man ja gefunden und die Stoller hatte das Bad von innen verriegelt. Die Spurensicherung hatte am Messer außerdem nur Fingerabdrücke der Toten gefunden.

»Eindeutig Selbstmord«, hatte der Schluss der Kommissarin gelautet.

Jetzt saßen Anne und Elder im Café Weinberger und beratschlagten, wie sie weiter vorgehen sollten. Anne betrachtete verstohlen ihre Hände, die leicht zitterten. Die Entdeckung der

Toten war nicht spurlos an ihr vorübergegangen, auch wenn sie versuchte, mit Humor über das Geschehen wegzugehen.

»Wir sollten uns einige grundsätzliche Gedanken machen«, sagte Elder.

»Und die wären?« Anne stützte das Kinn in ihre Hand und schaute Pickeltobi amüsiert an.

»Warum hat sich die Alte umgebracht? Verzweiflung? Wusste sie etwas, was wir nicht erfahren sollten?«

Anne nickte. »Gute Fragen.«

»Und? Gibt es Antworten darauf?«, hakte Elder nach.

Anne wiegte den Kopf. »Nicht wirklich.«

Ihr Gehirn arbeitete fieberhaft an den Erinnerungen zu Lisa Stoller. Was hatte an diesem Bild der Frau in der Badewanne nicht gestimmt? Sie kam einfach nicht drauf. Sie schob das gesamte Paket in eine Kammer ihres Gehirns, die sie später wieder öffnen würde.

»Ich bin da auf etwas gestoßen, was mich stutzig gemacht hat. Dieser Spur sollten wir einmal nachgehen.«

Sie kramte das Stammbuch der Familie Meister heraus, dann den Personalausweis und das Entlassungsschreiben aus dem KZ sowie den Auftrag Hans Meisters. Sie breitete die Papiere auf dem Tisch aus und sah Elder fragend an.

»Sie sind doch Historiker. Fällt Ihnen daran irgendetwas Ungewöhnliches auf?«

Elder beugte sich über die Papiere, sah sie durch, prüfte jedes Datum, jede Zeile und schüttelte schließlich den Kopf.

»Außer dass es sich wohl um eine Notheirat gehandelt hat, weil die Frau von Meister schwanger war, fällt mir nichts auf.«

Anne nickte. »Ist Ihnen nicht zu verdenken. Mir ist es auch nur zufällig aufgefallen. Haben Sie noch das Bild vom Nordfriedhof mit der Kaufurkunde des Grabes?«

»Natürlich«, sagte Elder und kramte seine Kamera hervor, doch Annes Blick ließ ihn innehalten.

»Es soll meine Theorie bestätigen. Wir brauchen das Bild erst später.« Dann deutete sie auf die Unterschrift unter der Heiratsurkunde und auf die unter dem Suchauftrag. »Sehen Sie sich das an, Elder.« Sie schob ihm die Dokumente zu.

Tobias Elder beugte sich über die Unterschriften und begutachtete sie. Er schob sich die Brille ins Haar, und sein Kopf ging noch näher heran.

»Sie haben einen geschmackvollen Nagellack!«, sagte er leise.

Anne verzog das Gesicht. »Sie sollen, Herrgott noch mal, die Unterschriften vergleichen, nicht meine Finger betrachten. Fällt Ihnen was auf?«

»Das M bei Meister auf der Heiratsurkunde ist rund, während es bei unserem Klienten …«

»… spitz ist. Genau. Noch etwas fällt auf!«

»Spielen Sie auf das H an?«

»Auf das H. Auf dem Standesamtsdokument macht unser Freund ein H wie aus der Vorschule. Zwei senkrechte Striche, einen Querstrich: H. Ausweis und Suchauftrag haben aber dieses Schnörkel-H, das an einem Stück geschrieben wird. Sütterlinschrift mit vier Schlaufen.«

Eder sah sie mit diesem ausdruckslosen Gesicht an, das Anne schier verrückt machte.

»Was schließen Sie daraus?«, fragte er.

»Was ich daraus schließe? Was schließe ich daraus? Was schließen Sie daraus?«

»Dass Meister das Schreiben geübt hat?«

Anne stieß die Luft aus den Lungen. War dieser Kerl so blöd oder tat er nur so?

»Wenn man das Schnörkel-H gelernt hat und dann auf das Drei-Strich-H umsteigt, verstehe ich das. Umgekehrt, wie es hier der Fall sein müsste, ist es nicht nachzuvollziehen.«

»Unterschriften können sich ändern.«

»Das ja, aber nicht auf diese Weise. Meister war damals kein Meister der Schrift, sondern Handwerker«, warf Anne ein.

»Und was heißt das Ihrer Meinung nach?«

Anne sah ihm lange ins Gesicht. Es kam ihr so vor, als würde er mit ihr spielen.

»Dass die beiden nicht ein und dieselbe Person sind! Verdammt.«

»Nur aus diesem H schließen Sie das? Sehr verwegen.«

Anne erhob sich.

»Wir müssten Bildmaterial vom KZ-Häftling Meister haben.«

»Das wird unmöglich sein. Es gibt kaum Fotos der Häftlinge.

Aus Mittelbau-Dora schon gleich gar nicht. Das ist alles verbrannt oder liegt jetzt unter Wasser. Die Stollenanlage ist über weite Strecken vollgelaufen.«

»Dann sollten wir tauchen lernen.«

Eder verzog den Mund und rollte mit den Augen. »Guter Witz. Und wer ist dieser Hans Meister wirklich, wenn er nicht Hans Meister ist?«

Anne deutete auf seine Kamera. »Los, das Bild.«

Elder runzelte die Stirn. »Wozu …«

»Jetzt machen Sie schon.«

Sie klappte ihren Laptop auf, forderte ungeduldig die Speicherkarte, führte sie ein und holte das Foto auf den Bildschirm.

»Schauen Sie sich das an.« Sie vergrößerte den fotografierten Ausschnitt. »Hier oben kauft ein Konrad Hacker das Grab, zahlt für zwanzig Jahre und verschwindet. Dann, nach 1945, zahlt ein Hans Meister wiederum für zwanzig Jahre für dasselbe Grab. Und jetzt achten Sie auf die Unterschriften: Hacker mit dem geschnörkelten H, das bei ›Hans‹ von Hans Meister ebenfalls vorkommt. Ein Graphologe würde vermutlich feststellen können, dass es sich um dieselbe Unterschrift handelt.«

Elder leckte sich mit der Zunge über die Lippen.

»Was übrigens auch andere Merkwürdigkeiten erklären könnte: zum Beispiel den SS-Ehrenring. Er wurde an einen Hacker verliehen.«

»Dann hat er den nicht zufällig am Finger getragen«, schloss Anne aus Elders Überlegung.

Elder nickte. »Es war sein eigener.«

Er lehnte sich zurück und blies Luft durch die Zähne.

»Jetzt sollten wir uns nur über eines klar werden: Wer war dieser Konrad Hacker?«

Beide schwiegen sie und starrten auf die Papiere. Nur das Klappern des Kaffeegeschirrs im Rückraum und die leisen Gespräche der Cafébesucher waren zu hören. Es wirkte, als wären sie dieser Welt entrückt und könnten nur von Weitem hören, was sich dort abspielte.

Dann unterbrach Elder die Stille.

»Die Wohnung in der Langen Gasse. Das war sein Rückzugsraum. Wir sollten uns die Wohnung noch einmal gründlich ansehen.«

Anne war seit ihrer Entdeckung unwohl. Ihr Bauch sagte ihr, dass sie hier etwas geweckt hatten, was sie am besten hätten ruhen lassen sollen.

»Womit haben wir es hier zu tun? Mit einer alten SS-Organisation, die alle Mitwisser beseitigt?«

Elder presste die Lippen aufeinander.

»Da steckt noch viel mehr dahinter. Was, wenn die Frau von Hans Meister mitbekommen hätte, dass der Mann, der da aus dem Krieg zurückkam, gar nicht ihr Mann war? Wenn er sich nur als solcher ausgab. Frauen spüren so etwas ziemlich rasch. Da gibt es keine gemeinsamen Erlebnisse, da gibt es Unterschiede bei Intimitäten, bei Gesprächen.«

Anne spann den Faden weiter.

»Zuerst wird sie es für eine Folge der KZ-Inhaftierung gehalten haben. Doch irgendwann sind ihr dann Zweifel gekommen. Sie hat nachgefragt. Hat sich erkundigt.«

»Schließlich ist es Konrad Hacker alias Hans Meister zu gefährlich geworden. Er wäre enttarnt worden, wenn seine Frau das herumerzählt hätte.«

Elder hielt kurz inne, weil ihn offenbar die Konsequenz seiner Gedanken schockierte.

»Da hat er beschlossen«, fuhr Anne fort, »die beiden zu beseitigen. Das war damals nicht allzu schwierig. Es herrschte noch Anarchie. Unfälle geschahen einfach. Niemand hat das nachgeprüft. Niemand konnte nachprüfen, ob alles mit rechten Dingen zugegangen war. Niemand hätte auch nur im Entferntesten daran gedacht, dass sich hier jemand seiner unliebsamen Familie entledigt.«

Wieder schwiegen sie, als ihnen klar wurde, welches Szenario sie da erschaffen hatten.

»Aber nichts davon ist beweisbar«, schob Anne hinterher. »Dennoch klingt es logisch.«

»Wie passt in dieses Szenario der Umstand, dass sich die Haushälterin umbringt?«

»Vielleicht hat sie etwas gewusst? Vielleicht war sie an Hackers Versteckspiel beteiligt? Womöglich hatten sie vor Jahren ein intimes

Verhältnis, und sie hat es allein nicht mehr ausgehalten. Mir fiele da eine ganze Latte von Möglichkeiten ein.«

»Und warum bringt sie sich gerade heute und in Hackers/Meisters Wohnung um?«

»Mysteriös ist das schon«, sagte Anne und beugte sich zu Elder hinüber. »Ich habe nur …« Anne stockte und sah Elder misstrauisch an.

»Sie sind nicht sehr überzeugt von der Selbstmordtheorie?«

Anne verneinte.

»Nein, nicht ganz.«

Elder schien sofort zu wissen, was in ihrem Kopf vorging. »Sie meinen, Sie haben nur mit mir über unser Treffen in der Gumpelzheimerstraße gesprochen? Sind Sie sich da ganz sicher? Konnte jemand womöglich mithören?«

Langsam schüttelte Anne den Kopf. »Niemand.«

»Jetzt verdächtigen Sie mich? Absurd. Was sollte ich für ein Interesse haben, unsere Ermittlungen zu sabotieren? Als Historiker bin ich sogar sehr erpicht darauf, dass die Angelegenheit Hacker/Meister aufgedeckt wird.«

»Wer weiß, ob das stimmt«, sagte Anne doppeldeutig. »Ich meine das mit der Doppelung Hacker/Meister. Wir haben keine Beweise dafür.«

»Dann sollten wir nach solchen suchen.« Elders Stimme war bestimmt.

»Wo beginnen, Elder?«

»Dort, wo wir zu oberflächlich waren. In der Wohnung in der Langen Gasse. Wir haben womöglich etwas übersehen.« Elder holte mit einem Wink der Hand die Bedienung an ihren Tisch. Mit einem pickligen Bubenlächeln sagte er: »Die Dame zahlt.«

Anne war noch ganz in Gedanken versunken, als die Bedienung ihr den Bon hinlegte. Sie holte ihre Geldbörse heraus und legte einen Fünfziger auf. »Runden Sie auf.«

»Wir müssen zuvor noch ins Büro«, entschied Anne. »Ich muss die Schlüssel holen.«

Stumm und jeder in seine eigenen Gedanken versunken fuhren sie am Bahnhof vorbei in die Halderstraße hinein. Anne parkte gegenüber im Parkhaus am Bowlingcenter.

Erst als sie auf den Aufzug warteten, setzte Anne die Unterhaltung fort.

»Glauben Sie nicht, Elder, wir spinnen uns da etwas zusammen? Es klingt so unwahrscheinlich, dass es sich schon fast wie ein Märchen anhört.«

»Einerseits ja, andererseits passt alles so nahtlos ineinander, dass es mich wundern würde, wenn sich nicht zumindest einzelne Teile so abgespielt hätten.«

Der Aufzug kam, sie stiegen ein. In dem engen Aufzug kamen sie sich näher, als es Anne lieb war. Ihr Gespräch verstummte wieder. Beide sahen verlegen zur Decke oder auf den Boden, vermieden einen Blickkontakt. Als der Aufzug anhielt, sagte Anne nur: »Hier sind wir.«

Schon als sie ausstiegen, hatte sie ein ungutes Gefühl. Es roch merkwürdig.

»Riechen Sie das?«, fragte sie Elder und sog die Luft ein.

»Nee!«, lautete die prompte Antwort.

Anne trat an die Bürotür und sperrte auf. Der Schlüssel klemmte ein wenig, dann klackte das Schloss.

»Habe ich vergessen abzuschließen?«, fragte sich Anne.

Die Tür schwang auf, und Anne blieb wie angewurzelt stehen. Sofort schrillte eine Alarmglocke in ihrem Inneren. Ihr Herz begann zu rasen. Sie musste sich am Türrahmen festhalten, weil ihr die Knie weich wurden.

»Mein Gott!«, entfuhr es ihr.

»Was ist denn … Werden Sie jetzt reli…« Elder beendete das Wort nicht.

Er sah, was Anne so erschüttert hatte. Das Büro war ein einziges Chaos von umgestürzten Stühlen, aus den Regalen geworfenen Büchern, Ordnern, Papieren.

»Heilige Sch…«, entfuhr es ihm.

»Was … was ist denn hier passiert?«, fragte sie entgeistert, obwohl sie natürlich ahnte, was geschehen war.

»Da war jemand sehr neugierig«, stellte Elder fest.

Anne ging einige Schritte in die Wohnung hinein. Aus ihrer heiligen Ordnung war ein einziges Durcheinander und Chaos geworden. Buchstäblich alles, was nicht niet- und nagelfest war, war herausgerissen und auf Stapeln zusammengeworfen worden.

Elder ging an ihr vorbei und betrachtete die Systematik in der Unordnung, während Annes Augen sich mehr und mehr mit Tränen füllten, bis sie nichts mehr sehen konnte.

»Da hat sich jemand sehr viel Mühe gegeben«, sagte er. »Die haben etwas gesucht.«

»Die Tür war nicht abgeschlossen gewesen.«

»Hatten Sie es vergessen?«, fragte Elder sachlich.

»Ich sperre immer ab«, sagte sie.

»Dann wurde professionell eingebrochen. Aber was haben die Kerle gesucht? Haben Sie Geld gebunkert?«

»I wo, Geld.« Anne sah sich ängstlich um. »Ob … ob noch jemand im Raum ist?«, flüsterte sie beinahe unhörbar.

»Glaube ich nicht«, sagte Elder. »Den hätten wir längst kennengelernt.«

Anne kramte aus ihrer Tasche ein Taschentuch, schnäuzte hinein und sah wieder klar. Sie stieg vorsichtig durch das Chaos bis zu einem alten hölzernen Türrahmen und langte mit dem Finger den Rahmen entlang. Sie musste es mehrere Male probieren, bis der Druck auf einen kleinen, kaum sichtbaren Sporn fest genug war und der Rahmen aufschwang. Die hölzerne Blende war innen hohl. Ein Schlüsselbrett erschien. Sie nahm den Haustürschlüssel für die Wohnung in der Langen Gasse heraus.

»Mein kleiner Tresor«, sagte sie verlegen. »Womöglich haben sie das gesucht.«

»Oh«, sagte Elder. »Sie sind ja eine Heldin. Aber ich tippe eher auf einen Junkie. Woher sollte der Einbrecher wissen, dass dieser Schlüssel für uns wertvoll ist?«

Anne musste sich hinsetzen. Sie stellte einen der umgeworfenen Stühle auf und ließ sich hineinfallen, bevor die Beine unter ihr nachgaben.

Dann fiel ihr Blick auf die Bilder, die sie auf dem Schreibtisch liegen gelassen hatte. Sie waren wie Spielkarten auseinandersortiert worden. Mit nervöser Hast blätterte sie die Bilder durch. Das Bild von Hiltrud mit dem Dreirad fehlte. Ihre Lippe begann zu zittern, als sie das bemerkte.

Anne versuchte sich zu erinnern, wo es geblieben war. Dann wurde ihr klar: Sie hatte es selbst aus dem Stapel aussortiert und auf dem Schreibtisch zurückgelassen, bevor sie gegangen war. Sie schloss kurz die Augen, weil ihr übel wurde.

Dann begann sie in dem Chaos um den Tisch herum zu suchen. Doch das Bild fand sich nicht. Sie seufzte tief.

»Es fehlt ein Bild. Ein einziges!«, sagte sie beinahe tonlos.

»Nur eines? Sind Sie sicher?« Elder hörte sich zweifelnd an.

»Glauben Sie, ich bin doof? Natürlich bin ich mir sicher. Wir müssen sofort los.«

»Nein, wir müssen das der Polizei melden. Es steht in Zusammenhang mit dem Tod von Meisters Haushälterin. Davon bin ich überzeugt.«

»Oh ja. Die Frau, die angeblich Selbstmord verübt hat, hat zuvor meine Wohnung verwüstet.«

»Unwahrscheinlich wäre es nicht«, sagte Elder.

Anne sah Elder lange an. Dann nickte sie.

»Unwahrscheinlich nicht, aber völliger Blödsinn.«

»Wir sollten dennoch die Polizei benachrichtigen. Schließlich ...«

»Also gut, melden wir es der Polizei und warten, bis sie eingetroffen ist. Wir können nur hoffen, dass sie – wer immer sie sind – die Wohnung in der Langen Gasse nicht kennen.«

»Woher sollen sie von der Wohnung wissen?«

Anne zuckte mit den Schultern. »Das weiß ich auch nicht«, sagte sie gereizt. »Ich bin ja nicht die Auskunft.«

Anne nahm ihr Blackberry, schaltete es ein und wählte die Notrufnummer. Sie schilderte kurz den Sachverhalt, dann schaltete sie das Telefon wieder aus. Stumm saßen sie einander gegenüber und warteten auf die Polizei.

15

Es war dieselbe Beamtin gewesen, die auch den Mord an Lisa Stoller untersucht hatte.

Anne hatte ihr Rede und Antwort gestanden. Sie mochte die etwas spröde Beamtin nicht, deren Fragen unterschwellig zu entnehmen war, dass Anne selbst schuld sei, dass ihr solche Dinge widerfuhren. Ein Team der Spurensicherung mühte sich halbherzig ab, eventuelle Einbruchsspuren festzuhalten. Die Tatsache jedoch, dass am Türschloss keine Kratzer oder Hebelspuren zu finden waren, ließ die Kripobeamtin misstrauisch reagieren.

Mindestens drei Mal stellte sie die Frage, ob Anne die Tür auch hinter sich zugezogen und abgeschlossen hätte. Da offenbar nichts fehlte außer einem ominösen Bild – nicht einmal die zehn Euro aus der Kaffeekasse, die sie mit Restgeldmünzen aufgefüllt hatte –, vermutete die Beamtin eher einen Scherz als ein Verbrechen.

»Das glauben Sie doch wohl selbst nicht«, hatte Anne ebenso oft wütend entgegnet. »Sehr witzig, mir das gesamte Büro zu verwüsten.«

Die Antwort war prompt und mit kalter Eleganz gekommen.

»Sind Sie in finanziellen Schwierigkeiten?«, hatte die Kommissarin gefragt und ohne auf Annes empörtes Schnauben zu achten noch einen Satz obendrauf gelegt. »Schulden Sie jemandem Geld?«

Anne war wütend geworden, doch die blonde Kommissarin hatte sich unbeeindruckt gezeigt.

»Geldprobleme sind Hauptursachen für solche Aktionen«, war der einzige Kommentar dazu gewesen. »Und verschmähte Liebhaber.«

»Blödsinn!«, hatte Anne leise eingeworfen und sich nur einen tadelnden Blick von Elder eingehandelt. »Weder das eine noch das andere ist zutreffend.«

Erst als Elder bestätigen konnte, dass sie das letzte Mal, als sie das Büro verlassen hatten, auch zugesperrt hatten und er bislang regelmäßig sein Geld bekommen hatte, war die Befragung eine

Spur ernster geworden. Er verschwieg der Beamtin wohlweislich, dass er gar nicht von Anne bezahlt wurde.

Nach zwei Stunden war auch das erledigt. Die Polizei zog ab. Anne schloss die Tür hinter sich, sperrte zu, und Elder begleitete sie zum Auto.

»Sie haben die Polizei belogen«, sagte Elder.

»Seien Sie nicht so streng«, erwiderte Anne, als sie zum Auto gingen. »Ich habe sie nicht belogen, ich habe nur nicht die ganze Wahrheit gesagt.«

»Warum haben Sie nichts von unserem Verdacht bezüglich Hacker/Meister berichtet?«

Anne sah ihn ernst an. »Weil es die Polizei nichts angeht.«

»Finden Sie?«

»Oh ja. Finde ich«, sagte Anne trotzig. »Diese blonde Bombe, die uns da verhört hat, braucht nichts von meinen Ermittlungsergebnissen zu wissen.«

»Weil sie womöglich schneller ist, als Sie es sein könnten?«, bohrte Elder nach.

»Jetzt halten Sie den Mund. Wir wissen nicht, ob unser Verdacht richtig ist. Soll ich von Spekulationen berichten und dann blöd dastehen, wenn sie sich als falsch herausstellen? Die glaubt doch, ich hätte einen an der Klatsche. Über meine Ermittlungen wird berichtet, wenn sie auf Tatsachen beruhen. Vorher nicht. Das gilt auch für Sie, Elder. Halten Sie gegenüber der Polizei den Mund!«

Elder hob abwehrend beide Arme. »Ist ja gut, Chefin!«

»Achten Sie darauf, ob wir verfolgt werden!«, befahl sie knapp.

Sie gingen hinüber zum Parkhaus, immer den Blick heimlich auf eventuelle Verfolger gerichtet.

Anne nahm sich die Zeit für einen Umweg und wollte so über den Rückspiegel die Autos hinter ihr beobachten und kontrollieren. Sie fuhr die Schießgrabenstraße hinauf, noch immer irritiert durch den entgegenkommenden Verkehr wegen der seit Kurzem geänderten Verkehrsführung. Früher war es eine Einbahnstraße gewesen, deren Breite einer Großstadt angemessen gewesen war, jetzt beengte die gefühlte Vierspurigkeit und führte zu unverhofften Lenkmanövern der Vorausfahrenden. Anne musste sich ungewohnt konzentrieren. Sie fuhr den Eserwall hinunter, hielt an der Ampel für Linksabbieger, machte eine Kehre und fuhr die Straße wieder zurück. Wieder machte sich das Gefühl in ihr breit, eigentlich etwas Verbotenes zu tun, da die neue Streckenführung einfach noch zu ungewöhnlich war. Sie fuhr auf der gefühlt »verkehrten« Seite die Schaezlerstraße entlang und bog vor dem Theater links ab, was ihr damals als Fahrschülerin strengstens verboten worden war. Erst dann befand sie sich wieder auf vertrautem Terrain – und musste feststellen, dass sie den Verkehr hinter sich kaum beachtet hatte, weil sie ausreichend mit dem vor ihr zu tun gehabt hatte.

Fluchend hielt Anne mit dem Auto in der Langen Gasse. Vor lauter neuen Streckenführungen und Abbiegemöglichkeiten hatte sie im Rückspiegel kaum beobachten können, ob sie verfolgt würden. So waren ihr weder ein Auto noch ein Motorrad wirklich aufgefallen.

Als sie ausstiegen, zwang sie Elder, zuerst an der Wohnung vorbeizugehen und in die Kohlergasse einzubiegen. Dort wartete sie direkt an der Ecke, um plötzlich hervorzuspringen und die Straße zu beobachten. Doch kein Auto hatte hinter ihnen gehalten, keine Person verhielt den Schritt und blickte plötzlich in ein Schaufenster.

»Was soll denn der ganze Käse?«, fragte Elder.

»Ich will wissen, ob wir verfolgt werden«, blaffte Anne ihn an. »Aber bei den Umbauarbeiten kennt sich ja kein Schwein mehr aus. Ich musste mich zu sehr auf den Verkehr vor mir konzentrieren.«

»Sie glauben, wir bemerken das, wenn es Profis sind?«, fragte er unverblümt heiter.

»Die Leute sind schließlich nicht unsichtbar«, murrte Anne. Dann ging sie zum Aufgang, sperrte auf, ließ Elder durch, schloss hinter sich wieder ab. Der sagte nichts dazu.

Sie betraten die Wohnung, die offensichtlich unverändert vor ihnen lag.

»Hier war außer uns noch niemand«, sagte Elder erleichtert.

Der Geruch dieser Wohnung schwemmte in Anne eine Erinnerung nach oben, die jedoch kurz unter der Bewusstseinsebene hängen blieb. Sie konnte nicht sagen, was es war. Sie wusste nur, dass sie diesen Geruch schon einmal in der Nase gehabt hatte. Doch sosehr sie sich anstrengte, sie kam nicht drauf.

»Wo sollen wir beginnen?«, fragte Elder.

»Auf der Toilette«, kam Annes prompte Antwort. Sie musste dringend. Außerdem zeigte ihr das Ziehen im Bauch an, dass es Zeit war für ihre Tage. Sie verschwand im WC und ließ Elder einfach stehen. »Nehmen Sie die Küche!«, rief sie aus der Toilette und hörte, wie er gehorsam seinen Part übernahm.

Vom Topf aus ließ sie den Blick über den kleinen Raum schweifen. Nicht einmal ein Spülkasten war vorhanden. Die Spülung bestand aus einem einfachen Druckventil. Es gab keine Ablagefläche, keinen Unterschrank, nur das kleine Badezimmerschränkchen – und das war gähnend leer.

Als sie den Flur betrat, war Elder gerade fertig. Sie folgte ihm ins Wohnzimmer. Ihr Blick ging zum Safe hinüber. Sie hatten ihn offen stehen lassen.

»Wissen Sie, was das Merkwürdigste an dieser Wohnung ist?«, fragte Anne.

Elder zuckte mit den Schultern.

»Dieser Safe. Warum lasse ich mir einen Safe einbauen, der dann leer ist?«

»Lassen Sie mich noch mal ran«, sagte Elder leise.

Elder trat an das Bild heran, schwenkte es weiter auf und öffnete die Safetür ganz. Er stand lange mit verschränkten Armen davor, und Anne beobachtete, wie er ihn nur mit den Augen abtastete. Plötzlich lächelte er.

»Vielleicht ist er ja gar nicht leer.«

Elder langte ins Innere des Safes, tastete den mit schwarzem Samt beflockten Innenraum ab, dann hob er den losen Zwischenboden heraus. Auch über diesen strich er sorgfältig.

»Fühlen Sie doch mal«, sagte er schließlich und gab ihn an Anne weiter.

Anne strich mit den Fingern über beide Seiten.

»Was soll da sein …«, sagte sie und stockte. Tatsächlich, nahe am Rand ließ sich die Beflockung eindrücken, als wäre unter ihr etwas verborgen. »Da ist etwas.«

Elder ging in die Küche und kehrte mit einem Messer zurück.

Vorsichtig schnitt er die Stoffbeflockung des Zwischenbodens an der Seite auf und hob die Beschichtung ab. Dann zog er einen flachen Gegenstand daraus hervor.

»Ein Ausweis«, sagte er und pfiff durch die Zähne. »Sehen Sie sich das mal an.«

Anne nahm den Ausweis entgegen und blätterte ihn auf.

»Ein SS-Ausweis. Sturmbannführer. Ausgestellt auf Konrad Hacker. Wo er den wohl herhat? Und warum hat er ihn dort versteckt?«

»Allein der Ausweis ist unter Sammlern ein Vermögen wert. Kein Wunder, dass er ihn in einen Safe gesteckt hat«, sagte Elder.

»Er hat ihn nicht in einen Safe gesteckt, er hat ihn dort versteckt. Das ist der Unterschied.«

»Schauen Sie sich das Bild an«, sagte Elder.

Anne betrachtete das Bild, ging auf den Sims zu, auf dem noch immer die gerahmten Bilder standen, und hielt den Ausweis dagegen: der Junge in HJ-Uniform, der junge Mann in Arbeitsdienstkleidung, der junge SS-Mann, das alles waren keine Bilder von Hans Meister, sondern von Konrad Hacker.

Dann zog sie die Aufnahmen aus ihrer Tasche, die sie aus der Wohnung mitgenommen hatte. Bilder von Hans Meister:

»Er sieht diesem Meister verblüffend ähnlich«, sagte Anne.

»Womöglich ist ihm das auch aufgefallen«, bestätigte Elder. »Er sieht ihm so ähnlich, dass man glauben könnte, sie seien Zwillinge gewesen.«

»Was eher unwahrscheinlich ist«, sagte Anne.

»Aber nützlich.« Elder nickte ihr mit zusammengepressten Lippen zu. »Er hat sich diese Ähnlichkeit zunutze gemacht.«

»Sie meinen, Konrad Hacker ist untergetaucht?«

»Das können Sie singen! Sturmbannführer der SS waren keine Unschuldslämmer. Sie waren Verbrecher.«

Anne steckte den Ausweis ein. »Schluss für heute. Wir gehen der Spur morgen genauer nach.«

Sie schob Elder, der wohl gerne weitergesucht hätte, aus der Tür. Sie vergewisserte sich, dass abgeschlossen war, ließ Elder noch einmal alles prüfen, dann waren sie auch schon auf der Straße.

»Für Sie steht morgen der Weg nach Ulm auf dem Programm.

Wegen der Leiche im Zinksarg. Ich werde mich um den Stammbaum der Hackers und Meisters kümmern.«

Anne setzte Elder am Königsplatz ab, der vor lauter Baumaschinen und Grubenlöchern nur noch für Einheimische als Stadtzentrum zu erkennen war, dann fuhr sie nach Hause. Zweimal durchquerte sie die Bäckergasse und ihre Straße. Sie suchte die Parkplätze nach auffälligen Autos ab, schaute in die Fenster der Wagen, ob dort jemand saß – und schüttelte langsam selbst den Kopf über ihre Paranoia. Doch sie konnte sich nicht entspannen.

Soweit sie sehen konnte, stand oder saß niemand vor ihrem Haus und beobachtete sie. Dennoch wurde sie das Gefühl nicht los, beschattet zu werden. Es war ein Gefühl, das ihr unter die Kopfhaut kroch und von dort aus alle Nervenbahnen reizte.

Noch während sie auf die Wohnung zuging, holte sie den Schlüssel aus der Tasche. Sie steckte ihn ins Schloss, sperrte auf und schlüpfte durch die noch halb geschlossene Tür.

Rasch drückte sie die Tür ins Schloss. Erst jetzt fühlte sie, wie ihr Herz raste. Sie lehnte sich mit dem Rücken gegen die Eingangstür. Auf ihrer Stirn hatte sich Schweiß gebildet. Sie tupfte ihn mit dem Handrücken ab. Was in aller Welt versetzte sie so in Panik?

Mit einem Schrei fuhr sie von der Tür weg, als es hinter ihr klopfte. Sie starrte entsetzt auf das sich öffnende Türblatt. Eine grobe Hand erschien, dann die dazugehörige Lederjacke, schwarz, abgeschabt, und schließlich ein unrasiertes Kinn, das zu einem Gesicht gehörte, das ein wenig zu rot war für sein Alter. Dann musste Anne lachen, und es klang ein wenig hysterisch. Mischa, ihr Nachbar, der über ihr wohnte, kam durch die offene Tür.

»Was ist denn mit dir los?«, fragte er besorgt. »Du bist ja bleich wie die Wand?«

Anne war so erleichtert, dass sie Mischa beinahe um den Hals gefallen wäre.

»Nichts. Nur ein wenig … na ja, der Blutdruck … du weißt schon … so eine Frauensache.«

Vermutlich verstand Mischa gar nichts, aber Frauenprobleme waren für Männer stets eine gute Erklärung. Sie verhinderten bohrende Nachfragen.

Immer zwei Stufen auf einmal nehmend verschwand Mischa nach oben.

Anne ließ ihn ziehen, dann folgte sie ihm. Vor der Wohnungstür begann ihr Herz erneut, Kapriolen zu schlagen. Sie untersuchte die Eingangstür, fand jedoch keine Spuren eines gewaltsamen Eindringens.

Aber auch die Tür zum Büro war nicht beschädigt gewesen. Mit einer Hand, die so zitterte, dass sie die andere hinzunehmen musste, sperrte sie auf. Sie ließ die Wohnungstür aufgleiten, doch dahinter war alles so, wie sie es verlassen hatte. Die Unordnung war selbst gemacht.

Anne setzte sich neben der Garderobe auf den Boden. Ihre Beine wollten nicht mehr. Sie konnte sich nicht dazu durchringen, die Wohnung genauer in Augenschein zu nehmen, um festzustellen, ob wirklich niemand hier gewesen war. Sie blieb sitzen, den Kopf auf die Knie gelegt, und wartete. Worauf, konnte sie selbst nicht sagen.

Endlich fühlte sie sich stark genug, um aufzustehen, Jacke und Schal abzulegen und ins Wohnzimmer zu gehen.

Zwei Bilder von dem Stapel, den sie auf dem Wohnzimmertisch ausgeschüttet hatte, lagen auf dem Boden. Sie starrte ungläubig darauf, und ihr Inneres gefror. Sie konnte sich nicht daran erinnern, ob sie beim Herausziehen der Unterlagen Bilder zu Boden geworfen hatte. Wenn sie es nicht getan hatte, dann … sie verwarf den Gedanken.

Annes Hand begann wieder zu zittern – und in diesem Moment kam ihr die Lösung in den Sinn. Sie nahm ihr Blackberry, schaltete es ein und wartete. Sie hätte raten sollen, wie lange es dauern würde, bis Wolfgang sich hören lassen würde, doch sie hatte keinen Kopf dafür. Sie hoffte inständig, er würde rasch reagieren und …

Es klingelte. Anne nahm ab: »Ja?«

»Ist irgendetwas geschehen?«, fragte er prompt.

Sobald sie seine Stimme hörte, beruhigte sich ihr Herz, und der Schweiß begann zu trocknen.

»Mein Büro … es ist durchwühlt worden.«

Er pfiff durch die Zähne. »Viel kaputt?«

»Nein, nichts«, sagte sie.

Eine Pause entstand, und Anne flehte Wolfgang an, endlich zu fragen, ob er zu ihr kommen sollte. Doch der verfing sich in einem Frage-Antwort-Spiel.

»Was hast du gemacht? Wie hat die Polizei reagiert? Was ist verschwunden? …«

Sie glaubte schon, er würde gar nicht mehr auf ihren Wunsch zu sprechen kommen.

»Soll ich vorbeikommen?«

»Bitte«, hauchte sie ins Telefon.

»In zehn Minuten bin ich da«, sagte er und lachte ins Telefon, als habe er endlich verstanden, auf welches Ziel das Gespräch zulaufen sollte.

Anne beendete das Telefonat. Zehn Minuten. Sie sah sich um – und erst jetzt fielen ihr die getragenen BHs und die fallen gelassenen Socken und Unterwäscheteile, Hosen und Blusen auf, die überall herumlagen. Sie raffte die Sachen zusammen und wollte sie schon ins Schlafzimmer bringen, als sie es sich noch einmal überlegte. Dann stopfte sie alles in den Wäschekorb im Bad. Schließlich stieg sie unter die Dusche. In fünf Minuten wäre sie fertig. Zuvor jedoch verriegelte sie die Eingangstür zur Wohnung und war heilfroh, dass ihr Vorgänger ein Sicherheitsschloss angebracht hatte.

Unter der Dusche streckte sie die Finger aus und bemerkte, dass sie immer noch unkontrolliert zitterte. Das heiße Wasser, das sie sonst immer entspannte, zeigte keinerlei Wirkung. Erst als es klingelte und am anderen Ende der Sprechanlage Wolfgangs Stimme zu hören war, konnte sie sich von der Angst frei machen, die ihr im Nacken saß.

16

Wolfgang war geblieben. Sie hatten Rotwein getrunken. Sie hatten sich lange in die Augen geschaut. Sie hatten sich langsam angenähert, mit vorsichtigen Berührungen, mit Gesten der Zuneigung, und Wolfgang hatte sich als einfühlsamer Liebhaber erwiesen. Kein schneller Sex, sondern eine lange, von Erotik und Gefühl getragene, entspannende Zeit voller Zärtlichkeit. Ihr war schon lange nicht mehr so wohlig gewesen wie in Wolfgangs Armen.

Alle Ängstlichkeit, alle Furcht, jegliches Gefühl der Unsicherheit hatten sie verlassen, und zurückgeblieben war ein leises zufriedenes Summen der Welt.

Jetzt lag sie mit offenen Augen neben Wolfgang, der leicht schnarchte, und dachte nach. Nicht über den Abend, nicht über den Sex mit Wolfgang, sondern über das, was in ihrem Büro vorgegangen war.

Was zum Teufel hatte man dort zu finden gehofft? Und wer?

Der SS-Ausweis im Safe hatte in ihr die letzten Zweifel zerstreut, dass es sich bei dem Mann, den jeder unter dem Namen »Hans Meister« kannte, um »Konrad Hacker« handelte. Doch wer war dieser Konrad Hacker, und warum hatte er seine Identität gewechselt?

Natürlich wusste sie, dass Kriegsverbrecher nach 1945 oftmals ihre Identitäten getauscht hatten, um unterzutauchen. Doch die allermeisten waren entdeckt, enttarnt und dann den Gerichten übergeben worden. Hans Meister alias Konrad Hacker war es offenbar gelungen, sein wahres Ich beinahe sechzig Jahre hindurch zu verschleiern. Jedenfalls war bis zu seinem Tod niemand auf den Gedanken gekommen, er könnte jemand anderer sein. Warum hatte er dann diesen Suchauftrag erteilt? Zwangsläufig musste damit seine so lange verborgene Identität aufgedeckt werden.

War womöglich jemand hinter dieser Identität her und heftete sich nun an ihre Fersen? Dass er bereit war, dafür eine Wohnung zu verwüsten, wusste sie jetzt.

Sie starrte an die Decke und versuchte an nichts zu denken,

doch plötzlich stand das Bild von Lisa Stoller in deren Wohnung vor ihr, das Bild, wie sie mit der Schere geschnitten hatte – und Anne wusste, was an all der Inszenierung eines Selbstmordes in der hackerschen Wohnung in der Gumpelzheimerstraße nicht stimmte. Ihr war damals die merkwürdige Form der Schere aufgefallen, ohne dass sie sich groß Gedanken darüber gemacht hatte. Lisa Stoller war Linkshänderin gewesen. Sie hatte damals mit einer Linkshänder-Schere geschnitten. Anne richtete sich im Bett auf. Lisa Stoller würde niemals ein Messer in die rechte Hand nehmen, um sich damit die Pulsadern und den Hals aufzuschneiden. Der Tod dieser Frau war kein Selbstmord gewesen, sondern Mord!

Kaum hatte sie diesen Gedanken gedacht, fühlte sie wieder Panik in sich aufsteigen. Ihr Atem beschleunigte sich. Vor ihrer Wohnungstür lauerte jemand, der ohne Skrupel eine alte Frau getötet hatte und der vor ihr womöglich ebenso wenig haltmachte, wenn es um Informationen ging.

Was hatte die Haushälterin von Hacker gewusst?

Ging es dabei um die Erbin? Oder war sie selbst womöglich gefährdet? Und warum? Welches Geheimnis verbarg sich hinter der Geschichte dieses alten Mannes?

Ihre Blase drückte. Sie kroch langsam aus dem Bett, um Wolfgang nicht zu wecken. Der Tag graute schon. Es mochte fünf oder halb sechs Uhr sein. Eine leichte Kühle lag im Zimmer, die sie frösteln ließ, als sie die Bettdecke zurückschob. Zu ihrem Entsetzen sah sie, dass sich ihr Gefühl nicht getrogen hatte. Sie fluchte stumm. Ausgerechnet beim ersten Date mit Wolfgang. Ihre Tage hatten eingesetzt und einen blutigen Fleck im Bett hinterlassen. Auch die Zudecke war mit blutigen Schlieren verschmiert. Sie eilte ins Badezimmer und setzte sich auf die Toilette.

Sie würde systematischer vorgehen müssen. Im Kopf machte sie sich eine Liste für diesen Tag:

1. Elder anrufen. Der musste sofort nach Ulm und feststellen, was es mit der Leiche im Zinksarg auf sich hatte.

2. Sie würde den Namen recherchieren müssen: Konrad Hacker. Wer war das? Was hatte er getan? Warum hatte er seine Identität wechseln müssen?

3. Sie würde noch einmal in Hackers Wohnung zurückmüssen.

Wenn Hacker einen Nachkommen hatte, musste sich aller Wahrscheinlichkeit nach dort ein Hinweis finden lassen.

4. Sie musste das Bild mit dem Dreirad kontrollieren. Gott sei Dank hatte sie es sofort gescannt und auf ihrem Laptop gespeichert.

Plötzlich fuhr es ihr ins Gedärm. Nicht nur der Monatsschmerz peinigte sie mit seinem rhythmischen Ziehen, sondern auch die Erkenntnis, dass sie so bescheuert gewesen war, das Bild auf ihrem Schreibtisch liegen zu lassen. Sie musste also auch herausfinden, wo das Bild abgeblieben war.

5. Schließlich musste sie feststellen, wovon dieser Konrad Hacker/Hans Meister gelebt hatte. Fritsch hatte ihr diesbezüglich nichts gesagt. Mit seinen über neunzig Jahren war Hacker Rentner gewesen. Aber davor musste er einem Beruf nachgegangen sein.

Anne war jetzt hellwach. Die Fragen bohrten in ihr. Sie beschloss, schnell unter die Dusche zu springen.

Kurz darauf ließ sie das heiße Wasser über ihren Körper rinnen, betrachtete die kleinen Springbrunnen, die von den Spitzen der Brustwarzen wegspritzten, hielt das Gesicht in den Brausestrahl und hüllte sich am Ende in ein dunkelblaues Tuch, das sie sich eng um den Körper schlang.

Sie ging in die Küche, um Kaffee aufzusetzen.

Nachdenklich saß sie am Tisch, schnupperte dem Duft des Hochlandkaffees nach und überlegte, ob sie die Bilder aus ihrer Tasche holen sollte, entschied sich jedoch dagegen. Solange Wolfgang hier war, sollte sie vorsichtig sein. Es war besser, wenn so wenige Menschen wie möglich wussten, wo die Bilder waren.

Das Haus erwachte. Auf der Treppe draußen waren Schritte zu hören. Eine Person stieg hinunter. Vermutlich war es der Nachbar über ihr. Die Tür unten wurde geöffnet. Sie hörte einen kurzen Wortwechsel. Offenbar war er mit jemandem zusammengetroffen. Dann fiel die Tür ins Schloss.

Anne mochte es, wenn am Morgen die Sinne scharf waren und noch nicht durch die Überlagerung unterschiedlichster Eindrücke abgestumpft und unempfindlich.

Doch plötzlich beunruhigte sie etwas. Auf der Treppe waren wieder Schritte zu hören, obwohl sich nirgends eine Tür geöffnet hatte. Sie stiegen auch nicht abwärts, sondern kamen deutlich die

Treppe herauf. Sie schienen vor jeder der Türen kurz innezuhalten, als müsste die Person die Namensschilder lesen.

Das Blubbern und Schlürfen der Kaffeemaschine hörte auf. Sie hörte das Quietschen der Gummisohlen daher umso besser. Turnschuhe vermutete sie. Sie war so auf dieses Geräusch fixiert, dass sie gar nicht bemerkte, dass sie den Atem angehalten hatte.

Erst als sich die Tür öffnete und Wolfgang verschlafen und völlig nackt im Rahmen auftauchte, sog sie mit einem tiefen Atemzug wieder Luft in ihre Lungen.

»Was ist?«, fragte Wolfgang und sah sie verwundert an. Dann sah er an sich herunter und grinste. »Oh, hat dich das erschreckt?«

Anne schüttelte ernst den Kopf. Sie wollte nicht paranoid erscheinen.

»Ich habe uns Kaffee gemacht«, antwortete sie gespielt fröhlich. Sie ging zur Küchenzeile und schenkte zwei Tassen ein. Eine davon reichte sie Wolfgang. Mit der anderen setzte sie sich wieder an den Küchentisch.

Das Quietschen der Sohlen verstummte. Jetzt stand die Person vor ihrer Tür. Anne musste sich beherrschen, nicht zum Türspion zu laufen und hindurchzusehen. Wenn die Person nur Prospekte oder etwas Ähnliches verteilen würde, müsste sich das Quietschen eigentlich fortsetzen. Es gab noch zwei Stockwerke abzugehen. Doch alles blieb ruhig. Die Person verharrte vor der Tür. In Anne stieg ein Gefühl der Furcht auf, das sich in der Kehle sammelte.

»Da«, presste sie mühsam hervor. »Da … steht jemand … vor der Tür.«

Wolfgang wirbelte herum.

Plötzlich krachte es, als wollte jemand die Tür einschlagen. Dann war das Quietschen wieder zu hören, das sich schnell entfernte, als würde jemand die Treppe hinunterrennen.

Wolfgang war wie der Blitz an der Tür, doch Anne hatte die Angewohnheit, die Wohnungstür abzuschließen und den Schlüssel nicht stecken zu lassen. Der hing am Schlüsselbrett um die Ecke bei der Garderobe, damit er von der Tür aus nicht gesehen werden konnte. Wolfgang wurde also durch die versperrte Tür aufgehalten.

Anne zitterte derart, beide Hände um ihre volle Kaffeetasse gepresst, dass ihr die heiße Flüssigkeit über die Handrücken lief.

»Wo ist der Schlüssel?«, fragte Wolfgang. Anne deutete mit dem Kinn in Richtung des Schlüsselbretts. Sie war nicht in der Lage, auch nur ein Wort zu sagen.

Wolfgang schnappte sich den Schlüssel, doch als er die Tür geöffnet hatte, war alles zu spät.

Anne hörte ihn fluchen, sah ihn in die Küche stürmen, sich von der Anrichte eine der Tüten holen, in denen sie Gemüse eingepackt hatte, und dann wieder hinauslaufen. Schließlich fiel die Wohnungstür wieder ins Schloss.

Anne wollte Wolfgang nicht ins Gesicht sehen, als er wieder vor ihr stand. Ihr entfuhr ein erstickter Schrei. Sie erkannte das Messer sofort. Es sah aus wie eines aus der Sammlung in der Gumpelzheimerstraße. Eines dieser scharfen Küchenmesser, wie Jamie Oliver sie gern in seinem Namen verkaufte. Sofort schossen ihr Tränen der Angst und der Wut in die Augen.

»Der Zettel war damit an die Tür geheftet worden«, sagte Wolfgang und drehte die Tüte um.

Anne konnte durch den Schleier ihrer Tränen kaum den Satz lesen.

»Finger weg!« stand dort in Großbuchstaben. Es war mit einer Flüssigkeit geschrieben worden, die jetzt braun ausgetrocknet war: Blut. Für Anne bestand kein Zweifel. Es war ein ähnliches Messer wie das, mit dem die Stoller ermordet worden war, und das Blut war ihr Blut.

Anne riss den Mund auf und wollte schreien, doch es kam kein Laut aus ihrem Mund.

Wolfgang legte die Tüte auf dem Tisch ab, zog sich einen Stuhl heran und sah ihr in die Augen.

»Was ist los, Anne?«, fragte er unumwunden. »Wovor hast du Angst? Wie kann ich dir helfen?«

Seine Hand griff nach der ihren und hielt sie fest. Der warme Druck fühlte sich gut an.

»Helfen?«, fragte Anne verblüfft zurück. Durch den Tränenschleier sah sie Wolfgangs ernste und besorgte Miene. Sein Blick war unverwandt auf sie gerichtet.

»Ich bin in der Sicherheitsbranche tätig«, sagte er. »Vergiss das nicht.«

Sollte sie ihm alles erzählen? Anne fühlte das Bedürfnis in sich aufsteigen, ihre ganze Furcht, die der Tod der Haushälterin und das Messer mit der Botschaft in ihr ausgelöst hatten, mit jemandem zu teilen. Sie musste sich räuspern – und dann sprudelte es nur so aus ihr heraus. Sie erzählte von ihrem Auftrag, von den ersten Ergebnissen, vom Kontakt zu Frau Stoller und endete schließlich beim Einbruch in ihrer Kanzlei und dem Messer an ihrer Tür. Nur ihre Entdeckung, dass Hans Meister der SS-Sturmbannführer Konrad Hacker gewesen sein könnte, behielt sie für sich. Was nicht eindeutig bewiesen war, wollte sie nicht ausposaunen.

Wolfgang pfiff durch die Zähne.

»Das hört sich übel an«, sagte er tonlos.

Anne sah ihn an und nickte.

»Wenn ich das so sagen darf, Anne. Du scheinst in ernster Gefahr zu schweben.«

Anne biss sich auf die Lippen und lächelte zögernd. »Der Gedanke ist mir auch schon gekommen.« Sie legte eine kleine Pause ein. »Ich frage mich nur, warum. Wen oder was habe ich da aufgescheucht?«

»Vielleicht will jemand verhindern, dass du einen Nachkommen findest«, sagte Wolfgang. »Schließlich geht es um ein Erbe.«

Wieder verzog Anne das Gesicht.

»Ich weiß noch nicht einmal, um welches Erbe es gehen könnte. Bislang habe ich … nichts gefunden, was darauf schließen ließe, dass dieser Hans Meister ein bedeutendes Vermögen besaß.«

»Und wenn jemand anderer erben will?«

»Wenn ich keinen Nachkommen finde, geht das Vermögen, sofern eines vorhanden ist, an den Staat. Warum also sollte jemand mich daran hindern wollen, den Erben ausfindig zu machen? Er würde nur profitieren, wenn ich ihn finde.«

Wolfgang ließ ihre Hand los.

»Ich glaube, ich sollte mich langsam anziehen. Und dann müssten wir die Polizei benachrichtigen«, sagte Wolfgang und stand auf.

Erst jetzt bemerkte Anne, dass er noch ebenso nackt war, wie er im Türrahmen aufgetaucht war. Sie lächelte schwach.

»Also gut. Ziehen wir uns an und rufen die Polizei.« Sie wartete, bis sich Wolfgang umgedreht hatte. Dann lief sie hinter ihm her und schlang die Arme um ihn. »Jedenfalls bin ich froh, dass du bei mir warst«, flüsterte sie. Er hielt inne, fasste ihre Arme. Dann drehte er sich zu ihr um und drückte sie an sich. Sie konnte die Tränen nicht zurückhalten, presste ihren Kopf an seine Brust und heulte ungehemmt los. Wolfgang blieb ruhig stehen und streichelte sie während ihres Weinkrampfes. Sie spürte allerdings, wie sich zwischen seinen Beinen etwas regte und sich sein Glied versteifte.

»Ich bin immer für dich da«, flüsterte er nahe an ihrem Ohr und küsste sie auf den Nacken. Sie drückte sich an ihn und wäre am liebsten in diese Brust hineingeschlüpft. Seine Männlichkeit drängte sich an sie, und sie öffnete leicht ihre Schenkel, um sie zu umfangen.

Ohne Mühe hob er sie auf, trug sie zum Bett, legte sie auf den Rücken und drang sanft in sie ein.

17

Anne räumte die Ordner wieder in die Regale, sortierte grob die Unterlagen und versuchte gleichzeitig zu überlegen, was fehlen könnte. Doch außer dem Bild, das auf dem Schreibtisch gelegen hatte, war alles noch da. Und das hatte sie gespeichert. Es würde ihr also nicht abgehen. Bei nächster Gelegenheit musste sie es sich ausdrucken lassen.

Eine Stunde später war sie erschöpft, hatte aber die Spuren des Einbruchs beseitigt. Sie setzte sich in ihren Schreibtischstuhl, holte ihr Blackberry heraus und checkte zuerst ihre Nachrichten. Elder hatte sich gemeldet und einen kurzen Hinweis darauf hinterlassen, dass er nach Ulm unterwegs war. Nachmittags würde er wieder in Augsburg aufschlagen. Wolfgang hatte ihr ein Kuss-Zeichen geschickt und sich für den Abend und die Nacht bedankt. Das war wirklich süß. Dr. Fritsch hatte gebeten, sie solle ihn zurückrufen, und Dr. Ruszku hatte ebenfalls um einen Rückruf gebeten.

Anne wählte zuerst die Nummer des Krankenhauses.

Es meldete sich eine der Schwestern der Intensivstation.

»Stroke Unit, Schwester Gabriele.«

»Anne Karg. Ich wollte mich nur erkundigen, wie es meiner Mutter geht: Amelie Müller. Ich sollte zurückrufen.«

»Sie wartet auf ihre Tochter«, sagte die Krankenschwester fröhlich. »Ihre Mutter ist bei Bewusstsein und hat alles bestens überstanden. Sie können sie heute Nachmittag besuchen, wenn Sie wollen. Bringen Sie ihr vielleicht einige Hygieneartikel mit: Zahnbürste, Kamm, Unterwäsche, solche Dinge. Im Augenblick schläft sie.«

»Vielen Dank«, sagte Anne und legte auf. Allein dieser kurze Anruf hatte sie erschöpft.

Sie packte zusammen und beschloss, zum Haus ihrer Mutter zu fahren.

Auf dem Weg zur Garage kontaktierte sie Dr. Fritsch. Zu ihrer Überraschung ging er selbst ans Telefon.

»Kanzlei Notar Dr. Fritsch!«, tönte es aus dem Lautsprecher.

»Oh«, sagte Anne. »Hat Elsa gekündigt?«

»Anne! Sie! Gut, dass Sie sich melden.« Der Notar ging auf ihren Witz nicht ein. »Die Polizei hat bei mir angerufen und sich nach Ihrer Arbeit erkundigt. Was ist passiert?«

»Ich hoffe, Sie haben bestätigt, dass ich in der Sache ›Hans Meister‹ in Ihrem Auftrag recherchiere.«

»Natürlich. Aber warum die Polizei?«

»Haben die Ihnen nichts gesagt? Die Haushälterin … Lisa Stoller … sie hat sich selbst getötet, nachdem sie sich mit mir verabredet hatte.«

Am anderen Ende der Leitung hörte sie nur ein unterdrücktes Stöhnen.

»Ich hoffe doch schwer, dass Sie mir nichts verschweigen, Dr. Fritsch.«

»Nein. Natürlich nicht«, sagte der Notar, doch es klang kläglich, als würde er an einer Lüge festhalten, obwohl sie längst entlarvt war.

»Was weiß ich nicht, was Sie wissen?«

»Nichts. Sie haben alle Informationen. Mehr kann ich Ihnen nicht geben.«

»Können Sie mir nicht geben oder wollen Sie mir nicht geben?«

»Seien Sie vorsichtig, Anne«, sagte der Notar leise.

»Halt«, sagte Anne. »Nicht auflegen. Was war Hans Meister von Beruf?«

Sie hörte Dr. Fritsch am andern Ende der Leitung seufzen.

»Das haben Sie noch nicht herausgefunden?«

»Ich konnte ihn leider nicht fragen. Er war schon tot«, blaffte sie zurück.

»Na gut. Ich glaube, er hatte mit alten Dingen zu tun. Antiquitäten im weitesten Sinne.«

Dann legte er auf.

Anne war verwirrt. Irgendetwas hatte dieser Mensch zu verbergen – und sie würde herausfinden, was es war. Sie schüttelte den Kopf und schaltete das Blackberry ab.

Sie querte die Straße zum Parkhaus, stieg ins Auto und fuhr zum Haus ihrer Mutter.

Das lag inmitten einer beschaulichen Siedlung in Oberhausen, bestehend aus lauter Einfamilienhäusern mit Garten. Viel Grün, viel Ruhe, aber auch viel nachbarliche Neugier. Sie stieg vor dem elterlichen Haus aus dem Wagen und wusste, dass sie von einigen Augen beobachtet wurde. Sofort würden die Telefone klingeln, und jeder würde darüber Bescheid wissen, dass die Karg-Tochter vorgefahren war.

Schon als sie das Haus betrat, fiel ihr die Stille auf. Das hatte es bei ihrer Mutter sonst nie gegeben. Immer hatte ein Elektrogerät gesummt, hatten Spül- oder Waschmaschine gearbeitet, oder es hatte das Radio gedudelt. Sie hatte diese Geräuschkulisse auf das Singleleben ihrer Mutter zurückgeführt. Ihr erster Mann, Annes Vater, hatte sie nicht geheiratet. Der zweite Mann, mit dem sie kinderlos geblieben war, war bereits früh verstorben. Anne war damals gerade elf Jahre alt gewesen. Danach hatte Amelie Müller nicht mehr geheiratet oder auch nur einen Mann kennenlernen wollen. Oft hatte Anne ihre Mutter dazu ermuntert, noch einmal ein Abenteuer einzugehen, doch sie hatte sich dagegen verschlossen. Zwei Männer im Leben würden ihr genügen, hatte sie immer gesagt und dazu gelächelt.

Die lärmende Geschäftigkeit, die ihre Mutter immer an den Tag gelegt hatte, erschien Anne jetzt wie ein Zeichen dafür, dass ihre Mutter sagen wollte: »Seht her, ich lebe! Auch ohne Männer!«

Anne legte ihre Tasche ab und ging ins Schlafzimmer. Sie nahm den Rollkoffer, den sie schon einmal zusammengepackt hatte, leerte ihn erneut und packte Wäsche dazu, ging ins Badezimmer, um einige Artikel zusammenzusuchen, stopfte Zahnbürste und Zahnseide, eine Seifenlotion, Deo, einen Waschlappen und sonstige Kleinigkeiten in einen Hygienebeutel, der im Schrank unter dem Waschbecken verstaut gewesen war. Sie packte Taschentücher und eine Box Feuchttücher dazu.

Als sie fertig war, setzte sie sich ins Wohnzimmer und holte die Akten heraus. Sie würde einiges zu regeln haben – und dafür brauchte sie Informationen und Dokumente.

Anne blätterte die Sammlung nach dem Familienstammbuch durch, fand es, warf einen kurzen Blick hinein und packte es in ihre Tasche. Den Umschlag mit dem Testament oder was immer darin verstaut war, legte sie zurück.

Schließlich stellte sie den Ordner wieder ein und lief danach einfach ziellos durch das Haus. Ohne ihre Mutter war es wie tot. Eine leere Hülle. Es sperrte sich gegen Anne, wirkte fremd, keineswegs wie ihr Elternhaus, als wollte es ihr sagen, es gehöre jemand anderem. Sie sei nur eine Fremde.

Einer Eingebung folgend lief sie noch einmal zum Wohnzimmerschrank und holte den Ordner mit der Aufschrift »Haus« heraus. Sie suchte nach der Kaufurkunde. Ihre Mutter hatte das Haus bereits besessen, als sie Erich Müller geheiratet hatte. Das Haus war eine Art Mitgift gewesen. Doch Anne hatte nie nachgefragt, woher es stammte. Ihre Mutter hatte immer betont, es sei von ihrer Großmutter gebaut und nur an sie weitervererbt worden.

Sie legte den Ordner auf den Tisch und begann zu blättern. Die obersten Dokumente waren die jüngsten. Ihre Mutter hatte offenbar vor wenigen Jahren das Erbpachtrecht ganz gekauft, hatte wohl, als vor zwanzig Jahren nachgemessen worden war, noch einen Zipfel von fünf Quadratmetern dazu erworben, um das Grundstück abzurunden. Die Aufforderung über die Umlegung der Regenwassereinleitung in einen Sickerschacht kam ebenso zutage wie die Ablehnung fünfzehn Jahre zuvor, einen Sickerschacht für Regenwasser anlegen zu dürfen. Anne schüttelte den Kopf. Wenn Politiker für den Blödsinn, den sie beschlossen, geradezustehen hätten, würden die Gefängnisse vermutlich überquellen. Sie blätterte durch eine in gelbes Pergament eingebundene Kaufurkunde des Hauses, besah sich einen alten Grundriss, den sie noch nie zuvor gesehen hatte, und blieb plötzlich an einer Urkunde hängen. Sie stammte von ihrer Großmutter Hildegard und war in die Zeit nach dem Krieg datiert. Dort wurde bescheinigt, dass ein Heinrich Hacker ihrer Großmutter Hildegard Karg Haus und Grundstück überschrieb, jedoch selbst im Obergeschoss bis zu seinem Ableben wohnen durfte.

Anne starrte auf den Namen: Heinrich Hacker. Hacker. War das ein Zufall? Anne glaubte nicht an Zufälle. Heinrich Hacker. Sie blätterte noch einmal rasch alle Unterlagen durch, fand jedoch keinen Hinweis auf das Alter des Mannes. Allerdings konnte sie aus der Überschreibungsurkunde an ihre Großmutter das Geburtsdatum des Heinrich Hacker erkennen. Dort stand: 9. Juli 1887. Zum

Zeitpunkt der Weitergabe des Grundstücks 1960 war er demnach dreiundsiebzig Jahre alt.

Anne starrte auf den Namen. Heinrich Hacker. Wer zum Teufel war dieser Heinrich Hacker? Womöglich der Vater von Konrad Hacker? War das möglich? Oder war das nur Zufall?

In Annes Kopf schossen die Hirngespinste wie Blitze durcheinander. Sie musste die Augen schließen, weil sie schneller flatterten, als sie in der Lage war, die Gedanken aufzunehmen.

Zumindest würde der Umstand das Dreirad mit der Klingel erklären. Hacker hatte möglicherweise eine Zeit in diesem Haus gewohnt, hatte hier womöglich seine Kindheit verbracht. Das Gefährt war zurückgeblieben und in Zeiten knapper Kassen an mehrere Kinder weitergereicht worden.

Sie nahm ihr Notizheft heraus und notierte sich den Namen: Heinrich Hacker und den 9. Juli 1887.

Warum fiel das Haus gerade an ihre Großmutter?

Anne blätterte weiter, fand aber sonst nichts, was diesen Umstand erklären würde. Es war auf Erbwohnrecht erworben worden. Womöglich hatte die Großmutter den Mann versorgt und gepflegt und dafür als Dank das Haus erhalten.

Anne blätterte noch einmal zurück. Genau, arbeiten hätte Großmutter damals nicht können. Sie war schwanger gewesen und hatte ein Kind zu versorgen gehabt: ihre Mutter.

Anne hob den Kopf und dachte nach. Dabei holte sie sich das Bild mit dem Dreirad vor ihr inneres Auge. Der alte Mann darauf konnte auch Heinrich Hacker sein.

Anne beschloss, den Ordner mitzunehmen. Vielleicht ergaben sich ja bei erneuter Durchsicht weitere Hinweise. Sie ließ sich in den Sessel zurücksinken und starrte auf ihr Spiegelbild im Flachbildschirm.

Kannte Konrad Hacker sie und wollte deshalb, dass sie für ihn ermittelte?

Minutenlang saß sie vor diesem unheimlichen Bild und suchte darin nach Antworten, die es nicht preisgeben würde, dann gab sie sich einen Ruck. Rätsel löste man nicht, indem man vor dem Schreibtisch hockte oder mit irgendwelchen Bildern auf Bildschirmen Trockenspiele betrieb. Es mussten Fakten her: Wer war dieser Typ, der ihr das Messer in die Tür gerammt hatte? Wer war Heinrich Hacker? Wer war der Tote im Zinksarg? Hingen diese Dinge miteinander zusammen, oder geheimniste sie nur etwas hinein? Das waren die Fragen, die es umgehend zu beantworten galt. Vielleicht führten die auch zur Lösung ihres Auftrags: Wer war Hackers/Meisters Erbe?

Anne nahm ihr Blackberry heraus. Doch bevor sie es anschaltete, ließ sie es wieder sinken. Der Umstand, dass Wolfgang offenbar ständig vor dem Gerät saß und kontrollierte, wo sie sich gerade aufhielt, machte sie nervös. Sosehr sie es genoss, wenn er sich sofort meldete, sobald sie eingeschaltet hatte, so sehr hasste sie es, wenn er wusste, wo sie war. Als Frau musste man seine Geheimnisse haben dürfen.

Ein Ziehen im Unterbauch bestätigte ihr das. Sie besuchte noch kurz die Toilette, bevor sie aufbrach, und stellte dabei zu ihrer Bestürzung fest, dass sich niemand mit Rollstuhl oder Rollator auch nur durch die schmale Tür des Klos würde zwängen können. Sie seufzte, weil ihre Erziehung sie wieder Pläne schmieden ließ, Pläne für eine Zukunft, die noch so weit weg war, dass sie sie nicht zu fassen vermochte.

Annes Weg führte umgehend zu ihrer Mutter ins Krankenhaus.

Wieder wartete sie vor der Stroke Unit darauf, eingelassen zu werden. Sie war innerlich völlig aufgewühlt, als sich die automatische Tür endlich öffnete und sie eingelassen wurde.

Ihre Mutter lag mit geschlossenen Augen da, die linke Gesichtshälfte leicht erschlafft. Der Inhalt eines Tropfs lief ihr in den rechten Arm, und unter der Nase wurde über einen Schlauch Sauerstoff zugeführt.

Anne legte die Hand auf den Arm der Mutter.

»Hallo, Mama«, sagte sie.

Die Augen ihrer Mutter öffneten sich, und ihr Blick wanderte durchs Zimmer.

»Hier bin ich, Mama«, sagte Anne.

Der Kopf der Mutter wandte sich ihr zu. Ein ratloser Blick streifte sie, dann stahl sich langsam Wissen in die Augen. Ein schiefes Lächeln huschte über die Gesichtszüge.

»Anne, Kind.«

Anne riet die Antwort mehr, als dass sie sie verstand. Die Sprachprobleme waren noch immer gravierend.

»Wie geht es dir?«, fragte Anne, obwohl sie wusste, wie bescheuert diese Frage klang.

»Oh«, sagte ihre Mutter. Sie versuchte, den Kopf so zu drehen, dass sie Anne ansehen konnte, doch Anne war es, als blicke ihre Mutter durch sie hindurch. »Gut. Es geht gut. Du bist ja da. Anne. Du bist da.«

Anne musste schlucken.

»Ich darf nur nachmittags hierherkommen. Vormittags ist die Abteilung für Angehörige geschlossen, Mama.« Anne fühlte den Drang, sich zu rechtfertigen. »Ich würde gerne auch vormittags kommen.«

Annes Mutter nickte. Dann drückte sie ihre Hand und schlief wieder ein, diesmal mit einem schiefen, aber zufriedenen Lächeln.

»Du musst doch arbeiten.«

Anne blieb einfach sitzen. Sie schaute die Frau an, die sie geboren hatte, und erzählte ihr von ihrem neuen Auftrag und dass sie einen Erben suchen musste, männlich oder weiblich, ohne dass sie einen Namen nannte.

Nach knapp einer halben Stunde tauchte der Arzt auf. Er ignorierte die Hand, die sie ihm hinstreckte.

»Seien Sie uns nicht böse, aber durch Händedruck werden Keime übertragen. Wir versuchen, das auf unserer Stroke Unit zu vermeiden. Als vorbeugende Maßnahme.«

»Gibt es etwas Neues?«, fragte Anne rasch, um die Peinlichkeit, die sich aus dieser Situation ergeben hatte, zu überspielen. »Meine Mutter hat eine künstliche Herzklappe. Sie wissen das?«

Der Arzt nickte und presste die Lippen aufeinander. »Wir geben ihr zurzeit aber kein Verdünnungsmittel, weil das die poröse Stelle im Hinterkopf wieder bluten lassen könnte. Später dann … auch wegen der Rhythmusstörungen am Herzen. Ach ja, die Untersuchung hat ergeben, dass die zweite Herzklappe bereits ebenfalls geschädigt ist, aber nicht stark. Das muss noch nicht korrigiert werden.«

Anne nahm die Information auf wie eine Mahnung. Warum sagte er ihr das? Wollte er damit seine nächste Operation vorbereiten?

Anne bedankte sich artig. Doch bevor der Weißkittel den Raum verlassen hatte, setzte sie noch nach.

»Entschuldigen Sie, Doktor.« Der Arzt drehte sich zu ihr um. Dabei ließ er die Absätze seiner weißen Gummisohlen quietschen. Er zog nur die Augenbrauen hoch. »Sie wissen, dass meine Mutter allergisch auf Süßstoffe reagiert? Ein Überbleibsel der letzten Herz-OP und ein Ergebnis der damals notwendigen Darmoperation aufgrund eines Darminfarkts.«

»Also keine Süßstoffe.«

»Wenn möglich. Zucker darf sie jederzeit essen. Sie hat gute Cholesterinwerte.«

Der Arzt nickte und verschwand. Anne konnte nicht sehen, ob er sich ihre Information eben aufgeschrieben hatte. Sie würde sie zu gegebener Zeit einfach wiederholen. Sie blieb eine Weile sitzen und wartete, ob ihre Mutter noch einmal aufwachen würde. Doch diese schlief tief und fest, und Anne beschloss, es für heute gut sein zu lassen.

Auf dem Weg nach unten schaltete sie ihr Blackberry ein und tippte Elders Nummer.

»Sind Sie schon wieder zurück?«, fragte sie, sobald er abhob.

»Ich dachte schon, ich erreiche Sie heute gar nicht mehr«, blaffte Elder zurück.

»Haben Sie Ergebnisse?«

»Und ob. Wo treffen wir uns?«

»Im Büro«, sagte Anne. »In einer halben Stunde.«

Schon auf dem Weg dorthin meldete sich der Hunger. Erst jetzt bemerkte sie, dass sie noch nicht einmal gefrühstückt hatte. Jetzt war es Nachmittag.

Sie würde Elder zum Chinesen einladen.

Elder stand bereits unten an der Tür. Sie begrüßte ihn flüchtig und fragte, ob er schon zu Abend gegessen habe. Er verneinte.

»Als Entschädigung dafür, dass ich Sie letztens sitzen gelassen habe«, sagte sie und deutete auf den Eingang zum Restaurant.

»Ich weiß nicht, ob ich das annehmen soll«, sagte er gespielt missmutig. »Das letzte Mal durfte ich zahlen.«

»Heute nicht. Es geht auf meine Rechnung. Der Wirt kennt mich und schreibt auf meine Kanzlei an.«

»Dann sollten wir es wagen.«

»Ich bin ganz gespannt, was Sie herausgefunden haben.«

Bis die Getränke und das Essen bestellt waren, wurde kein Wort gesprochen. Erst als Elders Radler auf dem Tisch stand und Anne ihre Johannisbeerschorle bekommen hatte, beugte sie sich vor und sah ihn erwartungsvoll an.

»Also. Was gibt es so Interessantes?«

Elder zog mehrere zusammengefaltete Blätter Papier aus seiner Jackentasche. Er legte sie auf den Tisch und strich sie glatt.

»Die mumifizierte Leiche ist ein Kind, vielmehr ein Jugendlicher. Männlich, etwa fünfzehn Jahre alt. Jetzt kommt's: Er litt an Trisomie 21.«

»Er war also krank?«

»Vermutlich geistig behindert. Wie schwer, kann man aus heutiger Sicht nicht mehr sagen.«

»Wie kommt er ins Grab?«

»Auch das ist nicht unwichtig«, sagte Elder. »Schließlich bin ich …«

»… Historiker. Ich weiß.« Sagte Anne und verdrehte die Augen. »Was bringt uns das jetzt?«

»Der Zinksarg hat eine Herkunftspunze: Er gehörte dem Kloster Irsee bei Kaufbeuren.«

»Dann war der Junge ein Mönch?«

»Keineswegs. Das Kloster wurde Mitte des 19. Jahrhunderts zur Pflegeanstalt für geistig Behinderte umfunktioniert. Achtung: Von 1939 bis 1945 wurde dort im Rahmen der ›Aktion T4‹ die sogenannte Euthanasie durchgeführt. Über zweitausend Patienten, darunter jede Menge Kinder, wurden von dort in Vernichtungsanstalten deportiert oder aber vor Ort umgebracht. Der Zinksarg stammt aus dem Kloster.«

»Mit solchen Särgen wurden die dort Verstorbenen auf ihre Heimatfriedhöfe überführt«, schlussfolgerte Anne.

»Richtig.« Elder lehnte sich zurück.

»Nur dass diese Leiche nicht aus dem Zinksarg entfernt worden ist …«, dachte Anne laut nach.

»… und niemand den Sarg zurückgefordert hat.« Elder ergänzte ihre Gedanken. »Weil man es sich nicht traute oder weil man es nicht mehr konnte, da der Tote bereits unter der Erde lag.«

»Oder aus beiden Gründen«, sagte Elder. »Wir wissen zweierlei über die Umstände: Er wurde wohl zur Zeit des Nationalsozialismus deponiert, und er kam aus Kloster Irsee. Als Historiker schließe ich daraus, dass es sich um einen Fall von Euthanasie im Rahmen der ›T4-Aktion‹ handelt.«

»T4-Aktion?«, hakte Anne nach.

»Ein von den Nazis betriebenes Programm zur Tötung sogenannten lebensunwerten Lebens. Sie haben die Kranken nicht in den Pflegeheimen belassen, sondern sie systematisch vergast oder mit Giftspritzen getötet. Das lief unter dem Begriff Euthanasie.«

Anne pfiff leise durch die Zähne.

»Das war bei dem Jungen der Fall?«

Elder nickte. »Mit Sicherheit, denn im Bericht steht noch etwas, das werden Sie nicht glauben.«

Das Essen kam und unterbrach das Gespräch. Anne schaute kurz zum Fenster hinaus auf die Straße. Ein groß gewachsener Mann ging vorüber, von dem sie nur noch den Hinterkopf sehen konnte, aber sie hätte schwören können, Wolfgang gesehen zu haben. Rasch nahm sie ihr Blackberry heraus. Es war eingeschaltet. Sie drückte es aus.

»Was haben Sie?«, fragte Elder, dem ihre plötzliche Nervosität aufgefallen war.

»Nichts. Ich mag nur nicht das Gerät eingeschaltet lassen. Die Strahlung … Sie wissen schon.«

Anne entnahm seinen hochgezogenen Augenbrauen, dass er ihre Aussage als das erkannt hatte, was sie war: eine Ausrede.

»Sie wollten noch etwas erzählen.«

Elder nickte und wandte sich wieder den Papieren zu, während Anne die Straße draußen beobachtete. Sie schalt sich zwar eine dumme Kuh, weil die Person, die sie gesehen hatte, keineswegs Wolfgang gewesen sein musste. Doch es kam ihr merkwürdig vor, und von Zufällen hielt sie nichts.

»Hören Sie mir eigentlich zu?«

»Oh, natürlich, tut mir leid. Was haben Sie gesagt?« Anne versuchte, zerknirscht zu wirken und sich wieder auf Elder zu konzentrieren.

»Ich habe gesagt, die Mumifizierung hat nicht nur den Körper, sondern auch die Kleidung betroffen. Der Tote trug Anstaltskleidung.«

Anne fixierte Elder jetzt.

»Und?«, fragte sie gedehnt. »Was sagt uns das?«

»Nichts«, sagte Elder. »Aber die Kleidung war namentlich zugeordnet. Das heißt, sie enthielt aufgenähte Namensschilder.«

Elder machte eine Pause. Anne stöhnte.

»Elder, wir schreiben hier keinen Krimi. Spannen Sie mich nicht auf die Folter, sondern sagen Sie mir, was Sie herausgefunden haben. Sonst wird das Essen kalt.«

Anne schob sich einen Bissen Entenfleisch süß-sauer in den Mund.

Auch Elder nahm eine Gabel voll panierter Schrimps, kaute genüsslich und lächelte.

Anne wäre beinahe geplatzt, doch dann schob ihr Elder das Papier hin und deutete auf einen Namen.

»Paul Hacker? Das kann kein Zufall sein!«, entfuhr es ihr.

»Ist es auch nicht. Dieser Paul Hacker könnte der Bruder von Konrad gewesen sein. Ein Nachzügler.«

Anne nickte und sah nach draußen. Sie wollte nachdenken, doch ihre Aufmerksamkeit wurde von etwas anderem in Anspruch genommen. Vor dem Fenster sah sie wieder diesen Mann, der Wolfgang zum Verwechseln ähnlich sah. Er sah sich um, als wollte er sich vergewissern, nicht beobachtet zu werden, und ging in eine Einfahrt schräg gegenüber von ihrem Büro. Doch er verschwand nicht darin, sondern beugte sich zum Fenster eines Wagens hinunter. Das Auto hätte sie niemals entdeckt, wenn nicht dieser Mann davor stehen geblieben wäre. Das Seitenfenster wurde heruntergelassen, es blitzte in der Sonne kurz auf. Offenbar redete er mit einer Person, die dort saß, denn er gestikulierte energisch. Schließlich drehte er sich abrupt um, sah sich wieder um, warf einen Blick nach oben, als kontrollierte er, ob sie in ihrem Büro über dem Restaurant war, und ging dann in Richtung Bahnhofstraße davon. Leider konnte sie sein Gesicht wieder nicht sehen.

»Hat es Ihnen die Sprache verschlagen?«, hörte sie Elder sagen.

»Was? Nein. Natürlich nicht. Ich musste nur nachdenken.« Dann wandte sie sich direkt Elder zu. »Haben Sie etwas Ungewöhnliches entdeckt, als Sie auf mich gewartet haben? Ist Ihnen jemand gefolgt?«

Elder lachte. »Sie meinen die Journalistin, die uns auf Schritt und Tritt verfolgt, seit wir der Polizei die Leiche gemeldet haben? Natürlich. Sie parkt mit ihrem Wagen überall und hängt an mir wie eine Klette.«

»Eine Journalistin? Der Augsburger Allgemeinen? Haben die so jemanden noch? Ich dachte, die arbeiten nur noch mit Praktikanten«, spottete Anne.

»Manchmal hat man tatsächlich den Eindruck«, lachte Elder mit vollem Mund.

Elders Information beruhigte sie etwas. Dennoch blieb die Frage, warum sich Wolfgangs Doppelgänger dort draußen mit einer Journalistin unterhielt. Oder war es einfach ein simpler Angestellter der Bank von gegenüber gewesen, der ihr mitgeteilt hatte, dass sie dort nicht parken durfte?

»Ich hoffe, Sie haben der Dame von der AZ nichts über unsere Suche gesagt.«

Zwischen Elders sich bleckenden Zähnen steckten zerkaute Shrimps, und Anne wandte den Blick ab.

»Gott bewahre. Kein Sterbenswörtchen. Deshalb hängt sie ja an uns wie eine Klette. Aber vielleicht sollten wir sie mit Neuigkeiten füttern. Dann wären wir sie zumindest los.«

Anne überlegte. An Elders Vorschlag war etwas Verlockendes. Sie konnten eine weitere Person, die nachforschte, durchaus gebrauchen. Leider hatte sie zu den Recherchefähigkeiten dieser Spezies Mensch nur wenig Zutrauen.

»Wenn wir das riskieren«, sagte sie gedehnt, »müssten wir uns jedoch genau überlegen, was wir an sie weitergeben.«

»Auf Exklusivrechte an einer Geschichte fahren alle Journalisten ab.«

»Wenn es Journalisten sind und keine schreibenden Hausfrauen oder Studentinnen, die sich nebenbei etwas verdienen, weil sie glauben, wenn man zwei Wörter nebeneinandersetzen kann, dann wird daraus auch ein Text.«

»Jetzt übertreiben Sie aber«, tadelte Elder.

»Finden Sie?«

Die Teller waren leer. Der Ober kam und fragte nach einem Nachtisch, doch Anne lehnte ab.

»Kaffee trinken wir oben bei mir«, sagte sie.

Anne bezahlte mit Karte. Sie gingen über die Hintertür ins Treppenhaus und in ihr Büro. Oben angelangt, blickte sie durch die geschlossenen Vorhänge hinunter zur Einfahrt gegenüber. Der Wagen war offenbar verschwunden. Jetzt erst machte sie Licht.

18

»Wie finden Sie mich eigentlich?«, fragte Anne unvermittelt.

Sie warteten beide darauf, dass die etwas asthmatisch röchelnde Kaffeemaschine ihr Wasser durch den Filter laufen ließ.

»Jedenfalls flotter als diese Maschine. Hätten wir nicht noch drunten Kaffee trinken sollen? Oder gehört das zu Ihren Sparmaßnahmen? Regel … neun? Verschwende dein Geld niemals an guten Kaffee, wenn du auch schlechten haben kannst?«

»Sie haben meinen Kaffee noch nie probiert, also halten Sie sich gefälligst zurück.«

Anne schüttelte den Kopf. Langsam begann sie diesen Kindskopf und Mitermittler zu mögen, auch wenn er mit seinem Pickelgesicht nicht gerade eine Schönheit darstellte. Er war auf jeden Fall nicht auf den Kopf gefallen, da konnte man schon Abstriche in Bezug auf das Aussehen machen.

»Ich meine die Frage ernst. Was halten Sie von mir?«

»Muss ich die Wahrheit sagen, oder darf ich lügen?«

Anne stampfte mit dem Fuß auf. »Jetzt hören Sie endlich mit Ihren Sprüchen auf.«

Elder sah sie offen an.

»Regel zehn?«

Als er ihren wütenden Blick sah, wurde er ernst. Er räusperte sich.

»Ich weiß nicht, was ich sagen soll«, begann er, und Anne fühlte, wie es ihr einen Stich versetzte. War sie so unmöglich, dass er es sich mit seiner Chefin nicht verderben wollte?

»Wenn ich sage, ich halte Sie für eine Zicke, stimmt das einerseits, andererseits greift es wieder zu kurz. Sie sind nämlich auch eine ganz nette, intelligente und … sagen wir attraktive Person.«

Anne wollte schon etwas erwidern, doch Elder hob beschwichtigend die Hände.

»Aber das könnte mir schon wieder als Schmeichelei ausgelegt werden. Und schmeicheln will ich Ihnen nun wirklich nicht.«

Anne nickte und sah zu Boden. »War eine blöde Frage, ich gebe es zu.«

»Sagen wir so: Es gibt im Augenblick wichtigere Fragen, um die wir uns kümmern sollten.«

Jetzt begann Anne, von ihrem Erlebnis mit dem Messer an der Haustür zu erzählen. Allerdings ließ sie aus, dass Wolfgang bei ihr gewesen war. Sie ließ auch aus, dass er den Täter deshalb nicht verfolgen konnte, weil er ihm splitterfasernackt hätte hinterherlaufen müssen. Elder reagierte bestürzt.

»Was wollte der von Ihnen? Sie einschüchtern?«

Anne stellte die Kanne auf den Tisch und brachte zwei Kaffeetassen, Zucker und Milch.

Sie füllte Elders Tasse, dann ihre eigene. Die ganze Zeit über schwieg sie. Schließlich, nach einem ersten Schluck, ging sie in die Offensive.

»Ich glaube, meine Familie hat etwas damit zu tun.«

Elder hatte gerade seine Tasse zum Mund führen wollen. Jetzt setzte er sie sichtlich überrascht ab.

»Was … Ihre Familie?«

»Meine Großmutter hat ihr Haus von der Familie Hacker gekauft.«

Elder hob die Augenbrauen und zog gleichzeitig die Schultern in die Höhe. »Und?«

»Weiter weiß ich auch nichts. Nur das … Dieses eine Bild, das ich gefunden habe. Sie wissen noch, das Bild, das extra in dieser Kasse gelegen hat, als hätte man es dort deponiert? Ich kenne das Dreirad darauf. Der Mann neben diesem Dreirad ist Hans Meister, sprich Konrad Hacker, oder dessen Vater.«

»Und das Mädchen auf dem Bild?«

Anne zuckte verlegen mit den Schultern.

»Die Frau darauf sieht aus … wie ich. Das Kind ebenfalls. Wie ich mit fünf Jahren.«

Jetzt stutzte auch Elder.

»Haben Sie eine Zwillingsschwester?«

»Blödsinn. Das Bild ist so alt, dass es mich damals noch gar nicht gegeben hat. Außerdem ist das Bild verschwunden. Es ist das Einzige, was ich in der Kanzlei vermisse. Man hat kein Geld mitgenommen, keine Papiere, nur dieses eine Bild.«

»Es ist tatsächlich weg?« Elder klang etwas verstimmt.

Anne grinste. »Nee! Ich habe es zuvor gescannt. Es ist auf meinem Laptop deponiert. Der ist noch da.«

Elder lehnte sich zurück und betrachtete Anne. Sie ließ sich diese Musterung schon deshalb gefallen, weil Elder immer wieder durch sie hindurchsah, als würde er hinter ihr eine Person sehen.

»Aus alledem schließen Sie, dass Ihre Familie in diesen Fall verwickelt sein könnte.«

Anne nickte. »Möglich wäre es.«

»Aber nicht wahrscheinlich. Sehen Sie, die Hackers stammen von hier. Ihre Familie stammt von hier. Beide Familien wohnten auch noch in Augsburg-Oberhausen. Da ist es ganz natürlich, dass man sich begegnet, dass es gemeinsame Bilder gibt, dass man sich kennt, dass …«

»Jetzt hören Sie auf, alles kleinzureden. Ich habe nämlich noch etwas festgestellt. Die Stollerin ist ermordet worden.«

»Ach. Das können Sie beweisen?« Elder musterte sie erwartungsvoll.

»Kann ich. Lisa Stoller war Linkshänderin. Die Pulsadern hatte sie sich angeblich mit der rechten Hand aufgeschnitten.«

»Sie hielt das Messer in der Rechten!«, bestätigte Elder.

»Aber ich habe gesehen, wie sie bei sich zu Hause mit einer Linkshänder-Schere geschnitten hat. Mit eigenen Augen. Sie hätte sich also niemals mit rechts die Pulsadern aufgeschnitten. Folglich hat der Mörder bei ihr einen Fehler gemacht.«

Diesmal nickte Elder anerkennend. »Gute Arbeit – wenn die Frau nicht Beidhänderin gewesen ist. In ihrem Alter muss man annehmen, dass sie in der Kindheit umgelernt worden ist. Vermutlich konnte sie mit beiden Händen in etwa gleich gut agieren.«

»Dann kommt noch etwas: Ich hatte ein ähnliches Messer wie das, mit dem man der Stollerin die Adern durchgeschnitten hat, im Türblatt stecken. Das ist kein Zufall.«

»Jetzt mal langsam mit den jungen Pferden«, beschwichtigte Elder. »Sie ermitteln im Fall Meister und suchen nach einem Erben oder einer Erbin. Das scheint jemanden zu stören. Allerdings so zu stören, dass er Menschen einschüchtert beziehungsweise umbringt. Wir sollten uns also fragen: Wen stört diese Suche – und weiß vielleicht derjenige mehr über die Verwandtschaft eines Konrad Hacker, als wir wissen?«

Sie saßen einander schweigend gegenüber und sahen sich in die Augen. Schließlich musste Anne lächeln.

»Wissen Sie was, Elder? Wir sollten uns duzen.«

»Ist das so ein Fraternisierungs-Ding?«

Anne lächelte. »Regel zehn: Wenn man gut zusammenarbeitet; sollte man sich duzen. Ich heiße Anne.«

»Und ich Tobias. Stoßen wir jetzt mit Kaffee an?«

»Ja. Nur das mit dem Kuss lassen wir bleiben!«, sagte Anne bestimmt.

Sie verschränkten die Arme ineinander, tranken ihren Kaffee über dem Arm des anderen – und zu guter Letzt gab sie Tobias doch noch einen flüchtigen Kuss auf die Wange.

»Wie gehen wir jetzt vor?«, fragte Tobias Elder.

»Erstens: Wer war dieser Konrad Hacker? Das müssen wir recherchieren. Vielleicht könnten wir dafür die Zeitungstante engagieren? Zweitens: Wir gehen noch einmal zu dieser Wohnung in der Langen Gasse. Ich bin mir ziemlich sicher, wir haben irgendwas übersehen. Man richtet sich so eine Wohnung nicht ein, nur um einen SS-Ausweis darin zu verstecken. Es muss noch mehr da sein. Das finde ich, und wenn ich alles aus dieser Wohnung herausreißen muss.«

»Wir«, sagte Elder. »Wir finden es.«

»Sei nicht so beckmesserisch. Dann eben *wir*. Allerdings müssen wir gründlich sein, und das kostet Zeit, die wir heute nicht mehr haben.«

»Wir können uns mit der Zeitungsfrau treffen. Jetzt gleich. Die lauert sicher irgendwo draußen.«

Anne nickte gedankenverloren. »Ich habe sie heute schon gesehen, glaube ich.«

Sie tranken aus und gingen nach draußen. Anne schaute sich nach dem Wagen um, der in der Einfahrt gestanden hatte, doch der war tatsächlich nicht mehr da. Sie hatte sich also nicht getäuscht. Elder bog zum Parkhaus hin ab.

»Wo willst du hin?«, fragte Anne.

»Die Journalistentante suchen.«

»Aber die stand hier in der Einfahrt. Und jetzt ist sie weg?«

Elder hob die Augenbrauen.

»Was redest du da für ein Zeug? Die stand niemals in der Einfahrt. Die Frau ist mit einer Vespa hinter uns her. Die steht drüben vor dem Bowlingcenter, um die Einfahrt zum Parkhaus zu beobachten. Da kann sie sehen, ob und wann du das Haus verlässt. Weil du kaum zu Fuß gehst, ist das für sie eine sichere Kiste.«

»Aber … hier stand ganz sicher ein Wagen, von dem aus wir beobachtet worden sind.«

Anne war völlig verunsichert. Hatte sie in ihrer Angst etwas falsch interpretiert? War sie schon Opfer einer Paranoia? »Ich habe gesehen, wie dort jemand gesessen und uns im Restaurant observiert hat«, wiederholte sie bestimmt.

»Das ist doch unmöglich. Wie kann man uns denn im Restaurant beobachten? Du kannst höchstens durch das Fenster nach draußen schauen. Aber von draußen sieht da keiner rein.«

Sie überquerten die Straße, und Anne schaute sich um. Sie konnte nichts Verdächtiges erkennen, weder einen schwarzen Wagen noch eine Vespa.

»Da steht sie«, sagte Elder. Er machte sich größer und winkte.

Anne sah buchstäblich nichts und niemanden. Erst als sich eine dunkle Gestalt aus dem Zugang zum Parkdeck löste, erkannte Anne die Frau. Das ließ sie nachdenklich werden. Wenn sie eine so offensichtliche Observierung nicht wahrnahm, was war dann ihre Beobachtung bezüglich des Wagens und der Person wert, die aussah wie Wolfgang?

Die Frau hatte einen Halbhelm auf dem Kopf und fingerte etwas aus ihrer Motorradjacke.

Doch bevor sie es herausgekramt hatte, war Elder bei ihr.

»Kein Diktafon«, sagte er.

»Ich bin Journalistin. Die Leser haben ein Recht …«

»Quatsch«, sagte Elder. »Niemand hat ein Recht auf meine Privatsphäre. Ich bin keine öffentliche Person. Sollte ich irgendwas darüber lesen, zerre ich Sie vor Gericht.«

Er wirkte nicht mehr freundlich, sondern sagte das auf eine deutlich unterkühlte Art.

»Ich muss über einen Mord berichten.«

»Wenn es ein Mord war.«
Anne mischte sich jetzt ein.
»Ich habe doch gesagt, wir sollten das bleiben lassen.«
Jetzt wurde die Frau neugierig.
»Was bleiben lassen?«
»Uns mit einer Pseudojournalistin wie Ihnen einzulassen.«
Die Frau rümpfte beleidigt sie Nase.
»Also ich muss mich …«
»Hören Sie zu«, unterbrach Elder sie. »Wir wollen Ihnen ein Geschäft vorschlagen. Sie bekommen eine Exklusivstory, und wir bekommen dafür Informationen von Ihnen. Sie haben Recherchemöglichkeiten, die uns verschlossen sind.«
Jetzt war die Frau hellwach. Ihre Augen weiteten sich.
»Exklusiv?«
»Sobald der Fall abgeschlossen ist und wir unsere Aufgabe gelöst haben«, warf Anne ein.
»Glauben Sie es mir, das ist eine Story, die wird Sie nach München katapultieren, zu wirklich großen Zeitungen«, lockte Elder. »Alles dabei: Sex, Crime, Mord, Geld.«
Die Journalistin pfiff durch die Zähne.
»Unter der Bedingung, dass Sie im Augenblick nichts veröffentlichen, solange wir selbst noch recherchieren. Kein Sterbenswort, sonst trocknen wir Sie aus.«
Die Frau biss sich auf die Lippen. Man sah ihr an, wie sie mit sich kämpfte. Ihre grünen Augen wurden schmal und huschten von einem zum anderen.
»Warum sollte ich mich an die Vereinbarung halten?«, fragte sie spöttisch. »Ich habe so schon genug erfahren!«
»Wirklich?« Elder klang spöttisch. »Es kann nicht viel sein, denn noch …«
Hinter ihnen heulte ein Motor auf und unterbrach Elders Ausführungen. Alle Augen wandten sich der Rampe zu.
»Was für ein Idiot«, murmelte Elder und wollte mit seiner Erklärung fortfahren.
Sie standen bei der Ausfahrt des Parkhauses. Anne sah, wie der Wagen die Rampe herunterkam und sich rasch der Schranke näherte. Sie ließ sich davon kurz ablenken. Das sportliche Cabrio

war dunkel mit ebenfalls dunkel getönten Scheiben. Quietschend hielt es vor der Schranke. Anne sah, wie sich eine Hand aus dem Fahrerfenster streckte, um das Ausfahrtbillett in den Kartenleser zu schieben. Sie wunderte sich noch, dass der Mann dabei Handschuhe trug.

Die Schranke hob sich, dann ging alles ziemlich schnell.

Die Reifen des Wagens quietschten und rauchten. Elders Kopf schnellte hoch. Er hatte nachdenklich vor sich hin geblickt, weil er den Faden verloren hatte. Auch Anne wollte etwas über diesen Verrückten loswerden, der nicht nur sein Auto, sondern auch seine Mitmenschen malträtierte, da schoss der Wagen aus der Einfahrt und direkt auf ihre kleine Gruppe zu. Anne sprang seitwärts und stieß die Journalistin dabei um, die gegen ein Metallgeländer krachte. Auch Elder machte einen Satz beiseite und fiel auf die Knie. Der Wagen hüpfte auf den Bordstein, jagte den Gehweg entlang, dort, wo eben noch die Journalistin und Elder gestanden hatten. Er streifte Anne mit dem Seitenspiegel knapp am Hintern. Dann war er vorbei und auf der Straße draußen. Mit jaulendem Motor und rauchenden Reifen entfernte er sich.

»Verflucht, was war das denn?«, japste Elder. Er rappelte sich vom Boden auf. Sein linkes Hosenbein war zerrissen, und das Knie blutete.

Auch die Journalistin kam auf die Beine. Ihr Helm hatte eine hässliche Schramme.

Anne hielt sich den Hintern. »Verfluchter Spiegel. Das gibt einen satten blauen Fleck!«

»Danke«, sagte die Journalistin plötzlich und hielt Anne ihre Hand hin. »Sie haben etwas gut bei mir. Der Idiot hätte mich glatt umgebracht.«

»Helfen Sie uns jetzt – zu unseren Bedingungen? Wenn nicht, möchte ich Sie zu Ihrem eigenen Schutz darum bitten, über das Gespräch Stillschweigen zu bewahren.«

»Wissen ist nicht nur Macht. Wissen tötet hin und wieder.« Elder sah sie besorgt an.

»Aber die wissen jetzt, dass Sie beide mit mir gesprochen haben. Sie könnten mir weiß Gott was erzählt haben.«

»Stimmt«, gab Elder unumwunden zu. »Das macht die Sache

nicht wirklich einfacher. Doch Sie sterben im beruhigenden Gefühl, nichts verraten zu haben, weil Sie noch nichts wissen können.«

Anne zerrte die beiden weg von der Straße und hinein ins Parkhaus. »Los jetzt. Wir müssen fort vom Präsentierteller.«

»Du glaubst, sie versuchen es wieder?«

»Herrgott, wenn ich das wüsste, hätte ich nicht so eine Scheißangst«, fluchte Anne. »Ich weiß ja nicht einmal, warum diese Kerle mir etwas antun wollen. Außerdem halte ich diese Attacke von eben nicht für einen Versuch, uns umzubringen.«

»Jetzt bin ich aber neugierig«, sagte Elder.

»Es war ein Einschüchterungsversuch. Sie wollen verhindern, dass wir in etwas herumstochern, was nicht aufgerührt werden soll.«

Das Grau des Parkhausbetons legte sich wie ein zentnerschwerer Schal um ihre Brust. Sie liefen zu dritt zu ihrem Auto, gebückt, als befürchteten sie, beschossen zu werden. Doch es geschah nichts mehr. Nirgends sprang eine Gestalt hinter einem der parkenden Wagen vor, nirgends wartete ein Killerkommando auf sie, nirgends peitschten Schüsse eines Snipers aus dem Hinterhalt. Als hätte die Zeit einen Sprung bekommen, und sie wären hinter einen der Risse geschliddert und aus ihr herausgenommen worden.

Bei ihrem BMW angekommen, fragte Anne die Journalistin: »Sollen wir Sie mitnehmen, oder fahren Sie mit Ihrer Vespa?«

»Die Kerle haben mich beinahe über den Haufen gefahren!«, jammerte die Journalistin.

Anne sah sie spöttisch an, sagte jedoch nicht, was sie dachte, und hoffte inständig, dass die Pseudoschreibse es in ihren Augen lesen konnte.

»Helfen Sie uns jetzt?«, blaffte Elder sie an.

Die Journalistin nickte stumm.

»Also gut. Dann wäre es das Beste, wir würden uns einander vorstellen«, sagte Anne.

»Ich weiß, wer Sie beide sind«, sagte die Frau und nahm endlich den Helm ab. Rötliches Haar, das sich in Wellen kräuselte, kam darunter zum Vorschein.

»Das habe ich mir beinahe gedacht«, sagte Anne. »Aber ich kenne Sie nicht. Wären Sie so nett?«

Zuerst schluckte die Frau, dann nickte sie mehrmals schnell.

»Henrike Heine. Wie der Dichter.«

Sie lachte trocken.

»Mit einem solchen Namen sollte man es sich dreimal überlegen, ob man …«

»Meine Kollegin meint …«, unterbrach Elder sie mit rollenden Augen. »Sie meint, ein solcher Name sei ja geradezu Verpflichtung.«

»Nicht wahr? Wo Heinrich Heine, der berühmte Dichter, doch für die Augsburger Allgemeine geschrieben hat.« Die Journalistin nickte tapfer. »Ich versuche, in seine Fußstapfen zu treten. Wirklich.«

»So, jetzt haben wir zu tun«, unterbrach Anne das Gesäusel.

Wieder schaute die Journalistin gespannt in die Runde.

»Was habe ich zu tun?«

»Nichts«, blaffte Anne. Sie war verärgert über das lose Geschwätz von der Namensverwandtschaft mit dem Dichter Heine. Solch eine Hybris war typisch für Schreiberlinge, die mehr sein wollten, als sie waren.

Die Journalistin lachte zuerst verschreckt, dann lächelte sie unsicher.

»Das war ein Scherz?«, fragte sie nach.

»Natürlich. Anne ist sehr witzig. Sie könnten nachrecherchieren, was dieser Hans Meister von Beruf war. Schließlich muss er ja irgendetwas in seinem Leben gearbeitet haben.«

Eifrig notierte Henrike Heine ihre Aufgabe.

»Was machen wir?«, fragte Anne.

»Wir schauen uns in der Wohnung noch einmal um. Es muss etwas geben, was die Vergangenheit dieses Mannes belegt. Außerdem sollten wir im Internet nachschauen, wer unser Mann gewesen ist. Da gibt es eine Seite ›Who's who im Dritten Reich‹. Da sollte ein Sturmbannführer der SS aufgeführt sein.«

Anne wollte einsteigen und endlich dieses triste Parkhausflair hinter sich lassen. Sie fühlte sich hier wie auf dem Präsentierteller. Die Offenheit der Umgebung verunsicherte sie. Anne zog die Fahrertür auf.

»Wann und wo sehen wir uns wieder?«, hakte die Journalistin nach.

»Morgen gegen elf«, sagte Anne. »In meinem Büro. Sie kennen es ja. Sie haben lange genug beobachtet.«

»Einverstanden?«, fragte Elder, Henrike Heine nickte zur Bestätigung leicht mit dem Kopf.

Sie verabschiedeten sich kurz, dann stiegen Elder und Anne ein. Die Journalistin blieb stehen, und Anne konnte im Rückspiegel beobachten, wie sie sich Notizen in ihren kleinen Block machte.

»Ob das so gut war, sie einzubinden?«

»Besser, als sie ständig hinter uns herschnüffeln zu lassen«, konterte Elder.

Er sagte das mit einem solchen Ernst, dass Anne gar nicht widersprechen konnte. Vermutlich hatte er recht.

Sie versuchten, im Chaos der Umgehungswege, Baustellen und gesperrten Straßen in die Lange Gasse zu kommen. »Wir wären schneller gewesen, wenn wir zu Fuß gegangen wären«, schimpfte Anne, nachdem sie zum zweiten Mal wegen einer neuen Streckenführung, die am Vortag noch nicht vorhanden gewesen war, nicht nach links hatte abbiegen können.

Zehn Minuten später zwängte sie sich in eine unmöglich schmale Lücke direkt vor der Wohnung, dann stiegen sie aus und gingen die Treppe hinauf.

Die Wohnung empfing sie mit derselben Tristesse wie beim ersten Mal. Das Empfinden, es hier mit einer potemkinschen Kulisse zu tun zu haben, überwältigte Anne mit jeder Minute mehr, die sie darin verbrachte.

»Für wen war diese Wohnung gedacht?«, überlegte Anne laut. »Wie bescheuert muss man sein, sich eine Wohnung zu kaufen und sie dann leer stehen zu lassen. Hinausgeworfenes Geld.«

»Oder wie vermögend«, ergänzte Elder.

Anne blieb mitten im Wohnzimmer stehen und drehte sich um die eigene Achse.

»Such das, was es hier geben muss!«, flüsterte Anne. »Und wenn wir die Tapeten von den Wänden reißen müssen. Irgendwas ist hier, sonst wäre die Wohnung bewohnt worden.«

Systematisch kämmten sie sich durch die Schränke, rückten

Möbel beiseite, nahmen Regale von der Wand, lösten Bilder aus den Rahmen, hoben Topfdeckel hoch, leerten Vasen aus und langten unter die Tischplatten. Sie hatten kein Glück, und Anne wäre beinahe in Tränen ausgebrochen, als ihr bewusst wurde, dass sie wieder nichts gefunden hatten. Tobias schraubte sogar mit dem mitgebrachten Handwerkzeug zwei Kugellampen von der Decke. Doch außer einigen toten Kleininsekten, die anzeigten, dass doch hin und wieder jemand hier gewesen sein musste, fanden sie nichts.

»Zehn Uhr. Wir sollten langsam zu einem Ende kommen«, sagte Anne erschöpft.

Sie brachen auf, und Anne setzte Elder in der Nähe des Königsplatzes ab, dann fuhr sie nach Hause.

Als sie ihre Wohnung betrat, blieb sie überrascht stehen. Etwas war anders. Ihr gesamter Körper schaltete augenblicklich auf Alarmmodus um. Plötzlich schlug ihr Herz schneller, und sie fühlte, wie sich Schweiß auf ihrem Rücken bildete und in feinen Tröpfchen ablief. Ihre Hand begann zu zittern. Die Erkenntnis traf die wie eine Ohrfeige: Jemand war hier drin gewesen.

Anne wagte zwei Schritte in die Wohnung hinein. Sie glaubte, auf rohen Eiern zu gehen, so vorsichtig bewegte sie sich. Sie sah sich um, verglich die Anordnung der Dinge mit der in ihrem Gedächtnis – und musste feststellen, dass nichts verändert war. Nachdem sie sogar im Schlafzimmerschrank nachgeprüft hatte, ob sich jemand darin versteckte, und sie nicht fündig wurde, nahm ihre Anspannung langsam ab. Allmählich setzte sich die Erkenntnis durch, dass sie sich getäuscht haben musste. Der Tag, die Ereignisse, ihre Nervosität hatten ihr wohl einen Streich gespielt. Dann fiel ihr Blick auf die Jacke, die über dem Stuhl hing, und sie musste lachen. Plötzlich wusste sie, was sie getäuscht hatte: der Geruch. Die Wohnung hatte nach Wolfgang gerochen. Nach seinem Rasierwasser, seinem Parfüm, nach dem ganzen Kerl eben. Und sie hatte es für das Relikt eines Eindringlings gehalten.

Anne ging zum Kühlschrank, holte die angebrochene Flasche Wein heraus und goss sich ein Glas ein. Dann setzte sie sich aufs Sofa, schaltete ihr Blackberry ein und wartete.

Es dauerte keine zehn Minuten, bis es läutete.

»Du hattest dein Handy den ganzen Tag über ausgeschaltet«, begrüßte er sie mit einem leichten Tadel.

»Stört es dich?« Anne hörte sich selbst gurren wie eine Taube und musste sich zusammennehmen.

»Ich hätte auch untertags gerne deine Stimme gehört.«

Anne schluckte, weil das Verlangen so unmittelbar in ihr aufstieg, dass sie nicht wusste, was sie sagen sollte. »Hast du Zeit, vorbeizukommen?«

Wolfgang lachte verhalten.

»Den ganzen Tag willst du nichts von mir wissen, und jetzt …«

»Komm einfach. Bitte«, sagte Anne, und es klang ein wenig heiser.

Wieder hörte sie ihn am anderen Ende der Leitung schmunzeln.

»Ich bin in zehn Minuten da«, sagte er.

»Ich warte auf dich«, sagte Anne und legte auf.

Sie nahm noch einen Schluck Wein und ließ ihn im Mund hin- und herwandern, dann beschloss sie, die kurze Zeitspanne für eine Dusche zu nutzen.

Sie ging ins Bad, zog sich aus und betrachtete kurz den Körper, der sich im Spiegel abzeichnete, und den großen blauen Fleck auf ihrer Pobacke, der empfindlich schmerzte, wenn sie ihn berührte. Wolfgang konnte zufrieden sein, mit dem, was sie ihm da bot. Sie strich sich über die Brüste und berührte ihre Scham. Sie fühlte, wie ihre empfindlichste Stelle vor Verlangen pochte, beschloss jedoch, dieses Verlangen Wolfgang zu schenken. Dann stieg sie unter die Dusche.

Als sie im Bademantel und mit feuchten Haaren wieder vor dem Spiegel stand, läutete es. Sie ging zur Sprechanlage.

»Ja?«

»Wolfgang«, tönte es metallisch zurück. Doch allein die Stimme versetzte ihrer empfindlichsten Stelle zwischen den Beinen einen kleinen Stromstoß, der durch den ganzen Körper rieselte. Sie öffnete die Tür einen Spalt weit und wartete auf das Geräusch der Schuhe auf der Treppe.

Es dauerte ihrer Erregung nach viel zu lange, bis sich Wolfgang endlich zu ihr hochgearbeitet hatte. Offenbar hatte er es nicht eilig. Als er an ihrer Tür angelangt war, öffnete sie diese ganz.

Sie hatte ihren Bademantel nicht zugebunden, sodass er leicht auseinanderfiel und ein Teil Haut zu sehen war.

»Oh, Mann«, hörte sie Wolfgang sagen, als er vor ihr stand. »Was für eine Begrüßung.«

»Komm doch«, sagte Anne und machte die Tür frei. Dabei wehte der Seidenstoff auf und gab ihre Brüste frei.

Wolfgang betrat den Raum und schloss die Tür hinter sich. Sie sog seinen Geruch ein, der ihre Unterlippe vor Verlangen zittern ließ. Dann fühlte sie, wie seine Arme sie umfassten, wie seine Hände unter die Seide des Bademantels krochen und sie streichelten. Sein Mund küsste ihren Hals, seine Lippen fuhren über ihre Schultern, seine Zunge stach in die Grube zwischen Hals und Brust und wanderte dann langsam abwärts, in das Tal zwischen ihren Brüsten, um von dort aus die sich ihr entgegenstreckenden Gipfel zu besteigen. Sie fühlte, wie sie sich langsam in einer Wolke aus vibrierendem Verlangen und Hingabe verlor. Er hob sie auf, trug sie durchs Zimmer, legte sie ab, und ihr Körper war dabei ein einziges feines Empfinden.

19

Ein hässliches Brummen stahl sich in Annes Ohren. Kurz darauf erfolgte ein »Pling«, und schließlich setzte eine Melodie ein, die so nervtötend und penetrant war, dass sie die Augen aufschlug. Es war helllichter Tag.

Ihr Blackberry meldete sich.

Anne schaute neben sich. Wolfgang! Wo war Wolfgang?

Sie wuchtete sich aus dem Bett. Sie war immer noch nackt. Ihre Pobacke mit dem blauen Fleck schmerzte.

Anne fand ihr Blackberry nach längerem Suchen in ihrer Handtasche auf dem Beistelltisch zur Garderobe.

»Habe ich dich geweckt?«, schnarrte am anderen Ende Elders Stimme

»Wie viel Uhr ist es?«, fragte Anne.

»Kurz nach elf, Langschläferin. Ich habe interessante Neuigkeiten, was unseren Herrn Hacker anbelangt.« Seine Stimme hatte keinen humorvollen Unterton, sondern wirkte gereizt.

»Ich komme«, sagte Anne und gähnte herzhaft. »Irgendwie habe ich verschlafen.«

»Wir warten«, sagte Tobias.

»Wir?«

»Herrgott noch mal, Anne. Die Journalistin der AZ und ich. Wir warten. Und zwar vor deinem Büro. Wie wir es gestern abgemacht hatten.«

»Wie viel Uhr ist es, hast du gesagt?«

»Kurz nach elf. Der halbe Tag ist rum.«

»Ich komme«, murmelte Anne. Dann wiederholte sie ungläubig die Zeit. »Kurz nach elf!«

Sie ging ins Bad, duschte und betrachtete sich im Spiegel. Unter ihren Augen lagen kleine blaue Monde wie umgekehrter Lidschatten, aber ihre Haut fühlte sich glatt und straff an. Die Haut eines jungen Mädchens. Sie musste lächeln, als sie an die zurückliegende Nacht dachte. Wolfgang war an ihrer bleiernen Müdigkeit und an den kleinen Schönheitsfehlern im Gesicht schuld. Er hatte ihr keine Ruhe gelassen, hatte sie in einer Weise gefordert, die sie völlig ausgelaugt hatte. Hatte sie immer wieder geweckt. Sein Verlangen war unstillbar gewesen und das ihre ebenso. Als hätte sie sich bei ihm angesteckt und er sich wiederum an ihr. So eine verrückte Liebesnacht hatte sie noch nie erlebt. Sie konnte kaum laufen, fühlte sich wie ausgerenkt und schmeckte ihn sogar noch, wenn sie mit der Zunge über die Lippen fuhr.

In der Küche fand sie eine volle Thermoskanne Kaffee vor und einen kurzen handgeschriebenen Zettel, auf dem nur das Wort »wundervoll« stand und den er mit einem Kussmund in Kaffeebraun verziert hatte.

Anne schenkte sich aus der Kanne noch eine Tasse ein. Der war zwar nicht mehr heiß, aber warm genug. Mit einer Semmel im Mund eilte sie die Treppe hinunter, stieg ins Auto und fuhr zum Büro.

Elder und die Journalistin erwarteten sie ungeduldig vor der Tür.

»Ich dachte schon, du kommst gar nicht mehr«, begrüßte Tobias Elder seine Partnerin. Demonstrativ sah er auf die Uhr. Es war mittlerweile gut nach halb zwölf.

»Diese Stadt besteht aus Baustellen und Staus. Und die Umbaumaßnahmen haben zur Folge, dass es noch mehr Baustellen und noch mehr Staus gibt«, sagte sie gereizt.
Bevor sie die Haustür öffnete, ließ sie den Blick unauffällig über die Straße wandern. Unwillkürlich ging er auch hinüber zur Einfahrt. Doch heute stand dort kein Auto, auch wartete keine Person im Schatten.

»Was ist los?« Elder hatte ihr Zögern bemerkt.

»Nichts«, sagte Anne und schloss auf. Sie gingen hinauf in ihr Büro.

Sie setzten sich an den Besprechungstisch, Anne kochte Kaffee.

»Schießt los, was habt ihr herausgefunden?«

»Also es gibt auf der Homepage des Simon-Wiesenthal-Zentrums einen Eintrag zu Konrad Hacker. Geboren 19.10.1919, Sohn eines Beamten, Realgymnasium in Augsburg; Beitritt zur SS mit neunzehn Jahren. Ausbildung im Konzentrationslager Dachau. Dann Einsatz im Lager Mittelbau-Dora. Dort, wohin Wernher von Braun seine Raketenproduktion verlegen musste, nachdem Peenemünde bombardiert worden war«, ergänzte Elder. »Beteiligung an Erschießungen von Häftlingen im Zuge einer nicht ganz geklärten Spionagesache in Mittelbau-Dora. Während der Befreiung 1945 verschwindet er dann spurlos. Er taucht nicht wieder auf und steht daher noch immer auf der Fahndungsliste des Simon-Wiesenthal-Zentrums.«

Anne notierte sich die wichtigsten Informationen.

»Er hatte übrigens zwei Brüder: Paul und Otto. Otto war der ältere. Konrad selbst war der mittlere der drei Brüder. Wo der jüngste Bruder Paul abgeblieben ist, konnte ich nicht in Erfahrung bringen. Außerdem war er offenbar regelmäßiger Gast in Lebensborn-Heimen, dem Zuchtprogramm der SS. Die Namen seiner Partnerinnen dort standen leider nicht dabei.«

»Zuchtprogramm?«, fragte Anne nach.

»Ausgesuchte, rassereine arische Männer wurden mit ebenso ausgesuchten rassereinen Arierinnen zusammengebracht. Man paarte sich, zeugte ein Kind und half so, den SS-Nachwuchs zu züchten. Viele Kinder aus diesem Lebensborn-Programm kennen bis heute ihre Väter nicht, oft nicht einmal die Mütter, die ihr Kind vor Ort im Heim ausgetragen und dann zur nationalsozialistischen Erziehung freigegeben haben. Manche jungen BdM-Mädchen hielten es für ihre Pflicht – oder wurden indirekt gezwungen –, ihre besonderen Rassemerkmale über ein Lebensborn-Kind weiterzugeben. Oft haben ihre späteren Männer nicht einmal erfahren, dass sie schon einmal geboren hatten.«

Anne pfiff durch die Zähne und sah Elder bewundernd an.

»Nicht schlecht. War's das?«

Elder sah seine Unterlagen durch. »Mehr habe ich nicht.«

Anne wandte sich an die Journalistin. Sie konnte nicht verhindern, ihre Stimme forscher klingen zu lassen, als sie beabsichtigt hatte

»Und. Haben Sie auch Ergebnisse?«

Henrike Heine sah Anne aus zusammengekniffenen Augen an.

»Und Sie? Haben Sie Ergebnisse?«, fragte diese patzig zurück.

Anne ließ den Stift sinken, griff in ihre Tasche und zog einen braunen Umschlag hervor, in den sie die Unterlagen Hans Meisters gestopft hatte.

»Haben Sie jetzt etwas, oder nicht?«

»Hier«, sagte sie nur. »Sie werden sich wundern, was ich herausgefunden habe.«

Henrike Heine nickte mit zusammengepressten Zähnen. Die Story ist ihr wohl wichtiger als die persönlichen Animositäten, dachte Anne.

»Ich habe ein wenig im Archiv der Zeitung geblättert. Also 1949, kurz nach der Gründung der Bundesrepublik Deutschland, beantragt Hans Meister einen Gewerbeschein. Er will ein Antiquitätengeschäft eröffnen. Das wird von den US-Behörden zuerst nicht genehmigt, ein halbes Jahr später dann aber zugelassen. Name: Meister-Antiquitäten. Sitz: Augsburg. Die Personengesellschaft hat ihre Residenz in der Gumpelzheimerstraße. Das Geschäft besteht bis heute, hat aber die Arbeit weitgehend eingestellt. Jedenfalls ist die Firma in der Branche nicht mehr bekannt.« Die Journalistin sah von ihrem Block auf und in die Runde. »Das war's von mir. Mehr habe ich noch nicht.«

»Das bringt uns zwar nicht viel weiter. Das haben wir uns alles schon so zurechtgelegt. Nur etwas ist dabei interessant: Warum meldet jemand wie Meister ein Antiquitätengeschäft an? Kurz nach dem Krieg. Damals wird doch alles Mögliche gebraucht, nur keine Antiquitäten.«

»Aber sie werden verkauft«, warf Elder ein. »Schwarzmarkt. Antiquitäten gegen Lebensmittel. Das gibt einen hübschen Grundstock, wenn man gute Ware zum Tauschen hat und etwas bieten kann. Später, nach der Gründung der BRD, als Lebensmittel wieder vorhanden sind, versuchte man dann, gewisse Teile wieder zurückzukaufen.«

Anne dachte kurz nach. Zwar klang Elders Überlegung plausibel, doch sie überzeugte Anne nicht recht.

»Meines Erachtens alles Spekulation. Meister müsste ja über eine prophetische Gabe verfügt haben.«

»Oder über genügend Geld und Beziehungen, um Antiquitäten gegen Lebensmittel kaufen beziehungsweise tauschen zu können. Ich gebe dir meine Erstausgabe von Goethe, und du gibst mir dafür Butter und Schmalz. So lief das damals, meine liebe Anne.«

Anne schnitt einen schiefen Mund bei der Anrede »meine liebe Anne«.

»Wir wissen nicht, woher er die Lebensmittel hatte, die er gegen Antiquitäten verkaufen wollte. Nach deinem Szenario braucht er ein Lebensmitteldepot, das ihn mit Lebensmitteln versorgt. Nur so kann er sich einen Grundstock anschaffen. Wo sollten die Nahrungsmittel herstammen? Das müssen wir noch nachprüfen.«

Elder zuckte mit den Schultern. Dafür hatte er auch keine Erklärung.

»Die Nazis haben alle möglichen Depots angelegt«, sagte er schwach.

Anne legte ihr Kuvert auf den Tisch und schüttete die Unterlagen aus. Dann durchsuchte sie die einzelnen Papiere. Sie sah, wie die Journalistin große Augen bekam.

»Sie werden alles bekommen, wenn wir mit dem Fall fertig sind, Frau Heine. Vorher nicht.«

Anne wühlte ein wenig, drehte Blätter um und zog schließlich das Papier unter dem Wust hervor, das sie gesucht hatte.

»Da ist er«, sagte sie. Anne präsentierte den vorläufigen Ausweis über die Entlassung des Häftlings Hans Meister aus Mittelbau-Dora. »Konrad Hacker war SS-Sturmbannführer in diesem KZ-Außenlager von Buchenwald, Hans Meister war dort ebenfalls – als Häftling. Das kann kein Zufall sein.«

»Es gibt kein Bild, nur einen Fingerabdruck«, sagte die Journalistin.

»Umso interessanter. Wer immer den Ausweis ausgestellt hat, konnte ihn mit Hackers Fingerabdruck versehen.«

»Die beiden Männer haben sich einigermaßen ähnlich gesehen«, bemerkte Elder.

Er blickte zur Journalistin hinüber, um zu sehen, ob er sie damit auf den neuesten Stand gebracht hatte.

Anne blickte hoch.

»In einer Zeit, in der man vor Hunger ohnehin aussah wie ein lebender Toter, war das vielleicht gar nicht so wichtig. In den letzten Kriegsmonaten haben auch SS-Leute nicht gerade geschlemmt. Konrad Hacker kannte vermutlich den Häftling Meister. Schließlich sind sie beide in Augsburg-Oberhausen aufgewachsen. Was haltet ihr von folgender Annahme: Die führenden Chargen wussten bereits frühzeitig, dass das mit dem Endsieg nicht mehr hinhauen konnte. Hacker hat sich einfach die Identität Meisters gesichert und die Unterlagen ein wenig gefälscht. Es war dann für Hacker sicher ein Leichtes, kurz vor der Befreiung in die Rolle von Hans Meister zu schlüpfen.«

»Sie meinen, aus dem Sturmbannführer Hacker wurde demnach flugs der Häftling Meister«, fragte Henrike Heine kopfschüttelnd.

Anne nickte, lehnte sich zurück und ließ ihre Schlussfolgerungen wirken.

Elder wiegte den Kopf, während die Journalistin Anne fasziniert ansah.

»Habe ich recht in Erinnerung, dass du für Bremerhaven noch einen Entlassungsschein hast? Ebenfalls auf Hans Meister ausgestellt. Wie ist er dazu gekommen?«

Die Journalistin räusperte sich.

»Ich habe mal über zwei Augsburger SS-Männer recherchiert, da ist mir Folgendes aufgefallen: Häftlings-Führungskader in den KZs wurden manchmal von den US-Befreiern aussortiert und als Gefangene nach Amerika verschifft. Man vermutete, dass sie schon allein deshalb Dreck am Stecken hatten, weil sie Führungsaufgaben übernommen hatten, zum Beispiel Blockwart oder Barackenälteste waren.«

»Gute Überlegung«, warf Elder ein. »Wenn dieser Hans Meister in Mittelbau-Dora privilegiert war, wurde er verhaftet. Er könnte Vorarbeiter oder Schichtleiter oder etwas Ähnliches gewesen sein. Man hat die Männer nach Bremerhaven geschafft, weil von dort aus die Gefangenentransporte in die USA abgingen. Vielleicht konnte Meister alias Hacker die Amis davon überzeugen, nicht schuldig zu sein. Er war ja *Kommunist*. Dann haben sie ihn in Bremerhaven nicht mit auf ein Schiff und nach Amerika genommen, sondern einfach entlassen.«

Jetzt nickte Anne und hob anerkennend die Augenbrauen.

»Faszinierender Gedanke, der so durchaus passen könnte. Die Verhaftung und der Transport nach Bremerhaven hätten auch verhindert, dass der Identitätsaustausch Hacker/Meister sofort entdeckt werden konnte. Schließlich kannten die Häftlinge vor Ort ihre Kumpels. Wäre Hacker plötzlich als Meister aufgetaucht, hätten sie ihn verraten. Aber wenn er von ihnen getrennt worden ist, erfuhr niemand von diesem Tausch – und ausgekannt hat sich Hacker/Meister ja in Mittelbau-Dora«, spann Elder seine Überlegung weiter.

»Das würde zusammenpassen.« Anne besah sich die Einzelteile des Puzzles, das sie da rekonstruiert hatten. »Mehr können wir im Augenblick nicht sagen.«

Sie sah zu der Journalistin hinüber. Die schrieb ununterbrochen mit. Ihr Stift schoss nur so übers Blatt. Anne runzelte die Stirn, weil es ihr Unbehagen bereitete, alle diese Informationen preiszugeben.

Elder riss sie aus ihrer Versenkung. »Ein wenig mehr doch.«

»Ach, ich dachte, du hättest nichts weiter.«

Anne versuchte, Elder unter dem Tisch anzustoßen, erreichte ihn jedoch nicht.

»Über Hacker/Meister ja. Aber ich habe da noch ein kleines Detail zu unserer Mumie.«

Der Kopf der Journalistin zuckte zu Tobias Elder hinüber. »Welche Mumie?«

Anne seufzte, weil sie dieses Detail am liebsten für sich behalten hätte. Notgedrungen informierte sie Henrike Heine. Diese ließ den Bleistift erneut über ihren Block fliegen. Anne berichtete ihr vom Fundumstand des vollen Grabs und vom Auffinden des Zinksargs, von der Tatsache, dass die Grabstätte zuvor den Hackers gehört hatte, dem Ergebnis der Untersuchung und der Entdeckung der Trisomie-21-Anomalie bei der Leiche und dem Hinweis auf dem Zinksarg, der ihn als Eigentum des Klosters Irsee auswies.

»Zuletzt fehlt noch ein kleines Detail. Als ich über Konrad Hacker recherchiert habe, habe ich auch über seinen älteren Bruder recherchiert. Und jetzt haltet euch fest: Er war Arzt in Irsee.«

Verständnislos wanderten die Blicke der Journalistin von Anne zu Elder und wieder zurück.

»Kann mir mal jemand genauer erklären, was das bedeutet?«, fragte sie.

»Das ist nicht allzu schwer«, sagte Elder düster. »Wenn Paul Hacker, unsere Trisomie-21-Mumie, tatsächlich ein Familienmitglied der Hackers war, womöglich der dritte Bruder, und sein ältester Bruder Otto in Irsee Arzt gewesen ist, dann besteht die Wahrscheinlichkeit, dass dieser Otto Hacker seinen eigenen Bruder getötet hat. Euthanasie an sogenanntem ›unwerten Leben‹. So hieß das damals.«

»Umso wahrscheinlicher, als beide Brüder SS-Mitglieder waren. Da musste man seine Biografie bereinigen und eine solche Erbschande ausmerzen«, flüsterte Anne.

»Und die Beerdigung der Leiche so heimlich wie möglich durchführen. Was den Zinksarg und die besondere Bestattung erklären würde.«

Anne nickte. Das Grauen, das hinter einer solchen lapidaren Aussage lag, ließ einen Rasen aus Gänsehaut auf ihren Unterarmen wachsen.

»Jetzt haben wir jede Menge über die Familie Hacker erfahren. Es hat uns allerdings keinen Schritt in unserer Arbeit weitergebracht: Hatte Hans Meister alias Konrad Hacker Nachkommen? Ich meine, außer der Frau und dem Kind, die beide Meisters Familie waren, nicht aber Hackers«, warf Anne ein.

Sie schwiegen. Wenn man es genau betrachtete, traten sie auf der Stelle. Zwar enthüllten sie mehr und mehr Details aus dem Leben Hackers, aber nichts führte zu einem Erben.

»Was wäre zu tun?«, fragte die Journalistin.

»Lebensborn-Heime«, sagte Elder plötzlich. »In der Wiesenthal-Akte steht, er habe Kontakte zu Lebensborn-Heimen gepflegt. Vielleicht gibt es da eine Verbindung.«

»Und wenn Hacker selbst keine lebenden Nachkommen hat, dann vielleicht der ältere Bruder. Auch sie wären erbberechtigt.«

»Wo informiert man sich da?«

»Standesamt. Dort liegen Geburtsurkunden. Ein Anruf von Dr. Fritsch, und das Archiv dort öffnet sich für mich.« Anne wollte nach ihrem Blackberry greifen, hielt aber in der Bewegung inne. »Scheiße!«, sagte sie so gedehnt, dass die beiden anderen lachen mussten.

»Was denn? Die Lebensader abgeschnitten?«

»Ich hab mein Blackberry zu Hause liegen lassen. Jetzt bin ich nur noch ein halber Mensch.«

Anne überlegte kurz, dann kramte sie in ihrem Schreibtisch und brachte ein älteres Gerät zum Vorschein, dessen Display einen Sprung aufwies. Sie griff noch einmal tief in die Schublade und holte ein Ladegerät heraus.

»Das müsste eigentlich funktionieren. Mein Not-Handy«, erklärte sie. »Ein alter Prepaidapparat, den ich regelmäßig auflade und mit einer Karte versorge. Zweimal im Jahr mindestens.«

Sie schaltete das Gerät ein. Es zeigte eine mittlere Ladekapazität. Sie fummelte das Kabel in den Ladeanschluss und steckte es in die Steckdose.

»In einer halben Stunde können wir gehen. Bis dahin schauen wir diese Unterlagen durch.« Sie deutete auf den Wust an Papieren. »Ich will alle Namen und Daten, die darin vorkommen, sauber aufnotiert und gelistet.«

20

»Wir gehen zusammen hinaus«, sagte sie. »Ich voran.«

»Du bist doch paranoid«, sagte Elder und schüttelte energisch den Kopf.

»Hör zu, ein verwüstetes Büro und eine Leiche dort, wo sie nicht sein sollte, führen nicht gerade dazu, dass ich mich in Sicherheit wiege.«

Sie hatten ihre Aufgaben verteilt und würden losziehen. Anne würde zum Standesamt gehen, Elder die Einwohnermeldekartei durchschauen sowie sich über Lebensborn-Heime kundig machen, und Henrike Heine sollte im AZ-Archiv suchen, ob es sonst noch etwas über Hans Meister zu finden gäbe.

Anne trat vor die Tür. Während sie sich zu den beiden umdrehte, ließ sie den Blick wie zufällig über die andere Straßenseite schweifen. Tatsächlich lehnte jemand schräg gegenüber an der Hausmauer. Sie hätte ihn im Schlagschatten des Gebäudes nicht gesehen, wenn er sich nicht schnell zurückgezogen hätte. Diese rasche Bewegung machte ihn sichtbar und verdächtig. Er rauchte. Der Rauch der Zigarette wehte jetzt hinter der Hausecke hervor. Er war also nur aus der Sichtlinie gegangen, nicht ganz verschwunden.

»Wir gehen nicht zum Wagen«, sagte sie und wandte sich in die entgegengesetzte Richtung.

Eder sah sie argwöhnisch an, folgte ihr jedoch stumm. Die Journalistin blieb einfach bei ihnen, weil sie ohnehin nicht wusste, was Anne wollte. Anne schritt rasch aus. Sie musste so schnell wie möglich die Straßenecke erreichen.

»Wovor fliehen Sie denn?«, warf Henrike Heine in einem Anflug von Erkenntnis ein. »Da gerät man ja außer Atem.«

Anne hielt die Frage keiner Antwort für wert und stapfte vorneweg.

Elder schloss auf. Mit seinen langen Beinen war Annes Laufgeschwindigkeit für ihn kein Problem.

»Was ist los, Anne?«, fragte er so leise, dass die Frau hinter ihnen nichts hörte.

»Wir werden tatsächlich beobachtet. Aus der Einfahrt gegenüber. Ich will wissen, ob er uns nachgeht.«

Sie bog rasch um die Ecke und begann sofort zu laufen. Sie überquerten die Straße. Auf ihrer Seite stand ein großer Schuttcontainer, halb voll mit Bauschutt aus dem Haus vor ihnen. Das war eingerüstet und mit einer Folie verkleidet. Anne schlüpfte dahinter, zog Henrik Heine und Elder mit sich und beobachtete die Einmündung.

»He, was soll das denn? Sind wir im Wilden Westen?«

»Seien Sie still«, drohte Anne. »Erklärungen folgen gleich im Anschluss.«

Lange mussten sie nicht warten. Gelassen schlenderte ein Mann in dunkler Kleidung in die Bahnhofstraße. Er sah sich um, wippte auf den Zehenspitzen, um sich noch ein wenig größer zu machen und die Passanten zu überblicken. Er fand jedoch offensichtlich nicht, was er suchte. Seine Bewegungen wurden hektischer, sein Blick huschte die Straße auf und ab. Schließlich begann er zu rennen.

»Er hat uns verloren«, frohlockte Anne.

Plötzlich blieb der Kerl stehen, zückte sein Handy und wählte mit Einknopftaste. Offenbar besprach er sich mit jemand anderem. Anne bemerkte, wie er sich langsam entspannte und ruhiger wurde. Zuletzt lachte er sogar, nickte und hob den Kopf.

»Er schaut zu uns herüber«, sagte Anne. »Er weiß, wo wir sind.«

Doch dann beendete ihr Verfolger das Gespräch abrupt und wandte sich ab. Seelenruhig lief er die Straße hinauf in Richtung Hauptbahnhof davon.

»Habt ihr gesehen, wie ruhig er plötzlich geworden ist?«

»Als hätte ihm jemand gesagt, wo wir sind«, sagte Elder und begann sich umzusehen.

Auch Anne suchte die Straße ab, doch sosehr sie auch nach verdächtigen Personen Ausschau hielt, sie konnte niemanden entdecken.

»Wir müssen vorsichtig sein.«

»Wer lässt uns beobachten?«, fragte Henrike Heine plötzlich.

»Steht auf meiner Bluse Auskunft?«, fuhr Anne sie an, doch Elders warnender Blick ließ sie sofort zurückrudern. »Entschuldigung. Das ist im Augenblick alles etwas stressig. Wir wissen es nicht.«

»Haben Sie keinen Verdacht? Keine Vermutung?«

»Nicht die geringste«, sagte Elder ruhig.

»Jedenfalls scheinen Ihre Verfolger nicht zimperlich zu sein, wenn man die Aktion beim Parkhaus bedenkt.« Henrike Heine sah Anne unverwandt an.

»Oder einfach nur unverfroren, was ihre Einschüchterungsversuche anbelangt«, ergänzte Anne.

»Haben Sie die Polizei schon eingeschaltet?«, fragte die Journalistin.

Elder und Anne schauten sich an.

»Nein. Wozu? Verhindern können sie es ohnehin nicht. Jemanden zu beschatten ist nicht strafbar.«

»Aber jemanden über den Haufen zu fahren schon«, sagte Heine. »Ich kümmere mich darum.«

Anne stutzte, dann wurde ihr Ton schärfer. »Was meinen Sie damit?«

»Keine Angst, ich schalte die Polizei nicht ein. Ich will nur herausfinden, wer Ihnen, wer uns da nachläuft.«

»Wie machen Sie das?«, fragte Elder ehrlich neugierig.

Henrike Heine schaute ihn mit einem Gesicht an, das die Unschuld selber war. Ihre runden Augen wurden noch runder, als hätte sie sich um zehn Jahre verjüngt.

»Das lassen Sie meine Sorge sein. Ein paar Geheimnisse muss ich auch haben.«

»Keine Geheimnisse!«, sagte Anne. »Was Sie unternehmen wollen, was immer es auch ist, bleibt höchst gefährlich. Denken Sie daran, dass bereits eine Person dafür hat sterben müssen.«

Die Journalistin presste die Lippen zusammen.

»Das Leben ist gefährlich.«

Was sollte Anne darauf sagen? Nichts.

Sie teilten sich auf. Doch bevor Anne den Weg zum Standesamt einschlug, holte sie ihr Auto und fuhr zu ihrer Mutter ins Zentralklinikum.

An die Einlassprozedur würde sie sich nie gewöhnen. Sie wartete wieder über zehn Minuten, bis jemand den Zugang zur Stroke

Unit öffnete. Der typische Krankenhausgeruch schlug ihr entgegen, Antiseptika gemischt mit Urin und Kunststoff.

Ihre Mutter saß aufrecht im Bett. Ihr Blick war noch immer etwas trübe, jedoch wacher als die Male zuvor.

»Mama«, sagte Anne, als sie das Zimmer betrat.

Ihre Mutter blickte auf und versuchte, die Stimme zu lokalisieren, als könne sie Anne nicht sehen.

»Mama«, wiederholte Anne und stellte sich neben das Bett. Jetzt richtete sich der Blick der alten Frau in ihre Richtung aus, ging jedoch etwas an ihr vorbei.

»Anne! Wie schön!«, sagte ihre Mutter mit ungewohnt hoher Stimme.

Der nach rechts verschobene Blick irritierte Anne.

»Siehst du mich?«, fragte sie deshalb.

»Ihre Mutter hat Probleme mit dem linken Auge. Auch ist offenbar der Fokus etwas verschoben. Das kommt bei schweren Hirntraumata schon einmal vor. Aber das gibt sich mit der Zeit. Das Gehirn muss sich erst an die neue Ausgangssituation gewöhnen. Ob der Ausfall des linken Augenhintergrunds sich wieder aufhebt, kann man noch nicht sagen.«

Ohne sich anzukündigen, war der Stationsarzt hinter ihr ins Zimmer getreten.

»Danke«, sagte Anne. »Und sonst? Was gibt es Neues?«

»Wir hatten Ihre Mutter heute Morgen noch im MRT. Es zeigt eine großflächige Ausbreitung des Schlaganfall-Areals. Aber weder das Gedächtnis noch die Sprache sind betroffen. Soweit wir feststellen konnten, ist vor allem das Bewegungszentrum geschädigt. Das kann sich wieder geben.«

Anne nahm die Worte des behandelnden Arztes nur nebenbei wahr. Sie sah in das Gesicht ihrer Mutter. Ein Weltstaunen lag in ihrem Blick, wie es eigentlich nur Kindern eigen war, die alles Neue mit einer umfassenden Neugier in sich aufsaugen.

Lange konnte sich ihre Mutter nicht wach halten. Anne hatte nicht bemerkt, wann der Arzt gegangen war. Sie saß nur da, hielt ihre Hand und betrachtete das Gesicht, das sich stumm von links nach rechts bewegte und die gegenüberliegende Wand in sich aufnahm.

Irgendwann schlief ihre Mutter ein. Anne löste langsam ihre Hand aus der ihrer Mutter und stand auf.

»Gute Besserung, Mama«, flüsterte sie und gab ihr noch einen leichten Abschiedskuss auf die Stirn.

Sie stieg das Treppenhaus hinab, elf Stockwerke tief, und genoss die monotone Drehung um die rechte Schulter, mit der sie sich hinunterschraubte. Man musste nicht denken, man musste nur die Beine regelmäßig im Takt halten. Zwischendurch versperrten Feuertüren den Weg abwärts und unterbrachen damit auch den meditativen Rhythmus der Bewegung.

Als sie unten aus der Tür des Zentralklinikums auf die Straße trat, fühlte sie sich geläutert. Sie verdrängte sofort die Gedanken an all die notwendigen Tätigkeiten, die dieser Hagelschlag der Gesundheit für ihre Mutter nach sich ziehen würde. Jetzt hatte sie andere Dinge zu tun.

Sie hatte sich für den Nachmittag telefonisch beim Standesamt angemeldet.

Anne schaute auf die Uhr. Sie war schon etwas spät dran. Sie stieg auf dem Parkplatz ins Auto und fuhr die Ackermannstraße stadteinwärts. In ihrem Kopf spukte noch immer dieser desorientierte Blick ihrer Mutter, der sie im Raum nicht hatte finden können, als hätten sich deren Koordinaten der Welt verschoben und müssten neu ausgerichtet werden.

Sie parkte in direkter Nähe vor dem Gebäude und holte sich ein Ticket über die Semmeltaste: eine halbe Stunde kostenlose Parkzeit. Mehr als diese halbe Stunde würde sie hoffentlich nicht benötigen.

Anne schaute die Fassade empor und überlegte, was sie dahinter erwartete. Womöglich gab es ja tatsächlich einen weiblichen Nachkommen, dessen Name hier gespeichert war.

Ein Blick über die Schulter, bevor die Tür zuschlug, machte ihr klar, dass sie nicht allein war. Den dunklen Wagen, der eben den Herkulesbrunnen umrundete, glaubte sie von der Einfahrt gegenüber ihrem Büro zu kennen.

»Wer um alles in der Welt ist so hartnäckig?«, flüsterte sie und stieg die Treppen hinauf.

Die Routine war rasch beendet. Die zuständige Beamtin war

ausgesprochen nett gewesen und hatte ihr Einsicht in alle Unterlagen gewährt. Jedoch fand sich buchstäblich nichts, was sie nicht schon wusste.

Als sie nach etwas über einer halben Stunde wieder auf die Straße trat, steckte ihr eine Politesse gerade einen Strafzettel an die Windschutzscheibe. Anne sprang hinzu, doch selbst der Hinweis auf ihre Recherchetätigkeit konnte die Dame mittleren Alters nicht umstimmen. Anne hatte die Parkzeit um zehn Minuten überschritten.

»Sie hätten ja zahlen können, wenn Ihnen die kostenlose Parkzeit nicht ausreicht. Als Rechtsanwältin haben Sie doch Geld!«, sagte die Politesse spitz. »Die Semmeltaste wird ein wenig überstrapaziert. Für Recherchearbeiten ist sie sicher nicht gedacht.«

Jetzt, da der Strafzettel steckte, konnte sie auch einen Kaffee trinken gehen, überlegte Anne. Sie überquerte die Heilig-Grab-Gasse und setzte sich gegenüber dem Herkulesbrunnen auf einen Stuhl. Sie bestellte einen Latte macchiato und ein Hörnchen und spähte die Maximilianstraße hinauf und hinunter. Tatsächlich kam von St. Ulrich im Süden her erneut der dunkle Wagen, von dem sie vermutete, er würde sie verfolgen.

Das Wagenfenster zum Gehsteig hin stand offen. Ein Ellbogen war zu sehen. Anne bedeckte ihr Gesicht mit der Karte und tat so, als würde sie die Auswahl der Speisen studieren. Vielleicht hatten die Männer im Wagen nicht gesehen, wie sie das Standesamt verlassen hatte. Auch stand ihr Auto noch in der Parklücke. Sie würden den Brunnen umrunden und dabei direkt an ihrem Tisch vorbeikommen. Dann könnte sie einen guten Blick ins Wageninnere erhaschen. Sie kauerte sich in ihren Stuhl, nahm die Speisekarte und versuchte, dahinter hervorzulugen – und tatsächlich nahm das Auto den gewünschten Weg.

Beide Männer trugen neutrale schwarze Kleidung, beide trugen Brillen, die etwas eingedunkelt waren. Von der Seite konnte sie die Gesichter nur undeutlich erkennen. Den Mann auf der Beifahrerseite hatte sie noch nie gesehen. Der Fahrer jedoch kam ihr bekannt vor. Das Kinn, die Art, wie er die Sonnenbrille trug, wie er lässig das Lenkrad fasste – und vor allem der Ring am Finger, waren ihr vertraut: All das erinnerte sie fatal an Wolfgang.

Sie zog ihr Prepaidhandy heraus – und musste es gleich wieder einstecken. Sie hatte Wolfgangs Nummer zwar in ihrem Blackberry, nicht aber hier. Auswendig kannte sie die Ziffernfolge noch nicht. Verärgert schlug sie sich auf den Schenkel.

Sie schlürfte ihren Latte und biss wenig hungrig von ihrem Hörnchen ab.

Während sie kaute, schossen ihr die abstrusesten Gedanken durch den Kopf. Spionierte Wolfgang ihr nach? Wenn ja, warum tat er das? Er hatte ihr erzählt, er sei bei einer Sicherheitsfirma beschäftigt. Aber eine Sicherheitsfirma beschützte Menschen und spionierte ihnen nicht nach. Schützte Wolfgang sie etwa? Da war wohl eher ihr eigener Wunschgedanke.

Wenn ihr Schutz ein Auftrag war, wie verhielt es sich dann mit ihrer Beziehung? War sie ebenfalls nur Teil seines Auftrags? Womöglich der angenehmere Teil? Sie musste wissen, was Sache war. Und zwar sofort. Denn mit ihren Überlegungen stieg ein ungeheuerlicher Verdacht in ihr auf.

Sie nahm ihr Handy und wählte Dr. Fritschs Nummer.

»Notariat Dr. Fritsch. Sie wünschen bitte?«, meldete sich Elsa.

»Elsa, hier Anne. Hat Dr. Fritsch eine Sicherheitsfirma beauftragt, mich zu beschützen?«

Anne entnahm der Stille am anderen Ende der Leitung die Verblüffung über ihre Frage.

»Also ich habe keine Überwachung oder einen Schutz für Herrn Dr. Fritsch in Auftrag gegeben. Das würde ich wissen. Bei solchen Fragen muss ich Sie durchstellen. Können Sie zwei Minuten warten? Er hat gerade Klienten im Büro. Ich sage ihm, er soll sofort abnehmen.«

Anne hörte ein Klicken, dann dröhnte ihr eine Melodie ins Ohr, deren Bass dermaßen hämmerte, dass er die Melodie völlig übertönte. Das Klicken der Rhythmusinstrumente tat in den Ohren weh. Sie musste eine ganze Weile genau hinhören, bis sie verstand, welche Melodie hier gespielt wurde: John Denver, »Take me Home, Country Roads«.

Plötzlich klickte es wieder. Anne glaubte schon, jetzt würde Dr. Fritsch am anderen Ende abheben, doch dann tutete es aus dem Handy. Man hatte aufgelegt.

Verblüfft betrachtete sie ihr Gerät. Fritsch hatte sie aus der Leitung geworfen. Einfach so.

Keine Antwort ist auch eine Antwort, dachte sie verärgert.

Sofort drückte sie auf die Kurzwahltaste und rief an. Diesmal meldete sich das Besetztzeichen: Dr. Fritsch wollte nicht mit ihr reden.

Anne steckte ihr Prepaidhandy weg, zahlte und schlenderte zu ihrem Auto zurück. Schon von Weitem konnte sie die Politesse sehen, die erneut um ihren Wagen herumschlich.

»Ich habe schon einen Strafzettel«, flötete Anne, als sie auf Rufweite näher gekommen war.

Die Politesse drehte sich zu ihr um. Ihr Gesicht war ruhig, ihr Verhalten gelassen. Sie entließ eben einen Streifen Papier aus ihrem elektronischen Strafzettelschreiber. Sie riss ihn ab, unterzeichnete kurz und steckte ihn Anne hinter die Windschutzscheibe.

»Was zum Teufel machen Sie da?«

»Sie stehen hier jetzt schon über eine Stunde ohne gültigen Parkschein. Das erhöht die Strafe empfindlich.«

»Sagen Sie jetzt nicht, Sie haben mir erneut einen Strafzettel gegeben.«

»Nein, das nicht«, sagte die Politesse. Anne entspannte sich etwas. »Ich habe Ihnen einen neuen verpasst. Obendrauf. Erweitert um die Zeit, die Sie zusätzlich verbotenerweise verparkt haben.«

»Ich hatte doch schon einen, verdammt.«

»Aber eben nicht den richtigen«, entgegnete die Politesse, drehte sich keck auf dem Absatz um und schlenderte die Maxstraße wieder hinauf in Richtung St. Ulrich.

Fluchend riss Anne die beiden Zettel von der Windschutzscheibe. Einmal zehn Euro, einmal fünfundzwanzig Euro. Sie würde beide Beträge als Spesen geltend machen.

Sie sah dem wackelnden Hintern der Politesse in ihrem blauen Rock nach. Gäbe es heute noch Scheiterhaufen, würden sie für solche Luder sicherlich aufgeschichtet werden.

Anne stieg in ihren BMW. Für heute hatte sie genug. Sie kam nicht vorwärts. Überall taten sich Rätsel ohne Lösungen auf, und außerdem wurde es langsam Abend. Anne beschloss, sich beim nächsten Burger King etwas zu essen zu kaufen und dann zu ihrer Mutter ins Haus zu gehen, um dort Familienkram zu erledigen. Sie musste die Versichertenkarte finden, den Personalausweis und sonst noch Kleinigkeiten.

21

Anne saß vor einem halben Dutzend Ordnern. Sie waren alle fein säuberlich beschriftet. Zuerst hatte sie sich den Ordner mit der Aufschrift »Anne« vorgenommen und darin Kopien ihrer Zeugnisse, ihrer Abiturprüfung sowie ihres ersten und zweiten juristischen Staatsexamens entdeckt. Beinahe wären ihr die Tränen gekommen. Ihr Mutter hatte alles fein säuberlich in Plastikhüllen gesteckt und rechts oben mit Stichwörtern versehen: Abitur, Examen, Wohnungskauf, erster Fall.

Kopfschüttelnd hatte sie ihn beiseitegelegt und sich über die wichtigeren Ordner hergemacht.

Beim Stammbuch ihrer Mutter war sie hängen geblieben. Sie hatte es durchgeblättert und ein wenig geordnet.

Ihre Geburtsurkunde war fein säuberlich abgeheftet. Unter Eltern war zwar der Name ihrer Mutter angegeben, beim Vater stand jedoch »Name unbekannt«.

Ohne Ordnung waren dem Stammbuch weitere Urkunden einfach beigelegt. Die Sterbeurkunde ihres Stiefvaters, die Geburtsurkunde ihrer Mutter und die ihrer Großmutter. Als kleiner gefalteter Zettel steckte am Ende des Buchs in einem Umschlagfalz des roten Leineneinbands etwas versteckt eine Geburtsurkunde der Urgroßmutter.

Anne legte die Geburtsurkunden der Frauen nebeneinander, nicht wenig stolz auf diese Ahnenreihe: Sieglinde, Hildegard, Hiltrud Amelie und Anne. Vier Generationen Frauen in direkter Linie.

Dass ihre Mutter ihren zweiten Vornamen Amelie als Rufnamen verwendete, war ihr dabei neu. Sie hatte immer gedacht, ihre Mutter hätte nur einen Vornamen. Den Namen Hiltrud hatte sie niemals verwendet. Sie war jetzt zweiunddreißig Jahre alt und hatte nicht gewusst, dass ihre Mutter einen zweiten Vornamen besaß. Wie wenig man von den Menschen wusste, selbst von denen, die man liebte und die einem nahe waren.

Sofort war ihr das Bild wieder eingefallen. Hiltrud, fünf Jahre alt, August 1965. Ihre Mutter war 1960 geboren. Im August. Das Bild zeigte demnach womöglich ihre Mutter und ihre Großmutter. Und der ältere Herr, der neben beiden stand, war das dann Hans Meister alias Konrad Hacker? Sie würde diese Spur verfolgen müssen, obwohl es ihr nicht behagte.

Sie wandte sich wieder den Frauen zu.

Alle waren sie recht früh schwanger geworden, zum Teil mit achtzehn Jahren. Heutzutage unvorstellbar, vor siebzig und fünfzig Jahren aber wohl die Normalität.

Eines machte Anne allerdings stutzig. Alle Frauen hatten denselben Nachnamen: Karg. Nur ihre Mutter hatte nach der Geburt ihrer Tochter geheiratet und den Namen Müller angenommen. Dieser Umstand war Anne bislang gar nicht aufgefallen. Das bedeutete aber, dass sie alle ledig gewesen waren, als sie ihre Kinder bekommen hatten – und nie geheiratet hatten. Verwundert ging sie das Stammbuch noch einmal von vorne bis hinten durch. Es bestand kein Zweifel, alle Frauen waren ledige Mütter gewesen. Alle hatten sie in Augsburg entbunden – bis auf ihre Urgroßmutter. Sie hatte ihre Tochter Hildegard in Steinhöring zur Welt gebracht. Sie selbst war in Augsburg geboren. Im Josefinum.

Anne hatte keine Ahnung, wo Steinhöring lag. Sie würde ihre Mutter fragen müssen, was die Urgroßmutter in Steinhöring getrieben hatte. War sie dort etwa als Magd tätig gewesen? Oder war es ihr ergangen wie der Freundin Bert Brechts, Paula Banholzer, die nach Kimratshofen geschickt worden war, um dort ihrem Sohn Frank das Leben zu schenken? Abseits von städtischem Klatsch und Tratsch.

Sie schrieb den Ort Steinhöring in ihren Block und daneben die kurze Notiz: alles ledige Mütter. Bei keiner der Frauen war ein Mann angegeben. Lag über ihrer Familie eine Art Fluch? Lag auf ihnen wie bei den Erstgeborenen der Familie derer von Waldburg-Zeil, die seit der Bauernkriegszeit alle eines unnatürlichen Todes starben, der Fluch, uneheliche Kinder zur Welt zu bringen? Was für ein Unsinn, schimpfte sie sich aus. Es gab dafür sicherlich eine Erklärung. Was waren ihre Großmutter und die Urgroßmutter von Beruf gewesen? Sie hatte sich nie dafür interessiert. Hausfrauen natürlich, oder eben nicht natürlich, denn verheiratet waren sie nie. Waren sie Mägde gewesen, die vom Bauern nebenbei geschwängert worden waren? Möglich wäre es gewesen. Auch das eine Frage, die sie ihrer Mutter stellen musste.

Anne hatte einmal darüber gelesen, dass man Patienten mit einem Schlaganfall am besten dadurch half, dass man sie nach ihrer Vergangenheit befragte, sie Erinnerungen hervorholen ließ, wenn sie dazu noch in der Lage waren.

Anne spürte, wie ihr diese Geschichte ein wenig den Rücken stärkte, wie sie ein Gegengewicht zu ihrem derzeitigen Misserfolg in der Sache Hacker/Meister bildete. Mit solch einer Vergangenheit konnte man durchaus in die Zukunft schauen.

Als ihr beim Durchblättern des Ordners »Versicherungen« auch noch die Versichertenkarte ihrer Mutter in die Hände fiel, beschloss sie, für heute Schluss zu machen. Man sollte sein Glück nicht überstrapazieren. Anne packte alles weg, löschte das Licht, schloss das Haus ab und stieg in ihren Wagen.

Erst als sie bei sich die Wohnungstür öffnete und sich in einen Sessel warf, bemerkte sie, wie müde sie war. Der Tag hatte sie viel Kraft gekostet.

Dennoch musste sie wieder aufstehen und ihr Blackberry suchen. Sie fand es schließlich im Bad. Wo hatte sie nur ihren Kopf gehabt?

Anne wog es lange in der Hand. Sie zögerte. Sollte sie es wirklich anschalten? Sie ahnte, dass Wolfgang nur darauf wartete. Doch sie war skeptisch: Hatte er im Wagen gesessen? Wenn nicht, beschuldigte sie ihn zu Unrecht. Wenn doch, dann … musste sie mit ihm ein Hühnchen rupfen. Dazu musste sie mit ihm reden. Sollte sie das in ihrer Wohnung tun oder außerhalb? Ging von Wolfgang eine Gefahr für sie aus?

Schließlich kam sie mit sich überein, dass die einzige Gefahr für sie erotischer Natur sei – und der würde sie sich zu stellen wissen. Sie gab sich einen Ruck, schaltete das Gerät ein und wartete. Sie goss sich in der Zwischenzeit einen Tee auf. Tatsächlich dauerte es keine zehn Minuten, bis sich Wolfgang meldete.

»Du warst stumm heute«, warf er ihr spielerisch vor. Sie hörte aber durchaus einen leisen Tadel aus seiner Stimme heraus.

Anne lachte nur leise. »Frauen müssen nicht immer nur quasseln.«

»Oh, höre ich da ein Vorurteil über die Gesprächigkeit von Frauen heraus? Geht es dir gut? Du bist heute ja gar nicht außer Haus gewesen.«

Anne stutzte.

»Wie kommst du darauf?«

»Nichts weiter. Ich dachte nur. Ich … ich war bei dir im Büro, aber du warst nicht da. Da habe ich gedacht, du bist vielleicht gar nicht erst aus dem Haus gegangen.«

»Natürlich war ich im Büro«, sagte sie ungehalten.

Anne musste an ihre drei starken Vorfahrinnen denken, die ihr den Rücken stärkten. Unwillkürlich richtete sie sich auf.

»Kommst du noch vorbei – oder hast du zu tun?«

Sie hörte ihn am anderen Ende der Leitung ebenfalls lachen. »Ich komme gerne. Ich bin in fünfzehn Minuten bei dir. Hast du etwas zu essen zu Hause, oder soll ich etwas mitbringen?«

»Bring etwas mit«, sagte sie. »Scharf und mit Weißwein.«

»Mit Vergnügen. Bis dann.«

Anne ließ sich in den Sessel zurückfallen. Sie schloss die Augen, wollte entspannen, doch ihr Kopf arbeitete unterschwellig an etwas und verhinderte so die Entspannung. Plötzlich riss sie überrascht die Augen wieder auf. Was hatte Wolfgang gesagt? Ob es ihr nicht gut gehe? Wie kam er nur auf diesen Gedanken? Nein: Er hatte gesagt: Du bist ja heute gar nicht außer Haus gewesen, so als ob er das wüsste. Das war keine Frage, das war eine Feststellung gewesen.

Anne musste aufstehen und ein wenig herumgehen. Woher sollte er das wissen?

Außerdem wäre die Frage überflüssig, wenn er sie aus dem Wagen heraus beobachtet hatte. Dann wüsste er ja, dass sie außer Haus gewesen war. Hatte sie sich doch geirrt?

Anne nahm ihr Blackberry und wollte gerade über ihre Schnellwähleinstellung Elder anrufen, doch dann überlegte sie es sich anders. Sie nahm ihr Prepaid und wählte Elder an.

»Ich habe Feierabend!«, meldete er sich.

»Hast du mit irgendjemandem telefoniert und dabei erwähnt, dass ich mein Blackberry zu Hause gelassen habe?«

Elder gähnte ausführlich am anderen Ende der Strippe.

»Nein!«

»Auch nicht bei der Journalistin, dieser Heine?«
»Nein! Kann ich jetzt schlafen?«
»Nein!«, schrie Anne ins Telefon.
»Verflucht, jetzt bin ich wach«, beschwerte er sich.
»Umso besser. Wer wach ist, kann denken, wer denken kann, ist im Allgemeinen im Vorteil.«
»Ist das jetzt Regel elf?«, kam es müde vom anderen Ende der Leitung.
»Was ist Steinhöring?«
Eine Pause entstand, und Anne glaubte schon, Elder habe aufgelegt. »Tobias?«
»Was oder wer ist Steinhöring?«
»Ich dachte, du könntest mir das sagen! Das ist doch etwas für Historiker. Zeitraum circa 1941«, half sie ihm auf die Sprünge.
»Steinhöring hast du gesagt? Der Ort Steinhöring?« Elder gähnte ausgiebig. »Ich glaube, ich kenne das Kaff tatsächlich. Das war …«
In diesem Augenblick läutete es an der Tür: Wolfgang.
»Warte mal, ich rufe später zurück. Merk dir die Antwort. Unbedingt.«
Berufliche Dinge können schon mal zurückstehen, wenn die Freizeit ruft, dachte Anne. Sie packte das Prepaidhandy weg, ging zur Tür und spähte durch den Spion. Wolfgang stand tatsächlich im Hausflur. Wie war er unten reingekommen? Oder hatte ihm jemand die Tür geöffnet? Unwahrscheinlich, denn dieser Trick gelang nicht einmal ihr, wenn sie den Schlüssel verlegt oder vergessen hatte.
Anne atmete tief durch. Dann öffnete sie die Tür.
»Komm rein«, sagte sie kurz angebunden.
Wolfgang schenkte ihr ein bezauberndes Lächeln und mehrere Tüten mit Abendessen.
»Was hast du denn alles mitgebracht? Willst du hier einziehen?«
Er sah sich um, bevor er antwortete.
»Insgesamt keine schlechte Idee. Im Gegensatz zu meiner Schlaf-Wohn-Dusche wohnst du hier sehr geräumig.«
Er wartete nicht ab, bis sie darauf geantwortet hatte, sondern ging stracks zur Küche und stellte seine Schätze auf die Anrichte.
»Hier ein Grauer Burgunder, zwei Thunfischsemmeln, ein Gy-

rosspieß, zwei Apfeltaschen als Nachspeise sowie für jeden eine kleine Cola. Die Cola war einfach dabei, ich konnte sie schlecht zurückgeben.«

»Lecker«, sagte sie und fühlte tatsächlich einen schneidenden Hunger in ihren Eingeweiden.

Anne holte zwei Weingläser und Teller, schenkte ein, nachdem Wolfgang die Flasche geöffnet hatte, und machte sich über das Essen her.

Sie beobachtete ihn, wie er immer wieder zu ihr hersah, wie ihn ihr Schweigen verunsicherte, er das Essen jedoch nicht stören wollte. Erst als er den letzten Schluck Cola hinuntergeschüttet hatte, lehnte er sich zurück, sah sie ernst an und fragte:

»Was ist los? Bereust du die letzte Nacht?«

Anne sagte zuerst nichts. Dann nahm sie das Glas und trank einen kleinen Schluck.

»Warum spionierst du hinter mir her?«

Wolfgang streckte sich. Diese Frage hatte er nicht erwartet. Bevor er sich rechtfertigen konnte oder sich durch eine falsche Ausrede sein Vertrauen bei ihr verspielte, setzte sie hinzu: »Ich habe dich heute gesehen, wie du mir nachgefahren bist. Vor dem Standesamt.«

Wolfgang ließ sich wieder in den Stuhl zurücksinken.

»Du bist ein cleveres Mädchen, Anne. Seit wann weißt du es?«

Anne fixierte ihn genau.

»Seit gestern. Ich hatte dich vor meinem Büro entdeckt.«

Wolfgang räusperte sich. »Also gut. Hier.«

Er zog einen Umschlag aus seinem Jackett und reichte ihn Anne. Überrascht und ein wenig verwundert sah sie ihn an.

»Lies das«, sagte Wolfgang.

Anne öffnete den Umschlag. Er war an die HAME-Security adressiert und bereits aufgerissen.

»HAME-Security? Wer oder was ist das?«, fragte sie sofort.

»Die Firma, für die ich arbeite.«

Anne quittierte die Aussage mit einem Kopfnicken. Dann las sie weiter, und als sie die Unterschrift entdeckte, ließ sie das Blatt überrascht sinken.

»Meister! Dann war alles nur Business?«, stellte sie tonlos fest. Es war genau so, wie sie es sich gedacht hatte, vielleicht sogar noch schlimmer.

»Nein. Ich hatte von Hans Meister nur den Auftrag erhalten, dich zu beobachten und zu beschützen. Das schloss nicht ein, mit dir …«

Sie schlug mit der flachen Hand auf den Tisch. Ihre Lippen zitterten.

»… ins Bett zu steigen. Aber es war wohl ein netter Nebeneffekt, den du nicht auslassen wolltest.«

»Du bist ungerecht«, sagte er nur.

»Warum hast du es mir nicht gesagt?«, konterte sie. Ihre Stimme kippte vor innerer Erregung.

»Lies Passus vier des Auftrags. Dort steht: Über Observierung und Schutz der Zielperson ist Stillschweigen zu vereinbaren.« Er machte eine Pause. »Ich durfte es dir nicht sagen.«

»Ach«, entfuhr es ihr. »Dein Auftraggeber ist tot, und du darfst mir nicht sagen, dass du mir hinterherschnüffelst.«

»Er ist tot?« Jetzt war es an Wolfgang, verblüfft zu wirken. »Das wusste ich nicht.«

Für Anne war das zu viel.

»Jetzt lüg mich nicht an. Du wirst doch davon informiert worden sein, dass Hans Meister nicht mehr lebt.«

Wolfgang blieb stumm. Er begann auf seinen Lippen zu kauen und nahm einen Schluck aus seinem Weinglas.

»Wann ist er gestorben?«

»Vor knapp drei Wochen.«

Wolfgang schüttelte den Kopf. »Das kann nicht sein.«

»Ich habe die Sterbeurkunde hier. Willst du sie sehen?«

Anne klang mehr als spöttisch. Doch inzwischen mischten sich Zweifel in ihre Anschuldigungen. Wolfgangs Zerknirschung schien echt zu sein.

»Ich habe vor zwei Tagen noch mit ihm gesprochen. Angeblich.«

»Du hast *was* getan?«

Wolfgang sah sie an, nahm noch einmal einen Schluck Wein und sagte dann: »Ich habe mit Hans Meister gesprochen. Vor zwei Tagen. Ehrenwort.«

Anne wusste vor Verblüffung nicht mehr, was sie sagen sollte.

Langsam wurde ihr dieses Spiel zu kompliziert. War Hans Meister womöglich gar nicht tot? Hatte er seinen Tod nur vorgetäuscht? Aber dann musste der Totenschein auch gefälscht sein.

»Das ist unmöglich«, sagte sie.

Wolfgang zuckte mit den Schultern.

»Mit wem habe ich dann am Telefon gesprochen?«

Anne stand auf und ging zu ihrer Tasche. Sie holte den Umschlag heraus und zog ein Bild daraus hervor. Es zeigte Hans Meister.

»Hast du mit dem verhandelt?«

Wolfgang sah sich das Foto nur flüchtig an.

»Ich habe ihn gar nicht gesehen. Es wurde nur telefonisch verhandelt. Er rief an, schickte den Vertrag per Fax und wollte nur regelmäßig Ergebnisse sehen. Das Geld wurde pünktlich überwiesen. Mehr war nicht nötig.«

Anne blieb stumm. Sie goss sich selbst noch einmal nach. Der Graue Burgunder hatte zu viel Säure. Sie spürte ihn bis hinab in den Magen feuern, wo es leicht brannte. Dennoch sah sie Wolfgang gedankenverloren an, nahm einen zweiten Schluck und brach endlich wieder das Schweigen.

»Ist das in eurer Branche so üblich?«

»Jedenfalls nicht ungewöhnlich«, antwortete er prompt. »Es ist nicht das erste Mal. Wenn der Auftraggeber anonym bleiben will, funktioniert das auf diese Weise.«

Anne nickte.

»Wie lange schnüffelst du schon hinter mir her?«

»Ein halbes Jahr.«

Anne wäre beinahe das Glas aus der Hand gefallen. Ungläubig beugte sie sich vor.

»Ein halbes Jahr? Und ich habe nichts bemerkt!«

»Du solltest auch nichts bemerken. Das war so vereinbart. Manchmal sollen wir Personen nur einen Schrecken einjagen, dann zeigen wir uns ›zufällig‹. Das durfte bei dir nicht passieren.«

»Ich habe euch dennoch gesehen.« Anne biss sich auf die Unterlippe. »Warum habt ihr versucht, uns anzufahren? Auf dem Weg zum Parkhaus. Das gehört doch sicher nicht zum Passus Personenschutz!«

Wolfgang rutschte ganz an die Stuhlkante vor.

»Wir haben euch nicht anzufahren versucht. Wann ist das passiert?«

Anne wollte ihm nicht antworten, sondern fragte weiter.

»Und der Beobachtungsposten in der Einfahrt gegenüber von meinem Büro?«

Wolfgang nickte. »Das sind wir gewesen.«

»Das war dasselbe Auto. Ich soll dir das glauben?«

Wolfgang hob beide Arme. »Tu's oder tu's nicht. Mir egal. Ich weiß, was ich weiß.«

»Das mit dem Messer bist du auch nicht gewesen?«

»Nein, verdammt. Ich war bei dir, hast du das schon vergessen?«

»Und die alte Frau, von der ich dir erzählt habe. Die hast du auch nicht … umgebracht?«

Wolfgang schnaubte verächtlich. »Ich bin Security-Spezialist, kein Mörder. Warum hätte ich das tun sollen?«

»Das frage ich mich auch«, sagte Anne über den Rand ihres Glases hinweg. Wolfgang wirkte ehrlich. Sein Mienenspiel war offen, kein verborgenes Augenzucken, kein Nasenreiben, das eine Lüge andeutete. Sein Blick war gerade, seine Handbewegungen nicht fahrig. Er wich ihr nicht aus. Entweder war er ein grandioser Schwindler, oder es stimmte tatsächlich, was er sagte.

Andererseits sprach so viel gegen einen dritten Beteiligten. Die Geschichte des Telefonats mit Hans Meister war auch wie aus den Wolken geholt.

Hans Meister! Der war tot. Definitiv.

»Was machen wir jetzt?«, fragte Wolfgang. Er saß noch immer so da, als würde er sofort aufstehen und gehen wollen, wenn sie ihn darum bitten würde.

Anne überlegte kurz. Wenn Wolfgang nicht gelogen hatte, dann bestand wohl eine echte Bedrohung für sie. Sie war schließlich beinahe angefahren worden.

Anne räusperte sich, sagte aber nichts.

»Ich … geh dann lieber«, sagte Wolfgang und stand auf. Sein Lächeln war etwas schief, aber nicht gespielt enttäuscht.

Wolfgang zögerte nicht, heischte nicht nach ihrer Bitte, er solle doch bleiben. Er handelte zügig und konsequent, drehte sich einfach um und ging zur Tür. An der Garderobe schlüpfte er in seine

Jacke. Er hielt schon den Türgriff in der Hand und öffnete die Tür, als Anne ihn zurückrief.

»Wolfgang! Bitte.«

Sie hörte, wie er zögerte. Doch dann fiel die Tür zu. Wolfgang war gegangen.

Anne sprang auf, raste zur Tür, riss sie auf und dann versagte ihr die Stimme. Sie wollte ihm nachschreien, wollte »Wolfgang! Bitte bleib!« rufen, doch sie brachte nur ein Hauchen hervor.

»Wolfgang!«, flüsterte sie, aber nur die Haustür antwortete ihr, die unten zufiel. Er war fort. Endgültig fort.

Sie lehnte sich gegen die Türfüllung. Warum hatte sie ihn nicht früher aufgehalten? Warum hatte sie nicht einfach gesagt: »Bleib stehen. Ich will nicht, dass du gehst!«?

Anne wischte sich mit beiden Händen übers Gesicht. Dann drehte sie sich um und ging in die Wohnung zurück. Kaum hatte sie die Wohnungstür geschlossen, klingelte ihr Blackberry.

Sie sträubte sich zuerst, den Anruf entgegenzunehmen. Man konnte hören, dass sie geweint hatte. Dennoch sah sie auf das Display. Es war Wolfgang.

Anne war so nervös, dass sie erst beim zweiten Mal die richtige Taste drücken konnte.

»Ja?«, fragte sie.

»Anne«, flüsterte Wolfgang am anderen Ende. »Sie stehen unten. Ein dunkler Mazda mit getönten Scheiben. Zwei Kerle sitzen drin.«

Anne schluckte. Ihr Herz begann zu rasen. Warum erzählte er ihr das? Er hätte ebenso gut gehen und sie ihrem Schicksal überlassen können.

»Gibt es einen Hintereingang? Es sieht blöd aus, wenn ich zuerst gehe und dann wieder zurückkomme.«

Anne musste ein Aufschluchzen unterdrücken. »Du … du willst zurückkommen?«

»Wenn du es so haben willst«, sagte er.

»Geh rechts um den Block herum. Auf Höhe der nächsten Nebenstraße siehst du ein Metalltor mit armlangen Dornen. Ich lass dich dort rein. Das ist der Zugang zum Garten. In fünf Minuten.«

Anne drückte das Gespräch weg. Dann schaltete sie das Licht

aus und ging zum Fenster. Ohne den Vorhang zu bewegen, blickte sie nach draußen. Tatsächlich parkte ein Wagen gegenüber der Eingangstür. Man sah eine Zigarette glühen und Rauch aufsteigen. Ein Zittern überfiel sie.

Rasch nahm sie den Schlüssel vom Schlüsselbrett und schlüpfte in ihre Schuhe. Sie rannte regelrecht die Treppe hinab, lief den Gang entlang zur hinteren Tür in den Garten. Sie brauchte sicherlich fünf Anläufe, bis sie den Schlüssel zur Tür gefunden und diese aufgeschlossen hatte.

Hätte jemand sie von oben beobachtet, hätte er eine panische Elfe mit wehenden Kleidern gesehen, die durch den Garten huschte. Bevor sie das Eisentor öffnete, fragte sie atemlos nach, ob Wolfgang wirklich davorstand. Als er sich zu erkennen gab, schloss sie auf, ließ ihn durch den Spalt herein und drückte das quietschende Tor rasch wieder zu.

Sie überprüfte noch, ob es auch wirklich zugefallen war, dann warf sie sich Wolfgang in die Arme.

»Entschuldige!«, schluchzte sie. Sie zitterte unkontrolliert und konnte sich kaum selbst auf den Beinen halten. »Ich wollte nicht, dass du gehst. Ich … ich bin so ein dummes, paranoides Huhn.«

Wolfgang sagte nichts, hielt sie nur fest und drückte ihren Kopf an seine Brust.

»Schon gut. Ich bleibe ja«, sagte er endlich, nahm sie in den Arm und führte sie langsam zurück in ihre Wohnung.

22

Das Brummen ihres Telefons holte sie aus dem Schlaf.

Anne duselte hoch, musste sich zuerst daran erinnern, wo sie war. Sie lag in ihrem Bett. Sie brauchte ein paar Atemzüge, um ganz aufzuwachen ... dann drehte sie sich um, streckte ihren Arm aus. Auch das Kissen neben ihr war zerwühlt, aber es lag niemand mehr dort.

Mit der Wucht eines Faustschlags traf sie die Erinnerung: Wolfgang. Der schwarze Wagen. Ihre Panik. Der Trost in Wolfgangs Armen.

Dann kam die Frage: Wo war er?

Anne schnellte regelrecht aus dem Bett und hastete zum Fenster. Der Wagen war fort.

In dem Augenblick vernahm sie erneut das Brummen ihres Handys.

»Karg!«, meldete sie sich.

»Weißt du eigentlich, wie spät es ist?«, fragte eine Stimme, die sich anhörte, als gehöre sie Elder.

»Nein«, sagte Anne wahrheitsgemäß. »Keine Ahnung.«

»Es ist halb zehn. Andere Menschen arbeiten um diese Zeit längst.« Eine Pause entstand. »Ich hab dich doch nicht aus dem Bett geholt?«

»Ich war auf dem Klo«, log Anne. Sie wollte jetzt keine Diskussionen über Spätaufsteher, Arbeitsmoral und Nachfragen zu ihrem Nachtleben. »Warum rufst du an?«

»Wir haben einen Volltreffer.«

Anne war verwirrt. Wovon sprach ihr Adlatus bloß? Eigentlich interessierte sie vor allem, wo Wolfgang abgeblieben war. Sie lief durch die ganze Wohnung. Kein Zettel, kein Hinweis, kein Wolfgang.

»Was meinst du mit Volltreffer?«

»Na, dein Hinweis mit Steinhöring. Ich weiß jetzt, was das ist.«

Anne brauchte etwas Zeit, bis sie sich an den Namen erinnerte. Steinhöring. Natürlich. Das war der Geburtsort ihrer Großmutter.

»Jetzt mal langsam. Warum ist das ein Volltreffer?«

»Hör zu. Im Wiesenthal-Dossier stand, dass Hacker sogenannte Lebensborn-Heime besucht hat. Und jetzt kommt's. Steinhöring war ein Lebensborn-Heim in Bayern. Es liegt östlich von München an der B 304, Landkreis Ebersberg. Hacker war in der Nähe stationiert. Bingo.«

Anne schluckte. Was Elder da sagte, war ein wenig viel für sie am frühen Morgen.

»Wo bist du jetzt?«

»Vor deinem Büro.«

»Treffen wir uns im Café Weinberger, Stadtbergen. Dort kann man besser parken. In einer halben Stunde. Ich glaube, ich muss dir etwas erzählen.«

Anne setzte sich auf die Bettkante. Das war doch unmöglich. Steinhöring ein Lebensborn-Heim, in dem ledige Mütter ihre Kinder zur Welt brachten und womöglich SS-Leute sich rassisch gezielt vermehren konnten. Ihre Urgroßmutter und Hacker waren im selben Heim gewesen.

Anne ging in die Küche und schenkte sich ein großes Glas Wasser ein. Das musste sie erst einmal verkraften. Sie trank in gierigen Schlucken, als wäre sie am Verdursten. Steinhöring. Der Name ließ sie nicht mehr los.

Anne musste unter die Dusche – und sie musste sich beeilen. Elder sollte nicht wieder warten müssen.

Mit quietschenden Reifen hielt der rote BMW auf dem Parkplatz des Café Weinberger. Sie sprang aus dem Wagen und stellte sich an die Straße. Zwei weitere Autos hielten in den Parkbuchten Richtung Stadtinneres von Stadtbergen, nur Frauen stiegen aus, drei Autos fuhren an ihr vorbei. Darunter fand sich kein dunkler Wagen. Sie spähte die Straße hinunter. Dort stand nur ein Anhänger mit Werbeplakat, sonst niemand. Offensichtlich wurde sie nicht beobachtet. Bevor Anne das Café betrat, prüfte sie, ob ihr Blackberry ausgeschaltet war. Sie hatte auch noch ihr Prepaidhandy eingesteckt. Sie würde Elder bitten, sie zukünftig nur noch über diese Nummer anzurufen. Sie traute dem Blackberry nicht mehr.

Wie erwartet saß Elder bereits an einem Tisch, von dem aus er den Eingang im Blick hatte. Sie winkte ihm und musterte kurz die Besucher des Cafés. Alles ältere Damen, bis auf einen Mann, der über einen offenen Ordner und seinen PC gebeugt vermutlich Geschäftspapiere bearbeitete.

»Seit wann sitzt der Mann mit dem Computer da in der Ecke?«, fragte sie, ohne Elder zu begrüßen.

»Ich wünsche dir auch einen schönen guten Morgen«, knurrte Elder.

»Sag schon!«, drängte Anne.

»Er war bereits vor mir da!«, sagte Elder genervt.

»Ich werde beobachtet. Gestern Abend standen sie vor meinem Haus«, schob Anne kurz eine Erklärung nach.

Sie genoss die Atmosphäre im Café Weinberger. Der Gastraum war hell, freundlich. Die Bedienung unaufdringlich aufmerksam, und trotz der Größe war es ruhig, sodass man nicht immer schreien musste, wenn man sich unterhalten wollte.

»Oh, daher weht der Wind«, sagte Elder. Er blickte ebenfalls zu dem Mann hinüber, doch der schien sich nur für seine Unterlagen zu interessieren. Er blätterte, tippte und starrte auf seinen Bildschirm, abwechselnd stirnrunzelnd oder lächelnd.

»Steinhöring!« Elder warf das Stichwort in den Raum. »Das Lebensborn-Heim.«

Anne zuckte zusammen und sah Elder an, als sähe sie ihn zum ersten Mal.

»Steinhöring«, wiederholte sie langsam. »Ich muss da etwas klarstellen. Das hat nichts mit unserer Recherche zu tun.« Sie sah, wie Elder eine Augenbraue hob. »Ich dachte nur, weil du Historiker bist, Tobias, könntest du wissen, was der Name bedeutet.«

»Na bravo. Jetzt weißt du es – und wir können die Spur ad acta legen. Super. Ich dachte schon, wir hätten einen Durchbruch erzielt.«

Anne zögerte. Sie senkte den Blick. »Meine Großmutter ist in Steinhöring geboren worden.«

Elder pfiff durch die Zähne.

»Aber hallo«, sagte er. »Ist sie zur Adoption freigegeben worden?«

Anne schüttelte den Kopf. »Nein. Sie ist bei ihrer leiblichen

Mutter aufgewachsen. In der Geburtsurkunde steht allerdings ›Vater unbekannt‹. Weiter nichts.«

»Selten, aber nicht unüblich. Meist sind die Kinder von Pflegeeltern aufgezogen worden. Wann ist sie denn geboren?«

»Tobias. Müssen wir das jetzt durchkauen? Da besteht kein Zusammenhang zu Hacker.«

»Sagte der blonde Vater zum blonden Kind, als er sein Muttermal auf der Schulter des Jungen entdeckte. Woher willst du das wissen? Es gibt doch auch dieses Dreirad-Bild. Das wolltest du mir übrigens mal zeigen«, erinnerte er sie.

Anne schluckte. Daran hatte sie wieder nicht gedacht.

Sie zog ihren Laptop aus der Tasche und rief das Bild auf. Während der Apparat hochfuhr, holte sie ihre Notizen heraus: »Hildegard Karg, 1941.«

»Da war Hacker einundzwanzig oder zweiundzwanzig Jahre alt. Könnte passen: SS-Mann; voll im Saft; jung, ungestüm; will sich die Hörner abstoßen. Er könnte doch auf deine … was war sie … Urgroßmutter? … gestoßen sein. Im wahren Sinne des Wortes. Und neun Monate später gab es ein freudiges Ereignis.«

Anne blieb stumm. Sie hatte das Bild hergesucht und betrachtete es. Sie drehte den Bildschirm zu Tobias Elder hin.

»Das Dreirad. Ich kenne es. Mein Dreirad hatte die gleiche Klingel. Es fehlte dieses Kleeblatt dort unten. Außerdem war das hölzerne Vorderrad ebenfalls sichtbar geleimt«, sagte sie tonlos.

»Der Mann neben deiner … Großmutter? Ist das Hacker?«

Anne nickte. »Vermutlich.«

Sie kramte eines der Bilder aus ihrer Tasche, das einen etwas jüngeren Mann in SS-Uniform zeigte: Hacker/Meister. Die Ähnlichkeit war verblüffend.

Wieder pfiff Elder durch die Zähne. Er schaute sie genauer an.

»Dann bist du ja mit Hacker verwandt«, schlussfolgerte er.

»Blödsinn«, fuhr Anne ihn an. »Ich bin mit diesem Nazi nicht verwandt. Was für ein Unsinn. Nur weil meine Großmutter in diesem Heim geboren ist. Hast du irgendeinen Beweis? Siehst du. Es gibt nichts. Nichts. Alles nur Spekulationen.«

Elder lehnte sich zurück und betrachtete Anne von Kopf bis Fuß, soweit der Tisch es eben zuließ.

»Hast du nicht gesagt, das Grundstück deiner Mutter hätte zuvor der Familie Hacker gehört?«

Anne bemerkte aus den Augenwinkeln, wie der Geschäftsmann in der Ecke aufmerksam zu ihnen herüberblickte. Als sie zu ihm hinsah, trafen sich ihre Blicke kurz, dann schaute er weg.

»Sei leise, verdammt«, zischte sie Elder an. »Und hör auf, solche Spekulationen anzustellen.«

»Das ist ganz einfach«, konterte Elder. »Zwar haben die Mitarbeiter von Steinhöring vor Kriegsende jede Menge Unterlagen verbrannt. Aber es gibt noch welche. Vielleicht sind ja der Name deiner Großmutter und der Konrad Hackers noch vorhanden. Mir genügt ein halber Tag.«

Anne seufzte. Da hatte sie eine Lawine losgetreten.

»Etwas anderes. Hast du von der Journalistin gehört? Dieser Heine?«

»Nein, nichts. Sie hat sich nicht mehr gemeldet.«

»Wonach hat sie gleich wieder recherchiert?«

»Also für eine Ermittlerin bist du ganz schön vergesslich«, stichelte Elder. »Ein bisschen durch den Wind wegen der Hacker-Sache?«

»Ich bin nicht vergesslich, ich bin verdammt noch mal müde.«

»Ach. Und da fängst du an zu fluchen.«

Anne biss die Zähne zusammen.

»Woran hat sie gearbeitet?«, zischte sie. »Und zwar in einem kurzen Wort. Sofort!«

»An der Überwachung. Du weißt schon, der Wagen, der uns angefahren hat.«

Anne nickte. Sie schielte zu dem Geschäftsmann hinüber, der ihr immer mysteriöser vorkam. Er hatte in den letzten zehn Minuten nicht eine Seite in seinem Ordner umgeblättert, nur immer auf seinen Laptop-Bildschirm gestarrt.

»Ich muss mal für kleine Mädchen«, sagte Anne und stand auf. »Noch eine Tasse Kaffee, bitte. Wenn die Bedienung auftaucht.«

Sie ging in Richtung Toilette. Die befand sich im Untergeschoss. Sie blieb auf dem letzten Absatz stehen, schlüpfte rasch aus ihren Schuhen und schlich lautlos wieder hoch. Jetzt stand sie im Rücken des Geschäftsmannes. Langsam stahl sie sich auf ihn zu und versuchte zu erkennen, was er da im Bildschirm bearbeitete. Ein Gestrüpp aus Pflanzen trennte den äußeren Teil des Cafés vom inneren ab. Sie lugte durch dieses Gestrüpp hindurch und – traute ihren Augen nicht. Sie erkannte Elder auf dem Bildschirm. Er bohrte gerade in seiner Nase und nahm dann den Popel auch noch in den Mund. Kurz darauf schnippte er ihn, aufgeweicht, wieder vom Finger und durch das Café.

Saubär, dachte Anne. Gleichzeitig fuhr ihr eine Erkenntnis ins Hirn, dass es schmerzte: Der Kerl war kein hart arbeitender Geschäftsmann! Er beobachtete sie. Anne war so empört, dass sie sich beinahe verraten hätte. Doch sie konnte ein wütendes Schnauben gerade noch unterdrücken. Auf Zehenspitzen lief sie zurück und kam kurz darauf deutlich hörbar die Treppe herauf.

»Ich habe noch keinen …«, versuchte sich Elder zu rechtfertigen.

»Macht nichts, Tobias. Treffen wir unsere Pressefrau beim Dom. Ich zahle.«

Anne erhob sich, ohne auf Elder zu achten, und ging zur Kasse.

»Was soll das?«, zischte er ihr zu. »Wir haben doch …«

Anne drehte sich lächelnd zu ihm um. »Ich habe gestern noch mit ihr gesprochen. Heute um zwölf am Dom.«

Anne zahlte und verließ wortlos mit Elder im Schlepptau das Café.

»Was ist denn los?«, schimpfte Elder.

»Der Geschäftsmann am Durchgang zum Anbau. Er hatte dich auf dem Bildschirm. In voller Größe. Wie du gerade einen Popel verspeist hast.«

In Elders Mimik ging ein ganzer Kronleuchter auf.

»Du denkst, er hat uns beobachtet?«

»Die ganze Zeit. Ich denke das nicht nur. Ich weiß es. Ich habe dich gesehen. Da war irgendwo eine kleine Kamera versteckt.«

Anne zog ihn von der Tür zum Café weg, bugsierte ihn in ihr Auto und fuhr los. Erst als sie einige Straßenzüge hinter sich gebracht hatte, hielt sie am Straßenrand.

»Woher wusste der Kerl, dass wir uns im Weinberger treffen?« Sie sah Elder misstrauisch an. »Er muss mindestens fünf Minuten vor dir dagewesen sein, Tobias, um unauffällig sein Equipment zu installieren. Er kann schließlich nicht Gedanken lesen!«

»Vielleicht doch«, sagte Elder. »Wem hast du unser Treffen sonst noch verraten?«

»Ich? Spinnst du? Niemandem.«

In diesem Augenblick klingelte Elders Handy.

»Heine!«, sagte er nur und ging sofort ran. Er lauschte den Ausführungen der Zeitungsfrau, während Anne die Straße beobachtete.

Plötzlich bog ein Pkw in die Straße ein und hielt sofort am Seitenstreifen an. Niemand stieg aus. Anne ließ das Fahrzeug nicht aus den Augen.

»Was, verdammt noch mal, soll das?«, murmelte sie. »Woher wissen die, wo wir stehen?«

Anne sah auf Elders Handy, dann holte sie das ihre aus der Tasche.

»Er kann mein Blackberry orten, wenn ich es angeschaltet habe«, sagte sie halblaut. »Das ist es. Aber das erklärt nicht, dass der Kerl vor uns im Weinberger war, außer …«

Hastig drehte sie das Blackberry um und öffnete das Akkufach. Dann nahm sie den Akku heraus und betrachtete ihn genauer. Er sah ein wenig selbst gebastelt aus. Sie zog an dem Kunststoffband, mit dem er umklebt war, und darunter kam das seltsamste Zeug zum Vorschein, das sie je gesehen hatte.

Sie stupfte Elder an und zeigte ihm das Ergebnis ihrer Wühlarbeit in der offenen Handfläche.

»Was …«, platzte es aus Elder heraus, doch Anne legte ihm einen Finger auf die Lippen. Sie deutete nach hinten, dann auf sein Handy, dann wieder auf ihres.

Elder begriff sofort. Er wechselte noch zwei Sätze mit Henrike Heine, in denen es um ihren nächsten Treffpunkt ging.

»Wir treffen uns in einer Viertelstunde bei Dorothea Braun«, sagte er nur.

Schließlich beendete er das Gespräch.

Anne nahm ihm unverzüglich das Handy ab und öffnete das Akkufach. Doch Elders Handy schien mechanisch nicht manipuliert zu sein.

Mit einem Ruck riss Anne ihren Akku ganz auf. Elektronikbauteile im Kleinformat wurden sichtbar. Anne entfernte sie aus dem Handy, dann trennte sie jeden sichtbaren Draht einzeln von der Platine, die darunter zum Vorschein gekommen war. Schließlich gebot sie Elder zu fahren und warf die Bauteile aus dem Fenster.

Kurze Zeit später waren sie auf dem Weg in die Stadt. Kein Wagen folgte ihnen mehr.

»Die haben tatsächlich dein Handy abgehört«, sagte Elder. »Von daher die Informationen. Wann hast du dein Handy das letzte Mal verlegt, verloren oder sonst wie aus den Händen gegeben?«

Wie ein Blitz fuhr ein Name durch ihr Gedächtnis: Wolfgang. Er hatte das Handy versehentlich eingesteckt und ihr dann am nächsten Morgen wiedergebracht. Ausreichend Zeit, es zu manipulieren.

»Was hat die Zeitungstussi zu sagen gehabt?«

Anne wollte nicht auf Elders Frage antworten und wechselte einfach das Thema.

»Halt dich fest, Fräulein«, sagte Elder und steuerte auf die Jakober Kirche zu. Unmittelbar in ihrer Nähe fanden sie einen Parkplatz.

»Das wirst du nicht glauben. Sie ist tatsächlich auf eine heiße Spur gestoßen. Ganz heiß – hat aber vermutlich nichts mit unserem Fall zu tun.«

Anne ließ ihre Augenbraue hochwandern. »Was ist dann daran so heiß?«

»Einen Augenblick musst du dich noch gedulden«, sagte er.

Sie stiegen aus und gingen zur Fuggerei.

Das Tor zu der kleinen Stadt in der Stadt wirkte auf Anne, als wäre hier die Zeit stehen geblieben. Allein der Blick durch den Bogen der Durchfahrt in die Gasse dahinter war mit einem Zauber versehen, der sie jedes Mal viele hundert Jahre zurückversetzte. Nur die Kasse, an der neuerdings Eintritt verlangt wurde, zeigte, dass der Gedanke Jakob Fuggers, sich einen himmlischen Tribut zu verschaffen, auf ein sehr irdisches Maß reduziert wurde. Sie wünschte ihm und seinen Nachkommen für jeden eingenommenen Euro nicht mehr als die Verlängerung der Höllenqualen des Purgatoriums um ein Jahrzehnt.

Elder bezahlte den Eintritt. Sie wollten schon weitergehen, da hielt die Dame an der Kasse sie kurz zurück.

»Sind Sie diese beiden verrückten Autoren?«

Anne blickte die ältere Dame hinter dem Tresen der Kasse stirnrunzelnd an.

»Wie bitte?«

»Frau Heine war eben da und hat für die beiden Autoren, die noch kommen werden, diesen Umschlag zurückgelegt. Sie sagte, ich soll ihn den beiden verrückten Schriftstellern geben, wenn sie kämen.«

Anne und Elder sahen sich an. Elder zuckte ganz leicht mit den Schultern.

»Wir sind diese Schriftsteller«, sagte er dann beiläufig. »Frau Heine erwartet uns drinnen.«

Zögernd nahm Anne den Umschlag entgegen und schüttelte ihn. Papier.

Einer Eingebung folgend fragte Elder noch nach: »Ist Frau Heine verfolgt worden?«

»Verfolgt?« Die Frau an der Kasse lachte. »Nein. Natürlich nicht. Nur ein netter junger Mann hat nach ihr gefragt.«

Wieder sahen sich die beiden an, dann betraten sie die Fuggerei, nicht ohne sich noch einmal bei der Kassenfrau bedankt zu haben. Sie legten den Weg im Laufschritt zurück.

»Woher weißt du, wohin wir müssen?«

»Dorothea Braun ist als Hexe verurteilt worden. Sie wohnte als Pflegerin in der Fuggerei. Beim Durchgang zum Sparrenlech. Hier vorne rechts.«

Als sie um die Ecke bogen, sahen sie Henrike Heine auf einer der Türschwellen ganz hinten, beinahe unter dem Durchgang sitzen. Sie sah ihnen entgegen. Anne winkte, bekam aber keine Reaktion.

»Komisch!«, murmelte sie.

»Bleib stehen!«, sagte Elder plötzlich. »Das ist nicht komisch, das ist …«

Unter der Frau hatte sich eine Lache gebildet, als hätte die Reporterin das Wasser nicht halten können. Anne betrachtete die Kopfstellung. Sie wirkte unnatürlich.

»Wir sollten die Polizei rufen!«, sagte Anne. »Die Heine ist …«

»Heilige Scheiße«, sagte Elder. »Der nette, freundliche, junge Kerl!«, sagte er tonlos. »Er hat ihr einfach den Hals umgedreht.«

Als Anne diese Schlussfolgerungen zog, klang ihre Stimme hysterisch.

»Wir sind ihm nicht begegnet, also muss er noch hier sein«, sagte sie.

Elder nickte nur und bewegte sich bereits rückwärts.

Plötzlich hörten sie ein Stöhnen. Es kam direkt von vorn.

Anne, die der Reporterin den Rücken zugedreht hatte, wandte sich um. Sie sah, wie sich eine Hand kurz bewegte, als würde sie zucken.

»Verdammt. Die Heine ist nicht tot. Sie lebt. Sofort einen Krankenwagen.«

Sie zog ihr Blackberry aus der Tasche – und fluchte. Das hatte sie ja demontiert. Mit fliegender Eile suchte sie nach ihrem Prepaidhandy. Es zu öffnen, die 112 einzugeben und den Rettungsdienst zu alarmieren, waren beinahe eins. Elder war inzwischen zu Henrike Heine gestürmt und kniete vor ihr.

Anne trat langsam dazu, immer auf der Hut, ob nicht vielleicht der junge Mann irgendwo auftauchte. Doch der zeigte sich nicht.

Henrike Heine war unfähig zu sprechen. Sie saß aufrecht im letzten Hauseingang, den Kopf gegen den Türstock gelehnt. Über ihrem Haar baumelte ein zur Schleife geformter Klingelzug.

»Wer war das und warum?«, fragte Anne. Jetzt konnte sie erkennen, dass die Feuchtigkeit auf dem Boden kein Urin war, sondern das Ergebnis einer geplatzten Wasserflasche aus Plastik.

»Sie hat sich vermutlich gewehrt. Was ihr vielleicht das Leben gerettet hat. Ich getraue mich nicht, sie anzulangen. Nicht dass ich ihr schade«, sagte Elder tonlos.

Anne sah auf Henrike Heine hinunter. Der verdrehte Hals musste höllisch schmerzen. In den Augen der Frau standen Tränen.

Man hörte zuerst die Sirene des Krankenwagens, schließlich das Hasten der Rettungssanitäter.

»Was ist passiert?«, fragte plötzlich eine Stimme hinter ihnen.

»Gestolpert und mit dem Kopf gegen den Türrahmen geschlagen. Dann hat es geknackst, und sie konnte die Beine nicht mehr bewegen«, log Elder.

»Wohin bringen Sie die Frau?«, fragte Anne, nachdem die beiden Sanis die Frau stabilisiert hatten. Sie und Elder waren zurückgetreten und hatten die Männer arbeiten lassen.

»Ins ZK«, sagte der Arzt, der schließlich hinzutrat. »Sieht nach einer gebrochenen Halswirbelsäule aus. Mehr können wir in einer Stunde sagen, wenn die Röntgenaufnahme vorliegt.«

Mit dem Wink ihrer Augen bedeutete Anne Elder, dass sie verschwinden sollten.

»Haben Sie die Krankenversicherungskarte? Oder einen Personalausweis?«

Elder schüttelte den Kopf. »Müsste alles in ihrer Handtasche sein.« Er deutete auf das Täschchen daneben.

Anne und Elder drückten sich in einen Weg, der zu einem der Gartenareale führte. Dann drehten sie sich um und liefen.

»Los, in den Bunker runter«, sagte Anne. »Sonst suchen sie uns noch.«

Mit fliegender Hast rasten sie die Treppen hinab, die steil und rutschig waren. Anne wäre beinahe ausgeglitten, wenn Elder sie nicht am Oberarm gepackt und den Sturz aufgehalten hätte.

»Aua. Das gibt einen blauen Fleck!«, beschwerte sie sich, sendete ihm aber einen dankbaren Blick über die Schulter.

»Besser als ein eingeschlagener Schädel«, kommentierte Elder.

Das Areal unter der Erde war rasch untersucht. Sie waren die einzigen Besucher dort unten. Es war feucht und roch muffig. Die Atmosphäre war bedrückend. Anne wollte sich gar nicht vorstellen, wie es gewesen sein mochte, wenn hier unten Hunderte von Fuggereibewohnern Zuflucht vor den Bombenattacken des Zweiten Weltkriegs gesucht hatten.

»Ein guter Ort, um einmal einen Blick in diesen Umschlag zu werfen.«

Elder deutete auf die Papiere, die Anne fest an ihre Brust gedrückt hielt, als könne sie sich damit schützen.

Anne nickte. Sie hatte in einem der Räume einen Bildtisch gesehen. Den steuerte sie an. Sie riss den Umschlag auf, holte die Papiere heraus und breitete sie aus. Die beleuchteten Bilder darunter gaben den Unterlagen ein gespenstisches Aussehen, als würden die Bilder der Vergangenheit durchscheinen.

»HAME-Security«, las Elder laut vor. Dann begann er stumm weiterzulesen.

Auch Anne vertiefte sich in die Unterlagen. Sie fühlte, wie ihre Wangen und der Hals vor Aufregung zu glühen begannen.

HAME-Security war die Sicherheitsfirma, für die Wolfgang arbeitete. So weit war alles klar. Sie hatte offenbar einen guten Ruf, denn sie beschützte deutschlandweit wichtige Persönlichkeiten. Beispielsweise stellte sie den Personenschutz für das Klinikum Augsburg, wenn im VIP-Behandlungsstockwerk arabische Scheichs mit ihren Familien zur Behandlung eincheckten.

Daneben listeten die Unterlagen Kontakte zu allen großen diplomatischen Vertretungen in der BRD auf. Sogar einige Bundesaußenminister hatten die Dienste der HAME-Security in Anspruch genommen.

»Ein außerordentliches Unternehmen«, kam es Anne über die Lippen. Dass Wolfgang von der HAME-Security dazu abgestellt war, sie zu beschützen, verschwieg sie Tobias geflissentlich. »Aber was hat es mit unseren Nachforschungen zu tun?«

»Mehr, als du denkst. Der Hammer ist nämlich das hier«, sagte Elder und deutete auf ein Blatt.

Er drehte das Blatt um. Es handelte sich um die Kopie eines Gewerbescheins. Ausgestellt im Jahr 1949 auf den Namen Hans Meister.

»Aber hallo!«, brach es aus Anne heraus. »Der Laden gehörte Hans Meister?«

»HAME ist wohl die Abkürzung von Hans Meister. Jeweils die beiden ersten Buchstaben von Vor- und Zunamen.«

Ein Geräusch ließ die beiden auffahren. Jemand kam die Treppe herunter und betrat den Bunker. Anne und Elder sahen sich an. Sie rafften die Unterlagen zusammen und stopften sie rasch in Annes Tasche. Dann schlenderten sie durch die Räume, als würden sie sich für die Bilder und Tondokumente interessieren. In einem Raum mit Durchblick zu den vorhergehenden blieb Anne stehen. Sie hatte die Gestalt kurz gesehen. Es war ein junger Mann, sicher noch unter dreißig Jahre alt, schwarz gekleidet, mit einer Kapuze auf dem Kopf, dessen Ränder hochgekrempelt waren, sodass sie aussahen wie eine Turbanwulst.

Ihre Kehle wurde trocken, plötzlich hatte sie das Gefühl, husten zu müssen. Doch sie versuchte, den Drang zu unterdrücken. Anne deutete mit Gesten zum Ausgang und hielt ihre Hände so an den Hals, als wollte sie ihn sich umdrehen.

Elder verstand. Das war bestimmt der Kerl, der Henrike Heine attackiert hatte.

Anne wartete noch, bis ihr Verfolger tiefer in die Ausstellung hineingegangen war, dann nahm sie Elders Hand, und sie liefen los. Sie hatte zwar keine Ahnung, wie labyrinthisch der Weg zum Ausgang noch war, hoffte jedoch, schneller zu sein als der Kapuzenmann. Sie rannten so leise wie möglich, doch ihre Hast war unüberhörbar. Gleichzeitig vernahmen sie, wie auch der Mann hinter ihnen seinen Schritt beschleunigte. Tatsächlich schafften sie es vor ihm zur Treppe. Elder riss die Tür auf und zog Anne hinter sich her. Sie hörten noch einen Fluch, der in einer ihnen unbekannten Sprache ausgestoßen wurde, dann waren sie umgeben von Grün und standen in den rückwärtigen Gärten der Fuggereihäuschen. Rasch eilten sie auf den Hauptweg hinaus und vor zum Tor. Die Idylle der Sozialsiedlung stand im starken Kontrast zu der Bedrohung durch ihren Verfolger. Sie sprinteten über die Straße und an der Jakober Kirche vorüber und tauchten in das Gewirr der Gassen und Gässchen unterhalb des Grabens ein. Als sie außer Atem stehen blieben und sich umsahen, fehlte von ihrem Verfolger jede Spur. Sie hatten ihn offenbar abgeschüttelt.

Elder ließ Anne nicht mehr los, bis sie zum Auto gekommen und eingestiegen waren. Erst als sie sich in den Verkehr einreihten, wurde sein Atem ruhiger.

»Er war zu langsam«, sagte Anne.

»Oder wollte nicht schneller sein«, antwortete Elder. Er kratzte sich Pickelschorf vom Kinn.

»Glaubst du, er wollte uns nur Angst einjagen, Tobias?«

»Keine Ahnung.«

Er schwieg in sich versunken, während Anne versuchte, stadtauswärts zu fahren und gleichzeitig den Verkehr hinter sich zu beobachten. Aber sie konnte keinen Wagen entdecken, der ihnen folgte. Sie fuhr in Richtung Lechhausen, benutzte die Berliner Allee, blieb auf der linken Seite, um kurz vor der Untertunnelung der Osttangente nach rechts zu wechseln, den Verkehr der nachfolgenden Autos immer im Blick. Doch niemand schwenkte zu ihnen herüber. Dasselbe Spiel spielte sie noch einmal, als sie die neue Lechbrücke überquerte, doch da zwängte sie sich in den dichten Verkehr die Unterführung hinunter und dann sofort nach rechts in die Stätzlinger Straße hinein.

»Was machst du denn?«, fragte Tobias.

»Abwarten«, sagte Anne.

Wieder fuhr sie rechts, um nach einem Supermarkt erneut rechts abzubiegen. Hier beschleunigte sie und fuhr in einen Abstellplatz für Wohnwagen hinein. Niemand kam ihnen nach. Anne fuhr bis ans Ende einer langen Reihe von abgestellten Caravans. Dort ließ sie den Wagen stehen. Dann stieg sie aus, forderte Elder auf, ihr zu folgen, und trat an einen der Wohnwagen heran. Sie zog einen Schlüssel aus der Tasche und sperrte auf. Rasch schob sie Elder hinein und schloss die Tür. Sie setzte sich an den Tisch am Eingang und ließ das Rollo hochschnellen. So hatte sie ihr Auto im Blick und Licht fiel ins Innere.

»Was ist das? Ein Liebesnest?«, fragte Elder verblüfft.

»Das hättest du wohl gerne. Das ist der Caravan meiner Mutter. Nicht einsehbar – und wenn du dein Handy auslässt, auch nicht zu orten.«

Elder holte sein Handy heraus und schaute auf das Display. Er hatte es ausgeschaltet, seit er zuletzt mit Henrike Heine gesprochen hatte.

»Was jetzt?«, fragte er.

»Die Unterlagen«, sagte Anne und holte die Papiere aus ihrer Tasche. »Hans Meister hat also eine Sicherheitsfirma besessen.« Sie sortierte die Blätter, zog den Gewerbeschein heraus und las vor: »HAME – Sicherheitsbüro und Bewachung. So nannte man das früher. Heute muss es natürlich Denglish sein: Security. Sonst versteht das ja keiner mehr«, spottete sie.

Der Geruch im Wohnwagen erinnerte sie an die wenigen mit ihren Eltern verbrachten Urlaube an Seen und am Meer. Sie waren damit nach Schweden und Dänemark gefahren oder nach England.

Immer war ihr dieses Fahrzeug als sicherer Hafen erschienen. Wenn die Tür geschlossen war, war man zu Hause. So fühlte es sich jetzt auch an. Bis zu einem gewissen Grad geborgen.

Langsam kam Anne zur Ruhe und konnte wieder denken.

HAME-Security: Wolfgang arbeitete für die HAME-Security. Jedenfalls hatte er ihr das verraten. Damit war er doch an ihrer Observierung beteiligt. Auch das Handy konnte nur er manipuliert haben.

»Tobias, ich glaube, ich muss dir etwas gestehen«, begann sie.

Elder sah verwundert von den Papieren auf, in die er sich vertieft hatte.

»Regel zwölf? Man beichtet sich gegenseitig in größeren Abständen?«, flapste er.

»Es ist ernst. Ich bin im Augenblick mit einem Mann zusammen, der für die HAME-Security arbeitet.«

Für einen Moment verschattete sich Elders Blick. Anne sah es genau. Er sah sie ernst an, dann wanderte sein Blick zur Tischplatte, und er begann die Kante des Tisches langsam zu streicheln. Die Reaktion verblüffte sie. Sie hatte erwartet, dass er ihr Vorwürfe machen würde wegen ihrer naiven Art. Doch nichts dergleichen geschah. Die Mitteilung schien ihn dennoch getroffen zu haben.

Was hatte er erwartet? Dass sie wie eine keusche Jungfrau lebte? Er hätte es sich denken können, schließlich war sie auf Partnersuche gewesen, bevor sie sich kennengelernt hatten.

»Ich habe ihn an dem … Abend … du weißt schon … kennengelernt.«

Sie forschte in seinem Gesicht. Er hatte sich doch nicht ernsthaft Hoffnungen gemacht, dass sie sich in ihn verlieben …? Nein. Pickelgesicht hatte sich keine Hoffnungen gemacht. Oder etwa doch? Verflucht, war das peinlich!

»Aber du bist doch einfach abgehauen«, sagte er, ohne sie anzusehen.

»Ich hatte mein Kärtchen liegen gelassen, und er hat mich kontaktiert. Irgendwann hat es dann … gefunkt.«

Elder nickte langsam.

»Erzähl weiter«, sagte Elder. Man hörte seiner Stimme die Enttäuschung an.

Anne räusperte sich. Dann begann sie zu erzählen, ließ aber Elder keinen Augenblick aus den Augen. Der starrte unverdrossen auf die Resopaltischplatte des Campingtisches und malte mit dem Zeigefinger imaginäre Figuren.

»Ich glaube«, beendete sie ihre Ausführungen, »dass Wolfgang mir, das heißt natürlich uns, nachspürt.«

Elder ließ eine endlose Zeit verstreichen, bis er antwortete.

»Uns. Natürlich.« Dann folgte lange Zeit nichts. Anne blieb ebenfalls stumm. »Gut möglich«, sagte Elder dann und lehnte sich zurück, ohne ihr in die Augen zu sehen. »Ich frage mich nur: Warum? Womöglich hat er dir die Wahrheit gesagt und soll dich schützen. Aber dann stellt sich die Frage: Vor wem?«

Beide Fragen hatte sie sich die ganze Zeit über auch schon gestellt, war aber zu keiner Lösung gelangt.

Es war einfach absurd zu denken, dass sie Schutz nötig hatte.

»Verflucht noch einmal«, fuhr es aus ihr heraus. »Es muss irgendetwas geben, das wir übersehen haben.«

Elder hob den Blick und sah sie das erste Mal an, seit sie von Wolfgang erzählt hatte.

»Lass uns alle Fakten noch einmal auf den Tisch legen.«

Anne nickte mit zusammengepressten Lippen. Sie konnte die Traurigkeit in Elders Augen lesen, und sie wusste, dass sie daran Schuld hatte.

Verlegen nahm sie ihre Tasche und holte einen Schreibblock heraus.

»Also, gehen wir alles noch einmal durch.«

»Und keine Geheimnisse oder sonstige Schliche«, sagte Elder hart. »Alles zählt.«

Wieder nickte Anne und zückte ihren Stift.

»Hans Meister ist Konrad Hacker, SS-Sturmbannführer, der im KZ Mittelbau-Dora gearbeitet hat«, begann sie.

Elder ergänzte ihre Ausführungen, während sie mitschrieb.

»Geboren hier in Augsburg-Oberhausen, aufgewachsen wohl mit einem anderen Mann, den er in Mittelbau-Dora wiedergesehen hat: Hans Meister. Als die Alliierten den kommunistischen Vorarbeiter des KZs Buchenwald, der nach Mittelbau-Dora abkommandiert worden war, befreit haben, haben sie alle Funktionsträger des KZs nach Bremerhaven verfrachtet, wohl um sie nach Amerika zu verschiffen.«

»Dafür haben wir Beweise«, warf Anne dazwischen. »SS-Mitgliedsausweis Konrad Hackers sowie den KZ-Ausweis und das Entlassungspapier Hans Meisters.«

Elder nickte.

»Irgendwann zwischen der Befreiung und der Entlassung in Bremerhaven erfolgte wohl der Identitätstausch zwischen Hacker und Meister. Beweis: die Ähnlichkeit der beiden Männer auf den Bildern und das verschnörkelte H, das sie geschrieben beziehungsweise nicht geschrieben haben.«

»Dann kommt ein interessanter Aspekt, Tobias: Als Meister nach Hause kommt und der Identitätstausch seiner Frau auffällt, sterben Frau und Sohn Hans Meisters überraschend.«

»Genau. Damit bleibt er allein zurück. Von einer späteren Heirat wissen wir nichts. Hans Meister bleibt vermutlich ledig.«

»Ach ja!« Anne machte einen Vermerk. »In diesem Zusammenhang sollten wir nachprüfen, ob Meisters Haushälterin ein Kind hatte. Es könnte ja ein Nachkomme Meisters sein. Das würde die Großzügigkeit des Mannes erklären. Schließlich ist der Kredit für die Wohnung nicht selbstverständlich.«

»Gute Idee, Anne.« Elder lobte sie, doch sein Blick blieb hart. Anne schauderte.

»Dann gibt es die Familie Hacker: Der älteste Bruder war Arzt und hat beim Euthanasieprogramm in Irsee mitgemordet. Vermutlich wurde in diesem Zuge der jüngste Bruder beseitigt und damit eine Schmach für einen SS-Mann ausgemerzt.«

»Das Grab kommt schließlich, Jahre bevor es offiziell aufgelassen wird, in den Besitz Hans Meisters. Wieder ein Beweis für die Identität der beiden Personen Meister/Halder«, ergänzte Anne.

»Einen Strang haben wir bislang nicht verfolgt: deine Familie.« Elder sah Anne scharf an.

»Ach, spinn dich doch aus, Tobias«, fuhr Anne auf. »Was soll denn da sein?«

»Deine Großmutter, obwohl sie eine alleinerziehende Mutter war, kauft das Anwesen der Hackers. Sehr erstaunlich, findest du nicht?«

»Nach dem Krieg war vieles erstaunlich«, konterte Anne.

»Deine Urgroßmutter hat ihr einziges Kind – übrigens ein Mädchen – in einem Lebensborn-Heim der SS geboren. In diesem Lebensborn-Heim hat vermutlich auch Konrad Hacker verkehrt. Wenn sich die beiden dort getroffen haben, ist eine verwandtschaftliche Beziehung nicht auszuschließen.«

»Allerdings«, unterbrach Anne ihn, »gibt es dafür keinerlei Beweise. Das ist alles Spekulation.«

»Gebe ich zu. Aber der Spur sollten wir nachgehen.«

»Warum müssen wir der Spur nachgehen, Tobias?«

»Weil sie uns erklären würde, warum wir beobachtet und bedrängt werden. Vielleicht wollen sie ja nicht, dass das publik wird. Schließlich …«

Anne hieb mit der flachen Hand auf den Tisch.

»Jetzt mach mal halblang, Tobias. Wir werden von der HAME-Security bespitzelt, die wiederum Hans Meister alias Konrad Hacker gehört.«

»Aber warum, verflucht? Weil sie Diplomaten schützt? Bist du eine Diplomatin, Anne?«

Anne schüttelte den Kopf. Das war ihr auch unverständlich. »Meister hat die Überwachung angeordnet. Angeblich. Vor wenigen Tagen.«

»Vor wenigen Tagen? Hans Meister ist seit drei Wochen tot!«

»Merkwürdig, nicht wahr?«

»Allerdings. Sogar mehr als das. Außerdem«, ergänzte Elder, »hat man die Haushälterin vermutlich ermordet, dir eine Drohung hinterlassen – wir fragen uns, warum – und Henrike Heine beinahe umgebracht, womöglich nur deshalb, weil sie herausgefunden hat, dass HAME-Security Hans Meister gehört hat.«

Anne schwieg eine Weile. Dann fügte sie leise hinzu.

»Es gibt noch etwas: die Wohnung in der Langen Gasse. Warum hat man uns dorthin geschickt, wenn Hans Meister doch in der Gumpelzheimerstraße gewohnt hat und dort auch gestorben ist? Es muss einen Grund dafür geben.«

Elder holte sich das Blatt über den Tisch, auf dem Anne die wichtigen Inhalte notiert hatte.

»Zwei Aufgaben. Erstens: Hatte Lisa Stoller Nachkommen?

Vielleicht ist das Kind ja das Kind von Hans Meister. Dann wären wir am Ziel. Zweitens: Wir müssen die Wohnung in der Langen Gasse noch einmal durchsuchen. Dort steckt etwas, was uns entgangen ist.«

»Außerdem solltest du dir ein Prepaidhandy kaufen, damit sie uns nicht orten können«, schlug Anne vor. »Ich hätte nie gedacht, dass uns die moderne Elektronik so gläsern macht. Die wissen ja sogar, wann ich auf dem Topf sitze.«

»Abgemacht«, sagte Elder. »Auf Spesenkosten natürlich.«

Früher hätte er sie deswegen angelächelt. Jetzt blieb seine Miene starr. Anne fühlte, dass sie ihn schwer verletzt hatte. Sie stand auf und packte die Aufzeichnungen ein.

»An die Arbeit«, sagte sie. »Gehen wir.«

23

Anne ging auf die alte Dame zu.

»Grüß Gott«, grüßte sie fröhlich. »Ich bin von der Versicherung. Wo wohnt denn die Frau Stoller? Lisa Stoller?«

Die ältere Dame musterte Anne misstrauisch.

»Ich brauche keine Versicherung«, sagte sie kurz angebunden und marschierte mit ihrem Gehwagen weiter, ohne sich um Anne zu kümmern.

»Aber ich will Ihnen doch keine Versicherung verkaufen. Ich suche Frau Stoller. Ich habe hier ihre Adresse, aber da fehlt die Hausnummer. Leider.«

»Was wollen Sie denn von der Stoller?«

»Sie bekommt Geld von uns zurück«, sagte Anne. »Ihre Lebensversicherung ist fällig. Ein ganz netter Betrag.«

Endlich hatte die Alte angebissen. Sie blieb stehen und musterte Anne von oben bis unten.

Anne hatte sich eigens in ein luftiges Kleid geworfen, um seriös, aber nicht aufdringlich zu wirken. Versicherungsvertreter waren die Pest für alte Leute. Die meisten wussten das und reagierten abwehrend. Aber nur einem Versicherungsvertreter würde man die Neugier und das Nachfragen zutrauen. Also war ihre Wahl auf diesen Beruf gefallen.

Der Tag tat ein Übriges. Er war sonnendurchtränkt und hell. Man wollte an die frische Luft, wollte endlich spazieren gehen und freute sich auf das Mehr an Licht und Wärme. Bei solch einem Wetter lud man seine Seelenakkus wieder auf.

»Wie eine Versicherungstussi sehen Sie nicht gerade aus«, sagte die Alte mit ihrem Rollator.

Hätte Anne nicht gewusst, dass die Frau bereits Urenkel hatte, spätestens jetzt hätte sie es erfahren. Die Oma war begrifflich up to date.

»Wie muss man denn aussehen, wenn man Geld überbringt?«

»Sie bringen tatsächlich Geld? In einem Scheck?« Die Augen der alten Frau leuchteten auf.

»Ich hoffe doch, Sie werden mich nicht überfallen, wenn ich es Ihnen verrate.«

»Aber woher? Ich kann mich ja kaum selbst aufrecht halten, wie soll ich da einen Stock heben, um Sie niederzuschlagen?« Sie grinste verschwörerisch.

»Wo wohnt Frau Stoller jetzt? Offenbar kennen Sie die alte Dame.«

»Sie wohnt mittlerweile auf dem Westfriedhof. Gut zwei Meter fünfzig tief in der Erde. Sie ist … gestorben.«

Anne tat enttäuscht. »Das tut mir aber leid. Hatte sie Verwandte? Kinder?«

»Die alte Lisa? Nee. Wir haben zusammen meine Kinder großgezogen, so lange wohnen wir schon nebeneinander. Der Lisa war's nicht vergönnt, Kinder zu kriegen. Blieb immer dürr, der Ast. Sie hat sich damit abgefunden. Zuletzt war dieser alte Sack, der Hans Meister, ihr Kind. Musste gewaschen und gewickelt werden. Ich weiß ja nicht, was sie an dem gefunden hat.«

»Wirklich keine Kinder?«

Die alte Frau sah Anne an, als wäre es ein Sakrileg, ihr nicht zu glauben.

»Hören Sie zu, Mädchen. Ich bin mit der Lisa in die Schule gegangen. Wir waren in dieselben Männer verliebt. Wir haben uns eine Zeit lang die Männer geteilt, solange Lisa noch nicht Stoller geheißen hat. Wenn die Lisa ein Kind bekommen hätte, von wem auch immer, dann hätte ich es als Erste erfahren. Jetzt entschuldigen Sie mich. Ich muss zur Parkbank, sonst ist die wieder besetzt.«

Beim Weggehen murmelte sie noch einige Beschimpfungen über die Anmaßungen der Jugend und insbesondere der Versicherungsbranche. Immer wieder schüttelte sie den Kopf, als könnte sie nicht verstehen, dass man sie überhaupt gefragt hatte, wenn man ihr nicht glaubte.

Anne blieb stehen und wartete, bis die Alte aus dem Blickfeld verschwunden war. Erst dann drehte sie sich um und lief die Straße hinauf. An der Ecke wartete Elder.

»Sie hatte keine Kinder«, sagte sie im Vorbeigehen, während Elder seinen Schritt beschleunigte und zu ihr aufschloss. »Jetzt prüfen wir noch nach, wie sie mit Mädchennamen geheißen hat.

Das würde mich brennend interessieren. Hatten die Hackers auch eine Tochter?«

Anne rief Dr. Fritsch an, in der Hoffnung, nicht wieder weggedrückt zu werden. Er sollte für sie die arbeitsintensiven Personenabfragen in die Wege leiten.

Anne bekam Elsa an den Apparat und ließ ihre Bitte über sie ausrichten.

»Ich muss gleich noch zu meiner Mutter«, sagte Anne, nachdem sie das Gespräch beendet hatte.

»Wie geht es ihr denn?«, fragte Elder, der sich erst jetzt wieder daran zu erinnern schien, dass Annes Mutter krank war.

»Den Umständen entsprechend«, war Annes Antwort.

Elder sagte zu, sie zu begleiten. Anne war nicht wirklich davon begeistert, doch sie wollten noch zu Hackers Wohnung in der Langen Gasse, und sie wollte ihren Partner nicht auf dem Parkplatz abstellen wie ihr Auto.

Als sie die Stroke Unit betraten, wurden sie von einer Krankenschwester abgefangen.

»Ich bin Schwester Katrin. Darf ich Sie zu Dr. Ruszku bringen?«

Anne war sofort alarmiert.

»Was ist mit meiner Mutter?«

»Einen Augenblick, der Doktor kommt gleich«, sagte die Schwester und ging gar nicht auf Annes Frage ein.

Sie brachte Anne und Elder in einen kleinen, fensterlosen Raum. Kaum hatte sie die Tür geschlossen, als sie auf der gegenüberliegenden Seite bereits geöffnet wurde.

»Ah, Frau Karg.«

»Was ist mit meiner Mutter?«

»Ihre Mutter hatte heute gegen Mittag, also vor etwa drei Stunden, eine weitere Einblutung. Wir haben sie gerade unter Beobachtung im CT. Leider können wir ihr im Augenblick kein blutverdünnendes Mittel geben, da wir sonst die Blutung verstärken würden. Das Einzige, was wir tun können, ist warten. Sie können im Augenblick nicht zu ihr.«

Das war alles, war er ihr zu sagen hatte. Man sah ihm an, dass er in Zeitnot war und wieder an seine Arbeit zurückkehren wollte. Anne nickte nur. Ein Tränenschleier trübte ihren Blick.

»Wann kann ich sie wieder sehen?«

Der Arzt seufzte.

»Morgen, wahrscheinlich. Kommen Sie einfach morgen wieder her. Sollte sich der Zustand verschlimmern, informieren wir Sie. Ihre Handynummer haben wir ja.«

Anne nickte, dann fuhr sie hoch. »Sie … Sie haben meine alte Handynummer. Nicht die neue.«

Der Arzt nickte. »Machen Sie das mit Schwester Katrin aus. Sie erwartet Sie draußen.«

Dann verschwand er wieder durch die Tür, die offenbar in den OP führte.

Elder fasste Anne an den Schultern und brachte sie nach draußen. Dort wartete natürlich niemand. Jedenfalls keine Schwester Katrin.

Der Gang war wie leer gefegt. Anne und Elder gingen in Richtung Ausgang, trafen aber niemanden mehr an. Erst als sie die Tür aufzogen, trat eine Schwester aus einem Zimmer und bat sie, sich vor dem Verlassen die Hände zu desinfizieren.

Anne schrieb die Handynummer ihres Prepaidhandys auf einen Post-it-Zettel und reichte ihn der Frau, die versprach, die Nummer weiterzuleiten.

Als sie vor den Aufzügen warteten, ließ sich Anne gegen die Wand sinken und nahm ihren Kopf in die Hände.

»Du brauchst dir keine Vorwürfe zu machen«, sagte Elder und berührte sie an der Schulter.

Sie machte sich aber Vorwürfe. Warum war sie nicht rechtzeitig da gewesen? Dann erinnerte sie sich daran, dass sie erst gegen zwei Uhr überhaupt eingelassen worden wäre. Da waren die Blutungen schon aufgetreten.

Dennoch hätte sie öfter und länger kommen müssen. Schließlich waren es womöglich die letzten gemeinsamen Stunden, die sie miteinander verbrachten. Die würden niemals wiederkommen, während sie ihren bescheuerten Fall zu jeder Zeit wieder aufgreifen konnte. Sie fühlte, wie ihre Schultern bebten, wie sich Tränen aus den Augenwinkeln stahlen und über die Nase liefen. Ihre Mutter hätte sie vielleicht gebraucht, ach was vielleicht, ganz sicher sogar. Ein Händedruck war mehr wert als jede noch so effiziente Apparatemedizin.

Anne hatte gar nicht bemerkt, wie Elder sie ganz in den Arm genommen hatte. Ihr Kopf lag auf seiner Schulter, während sie Rotz und Wasser heulte.

Sie drückte sich von ihm weg, doch er hielt sie fest.

»Ist gut«, sagte er. »Das braucht jeder mal in seinem Leben.«

Sie wehrte sich nicht mehr und überließ sich seinen Armen, bis das Schluchzen abklang und sie wieder klar denken konnte.

»Hast du ein Taschentuch?«, fragte sie endlich.

»Natürlich«, antwortete Elder und ließ sie los.

Sie richtete sich auf. Plötzlich war Elder nicht mehr der Pickeltobias. Er schien älter geworden zu sein, reifer.

Alles Jungenhafte war aus seinen Gesichtszügen, aus seinen Bewegungen verschwunden – und sie vermutete, dass es an ihr lag, nicht an ihm. Sie hatte ihre Meinung geändert, einen anderen Blick für ihn bekommen. Fünf Minuten Heulen genügten offenbar dafür.

Sie liefen das Treppenhaus hinunter. Während der gesamten Zeit redeten sie kein Wort miteinander.

Erst als sie aus dem Treppenhaus ins Erdgeschoss hinaustraten, sagte Anne: »Danke!«

Elder zuckte nur mit den Schultern. »Wofür? Ist doch selbstverständlich.«

Sie liefen stumm nebeneinanderher zum Auto.

Wenig später standen sie vor der Wohnung in der Langen Gasse. Wieder hatten sie sich vergewissert, dass sie nicht observiert wurden. Seit sie ihre Handys ausgetauscht beziehungsweise abgeschaltet hatten, waren ihnen keine Verfolger mehr aufgefallen.

Dafür traf sie in der Wohnung in der Langen Gasse der Schlag: Das Schloss war offenbar mit einem Nachschlüssel geöffnet worden. Die Tür stand auf, und alles, was nicht niet- und nagelfest gewesen war, hatte man aus den Schränken gerissen und über die Wohnung verteilt. Selbst das Bild des Stuka-Angriffs hatte man aus dem Rahmen geschnitten, um dahinter nachzusehen.

»Da machen wir uns Gedanken darüber, ob wir beobachtet werden«, sagte Elder tonlos. »Das reinste Chaos.«

»Wenn es etwas gegeben hat, das wir noch nicht entdeckt hatten, jetzt ist es jedenfalls weg.«

Anne fuhr sich mit der Hand durchs Haar. Die Wohnung war ihre große Hoffnung gewesen. Sie stellte die Tasche mit ihrem Laptop in die Ecke und sah sich um. Sie war fassungslos.

»Es ist alles sehr hastig durchsucht worden, als ob sie nicht viel Zeit gehabt hätten«, sagte Elder nachdenklich.

»Glaubst du, sie waren erst kurz vor uns hier?«, fragte Anne und sah sich um, als befürchte sie, jemand könnte aus der Toilette oder aus der Küche treten.

»Das würde zumindest erklären, warum die Türen offen standen.«

Anne und Elder sahen sich in der Wohnung um. Schließlich blieben sie vor dem eingemauerten Safe stehen.

»Mir geht die ganze Zeit schon ein Satz im Kopf umher, den du gesagt hast.« Elder kratzte sich am Kinn. »Du hast gesagt: Wer lässt sich einen Tresor einbauen, wenn er nichts darin aufbewahrt?«

Elder stellte sich davor und betrachtete ihn genau. Er hatte die Tiefe einer Männerhand und war mit Samt ausgeschlagen. Dass das Zwischenbrett den SS-Ausweis enthalten hatte, hatten sie bereits herausgefunden.

Offenbar hatten die Einbrecher das offene Versteck zwar gesehen, aber weiter nicht beachtet, weil es leer gewesen war. Jetzt langte Elder in das Geheimfach und holte das Zwischenbrett heraus.

»Was ist, wenn dieser eingemauerte Tresor gar nicht die Funktion eines Geheimfachs haben sollte?«, sagte Elder. »So wie beim Ausweis. Er lag ja auch nicht einfach da, sondern war unter der Samtverkleidung verborgen.«

»Du meinst, er ist …«

»… womöglich größer, als er aussieht.«

Elder langte in die Öffnung und begann, die Seiten zu drücken und zu schieben, zog am Samt, drehte die Auflagepunkte des Zwischenbretts. Nichts rührte sich.

»Womöglich hatte Meister dieselbe Überlegung.« Anne spekulierte. »Was ist, wenn er vermutet hat, ein schlauer Kopf kommt auf den Gedanken?«

»Dann hat er den Mechanismus, der den Safe weiter öffnet, außerhalb angebracht.«

Anne und Elder begannen, die Umgebung des Geheimschranks abzusuchen.

»Wonach suchen wir, Tobias?«

»Nach einem Schalter, einem Hebel, einem … ach, ich weiß es ja selber nicht. Etwas, das auffällig unauffällig ist, aber keine Funktion besitzt.«

Elder fuhr mit der flachen Hand über die Tapete, um Unebenheiten aufzuspüren. Anne probierte Licht- und Kippschalter aus. Nichts verriet eine Doppelfunktion.

»Wir geheimnissen zu viel in den Safe hinein. Er war einfach leer. Schluss.«

Elder setzte sich auf die Couch des Wohnzimmers, sichtlich frustriert wegen seines Misserfolgs. Anne stellte sich hinter ihn.

»Mach dir nichts draus. Meister war ein einfach gestrickter Mensch. Der hat keine besonderen Schliche erfunden, um uns zu ärgern.«

»Immerhin hatte er diese zweite Wohnung, von der niemand etwas gewusst hat.«

Sie setzte sich ebenfalls. Beide starrten auf den Bildschirm des Fernsehers ihnen gegenüber. Auf dem Couchtisch lagen zwei Fernbedienungen. Anne betrachtete sie. Der Fernseher war ein nagelneuer Philips-Flatscreen. Zu ihm gehörte die längliche Fernbedienung mit den bunten Tasten. Die daneben war schlichter und steuerte wohl den DVD-Player. Doch sie sah den Player nirgends.

Anne stand auf und betrachtete den Flatscreen von allen Seiten. Dort war auch kein Player integriert oder eine Festplatte angeschlossen.

»Was kann man mit einer Fernbedienung alles anstellen?«, fragte sie beiläufig.

»Mit welcher Fernbedienung?«

»Mit der hier!«, sagte sie und nahm die überflüssige Konsole in die Hand. »Es gibt keinen DVD-Player dafür.«

Sie drehte das Ding hin und her. Schließlich drückte sie die Knöpfe. Nichts geschah.

»Das Ding ist extrem leicht.«

Sie gab es Elder, der die Konsole ebenfalls in der Hand wog.

Dann drehte er sie um und öffnete das Batteriefach. Es fehlten die Batterien.

»Wer entnimmt einer Fernbedienung die Batterien?«

Anne fühlte, wie sich ihr Adrenalinspiegel langsam erhöhte. »Jemand, der nicht will, dass beim Spielen mit dem Ding plötzlich irgendwelche Aktionen geschehen, die man nicht haben will.«

Elder legte ihr eine Hand auf den Arm.

»Du hast recht. Aber wo sind die Batterien?«

»Die Batterien lagen dort, wo ich auch das Bild gefunden habe. Erinnerst du dich? In dieser Zuckerdose aus Porzellan.«

Anne und Elder standen auf und gingen in die Küche. Die Zuckerdose lag zerbrochen auf dem Boden. Die beiden Batterien fanden sich ebenfalls, nachdem sie eine ganze Zeit suchend auf dem Boden herumgerutscht waren.

»Sie sind nagelneu«, sagte er und gab sie an Anne weiter.

Sie fingerte die Batterien in die Fernbedienung, ging damit ins Wohnzimmer und hielt sie gegen den Safe. Dann drückte sie den roten Startknopf. Beide hörten deutlich, wie etwas knackte. Sie hatten einen Mechanismus aktiviert.

»Respekt«, sagte Elder. »Auf die Fernbedienung wäre ich nie gekommen.«

»Wie geht es jetzt weiter?«, fragte Anne.

Elder trat wieder an den Safe und langte hinein.

»Eine Guillotine wird er schon nicht eingebaut haben, die mir die Hand abschlägt«, sagte er wenig zuversichtlich. Wieder tastete er das Innere ab. Diesmal wurden seine Finger offenbar fündig. »Da ist etwas!«, sagte er. »Eine … Art … Stift. Das ist entweder der Schlüssel zum Sesam-öffne-dich oder ein Selbstzerstörungsmechanismus.« Er drückte, zog, hob. Plötzlich verschwand der Stift wieder im Samt. Elder zog hastig seine Hand zurück.

»Five seconds to self-destruction!«, erklärte er mit metallener Stimme.

Sie warteten gespannt darauf, was weiter geschehen würde.

Elder setzte sich auf die Lehne des Sofas. Beide starrten sie den Safe an, als brächte er ihnen die Offenbarung. Doch es geschah nichts.

»Das gibt's doch nicht«, fluchte Elder. »Die Fernbedienung löst einen Mechanismus aus. Ich betätige den Mechanismus – und alles bleibt beim Alten!«

»Wenn wir länger warten, steht vielleicht die Polizei vor der Tür. Du hast die heimliche Einbruchssicherung ausgelöst.«

»Quatsch!«, fuhr er sie an. »Da gibt es keine Sicherheitsstandleitung zu Polizei. Sonst wäre die Wohnung doch aufgefallen. Drück die anderen Tasten. Vielleicht haben wir den Mechanismus nur zum Teil aktiviert.«

Anne schaute auf die Fernbedienung. Drehte sie hin und her.

»Der Code. Wir müssen einen Code eingeben. Die Fernbedienung hat Zahlentasten. Die müssen für etwas gut sein.«

Elder schlug die Hände vors Gesicht.

»Nicht schon wieder.«

»Glaubst du, er hat wieder so ein Nazi-Datum verwendet?«

»Er kann Abermillionen andere Kombinationen verwendet haben. Was weiß denn ich? Am liebsten würde ich das Ding hier in die Luft sprengen, dann wüssten wir vielleicht, was drinnen zu finden gewesen wäre.«

Anne dachte nach. Die Batterien hatten in der Porzellandose mit dem Bild gelegen, das womöglich ihre Großmutter und ihre Mutter gezeigt hatte.

Anne holte ihren Laptop heraus und fuhr ihn hoch.

»Was machst du da?«

»Ich entschlüssle den Code«, sagte sie lapidar. »Langsam habe ich das Gefühl, dass in dieser Wohnung nichts dem Zufall überlassen worden ist. Alles ist genau geplant. Dieser Hans Meister oder Konrad Hacker oder wie wir ihn nennen wollen, hat gewollt, dass wir den Spuren folgen. Vielleicht war er gar ein Schachspieler oder ein Rätselfreund.«

»Wir sollten schauen, ob hier irgendwo Sherlock-Holmes-Ausgaben herumliegen«, spottete Elder.

Anne holte das Bild mit dem Dreirad auf den Schirm. Dann dessen Rückseite.

»Schau dir das einmal an. Dort steht »Hiltrud, fünf Jahre alt. August 1965«, mehr nicht. Das Bild lag in derselben Zuckerdose wie die Batterien. Wenn ich ein alter Mann wäre und Angst davor hätte, mir eine Kombination nicht mehr merken zu können, würde ich sie verschlüsseln.«

»Zum Beispiel als Geburtsdatum.« Elder nahm ihre Idee auf. Er holte seinen kleinen Schreibblock aus der Jacke: »5 für das Alter, 8 oder 08 für August, 1-9-6-5 für das Jahr. Schon haben wir eine sechs- oder siebenstellige Ziffernfolge.«

»Noch besser wäre 1960, denn dann müsste man von der Jahreszahl das Alter noch abziehen, eine kleine Hürde für Schlauköpfe«, ergänzte Anne.

»Also los. Gib ein: 5-8-1-9-6-0.«

»Das … das ist das Geburtsdatum meiner … meiner Mutter«, sagte Anne leise.

Anne drückte die entsprechenden Zahlen. Wieder warteten sie. Anne wollte bereits eine neue Zahl eingeben, da summte es. Es machte »klack« – und ein Teil der Schrankwand bewegte sich.

»Treffer!«, sagte Elder.

»Ist das jetzt Zufall, oder …?«, murmelte Anne, die völlig verunsichert war. Das Geburtsdatum ihrer Mutter als Code für ein geheimes Zimmer in Hans Meisters Wohnung?

Anne stand auf und folgte Elder, der sich den Wandschrank ansah.

»Genial gemacht. Die Tür geht nach innen auf, also sieht man draußen keine Schleifspuren der sich öffnenden Tür. Die Tür selbst ist in die Schrankwand eingepasst, sodass es nicht auffällt, dass sie ein eigenes Teil ist.«

Er drückte den Flügel nach innen und steckte den Kopf hinein. Plötzlich flammte dahinter Licht auf, dann war ein leiser Pfiff zu hören.

Anne räusperte sich.

»Ja, ja, ich weiß. Regel fünf: Niemand betritt einen Ort, ohne dass ich ihn zuvor vom Eingang her lang und breit betrachten durfte.«

Elder grinste sie an, trat beiseite und machte ihr Platz.

Anne sah einen Raum, beleuchtet von einem gedämpften Deckenlicht, der gerade so breit war, dass sich der Türflügel problemlos öffnen ließ, also etwa achtzig Zentimeter. Offenbar hatte man ihn auf der gesamten Breite von der eigentlichen Wohnung abgetrennt. Da sich in diesem Teil kein Fenster befand, fiel die Verkleinerung der Wohnung nicht weiter auf. Auf einer Seite war der Raum mit Regalen bis zur Decke vollgestellt, auf denen alle möglichen Gegenstände gelagert waren. Die Seite ohne Regale war mit Bildern, Urkunden, Schriftstücken vollgehängt.

»Rumpelkammer eines Messies?«, fragte Anne verblüfft.

Elder war hinter sie getreten und schaute ihr über die Schulter.

»Dafür ist sie zu ordentlich. Gehen wir doch einen Schritt hinein und schauen uns das Zeug genauer an.«

»Aber schließ die Tür nicht, sonst stecken wir womöglich fest.«

Anne schlüpfte in den schmalen Raum, Elder hinter ihr her.

»Gemütlich«, spottete er. Sie konnten sich kaum umdrehen. »Das ist eine Art verstecktes Lager.«

Er schob die Tür bis auf einen Spalt zu. Auf der anderen Seite liefen die Regale weiter, die gesamte Zimmerlänge entlang.

Elder besah sich die Gegenstände genauer.

»Das ist eine etruskische Vase. Und das hier ein … eine Goya-Zeichnung. Und das hier ist definitiv römisch.« Er zeigte auf eine kleine Merkurstatue aus Bronze. »Das sind Antiquitäten, Anne. Alles Antiquitäten.«

»Aber das versteckt man doch nicht in so einem Raum. Man zeigt sie, gibt sie als Leihgaben an Museen oder baut sich ein eigenes Museum. In der Gumpelzheimerstraße hätte er doch Platz genug besessen, um das Zeug schön ausstellen zu können.«

»Ja. Wenn das Zeug legal beschafft wurde.«

Anne griff sich einen flexiblen Hefter, der neben dem Eingang im Regal lag, und blätterte ihn auf. Darin befanden sich Listen und Bilder.

»Offenbar hat Meister Buch über das Zeug hier geführt«, sagte sie. »Wir nehmen das mal mit.«

Sie war von den Dingen fasziniert. Neben Vasen und Statuen fanden sich Bücher und andere Kleinigkeiten. Preziosen mit Edelsteinen lagen in durchsichtigen Behältern, Orden und Schriftstücke waren in harte Kunststoffhüllen gebettet. Es war eine Art Raritätenkabinett, auf das sie da gestoßen waren.

Plötzlich lärmte vor der Tür zur Wohnung etwas. Elder und Anne sahen sich kurz an.

»Hast du die Fernbedienung?«

Anne nickte. Elder legte einen Finger auf den Mund und drückte den Flügel der Geheimtür zu. Das Licht erlosch, und sie standen in absoluter Finsternis. Nur nachleuchtende Punkte wie die Leuchtziffern einer Armbanduhr schimmerten und streuten etwas Licht.

»Keinen Mucks«, flüsterte Anne.

Sie hörten, wie draußen die Wohnungstür geöffnet wurde. Dann vernahmen sie nur noch schleichende Schritte, das Knarren der Dielen, das Atmen zweier Männer.

»Du bist dir sicher, dass sie hier sein müssen?«

Die Stimmen drangen gedämpft, aber deutlich durch die Wand.

Anne stockte der Atem. Eine Stimme erkannte sie.

»Der Wagen steht noch draußen. Sie sind nicht wieder rausgekommen«, sagte der zweite Mann. Sein Ton war rauer, und er sprach mit russischem Akzent.

»So sicher, wie du dir warst, dass sie deine Handymanipulation nicht entdecken kann?«

Der Mann brummte nur. Aber der Kerl, der eben geredet hatte, war Wolfgang. Daran bestand für Anne kein Zweifel. Sie wurde also doch noch weiter observiert.

»Eine bloße Peilung über die Handymasten war einfach zu unsicher. Wir hätten diese Wohnung nie gefunden.«

»Jedenfalls sehe ich keinen Schwanz hier …« Plötzlich stockte die Stimme. »Du hast recht. Sie müssen noch da sein.«

In der Dunkelheit suchte Anne nach Elders Ohr. Langsam näherte sie sich Elders Kopf.

»Der Laptop auf dem Tisch!«, sagte sie.

»Schau dir das an«, sagte Wolfgang. »Sie hat das Bild gescannt. Verflucht.«

Langsam gewöhnten sich ihre Augen an die von schimmernder Leuchtfarbe durchsetzte Dunkelheit.

Jetzt näherte sich Elder Annes Ohr.

»Siehst du die Tastatur dahinten? Offenbar die Rückseite des Tresors, wenn ich das richtig einschätze.«

Tatsächlich zeichnete sich dort, wo sie den Safe vermutet hätte, eine Art Leuchttastatur ab. Doch sie kamen nicht dazu, sich näher damit zu beschäftigen. Jemand schlug sich vor dem Versteck verärgert auf die Schenkel.

»Wo zum Teufel sind die beiden abgeblieben? Sie können sich doch nicht in Luft aufgelöst haben.«

»Gibt es noch einen anderen Ausgang? Oder vielleicht einen Kellerzugang?«

»Vielleicht hast du auch einfach deine Arbeit nicht sauber gemacht. Wäre ja nicht das erste Mal!«, tobte Wolfgang.

Sein Begleiter sagte gar nichts dazu.

»Jedenfalls sind sie nicht mehr hier. Soll ich den Laptop mitnehmen?«

»Untersteh dich. Sie kann mit dem Bild ohnehin nichts anfangen. Die Liste wäre mir wichtiger.« Wolfgang seufzte hörbar. »Die ist wie vom Erdboden verschluckt, ebenso wie die beiden. – Abmarsch. Vielleicht können wir sie draußen abpassen.«

Anne hörte am Knarren und Scheppern der Metalltreppe, deren Schwingungen vom Holzboden übertragen wurden, wie die beiden Männer die Treppe hinabschlichen. Das Metallgitter verstärkte die Tritte derart, dass sie deutlich zu hören und zu spüren waren. Eine geniale Einbruchssicherung. Niemand schlich sich hier unbemerkt an.

»Wie lange warten wir noch?«, flüsterte Anne.

»Ich würde eine Stunde vorschlagen. Setzen wir uns auf den Boden.«

»Spinnst du? Eine Stunde?«

»Die wollen uns unten abpassen. Wie willst du von hier verschwinden, wenn die beiden unten Wache stehen?« Anne merkte, wie Elder zögerte, dann stellte er die Frage doch. »War dieser … Wolfgang mit dabei?«

»Ja«, sagte Anne leise. »Er hatte die Führung.«

Elder murmelte etwas, das Anne nicht verstand. Sie setzte sich auf den Boden und nahm ihre Knie zwischen die Arme.

Wolfgang hatte sie eindeutig hintergangen. Das Verschweigen seines Auftrags, sie zu beobachten, empfand sie als Verrat. Offenbar suchte er etwas. Eine Liste. Und diese Liste hatte sich wohl im Besitz von Konrad Hacker beziehungsweise Hans Meister befunden. Es interessierte sie natürlich, was es mit dieser Liste auf sich hatte. Wo konnte sich die Liste befinden, und was enthielt sie?

Anne fühlte, dass alles mit ihrer Suche nach einem Nachkommen zu tun hatte. Sie konnte sich zwar nicht vorstellen, wie diese Dinge miteinander zusammenhingen, aber sie taten es. Davon war sie überzeugt.

»Ich schlafe ein bisschen«, sagte sie leise und legte sich auf den Boden. Kurz darauf war sie eingeschlafen.

24

Sie war so plötzlich wach geworden, dass sie erschrak. Wo war sie? Was war geschehen? Eine Decke lag über ihr – nein, keine Decke, sondern eine Jacke. Das Licht brannte.

Anne fuhr unvermittelt hoch.

»Pst!«, sagte eine Stimme leise. »Es ist noch nicht vorbei.«

Langsam kam die Erinnerung: Meisters Wohnung, die Geheimkammer, Wolfgangs Besuch. Sie hatte sich hingelegt und war eingeschlafen.

»Sind wir noch immer …?«, flüsterte sie.

»Ja. Aber ich habe die Tür leicht geöffnet, damit das Licht angeht. Solange es draußen hell ist, sieht man es von unten nicht. Die beiden warten noch immer vor dem Haus.«

Anne rappelte sich auf. Es war seine Jacke, die er über sie gelegt hatte.

»Ausgeschlafen?«, fragte er. Er stand direkt hinter ihr.

»Irgendwie schon«, sagte sie. »Danke für die Jacke.«

»Kein Problem. War eh zu warm hier drin.«

»Hast du schon Neues herausgefunden?«

»Und ob. Da wirst du staunen.« Er ließ sich im Schneidersitz neben ihr nieder, den Ordner auf seinem Schoß. »Die Listen da enthalten Informationen zu Gegenständen, Antiquitäten.«

In Anne stieg ein Verdacht auf.

»Ist die Liste dabei, die die Männer draußen gesucht haben?«

Elder zuckte mit den Schultern.

»Möglich. Aber ich glaube, das wäre zu einfach. Der Kerl plapperte etwas von ›einer Liste‹. Das hier sind mehrere, mindestens zwei Dutzend.«

»Was enthalten sie sonst?« Anne war neugierig geworden.

»Ich konnte nicht genau nachprüfen, ob das eine oder andere wieder aufgetaucht ist, aber ein paar Dinge weiß man einfach.«

Er deutete auf einen Namen: »Franz Marc: ›Turm der blauen Pferde‹. Das ist ein Gemälde, das nach dem Ende des Dritten Reiches verschwunden ist. Man hat bislang angenommen, es sei verschollen. Ob verbrannt, zerstückelt, gestohlen, ist eigentlich egal. Es gilt seit 1945 als unauffindbar. Aber hier stehen Jahreszahlen, Preise, Namen. Letztere allerdings verschlüsselt. Alle Daten beziehen sich auf eine Zeit nach 1945. Das Bild ist wohl in den Kriegswirren 1945 in Berlin gestohlen worden und irgendwie hier gelandet, um dann weiterveräußert zu werden.«

Anne schaute überrascht die Papiere in Elders Hand an.

»Fazit: ›Der Turm der blauen Pferde‹ existiert also noch – und Hans Meister hatte dabei seine Finger im Spiel!«

»So kann man das sagen. Hier: Iccanders Original der ›Kurtzgefaßten sächsischen Kern-Chronicon‹. Ebenfalls nach 1945 verschwunden. Ich kenne den Titel, weil mein Prof für Geschichte von ihr geschwärmt hatte. Anfang 18. Jahrhundert. Offenbar ebenfalls hier gewesen. Da steht. Verkauft 1962.«

Elder blätterte Seite um Seite durch. Da gab es Hunderte von Gegenständen, von der kleinen römischen Vase bis hin zu Gemälden.

»Es sind hinter den Informationen immer zwei Zahlen ausgewiesen: Unter der Rubrik ›Ragnarök‹ eine größere Zahl, unter der Rubrik ›Jakob Fugger‹ eher ein Pfennigbetrag.«

»Was schließen wir daraus?«, fragte Anne.

Elder lehnte sich zurück. »Dass das Zeug, das hier noch herumsteht, richtig wertvoll ist. Kein Krimskrams, den man aus dem Urlaub mitnimmt oder in gut sortierten Antiquariaten findet, sondern Originale, Raritäten, Unikate. Das ganze Programm eben. Die Zahlen dahinter sind die Preise – und irgendwelche Umrechnungszahlen oder was Ähnliches.«

»Hat Hans Meister diese Dinge selbst aufgekauft und gesammelt?«

»Ich würde noch einen Schritt weiter gehen. Er hat diese Gegenstände verkauft. Heimlich verkauft. Meister-Antiquitäten hat Henrike gesagt, nicht wahr?«

»Dr. Fritsch hat auch so etwas verlauten lassen. Aber das war kein normales An- und Verkaufsgeschäft. Das war ein umfassender Handel.«

»Ich würde weiter gehen und Schmuggel sagen! Hat Henrike darüber hinaus vielleicht noch etwas entdeckt, was sie uns nicht mehr sagen konnte?«

»Wir sollten sie ohnehin besuchen«, sagte Anne. »Dann könnten wir sie fragen.«

»Dazu müssten wir aus der Wohnung herauskommen, ohne dass die beiden dort unten uns abpassen.«

Anne erhob sich. Ihre Glieder waren steif.

»Wir können nicht ewig hier bleiben«, sagte sie. Sie öffnete die Tür und spähte ins Wohnzimmer. Ihr Laptop stand noch immer dort, wo sie ihn abgestellt hatte. Ansonsten war der Raum leer.

»Was würde passieren, wenn wir einfach unten auftauchen würden?«, fragte sie schelmisch. Sie spähte aus dem Fenster und sah vor der Tür den Mann stehen, den sie in dem vorbeifahrenden Auto gesehen hatte. Er rauchte und schnippte gerade seine Kippe in den Rinnstein.

Elder überlegte. »Sie würden sich Gedanken darüber machen, wo wir die ganze Zeit gewesen sind.«

»Wenn es uns gelänge, hinter das Haus zu kommen, ohne von vorne gesehen zu werden, und die Wohnung von vorne abzuschließen, dann könnten wir sie täuschen. Sie würden glauben, wir hätten die Wohnung längst vor ihnen verlassen. Niemand käme auf den Gedanken, es gäbe einen geheimen Teil der Wohnung.«

»Dann ran ans Werk«, sagte Elder.

Sie bemühten sich, nicht in die Nähe des Fensters zu kommen, damit nicht irgendwelche Schattenwürfe oder Bewegungen sie verrieten. Doch ihr Wachposten sah gar nicht hoch. Er qualmte eine Zigarette nach der anderen. Nur wenn er sie anzündete und die Flamme an den Glimmstängel hielt, warf er einen kurzen Blick nach oben zum Fenster. Wolfgang hatte ihn zu Recht der Unachtsamkeit gescholten, dachte Anne.

Elder und sie begutachteten die Rückseite des Gebäudes und stellten fest, dass es keinen anderen Ausgang gab. Alle Fenster waren vergittert. Der einzige Zugang war über die Treppe.

»Das kann doch nicht sein. Hans Meister war offenbar ein Ausbund an Vorsicht. Er muss an einen gesonderten Ausgang gedacht haben. Ansonsten hätte er ja in der Falle gesessen«, schimpfte Anne.

Sie wiederholten ihre Suche, bis Anne innehielt.

»Ich glaube, ich habe es! Das geheime Zimmer! Nur von dort

ergibt ein Fluchtweg einen Sinn. Das ist der einzige Ort, an dem wir noch nicht nachgesehen haben.«

»Es wäre auch der bescheuertste Ort. Denk doch mal nach. Da hortet jemand Antiquitäten vom Feinsten – und die wären von außen einfach so zugänglich. Verrückt.« Elder fasste sich an den Kopf. »Auf so eine Idee kann nur eine Frau kommen.«

»Ach ja? Dann prüfen wir es nach. Du wirst sehen, wir entdecken Hans Meisters weibliche Seite.«

Widerstrebend gab Elder nach. Sie schlüpften in den Nebenraum, bevor das Licht anging. Wieder standen sie im Finsteren.

»Gute Idee«, maulte Elder. »Wo sollen wir anfangen zu suchen?«

Sie spürte, wie seine Hände an ihr herumzutatschen begannen.

»Untersteh dich!«, zischte Anne, lachte jedoch über den Gag. »Ich habe nachgedacht. Es muss einen Lichtschalter geben!«

»Na, hoffentlich hat es nicht wehgetan«, seufzte Elder.

»Was wehgetan? Das Nachdenken? Warte, mein Freundchen.«

Anne hatte sich erinnert, dass sie an ihrem Wohnungsschlüssel eine kleine LED-Taschenlampe hängen hatte, um auch im Dunkeln rasch das Schlüsselloch ihrer Tür zu finden. Sie kramte kurz in der Tasche, und schon leuchtete es blau auf. Es dauerte keine zehn Sekunden, da ging im Inneren die Deckenbeleuchtung an.

»Mea culpa, mea culpa, mea maxima culpa«, rezitierte Elder.

»Ministrant gewesen?«, fragte sie, ohne ihn anzusehen.

Anne suchte die Regale ab, versuchte sie zur Seite zu bewegen, schaute nach einer verborgenen Tür. Nichts. Fast glaubte sie, Elders Triumph schon in seiner Art zu atmen zu hören. Doch sie wollte nicht aufgeben. Sie wollte vor allem nicht zugeben, dass er recht haben könnte. Sie verstärkte ihre Anstrengungen, während Elder bereits aufgehört hatte, den Zimmerschlauch abzulaufen.

»Es gibt hier keinen Ausweg!«, sagte er versöhnlich.

Da quietschte es unter ihrem Schuh. Anne verharrte kurz, dann ging sie den Schritt zurück. Wieder quietschte es eigenartig. Natürlich knarrte der Holzfußboden. Das Haus stammte schließlich aus dem 16. Jahrhundert. Aber das hier war kein Knarren, es war ein Quietschen.

»Hörst du das?«, fragte sie leise.

Sie bewegte sich vor und zurück und erzeugte immer das gleiche Geräusch.

Anne kniete sich hin. Der Boden war mit einem Teppich ausgelegt. Sie fuhr über den Teppichboden und spürte eine Unebenheit dort, wo gerade noch ihr Fuß gestanden hatte.

»Ein Eisenring«, sagte sie. »Das hier ist eine Falltür – oder so etwas Ähnliches!«

Sie versuchten gemeinsam, die Tür zu öffnen, doch es gelang ihnen nicht. Als wäre die Klappe durch ein Schloss versperrt. Doch sie fanden keinen Schlüssel.

»Wenn das Ding hier ebenfalls durch einen Code versperrt ist?«, spekulierte Anne.

»Oder sie lässt sich mit der Tastatur dort hinten öffnen«, sagte Elder. Er deutete mit dem Daumen über seinen Rücken hinweg. »Mit der haben wir uns noch gar nicht beschäftigt – und ich finde, wir sollten es tun.«

Anne nickte frustriert und stierte trotzig auf ihre Fernbedienung.

»Was ich richtig scheiße finde, ist, dass wir irgendwelchen Dingen hinterherjagen, die uns unserer Aufgabe keinen Schritt näherbringen«, brach es aus ihr heraus. »Was geht mich das ganze verkorkste Leben dieses Nazi-Arschlochs mit seinen Antiquitätengeschäften an? Ich will nur einen Nachkommen finden.«

Elder legte ihr beruhigend eine Hand auf die Schulter. Anne ließ es zu. In den letzten Tagen hatte er ihr trotz seiner spöttischen Art das Gefühl gegeben, sie nicht zu verurteilen, sondern auf ihrer Seite zu stehen. Sie neigte den Kopf und drückte ihre Wange gegen seine Finger.

»Danke. Es geht schon«, sagte sie. »Manchmal muss es einfach raus.« Sie hielt die Fernbedienung in die Luft.

»Eine Idee, welcher Code hier passen könnte?«

»Das musst du wissen, Anne. Den Zugang hat uns das Bild gezeigt. Gibt es noch Informationen auf dem Bild, die nützlich sein könnten?«

»Du meinst, das Bild mit dem Dreirad ist eine Art Gedächtnisstütze für die Codes, mit denen man die Türen öffnet?«

Sie leuchtete mit dem blauen Strahl der LED-Lampe Elder in die Augen. Der verzog das Gesicht.

»He. Das blendet. LED-Licht ist für die Augen gefährlich.«

Anne schloss die Augen und dachte nach. Auf dem Bild war das Geburtsdatum des Mädchens verschlüsselt. Zu sehen waren vermutlich noch die Mutter des Mädchens und Hacker beziehungsweise Meister.

»Was ist, wenn er die Geburtsdaten als Codes verwendet hat?«

»Banal – aber denkbar. Kennst du das Geburtsdatum deiner Großmutter?«, fragte Elder.

»Warum meiner Großmutter?«, fauchte Anne ihn an. Der Zusammenhang, den Elder da konstruierte, gefiel ihr gar nicht. »Ein Zufall muss noch keine Konsequenz bedeuten.«

»Das will ich auch gar nicht sagen. Doch man sollte diese Möglichkeit nicht außer Acht lassen.«

Anne murmelte ärgerlich vor sich hin, weil sie nicht von Elders Logik überzeugt war, fügte sich aber. Sie sprach leise, als würde sie nur zu sich selbst reden.

»Warte. Oma Hildegard wurde 1941 geboren, wie wir wissen im Lebensborn-Heim Steinhöring, am 7. Mai.«

»Wieder exakt sechs Ziffern: 7-5-1-9-4-1. Versuch es mal. Sollte es nicht klappen, dann müssen wir es weiter versuchen.«

Anne gab nur ein Brummen von sich, tippte die Reihenfolge aber in die Fernbedienung ein. Sie lauschten auf eine Regung, auf ein Knacken, Knistern, Klacken. Nichts geschah.

»Siehst du!«, sagte Anne spöttisch.

»Du musst den Mechanismus aktivieren, wie beim Safe«, sagte Elder sanft. »Roter Knopf zuerst, dann die Ziffernfolge. Bitte.«

Anne stöhnte, gab sich aber geschlagen. Sie drückte den roten Einschaltknopf. Tatsächlich hörten sie beide ein leises Klicken. Das zumindest hatte funktioniert. Schließlich gab Anne langsam die Ziffernfolge ein.

Wieder geschah nichts, doch dann begann ein Elektromotor zu summen, und ein Klackgeräusch, das unter ihren Füßen zu spüren war, entriegelte die Falltür.

»Bingo. Ich habe anscheinend doch einen guten Riecher. Du sollest mir mehr Glauben schenken«, sagte Elder schlicht.

Anne war erschüttert. Das konnte doch nicht sein. Die Geburtsdaten ihrer Großmutter und ihrer Mutter spielten eine Rolle bei dieser ganzen Sache.

Elder hatte sich inzwischen erhoben und öffnete die Falltür. Eine Treppe kam zum Vorschein, die in einem engen Schlauch steil nach unten zu einer Tür führte.

»Los komm«, sagte er. Er stieg leise hinab. Anne folgte ihm, froh, jetzt keinen Rock zu tragen, sondern eine Hose, weil Elder nach oben schaute und ihr seine Hand hinstreckte.

»Ich bin nicht gehbehindert!«, fauchte sie kurz und bereute ihre patzige Art sofort. Elder hob zur Entschuldigung beide Arme, sagte aber nichts.

Die Treppe war zur unteren Wohnung hin abgetrennt. Als Anne über ihnen die Falltür schloss, klickte und summte es sofort, und ein Riegelmechanismus versperrte den Zugang erneut.

»Hoffentlich kommen wir hier wieder raus«, sagte sie leise.

»Zumindest wird es der Mieter unten riechen, wenn wir hier verrecken!«, sagte Elder spitz.

Die Treppe führte auf einen Absatz, der so breit war wie die Tür.

»Eigentlich ein geniales Prinzip. Jeder, der ums Haus schleicht, glaubt, das sei der Hinterausgang der unteren Wohnung. Dabei führt die Treppe in den ersten Stock hinauf. Auf diese Idee kommt niemand.«

»Brauchen wir einen Schlüssel?« Annes Skepsis war nicht unberechtigt, denn es gab kein richtiges Schloss, sondern einen Kasten, der aussah wie die Vorrichtung für eine Fluchttür.

Anne schaute sich um, ob es irgendwo einen Schlüsselkasten gab, doch da war nichts.

»Probieren geht über studieren«, sagte Elder. Er sah zu Anne hoch, die eine Stufe über ihm stand. Anne konnte beobachten, wie er ihr sekundenlang auf den Busen starrte, der auf Augenhöhe lag. Sie konnte ein Schmunzeln nicht unterdrücken. Männer blieben eben Männer, egal in welcher Situation.

»Es muss schnell gehen. Wenn sich die Tür öffnen lässt, schlüpfen wir raus und schließen sie sofort wieder. Gut?«

Anne nickte.

»Dann los. Eins. Zwei. Drei!« Elder drückte den Griff nach

unten. Man hörte, wie sich im Türrahmen mehrere Bolzen zurückzogen, dann ließ sich die Tür aufdrücken. Elder ging hinaus, Anne folgte ihm. Die Tür hatte außen nur einen metallenen Griff. Sie schloss sich von selbst wieder und verriegelte sich.

»Da müsste man das Haus abreißen, wenn man hier einbrechen wollte«, sagte Anne.

»Hochsicherheitstrakt«, bestätigte Elder.

Sie sahen sich um. Zur Straße hin standen jede Menge farbiger Mülltonnen, die ihnen den Weg versperrten. Das Haus besaß offenbar einen freien Umgang. Sie liefen zur hinteren Ecke und bemerkten, dass der Weg tatsächlich ganz um das Haus herumführte. Hinten schloss der Nachbargarten an. Allerdings hätten sie über die Mauer klettern müssen, was Anne sofort ausschloss. Elder dagegen sprang kurz hoch, hielt sich an der Mauerkrone fest und lugte in den Nachbargarten hinein.

»Das würde passen«, sagte er. »Wir steigen hier drüber, gehen durch den Nachbargarten und kommen von der Straße her zurück. Als wären wir beim Essen gewesen.«

»Niemals«, sagte Anne und schaute die mannshohe Brüstung hoch. »Bin ich ein Eichhörnchen?«

Elder betrachtete demonstrativ ihre Rückseite.

»Es fehlt tatsächlich der buschige Schwanz!«

Ohne auf ihre Widerworte zu achten, schwang er sich die Mauer hoch. Der verwitterte Stein gab den Schuhspitzen Halt, und kurz darauf saß er rittlings auf der Umfassung.

»Hoffentlich ist die nicht mit Scherben belegt«, sagte Anne.

»Das hätte ich bemerkt. Aber ich habe mir den Arsch noch nicht aufgerissen!«

»Du bist vulgär«, sagte Anne und streckte ihm ihre Hand entgegen. Sie reichte ihm zuerst den Ordner mit den Listen, die sie aus dem Versteck mitgenommen hatten. Dann griff er nach ihrer Hand.

»Das ist mein Problem«, sagte er gepresst, während er sie mit einem Ruck nach oben zog. »Du bist ja leicht wie eine Feder.« Er war ganz außer Atem vor Anstrengung.

»Danke für das Kompliment«, grinste sie.

»Leicht wie die Metallfeder eines Lkw«, ergänzte Elder, während er sie auf der anderen Seite wieder hinunterließ und ihr den Ordner zuwarf. Dann schwang er seine Beine über den Rand und sprang hinterher. »Geschafft.«

Anne wartete, bis er sich wieder aufgerichtet hatte, und gab ihm eine leichte Ohrfeige.

»Wofür habe ich die verdient?«, lächelte er sie etwas verzerrt an und langte theatralisch an seine Wange.

»Für deine Frechheiten gegenüber dem weiblichen Geschlecht«, zischte sie.

Sie klopften sich gegenseitig sauber, wobei Anne das Gefühl hatte, als würde er sich über Gebühr lange mit ihrem Hintern beschäftigen.

»Das genügt«, sagte sie schließlich und entzog sich ihm.

»Du bist da aber immer noch dreckig«, behauptete Elder.

Anne antwortete ihm nicht mehr, sondern lief los. Locker vor sich hin plaudernd, schlenderten sie aus dem Nachbargarten, der zur Nebenstraße hinausführte. Sie bogen von der Kohlergasse in die Lange Gasse ein, unterhielten sich weiter, ohne auf die Gestalt auf der gegenüberliegenden Seite zu achten, die gerade ihre halb gerauchte Zigarette in den Rinnstein warf und nach einem Handy griff.

Der Rest ging schnell.

Sie stiegen rasch in die Wohnung hinauf. Anne packte ihren Laptop. Dann sperrten sie die Tür ab, liefen die Metalltreppe hinunter, schlossen das Gitter unten wieder und gingen langsam zu ihrem Wagen. Sie stiegen ein und fuhren los, bevor der Anruf ihres Bewachers den nötigen Erfolg gehabt hatte. Sie sahen, wie der Kerl fluchte und hinter ihnen herstarrte. Sie flüchteten über den Hofgarten und die Dominikanergasse hinaus zur Frauentorstraße. Erst als sie auf der Ulmer Straße stadtauswärts fuhren, drehte sich Elder zu Anne.

»Wir müssen irgendwann noch einmal zurück«, sagte Elder. »Die Tresortastatur im Inneren des Sammlungsraums interessiert mich.«

»Zuerst sollten wir Henrike besuchen. Also ab ins ZK.«

Anne erschrak bei diesem Stichwort. Über all den Notwendigkeiten und Wirrnissen der letzten Stunden hatte sie ihre Mutter ganz vergessen. Wie konnte sie nur? Sie spielte hier Detektiv, während ihre Mutter im Sterben lag.

»Ja, Henrike Heine. Und meine Mutter!«, setzte sie schuldbewusst hinzu.

Auf dem Weg ins Krankenhaus erzählte sie Elder von den Auswirkungen des zweiten Schlaganfalls ihrer Mutter. Im Zentralklinikum angelangt, ließen sie sich die Nummer für das Zimmer der Journalistin geben. Während Anne zur Stroke Unit hinauffuhr, begab sich Elder ein paar Stockwerke tiefer zu Henrike Heine.

»Ich komme so rasch wie möglich nach«, sagte sie, bevor sie sich verabschiedeten.

Die Unterlagen aus dem Versteck trug sie in der Tasche mit sich. Sie waren für Henrike Heine nicht notwendig und mussten von ihnen zuerst genauer geprüft werden.

Wieder wartete sie eine schier endlose Zeit vor der verschlossenen Tür der Intensivstation. Sie fragte sich ernsthaft, ob einer dieser Weißkittel schon davon gehört hatte, dass die Zuwendung von Angehörigen oft größere Fortschritte erzielte als viele der oft unnützen Apparate. Ihr einziger Trost war, dass diese Herren und Damen irgendwann in ihrem Leben in einer ähnlichen Situation sein würden – und sie wünschte ihnen nichts mehr als einen Arzt, der ihren Verwandten den Zugang verwehrte.

Nach einer gefühlten Ewigkeit, obwohl sie im Zeitfenster der Besuchszeiten wartete, erbarmte sich endlich eine Krankenschwester und ließ sie ein. Sie rannte beinahe zum Zimmer ihrer Mutter.

Amelie Müller lag da und starrte mit offenen Augen die Decke an.

»Mama?«, sagte Anne. Dann korrigierte sie sich und rief laut: »Mama?«

Ihre Mutter lächelte, als sie Annes Stimme vernahm, konnte jedoch nicht lokalisieren, wo sich ihre Tochter befand.

»Ich bin hier, Mama!«, sagte Anne und lehnte sich in das Gesichtsfeld ihrer Mutter.

»Ach, Anne, du bist hier. Du bist hier«, sagte sie.

»Wie geht es dir?«, fragte Anne. Sie wusste die Antwort natürlich. Ihrer Mutter ging es sichtbar schlechter als vorgestern. Ihre Wangen waren eingefallen, und ihre Nase war ziemlich spitz geworden. Außerdem hatte sie tiefe Schatten unter den Augen. Sie lag schief im Bett, als könne sie ihre Körpermitte nicht finden. Auch das hatte sich wieder verschlimmert.

»Ihre Mutter hat die erneute Einblutung gut überstanden«, sagte eine Stimme hinter ihr.

»Ah, Dr. Ruszku. Warum warte ich eigentlich immer endlos, bis hier jemand die Tür öffnet?«, schnauzte sie ihn an, schärfer, als sie eigentlich gewollt hatte.

»Weil wir uns um die Patienten kümmern, nicht um die Besucher.«

Anne hielt die Hand ihrer Mutter. Diesmal entzog diese ihr die Hand nicht. Sie fühlte sich kraftlos an.

»Ich dachte immer, Ärzte kümmerten sich vor allem um ihre Geldbeutel.«

»Die Patienten brauchen eine besondere …«

»Reden Sie doch kein Blech.« Anne war verärgert. »Am liebsten hätten Sie gar keinen Besuch. Zum Wohle der Patienten, versteht sich. Damit Sie sich um den Kranken kümmern könnten.«

»Besser wäre es«, stimmte er ihr zu.

»Dumm nur, dass diese Patienten keine Maschinen sind, bei denen es ausreicht, wenn man an ihnen herumschraubt. Es sind Menschen. Und Menschen brauchen eben nun mal Menschen.«

Anne kämpfte gegen die Tränen. Sie musste die ganze Zeit ihre Mutter ansehen, die immer so stark gewesen war und jetzt hilflos dalag, verkabelt mit irgendwelchen piepsenden und blinkenden Geräten, die ihren Blutdruck, den Herzrhythmus und die Sauerstoffsättigung des Blutes anzeigten.

»Keiner Ihrer Apparate kann meiner Mutter das geben, was sie braucht«, sagte Anne und konnte ihr Schluchzen nicht mehr zurückhalten.

Sie erwartete eine Widerrede, etwas wie »Warum sind Sie dann so selten da, wenn Sie das Gefühl haben, Ihre Mutter benötigt Ihre Zuneigung so dringend«. Doch nichts dergleichen geschah. Anne drehte sich um. Der Arzt hatte das Zimmer verlassen. Er war einfach gegangen.

Sie war einerseits verblüfft und andererseits verärgert. Die Weißkittel lebten in einer Welt, die so weitab der Normalität war, dass sie Argumenten längst nicht mehr zugänglich waren. Mehr noch. Sie waren über diese Dinge erhaben und brauchten sie sich nicht mehr anzuhören. Obwohl der Vergleich fürchterlich hinkte, der ihr dazu einfiel, hatte er etwas Bestechendes: Wie bei der Bankenkrise, als die Banker ein ehernes Gesetz festzuschreiben gedachten, glaubten die Weißkittel, sie seien »to big to fail«, zu groß beziehungsweise zu bedeutend, um auf die Gesellschaft zu hören und unterzugehen. Doch sie täuschten sich. Ärzte, die nur an die Mechanik im Menschen dachten, waren entbehrlich wie Pickel auf der Haut.

Anne betrachtete ihre Mutter, die jetzt mit einem Lächeln schlief, ihre Hand fest in der ihren. Sie wollte daran glauben, dass allein der Händedruck ihrer Mama Kraft gab, diese Krankheit zu überstehen und sich wieder aufzurappeln.

Ihre Mutter wachte nicht auf, und so beschloss Anne nach einer halben Stunde, wieder zu gehen. Auf dem Gang traf sie auf Dr. Ruszku.

»Tut mir leid«, sagte sie tonlos.

»Schon gut. Ich kann das verstehen«, sagte er. »Wir versuchen, früher für Besucher zu öffnen. Sie haben ja recht.«

»Geht es ihr gut?«, fragte Anne.

»Sie hat die zweite Blutung gut überstanden. Es ist wohl nicht mehr zerstört worden als bislang. Wenn wir Glück haben, dann wird sie wieder. Allerdings besteht die Möglichkeit, dass sie nie wieder laufen kann. Es fehlt ihr das Gefühl der Körpermitte. Das kann auf Dauer bleiben.« Offenbar sah er ihr entsetztes Gesicht: »… muss es aber nicht«, setzte er schnell hinzu.

Anne nickte. Sie zog ihren blauen Kittel aus, desinfizierte sich die Hände beim Hinausgehen und stieg die Treppe hinunter in das Stockwerk, in dem Henrike Heine lag.

Sie kam von oben und wunderte sich, als unter ihr eine der Zugangstüren aufgerissen wurde und schnelle Schritte zu hören waren, als würde eine Person rasch nach unten springen. Offenbar nahm sie mehrere Stufen auf einmal und sprang auf die Zwischenabsätze hinab. Dann hörte Anne, wie eine der Feuertüren weiter unten aufgerissen wurde. Langsam verklang das Geräusch.

Anne hatte kein gutes Gefühl bei der Sache. Sie musste noch

einen Absatz nach unten, dann öffnete sie die Tür zum Stockwerk und trat auf den Flur hinaus. Der Geruch nahm ihr fast den Atem. Krankenhäuser rochen alle gleich. Die Orientierung fiel ihr schwer. Als sie endlich das Zimmer erreichte, stolperte ihr Elder entgegen. Ihm lief das Blut aus der Nase, und sein linkes Auge begann aufzuschwellen.

»Was ist denn mit dir passiert?«

Elder schreckte hoch und hätte beinahe zugeschlagen. Er hatte die Hand bereits erhoben, doch dann schien er Anne zu erkennen.

»Sie haben mich …«, nuschelte er. »Verflucht und zugenäht.«

»Bist du überfallen worden?«, fragte Anne. »Was ist mit Frau Heine?«

Elder winkte ab.

»Der geht es gut. Ich hab sie verteidigt«, nuschelte er weiter. »Sie haben mir die Tasche geklaut.«

»Wichtiges drinnen?«

Elder schüttelte den Kopf. »Alles Wichtige ist bei dir. – Ich muss mich waschen!«, sagte er und tropfte Blut auf den Boden.

»Warum?«

Sie begleitete ihn zur Besuchertoilette. »Die ist für Männer«, sagte Elder, als sie mit hineinging.

»Ja und? Ich werde niemandem etwas wegschauen. Frauen sind da gefestigter als Männer.«

»Aha«, sagte er nur. Er beugte sich übers Waschbecken und betrachtete das Ergebnis.

»Es ging alles so schnell«, sagte er, während er den Bluterguss am Auge abtastete. »Ich saß gerade bei Frau Heine am Bett. Sie ist noch immer bewusstlos. Sie waren wieder zu zweit, kamen ins Zimmer, sahen mich, stürmten auf mich zu, entrissen mir meine Tasche, schlugen mich nieder, weil ich mich gewehrt habe, und hauten wieder ab.« Elder machte eine Pause. »Als hätten sie gewusst, dass ich hier sitze.«

Anne tupfte ihm das Blut aus dem Gesicht. Aus der Nase lief noch ein kleines Rinnsal, das sie aber mit einem kalten Tuch im Nacken stillte.

»Woher sollten sie gewusst haben, dass du bei Frau Heine bist?«

Elder zuckte mit den Schultern. »Bin ich Gott? Weiß ich alles?«

Zehn Minuten später waren sie fertig.

Der eine Mann, der in der Zwischenzeit ein Urinal benutzte, sah sie zwar verwundert an, sagte aber nichts.

»Eine kleine Unstimmigkeit, wie sie in jeder Ehe vorkommt«, erklärte Anne ihm ungefragt und lächelte ihn dabei zuckersüß an. Der Mann sah zu, dass er aus der Toilette verschwand.

»Ach, eine Meinungsverschiedenheit in der Ehe«, spottete Elder.

»Was haben die Kerle gesucht?«, fragte Anne endlich.

»Was weiß denn ich? Vielleicht haben sie geglaubt, wir hätten die Liste.«

»Haben wir vermutlich ja auch«, sagte Anne und klopfte auf ihre Tasche. »Wir haben sie nur nicht sauber durchgesehen.«

»Das sollten wir aber rasch tun, bevor sie dich auch erwischen, Anne.«

»Wenn wir nur wüssten, wer!«, sagte sie gedankenverloren. »Und vor allem, warum?«

Anne drückte ihre Tasche eng an sich, während sie das Krankenhaus verließen. Doch sie wurden nicht behelligt. Als sie beide im Wagen saßen, fragte sie nur: »Zu mir oder zu dir?«

Elder grinste sie an. »Zu einer anderen Zeit hätte mir die Frage gut gefallen«, sagte er.

Anne verdrehte die Augen und steuerte den BMW in das Baustellenlabyrinth der Innenstadt. Wenig später saßen sie am Schreibtisch ihres Büros. Anne kontrollierte zum zweiten Mal, ob sie das Sicherheitsschloss eingehängt hatte, damit sie nicht von unliebsamen Gästen überrascht werden konnten.

Schließlich legte sie die Mappe auf den Tisch und öffnete den Ordner.

Er enthielt die Listen von Kunstgegenständen aller Kunstrichtungen, mit denen sie oberflächlich bereits Bekanntschaft gemacht hatten.

»Geordnet sind sie nach Jahreszahlen. Die jüngsten Listen ganz oben, die ältesten«, Anne blätterte zurück, »ganz hinten. Sie beginnen mit dem Jahr 1945.«

Elder hatte Annes Laptop aufgemacht und eine Seite geöffnet, die im Dritten Reich verschollene Kunstgegenstände auflistete.

»Hier: Van Gogh, ›Liebespaar‹. Wo ist das Werk jetzt?«, fragte Anne.

Elder gab den Begriff ein.

»Stammt aus der Sammlung Göring. Also eines der vom Reichsmarschall zusammengeklauten Bilder. Verschwindet in den Kriegswirren. Verbleib unbekannt. Heutiger Wert: circa fünfzig Millionen Euro.«

»Aber hallo«, sagte Anne. »Das Werk taucht in einer Liste Hans Meisters auf und verschwindet – warte mal – 1946 ins Ausland. Preis: achtzigtausend für ›Ragnarök‹. Paraguay.«

»Dorthin sind doch ehemalige Nazis geflohen! Mengele, Eichmann und andere.«

Anne blätterte die Liste systematisch durch, ohne sich an Elders Spekulation zu beteiligen.

»Gerard Ter Borch, ›Die Toilette‹?«, fragte sie Elder.

Der musste lachen: »Toilette? Was hat der gemalt? Ein Klo?«

»Blödsinn«, knurrte Anne. »Eine Frau, die sich zurechtmacht.«

Wieder gab er die Stichwörter ein, und kurz darauf meldete er einen Treffer.

»Suermondt-Ludwig-Museum. Steht dort in deren Schattengalerie verschwundener Werke. Ist auch im Zweiten Weltkrieg verschollen. Verbleib unbekannt.«

Wieder pfiff Anne durch die Zähne.

»Hier steht, dass es 1947 nach Peru abging. Per Diplomatenpost.«

Beide sahen sich an. Diplomatenpost. Das war der Schlüssel.

»Da drängt sich doch unwillkürlich der Verdacht auf, dieser Hans Meister hatte womöglich über seine Security Verbindungen zum Auswärtigen Amt und damit zu ehemaligen SS-Freunden. Die halfen ihm, per Diplomatenpost, die im Dritten Reich von allen Nazigrößen erbeuteten Kunstgegenstände peu à peu außer Landes zu schaffen.«

Anne nickte versonnen.

»Ein weiterer Grund, die Familie Meister aus dem Weg zu räumen. Wären sie ihm dahintergekommen und hätten sie ihn verpfiffen, wäre ihm nicht nur ein lukratives Geschäft durch die Lappen gegangen, die Organisation der SS wäre nachhaltig beschädigt worden.«

»Und die Zufluchtsorte im Ausland womöglich aufgeflogen«, ergänzte Elder.

»Ebenso wie die Transportwege der Kunstgegenstände.«

Anne blätterte weiter. Je näher sie der Gegenwart kamen, desto weniger Beutekunst fand sich in den Listen. Dafür kamen andere Gegenstände hinzu: Goldmünzen, Krüge, Metallfiguren, Ketten …

»Das entwickelt sich zu einem Schmuggel von Raubantiquitäten. Dieser nach außen hin unbescholtene und unauffällig lebende Hans Meister war Hehler für Grabräuberei. Die Gegenstände gehen weniger nach Übersee als in die Schweiz. Aber immer noch per Diplomatengepäck.«

»Langsam wird mir der Zusammenhang mit HAME-Security klar. Die Personenschützer, so stand es jedenfalls in dem Dossier, das die Heine uns zugespielt hat, operieren europaweit. Sie haben deshalb auch Diplomatengepäck transportiert. So ein Mitarbeiter des Auswärtigen Amtes braucht noch nicht einmal mitbekommen zu haben, dass in seinem Gepäck auch eine römische Gemme gereist ist.«

Anne zog die Augenbrauen zusammen.

»Was ist?«, fragte Elder.

»Die Spalte ›Ragnarök‹ verstehe ich nicht recht. Am Ende jeder Zeile ist in ihr eine Zahl eingetragen. Meist gerade: 200, 650, 1000, einmal sogar 15.000. Mehr nicht. Nur für den van Gogh 80.000.«

»Provisionssummen?«, fragte Elder.

»Wie vermutet. Aber was ist ›Ragnarök‹?«, fragte Anne.

»Die Götterdämmerung der nordischen Sage. Ende und Untergang der Asen. Was allerdings eine Fehlinterpretation ist. Eigentlich müsste es ›Schicksal der Götter‹ heißen. Im letzten Teil der Ragnarök wird von der neuen Welt, die nach dem Untergang entstehen wird, erzählt.«

»Was könnte es aber in diesem Zusammenhang bedeuten?« Anne tippte mit dem Finger auf das Blatt Papier.

»Wenn du mich so fragst, dann sage ich: Ich würde mich für die Dienste bezahlen lassen. Schließlich muss ich von irgendetwas leben. Das würde ich sparen, denn ich habe ja eine eigene Firma.«

»Du glaubst also, es handelt sich um Provisionsbeträge für erfolgreich durchgeführte Transaktionen?«

»Ziemlich sicher.«

»Gut. Das wäre auch für uns ein Anhaltspunkt. Wenn ich Geld sammle, dann vermache ich das einem Erben. Wenn ich geschickt genug bin, lege ich das Geld schon für diesen Erben an, oft ohne dass der es weiß. Wenn Hacker/Meister das ebenso gemacht hat, sollten wir nach ›Ragnarök‹ fahnden.«

Elder und Anne grinsten sich an.

»Dem Weg des Geldes zu folgen ist immer der erfolgversprechendste Weg«, sagte Elder. »Geld und Safe gehören zusammen. Wir sollten also noch einmal in die Wohnung zurück. Vielleicht hat er ja die Scheinchen einfach gehortet, und sie liegen dort, wo wir sie nicht gesucht haben: im Versteckssafe!«

»Ein kleines Geheimnis enthalten die Listen noch«, sagte Elder. »Jakob Fugger! Kleine Beträge, kaum der Rede wert, im Verhältnis zu den anderen.«

»Ebenfalls ein Konto?«, spekulierte Anne. »Portokasse für kleinere Anschaffungen. Steuer?«

»Steuern? Spinnst du? Doch nicht Hans Meister. Aber wir werden wohl noch einmal in die Wohnung müssen, um das aufzuklären.«

Anne stöhnte bei diesem Gedanken.

»So schnell schießen die Preußen nicht, Tobias. Ich habe Hunger. Wenn ich nichts zu essen habe, bekomme ich Kopfschmerzen und kann nicht mehr denken. Außerdem ist es schon spät. Das kann alles bis morgen warten. Das Geld wird sich schon nicht auflösen.«

Anne wollte den Ordner schließen, als sie stutzte.

Elder hatte sich bereits erhoben und war auf dem Weg zur Toilette.

»Tobias, schau dir das an!«, sagte sie nur.

»Einen kurzen Moment. Ich muss für kleine Jungs!«

Auf der obersten und damit letzten Liste waren ganz am Ende drei Daten eingetragen. Akkurat, aber mit einer etwas zittrigen Schrift. Das Datum des ersten Deals war in vier Tagen, die beiden anderen beiden lagen in der darauffolgenden Woche. Die Beträge unter der Rubrik »Ragnarök« zeigten jeweils fünfstellige Summen an. Die Gegenstände waren eine etruskische Vase, ein keltischer Goldbecher mit Verzierungen und ein bronzener Merkur. Anne konnte sich erinnern, die etruskische Vase im Versteck gesehen zu haben. Also mussten auch die übrigen Antiquitäten dort deponiert sein.

Als Elder vom Klo zurückkam, sah er Anne ganz aufgeregt mit dem Arm wedeln.

»Setz dich, ich weiß, warum die Kerle hinter uns her sind.«

25

Erschöpft schloss Anne ihre Wohnung auf und machte Licht. Sie sperrte hinter sich ab, legte das Sicherschloss ein, warf Tasche und Schuhe in eine Ecke der Garderobe, ließ die Jacke einfach auf den Boden fallen und steuerte auf die Küche zu. Dort stand noch das Weinglas von gestern Abend. Sie spülte es aus und schenkte sich ein frisches Glas Rotwein ein. Nebenbei legte sie ihre Bluse ab, warf sie im Schlafzimmer aufs Bett, nestelte ihren BH auf, der sie seit Stunden drückte, und streifte ein T-Shirt über. Den Rock ließ sie einfach fallen, wo sie gerade stand. Dann nahm sie ihr Glas und ging ins Wohnzimmer. Als sie das Licht anknipste, wäre ihr beinahe das Glas aus der Hand gefallen. Sie stieß einen leisen Schrei aus. Plötzlich begann ihre Hand unkontrolliert zu zittern, und sie musste das Weinglas auf dem Wohnzimmertisch abstellen.

»Hallo, Anne«, sagte Wolfgang, der in einem Wohnzimmersessel im Dunkeln gesessen hatte und sie jetzt anlächelte. Er betrachtete sie von oben bis unten. »Wirklich hübsch«, sagte er.

Erst jetzt ging Anne auf, dass sie nur mit Slip und einem seidenen Unterhemd bekleidet vor Wolfgang stand.

»Was … wie … ich … einen Moment.« Anne schluckte ihre Überraschung hinunter. »Wie bist du hereingekommen?«

Wolfgang lächelte nur. Anne drehte sich um und wollte ins Schlafzimmer.

»Bleib da«, sagte er in einem Ton, der keinen Widerspruch duldete. »Du willst mir doch nicht davonlaufen?«

Anne bekam sich langsam wieder in den Griff.

»Nein«, fauchte sie ihn an. »Ich will mir nur etwas anziehen.«

»Aber ich hab dich doch schon nur mit dem Licht der Sterne bekleidet gesehen«, sagte er leise.

»Aber mir ist es peinlich«, zischte sie. »Ich möchte gerne selber entscheiden, wann und wem ich mich in Unterwäsche präsentiere.«

Wolfgang nickte.

Anne ging ins Schlafzimmer. Sie setzte sich erst einmal aufs Bett und atmete tief durch. Wie war Wolfgang in ihre Wohnung gekommen? Es ärgerte sie, dass man offenbar problemlos bei ihr eindringen konnte.

Anne überlegte, ob sie Wolfgang noch trauen durfte, nachdem sie ihn in der Wohnung in der Langen Gasse gehört hatte. Sie überlegte sich, ob sie für den Notfall einen Fluchtweg benötigte, musste aber erkennen, dass sie sich selbst eingesperrt hatte. Das Sicherheitsschloss war nur langsam zu öffnen, die Wohnungstür zusätzlich abgesperrt, und der Schlüssel hing am Schlüsselbrett. Bis sie zur Tür käme, wäre Wolfgang längst über ihr. Sie musste daher gute Miene zum bösen Spiel machen. Sie gratulierte sich allerdings zu einem kleinen Trick, den sie in einem Krimi gelesen hatte. Die Liste mit den Antiquitäten, die Elder und sie gefunden hatten, hatte sie nicht mit nach oben genommen. Sie hatte sich auf dem Nachhauseweg eine Versandtüte gekauft, die Unterlagen eingepackt und in ihren Briefkasten geworfen. Niemand würde sie dort vermuten. Sie waren sicherer als in ihrem Büro – und offenbar auch sicherer als in ihrer Wohnung, wie sich jetzt herausstellte.

Anne nahm sich eine Jeans vom Kleiderstapel und zog eine dunkle Weste über, die sie vorne zuknöpfte.

Als sie fertig war, drehte sie sich um und fauchte Wolfgang wütend an, der hinter ihr hergekommen war: »Wie kommst du hier herein? Was tust du überhaupt in meiner Wohnung?«

Wolfgang lehnte lässig an der Schlafzimmertür und hatte offenbar ihre Ankleideprozedur genossen.

»Der Reihe nach: Ich bin durch die Eingangstür gekommen, und ich mache das, wozu ich beauftragt worden bin: Ich beschütze dich.«

Anne war verblüfft. »Du willst mich beschützen? Du verfolgst mich!«

»Das eine hängt oft mit dem anderen zusammen. Stimmt. Das lässt sich leider nicht vermeiden«, sagte Wolfgang und bat sie mit einer Handbewegung wieder ins Wohnzimmer. Er dimmte das Licht ab, ließ die Rollläden herunter und setzte Anne so, dass sie vom Fenster aus nicht zu sehen war.

»Du warst heute in dieser Wohnung in der Langen Gasse«, sagte er. Auf der Lehne des Sessels stand noch ein Glas mit einer klaren

Flüssigkeit. Er nahm es und trank einen kleinen Schluck. »Warum hast du mir nicht erzählt, dass du diese Wohnung kennst?«

»Warum sollte ich dir das erzählen?«, fragte Anne. »Ich ermittle einen Erben, nicht du.«

»Wer war vor dir in der Wohnung?«

»Das fragst du? Ich nenne keine Namen, ich schaue auch niemanden an«, frotzelte sie spöttisch und sah ihm in die Augen.

Wolfgang schmunzelte. »Du glaubst, ich war dadrinnen und habe alles verwüstet?«

»Wer sonst? Du arbeitest doch für die HAME-Security von Hans Meister alias SS-Sturmbannführer Konrad Hacker.«

Wolfgang setzte sein Getränk an die Lippen, benetzte diese aber nur ein wenig. Er nickte bedächtig.

»Daher weht der Wind«, sagte er langsam. »Ich verstehe.«

»Nichts verstehst du!« Anne war zornig. Seine selbstgefällige Art, sein Einbruch in ihre Wohnung, sein Missbrauch ihrer Privatsphäre – und vor allem der Gedanke daran, dass der verdammte Kerl es geschafft hatte, sie ins Bett zu ziehen, und sie es auch noch genossen hatte, machte sie wütend.

»Deine Schlussfolgerungen sind leider falsch«, sagte Wolfgang. »Ich verfolge dich, weil ich den Auftrag dazu habe. Ich muss dich schützen, bis der Erbe gefunden ist. Dann ist der Auftrag vorbei. Das Geld dafür wird monatlich auf mein Konto überwiesen. Der Auftrag ist klar. Mehr gibt es nicht. Ich weiß nicht einmal, wovor ich dich schützen soll. Das macht das Ganze ja so verflucht schwierig. Außerdem hast du nichts Besseres zu tun, als uns ständig abzuhängen. Das gelingt dir hervorragend. Leider zu meinem und vor allem zu deinem Nachteil.«

In diesem Augenblick splitterte Glas und von dem Sessel, in dem Anne hätte Platz nehmen wollen, bevor Wolfgang sie in eine Ecke bugsiert hatte, explodierte die Rückenlehne. Wie der Blitz sprang Wolfgang auf, packte Anne und riss sie zu Boden. Dann robbte er mit ihr in den Gang hinaus.

Außer Atem lehnten sie sich gegen die Mauer.

»Was war denn das?«, fragte Anne. Sie zitterte am ganzen Körper.

»Ein Schuss«, sagte Wolfgang. »Der Schütze hatte wohl den Sessel im Visier, in dem du üblicherweise sitzt.«

»Ich sitze tatsächlich beinahe jeden Abend dadrinnen und schaue fern.«

»Offenbar hat er dich eine ganze Zeit beobachtet, Anne.«

»Aber die Rollläden waren geschlossen. Wer schießt denn blind?«

»Jemand, der dich töten oder zumindest einschüchtern will. Wir sollten die Polizei holen«, sagte Wolfgang.

Anne schüttelte den Kopf. »Die glaubt mir kein Wort und hält mich für eine hysterische Zicke.«

Wolfgang spähte um die Ecke. »Jetzt sicher nicht mehr. Der Ledersessel ist im Eimer. Und für einen hysterischen Anfall ist die Kugel, die in der Lehne steckt, ziemlich real.«

Anne fühlte, wie sich die Aufregung in Angst verwandelte, wie sich plötzlich alles mit einer dunklen Panik füllte, die sie nicht mehr allein zu bewältigen vermochte. Sie wollte doch nur einen Erben für ein Vermögen finden, und jetzt wurde sie mit in den Strudel eines Verbrechens gerissen.

Anne musste loswerden, was sie bedrückte. Wenn Wolfgang hier saß, dann konnte er nicht gleichzeitig da draußen sein und auf sie schießen.

»Du bist wirklich dazu da, mich zu beschützen?«

»Ich schwöre es.« Wolfgang hielt sie immer noch im Arm und drückte sie an sich. Das gab Anne das Gefühl, sicher zu sein.

»Wir, ich meine Tobias Elder und ich, wir sind da auf etwas gestoßen, das etwas unheimlich ist. Hans Meister hat einen Antiquitätenhandel betrieben.«

»Das ist kein Geheimnis und auch nichts Unheimliches. Er hatte neben seiner HAME-Security einen kleinen Beschaffungshandel für Raritäten. Er war zugelassen, hat Steuern abgeführt. Alles völlig legal. Die Unterlagen liegen bei uns. Im Handelsregister wurde die Firma allerdings unter dem Namen seiner Haushälterin geführt: Lisa Stoller.«

Anne hob den Kopf. Lisa Stoller war die Personengesellschafterin des Antiquitätenhandels? Dann waren die Gegenstände in ihrer Wohnung keine Repliken, sondern womöglich doch alles Originale. Lisa Stoller hatte sie bei ihrem ersten Besuch einfach hinters Licht geführt.

»Sie hat für Hans Meister den Antiquitätenhandel betrieben. Als Gesellschafterin sozusagen. Dass es ihre Firma war, glaube ich kaum. Sie hat nur ihren Namen hergegeben. Außerdem war ihr Mann, der als Handwerker in der MAN gearbeitet hat, wohl ein ausgezeichneter Restaurator. Auch er hat für Meister gearbeitet.«

Woher wusste Wolfgang das alles? Lisa Stoller war tot. Vermutlich ermordet. Sie sollte den Schmuggel organisiert haben?

»Aber das ist unmöglich. Sie kannte noch nicht einmal die Wohnung.«

Anne hielt für einen Moment inne. Sie war doch eine dumme Nuss. Sie hatte sich verplappert. Er kannte die Wohnung nur, weil er sie überwachte. Mit ihr war er jedenfalls nicht dort gewesen.

»Du sprichst von der Wohnung in der Langen Gasse? Was ist mit der Wohnung?«

Mit ihrem bescheuerten Mitteilungsbedürfnis hatte sie sich selbst ein Bein gestellt. Sie konnte kaum antworten, ohne gleichzeitig das Versteck im hinteren Teil der Wohnung preiszugeben. Doch Elder und sie hatten es noch nicht ganz durchforscht. Der rückwärtige Safezugang konnte vielleicht Informationen enthalten, die sie auf die Spur des Erben brachten. Sie durfte dieses Geheimnis nicht zu früh preisgeben.

»Ich merke schon, du bist misstrauisch«, sagte Wolfgang. »Also möchte ich dir einfach mal reinen Wein einschenken.«

Anne rückte etwas von Wolfgang ab.

»Sollten wir uns nicht um den Schützen da draußen kümmern? Er kann uns noch immer gefährlich werden.«

Wolfgang lächelte etwas gequält. »Keine Sorge. Meine Männer draußen haben den Einschlag mitbekommen und jagen den Schützen bereits.«

Anne fragte nicht nach, wie sie das mitbekommen hatten. Die einzige Schlussfolgerung, die sie daraus zog, war, dass hier Wanzen versteckt waren und sie offenbar in ihrer Wohnung beobachtet beziehungsweise abgehört werden konnte.

Wolfgang setzte sich aufrecht hin.

»Ich habe vor fünf Jahren HAME-Security als Chef übernommen. Hans Meister hatte sich längst aus der Firma zurückgezogen. Lisa Stoller stand nur noch auf dem Papier als Chefin da, bezog aber eine ordentliche Rente aus den Firmengewinnen. Ich habe natürlich zu Beginn die Arbeit meiner Leute durchforstet und bin da auf einige Unregelmäßigkeiten gestoßen. Vier ältere Mitarbeiter waren wohl in irgendwelche Schmuggeleien verwickelt. Man konnte ihnen aber nichts nachweisen. Jetzt kommt es natürlich immer wieder mal vor, dass Beschuldigungen erhoben werden, die völlig aus der Luft gegriffen sind. Aber das BKA lieferte eines Tages eindeutige Beweise, dass meine Leute in Machenschaften verwickelt waren, die mit internationalem Hehlerwesen zu tun hatten. Im Gepäck eines Diplomaten aus Kolumbien wurden indianische Gegenstände gefunden, die meine Männer über die Grenzen nach Europa gebracht hatten.«

»Was hat das mit meinen Ermittlungen zu tun?«, fragte Anne. »Ich suche nach einem Erben, keinem Schmugglerring.«

»Ich dachte, wir könnten da Hand in Hand arbeiten.«

Anne hätte gerne gesagt: indem du mich abhörst und verfolgen lässt. Bin ich denn bescheuert? Aber sie musste taktisch vorgehen. Wolfgang konnte ihr ebenso gut etwas vorspielen wie die Wahrheit sagen. Elder hatte recht, wenn er ihr riet, so wenig Informationen wie möglich preiszugeben.

»Wir tappen im Dunkeln«, sagte Anne. »Alle Spuren, die wir verfolgen, laufen ins Leere. Es ist, als wäre dieser Hans Meister der einzige Mensch auf dieser Welt ohne Verwandte oder Bekannte.«

»Hast du die Liste gefunden?«, fragte Wolfgang unverblümt.

Überrascht sah Anne auf. »Welche Liste?«

Sie versuchte, so überrascht wie möglich zu klingen, was ihr in ihren Augen nur unzureichend gelang. Sie war eine miserable Schauspielerin. Die Liste. Darum drehte es sich. Wolfgang war hinter der Liste her.

»Meister hat alle seine Verkäufe notiert. Wir wissen das von den Aussagen der Mitarbeiter, die verhaftet worden sind. Allerdings gibt es ein kleines Problem: Die letzte Lieferung wurde vom Kunden zwar bezahlt, die Ware ist aber niemals ausgeliefert worden. Hans Meister ist tot. Lisa Stoller lebt auch nicht mehr. Die Männer der HAME-Security, die den Schmuggel organisiert haben, sitzen hinter schwedischen Gardinen. Niemand kennt den Auftraggeber, die Summe und vor allem den Gegenstand, der geliefert werden sollte. Ich könnte mir vorstellen, dass die Kunden – meist reiche Geschäftsleute, die ohnehin keine Skrupel kennen – auf ihre Waren warten und jeden, der mit der Security zu tun hat, verfolgen und einzuschüchtern versuchen.«

Anne nickte. »Das klingt alles einleuchtend. Nur, was habe ich damit zu tun?«

»Wenn du bei deinen Recherchen auf die Liste stoßen solltest, gib mir einfach Bescheid. Ja?«

»Einverstanden«, log Anne.

Wolfgang sah ihr in die Augen, nahm dann ihr Kinn in die Hand und küsste sie auf den Mund. Für einen kurzen Augenblick war Anne versucht, auf Wolfgangs Angebot einzugehen, denn nichts anderes bedeutete der Kuss. Er wollte mit ihr schlafen. Doch Anne konnte nicht. Zu viel Unausgesprochenes schwebte zwischen ihnen. Außerdem glaubte sie ihm die Geschichte nur zur Hälfte.

»Ein andermal«, flüsterte sie. »Ich habe noch meine Tage.«

»Mir macht das nichts aus«, hauchte ihr Wolfgang ins Ohr. Es kitzelte, als er ihr Ohrläppchen mit der Zunge berührte.

»Aber mir«, sagte sie bestimmt.

Wolfgang ließ von ihr ab. Damit hatte sie seinen Annäherungsversuch vorerst erfolgreich abgewehrt. Jetzt musste sie ihn nur noch dazu bringen, nicht in ihrem Bett zu schlafen. Anne stand auf.

»Kein Licht in der Toilette. Durch das Fenster kann man erkennen, dass du auf dem Topf sitzt. Womöglich schießt er erneut.«

»Danke für den Hinweis«, sagte Anne.

Sie schloss die Tür hinter sich, ließ den Deckel herunter und setzte sich im Dunkeln hin. Nur das Licht der Straßenlaternen schien in den Raum und leuchtete ihn düster aus. Sie brauchte zwei Minuten zum Nachdenken.

Wenn sie Wolfgangs Nachbohren bezüglich der Liste und das Gespräch vom Nachmittag miteinander verglich, dann war klar, dass HAME-Security weiter in diese illegalen Geschäfte verwickelt war. Hans Meister und Lisa Stoller waren ausgeschaltet worden oder hatten sich selbst ausgeschaltet. Jetzt galt es für die übrig gebliebenen Mitglieder, das Lager oder was sonst nötig war, um die Geschäfte weiterführen zu können, zu finden und in die Hand zu bekommen. Dabei störte einzig und allein ihre Erbenermittlung. Elder und sie wühlten in einem Topf, dessen Bodensatz gefährliche, wenn nicht sogar tödliche Schwermetalle der Vergangenheit enthielt. So stellte sich die Causa für Anne dar. Das ganze Geschwätz von BKA und verhafteten Securityleuten war nur ein Schattenspiel, um sie zu beeindrucken, weichzukochen und ihr Informationen aus der Nase zu ziehen.

Anne stand auf und spülte.

In diesem Moment hatte sie beschlossen, den Spieß umzudrehen. Wenn Wolfgang versuchte, sie auszuhorchen, konnte sie ihn auch aushorchen. Dazu gab es ein Mittel, das unweigerlich erfolgreich war und dem sich kaum ein Mann entziehen konnte. Außerdem war es nicht wirklich ein Opfer, das sie da bringen musste.

Als sie aus der Toilette kam, spielte ein Lächeln über ihre Lippen.

Anne streckte die Hand nach Wolfgang aus. »Jetzt hätte ich doch Lust auf dich.«

»Wenn das so ist«, sagte Wolfgang, trat auf sie zu und hob sie hoch. »Dann möchte ich dich nicht warten lassen.«

Er trug sie über die Schwelle ins Schlafzimmer, ohne das Licht anzuknipsen.

»Du kannst dafür garantieren, dass wir hier sicher sind?«, fragte sie.

Die Frage hatte die beabsichtigte Wirkung. Wolfgang nahm sie fest in den Arm und drückte sie. Dann küsste er sie leidenschaftlich.

»Natürlich.«

Seine Hand glitt unter ihre Bluse – und dann überließ sich Anne einfach ihren Gefühlen.

26

Anne erwachte diesmal vor Wolfgang. Sie schlüpfte aus den Laken und ging aufs Klo. Auf dem Weg dorthin nahm sie Wolfgangs Hose mit. Hastig durchsuchte sie die Taschen nach Verwertbarem.

Der Geldbeutel enthielt außer einigen hundert Euro seinen Ausweis, der tatsächlich den Namen Wolfgang Groß trug. Sie schrieb kurz die Adresse ab und steckte den Geldbeutel wieder zurück. Dann nahm sie sich die Vordertaschen vor: Autoschlüssel, Wohnungsschlüssel und das Handy. Sie schaltete es ein, doch ein Codewort versperrte ihr den Zugang. Rasch versuchte sie, es wieder auszuschalten, doch das ließ es nicht zu. Das Gerät blieb an. Erst musste ein Code eingegeben werden.

Anne wusste, dass die dreimalige Eingabe des falschen Codes das Handy außer Betrieb setzte. Wenn sie es aber so in die Tasche zurücksteckte, würde er wissen, dass sie es eingeschaltet hatte. So oder so hatte sie sich verraten.

Sie nahm noch einmal den Ausweis heraus, schaute auf das Geburtsdatum: 14. Oktober 1978. Sie tippte 14 10 19 78 ein und drückte auf »Okay«. Das Handy meldete einen Fehler und offerierte zwei weitere Versuche. Anne nahm die Zahlen erneut, tippte 14 10 78 ein und drückte wieder auf »Okay«. Sie spürte, wie sie schwitzte, obwohl es kühl und sie nackt war.

Diesmal dauerte es etwas, dann zeigte das Handy ein Suchsymbol. Sie hatte den Code erwischt. In diesem Augenblick beschloss Anne, für ihr Handy definitiv das Passwort zu ändern. Das Geburtsdatum war zu naheliegend.

Sie scrollte auf das Adressbuch und schaute es durch.

Sowohl Hans Meister als auch Lisa Stoller standen in der Liste. Sie suchte unter BKA oder unter Polizei, doch dort wurde sie nicht fündig. Weiter konnte sie mit dem Handy nichts anfangen. Am liebsten hätte sie bei Wolfgang dieselbe Abhörvorrichtung wie bei ihrem Blackberry installiert, doch sie verfügte nicht über die technischen Kenntnisse. Frustriert schaltete sie das Gerät aus und packte es wieder in die Hose. Als sie die rückseitige linke Tasche durchsuchte, fiel ihr ein Blatt Papier in die Hand. Sie zog es heraus und erstarrte. Es war das Bild mit dem Dreirad.

Also war Wolfgang bei ihr im Büro gewesen.

Er beschützte sie nicht, wie sie schon vermutet hatte, er spähte sie aus. Aber er würde sein blaues Wunder erleben. Die letzte Nacht hatte ihr zu einigen Informationen verholfen. Sie war in jeder Hinsicht erfolgreich gewesen.

Sie ging nach draußen, ließ die Hose wieder zu Boden gleiten und lief ins Bad. Sie kleidete sich an. Duschen wäre zu laut gewesen.

Sie musste unbedingt in Ruhe die Liste durchsehen. Außerdem musste sie zurück in das Haus und an den Safe. Sicher war es Elder nicht recht, wenn sie jetzt gegen fünf Uhr früh bei ihm auftauchte, aber schließlich hätte er nicht ihr Adlatus werden müssen. Schlafen konnte er wieder, wenn sie ihre Aufgaben erledigt hatten. Sie kramte noch kurz lautlos in einer Schublade bei der Garderobe und griff sich eine Taschenlampe.

Dann schrieb Anne einen Zettel und legte ihn auf den Küchentisch:

»Zieh einfach die Tür hinter dir zu. Bin beim Arbeiten! Anne.«

Auf dem Weg nach draußen holte sie ihren Umschlag aus dem Briefkasten. Sie öffnete kurz die Liste und verglich ihre Informationen mit den Eintragungen. Wolfgang hatte offenbar die Wahrheit gesagt. Mit grimmiger Genugtuung packte sie den Umschlag zurück in ihre Tasche.

Zuerst musste sie eine öffentliche Telefonzelle suchen, was schwer genug war. Was die Telekom als Fortschritt verbuchte, war für Benutzer und Bürger ein Ärgernis. Sie fuhr etwa zehn Minuten ziellos durch die Straßen, bis sie eine der wenigen übrig gebliebenen Säulen entdeckte. Elder meldete sich nach dem zehnten Klingeln endlich. Seine Stimme klang verschlafen, und Anne wusste nicht recht, ob er sie überhaupt verstand.

»Ja, verdammt?«

»Ich stehe in zehn Minuten vor deiner Tür, Tobias. Keine Widerrede.«

»Verflucht, weißt du eigentlich, wie spät …?«

»Weiß ich. Aber es geht nicht anders. Ich habe etwas erfahren, was du sicher wissen willst. In zehn Minuten!«

Auf der Fahrt musste sie sich zwingen, den Augsburger Rhythmus von Baustellen- und Durchflussgeschwindigkeiten einzuhalten. Mal fuhr sie fünfzig, dann wieder dreißig, dann wieder vierzig und einmal sogar nur zwanzig Stundenkilometer schnell. Jeder Auswärtige, der durch Augsburg musste, würde die Stadtväter für verrückt erklären.

Aber vielleicht waren es ja doch Investitionen in die Zukunft. Eine Zukunft, die sie womöglich gar nicht mehr erlebte, weil man dafür wohl hundert Jahre alt werden musste.

Die Nacht lag noch wie eine samtene Decke über der Stadt. Die Lichter waren ausgeschaltet oder heruntergedimmt, sodass man das Gefühl bekam, durch eine andere Dimension dieser Welt zu fahren. Nebelschwaden zogen durch die Straßen, und hin und wieder glänzten einzelne Fenster wie Dämonenaugen in der Dunkelheit.

Zehn Minuten später hielt sie vor Elders Tür. Der stand bereits draußen, die Hände in den Hosentaschen, die Schultern hochgezogen. Sie ließ ihn einsteigen, dann fuhr sie los.

»Morgen«, sagte sie.

Elder grummelte etwas Unverständliches.

»Willst du gar nicht wissen, was ich herausgefunden habe?«

»Das hätte sich sicherlich bis heute früh um sieben Uhr nicht geändert«, maulte er.

»Vielleicht«, sagte sie und erntete ein erneutes Stöhnen.

»Schieß schon los«, knurrte Elder. »Ich hab noch nicht mal einen Kaffee getrunken.«

Mit quietschenden Reifen schoss Anne in die offene Tanke beim Klinkertor und kam drei Minuten später mit zwei dampfenden Bechern zurück. Elder hatte den Kopf gegen die Scheibe gelehnt und schlief. Ein wirkliches Kunststück bei seiner Übergröße. Anne überlegte schon, sich laut bemerkbar zu machen, um ihn wach zu kriegen, schließlich waren die Pappbecher verdammt heiß, da öffnete er die Augen.

»Service befriedigend«, sagte er, ohne eine Miene zu verziehen, und nahm beide Becher entgegen. »Auch was zum Essen dabei?«

Anne hatte die Tüte mit den belegten Broten unter den Arm geklemmt. Jetzt warf sie diese auf die Rückbank.

Sie fuhr so zackig aus der Tankstelle in die Straße Auf dem Kreuz ein, dass Elder kurz fluchte, weil ihm der heiße Kaffee über die Finger schwappte.

Sie stellte den Wagen drei Straßen weiter am Theater ab, und dann liefen sie in die Lange Gasse hinein. Niemand war zu sehen. Anne öffnete den Zugang, sperrte aber hinter sich sorgfältig wieder ab.

Das erste Tageslicht kroch über die roten Ziegeldächer und verlieh ihnen einen lebendigen Schimmer. Mit Tagesanbruch begannen die Amseln zu singen. Anne war noch nie aufgefallen, dass sich mitten in der Stadt so viele Singvögel aufhielten. Von überall her hörte man Reviergesänge.

»Sprichst du eigentlich noch mit mir?«, fragte Elder, als sie sich in der Küche niederließen und Anne die belegten Brötchen auf den Tisch knallte.

»Dieser Wolfgang, den wir letztens gehört haben, arbeitet für einen amerikanischen Diplomaten«, begann sie. »Offenbar wurde dem ein Objekt zugesagt. Er hat dafür bezahlt, aber nichts erhalten. Die Tatsache, dass der Lieferant verstorben ist, stört ihn offenbar nur wenig. Er droht damit, die gesamte Organisation und ihre Vertriebswege auffliegen zu lassen, wenn er nicht entweder das Geld zurück, am besten aber das Objekt ausgehändigt bekommt.«

Elder nippte an seinem Kaffee und verbrannte sich dabei die Zunge. Fluchend hielt er sich den Mund.

»Was hat das mit uns zu tun?«

»Deshalb sind die hinter uns her. Die Liste! Erinnerst du dich? Da steht, was der Amerikaner bekommen soll und wo es ist.«

Anne holte den Umschlag aus ihrer Tasche und legte ihn auf den Tisch. Dann zog sie die Listen heraus und sah sie durch.

»Hier!« Sie deutete auf die letzte Position. »Ein bronzener Merkur aus einer Augsburger Grabung am Diakonissenhaus. Römisch. 1. Jahrhundert nach Christus. Unikat. Preis: fünfundvierzigtausend. Es gibt dahinter keine Markierung wie bei den anderen Gegenständen.«

Sie deutete auf die Zahlen weiter unten, die hinter den Listenpunkten unter der Rubrik »Ragnarök« aufgeführt waren.

»Aber hallo. Und dafür diesen Aufstand?« Elder blies in den Kaffee, bevor er ihn erneut an die Lippen setzte.

»Wir sollten nachsehen, ob der Merkur hierhinten steht.« Sie deutete in Richtung des Verstecks.

»Steht er«, sagte Elder. »Ich habe ihn gesehen.«

»Wenn wir ihn weitergeben, dann haben wir unsere Ruhe«, sagte Anne.

Elder sah sie an, als habe sie gerade den Mond kaufen wollen.

»Bist du bescheuert? Wenn wir das Ding rausrücken, wissen die, dass wir das Lager gefunden haben. Schau dir das mal an: hier, hier und hier! Auch da fehlen die Zahlen.«

Er deutete auf drei weitere Positionen auf der Liste. Vier Münzen, eine Schale und ein Buch waren aufgelistet. Zusammen mit dem Merkur hatten alle vier Gegenstände astronomische Summen erbracht, aber wie bei der Merkur-Figur waren in der Spalte »Ragnarök« keine Eintragungen erfolgt. Auch die Spalte »Jakob Fugger« war leer geblieben.

»Wenn der Merkur nicht ausgeliefert ist, dann sind diese Teile hier auch noch offen. Das heißt aber, dass wir direkt in die Schusslinie geraten, wenn wir uns offenbaren.«

Anne lächelte und stand auf.

»Ich wollte dich auch nur testen«, sagte sie.

»Wie kommst du an die Information?« Elder sah sie misstrauisch an. »Du hast doch nicht wieder diesen Kerl getroffen?«

Anne war für einen Augenblick verlegen. Dann nickte sie leicht.

»Los, die Tasche her. Zieh dich am besten gleich aus!«, herrschte Elder sie an.

»Was soll ich?«

»Mach schon. Er hat dir einen Peilsender untergejubelt. Ich könnte wetten. Wir müssen ihn finden, bevor sie wissen, wo wir sind.«

Elder packte Annes Tasche, leerte sie auf dem Küchentisch aus und durchsuchte jede Falte des Innenfutters. Keine zwei Minuten später hielt er triumphierend einen kleinen schwarzen Gegenstand hoch, der aussah wie ein Kaugummi mit einer winzigen Antenne. Er holte einen Metalltopf, legte das Ding auf den Boden und schlug mit Gewalt dagegen. Der Sender zerbarst in seine Einzelteile.

»Und jetzt die Kleidung. Zieh dich aus«, befahl er ihr. »Zier dich nicht so.«

Anne zog langsam ihren Pulli über den Kopf.

Elder riss ihr das Kleidungsstück regelrecht aus der Hand. Dann befühlte er es sorgsam Zentimeter für Zentimeter. Als er fertig war, warf er den Pulli über eine Stuhllehne. Schließlich schnippte er mit dem Finger.

»Jetzt komm. Glaubst du, ich hätte noch nie eine Frau nackt gesehen?«

Anne widersprach nicht. Nicht nach dem Fund in der Tasche. Dennoch empfand sie ihren unfreiwilligen Striptease als Zumutung. Ihre Hose war als Nächstes dran. Elder begutachtete jede Auffälligkeit, jede Niete, und tatsächlich fand sich in der Naht des Hosenbeins ein weiterer Sender. Elder machte kurzen Prozess damit. Anne stand da in Hemd, BH und Slip.

»Den Rest taste ich selber ab«, sagte sie spitz und ging ins Bad.

Das hätte sie zuvor schon tun sollen, aber sie war von Elder einfach überrumpelt worden. Der schaute ihr grinsend nach, bis sie die Tür hinter sich schloss.

Keine zwei Minuten später stand sie wieder auf der Matte, mit einem Arm ihre nackte Brust bedeckend. Sie hielt ihm den BH hin.

»Ist das auch ein Sender?«, fragte sie.

Dort, wo die beiden Körbchen aufeinandertrafen, fand sich eine Art Brosche. Nur so groß wie ein Hemdenknopf. Sie schien richtig eingearbeitet zu sein, doch Elder nahm einfach den Metalltopf, schlug mit der Kante auf den Broschenknopf, und man hörte am Knacken, dass es sich um einen Gegenstand mit Innenleben handeln musste.

»Der letzte Sender?«, fragt er, während er die elektronischen Brösel aus dem BH entfernte und die Körbchen ausschüttelte.

»Vermutlich«, sagte sie.

»Wenn er dir hier nichts gesetzt hat«, sagte Elder und deutete auf ihren Schoß.

Anne holte aus und tat so, als wolle sie ihm eine Ohrfeige versetzen. Doch Elder wich nicht einmal zurück. Belustigt sah er Anne an, bis diese bemerkte, dass sie mit der Hand zugeschlagen hätte, mit der sie ihren Busen bedeckt gehalten hatte.

»Ich meine den Slip«, sagte Elder provozierend. »Soll ich den untersuchen?«

Anne, die längst wieder ihren Arm um ihre Oberweite gelegt hatte, nahm BH und Top und verschwand im Bad. Dort zog sie ihren Slip aus und klopfte die Nähte ab. Nichts. Nichts, was Elder interessieren konnte. Dennoch spukte in ihrem Kopf der Gedanke herum, ihr Adlatus untersuche ihr Höschen. Für einen kurzen Moment empfand sie das interessant, doch dann schob sie die Vorstellung in die hinterste Ecke ihres Kopfes. Sie hatten Wichtigeres zu tun.

Sie schlüpfte in ihre Unterwäsche, holte sich Pulli, BH und Hose und stand dann mit in die Hüften gestemmten Armen vor Elder.

»Gibt es auf der Liste irgendeinen Hinweis auf einen Code? Eine Nummernfolge, die nicht zu den anderen passt? Das wäre deine Aufgabe. Nicht die, mich hier einen … einen … Tanz aufführen zu lassen, als wäre ich ein Go-go-Girl.«

Elders Mundwinkel reichten von einer Seite des Kopfes zur anderen.

»Du bist herumgelaufen wie ein Funkmast«, sagte er lapidar und beugte sich über die Listen. Mit dem Finger fuhr er sie auf und ab. Immer wieder schüttelte er den Kopf.

Währenddessen öffnete Anne das Versteck, ohne die Tür aufzuziehen.

Wieder hatte sie sich durch Wolfgang an der Nase herumführen lassen. Der Kerl war zwar ein erstklassiger Liebhaber. Aber er war zugleich ein Mistkerl. Drei Sender hatte er ihr wieder angedreht. Drei Sender!

Plötzlich durchfuhr sie ein Gedanke: »Tobias! Die Schuhe.«

Sie schleuderte sie regelrecht in Elders Richtung. Der fing sie auf und begann sie zu untersuchen, während Anne ihre Socken abtastete.

Elder nahm ein Taschenmesser in die Hand, das er offenbar immer bei sich trug, und drückte mit der Klinge einen Knopf am Übergang zwischen Oberleder und Sohle. Niemand hätte diese Stelle auch nur beachtet.

»Nummer vier!«

Auch dieses Teil war ruck, zuck zerstört. Anne schlüpfte wieder in ihre Schuhe, dann baute sie sich vor Elder auf.

»Danke übrigens – und entschuldige wegen eben.«

»Ach das«, sagte er und deutete ihre Ohrfeigenbewegung an. »Ich bin dafür entschädigt worden«, lächelte er.

Anne musste schmunzeln. Wie einfach Männer doch gestrickt waren.

»Hast du etwas gefunden?«

Elder schüttelte den Kopf. »Nichts, was auf einen Code hindeutet. Du willst den Safe von innen öffnen, nicht?«

Anne nickte. »Komm, versuchen wir es. Nimm die Listen mit, falls jemand hier auftauchen sollte. Und den Saustall hier.«

Sie deutete auf die Elektronikbrösel. Anne und Elder gingen zum Versteck. Anne zog die Tür auf, und dann verschwanden sie drinnen, bevor das Licht angegangen war und der Schein sie draußen womöglich verraten hätte.

Sie standen eng aneinandergedrückt in dem schmalen Raum. Elder wartete, bis das Licht angegangen war, dann stellte er seine Utensilien in eines der Regale. Systematisch suchte er die einzelnen Ebenen ab.

»Hier, die Münzen. Dort, die Vase und der Merkur.« Er deutete auf die kleine Figur, die er schon beim ersten Mal bemerkt hatte. »Das Buch fehlt!«

»Es liegt oder lag vielleicht in der alten Wohnung in der Gumpelzheimerstraße«, sagte Anne.

Sie suchte die Wand nach dem Safe ab.

»Wo zum Kuckuck ist das Tastenfeld?«

»Wir müssen warten, bis das Licht wieder ausgeht«, sagte Elder. »Im Vorfeld sollten wir uns überlegen, welcher Schlüssel passen könnte. Los. Überleg: Was würdest du nehmen?«

Der Gedanke hatte schon längst von Anne Besitz ergriffen. Das letzte Passwort für die Fernbedienung war das Geburtsdatum ihrer Großmutter gewesen. Wenn man das konsequent weiterdachte, kamen eigentlich nur zwei weitere Daten in Frage: das Geburtsdatum ihrer Urgroßmutter oder aber ihr eigenes.

Alles in Anne sträubte sich dagegen. Wenn auch nur ein Datum stimmte, dann gab es tatsächlich eine Verbindung zwischen

Konrad Hacker alias Hans Meister und ihr beziehungsweise ihren Eltern.

Elder schloss die Tür. Das Licht brannte noch einen kurzen Augenblick, dann erlosch es.

An der hinteren Wand tauchte das Tastenfeld auf. Die Zahlen schimmerten grünlich.

»Welche Zahlen?«, bohrte Elder nach.

»Das Geburtsdatum meiner Urgroßmutter«, sagte Anne. »3. April 1917, also 3-4-1-9-1-7.«

Elder wiederholte die Zahlen, während Anne sie in den Ziffernblock eingab. Nach der letzten Zahl blieb zuerst alles ruhig, dann piepste etwas leise, und ein roter Punkt erschien rechts über dem Ziffernblock.

»Scheint nicht sehr erfolgreich gewesen zu sein«, sagte Elder. »Nächste Idee? Dein eigenes Geburtsdatum?«

Anne nickte im Dunkeln, bis sie begriff, dass Elder sie ja nicht sehen konnte.

»4. Juli 1979«, sagte Anne. »4-7-1-9-7-9.«

Wieder tippte sie die Ziffern ein, während Elder sie noch einmal wiederholte.

»Wir sind beinahe gleich alt«, sagte er. »Ich bin auch ein Krebs.«

Anne schwieg. Sie starrte das Tastenfeld an – und was dann geschah, schnürte ihr fast die Kehle zu.

Wieder piepste der Safemechanismus. Doch diesmal blinkte es grün, und ein leises Klicken verriet ihnen, dass der Safe offen war.

Sie spürte eine verhaltene Euphorie in sich aufsteigen, die ihr die Tränen in die Augen trieb. Sie hatten es geschafft – und sie hatten recht behalten. Es gab einen weiteren Safe. Sie waren wieder einen Schritt weiter gekommen. Andererseits hatten sich neue Fragen ergeben.

Anne tastete die Wand ab, doch sie fand keine Öffnung. Dann holte sie die Taschenlampe aus der Tasche und schaltete sie ein.

»Oh, da hat jemand mitgedacht!«, lobte Elder ihre Voraussicht.

»Verdammt, wo um alles in der Welt ist die Safetür?«, fragte sie.

Sie leuchtete in jeden Winkel. Auch Elder sah sich überall um. Doch nicht der geringste Spalt war in einer der Wände zu entdecken. Es gab keinen geöffneten Safe. Nirgends.

»Der Alte hält uns zum Narren«, sagte er.

»Und zwar gehörig«, bekräftigte Anne.

»Irgendwo in dieser Wohnung muss sich etwas geöffnet haben. Ich habe das Klicken doch gehört«, fluchte Elder.

»Weißt du eigentlich, was das bedeutet?«, fragte Anne mit belegter Stimme. »Ich meine, dass sich überhaupt etwas geöffnet hat?«

Sie sah Elder stumm und mit großen Augen an.

»Ich weiß es nicht, aber ich glaube, ich ahne es. Außerdem war es mir vermutlich eher klar als dir«, sagte Elder.

Sie fuhren beide zusammen, als ein Vibrieren durch den Zimmerboden lief und schließlich ein gedämpftes Schließgeräusch an ihre Ohren drang.

»Die Wohnungstür«, flüsterte Anne.

Anne schaltete sofort die Taschenlampe aus.

»Sie sind dir gefolgt!«, flüsterte Elder.

»… und sie waren plötzlich weg?«, vernahmen sie eine Stimme.

»Ja, verdammt. Alle Signale futsch. Innerhalb von fünf Minuten. Sie hat sicher was mitbekommen.«

»Blödsinn«, herrschte die Stimme, die Anne nur allzu gut kannte, ihren Begleiter an. »Hast du die Batterien vorher überprüft?«

»Natürlich, Chef. Ein Sender kann schon mal ausfallen, aber gleich vier? Ich sag dir, sie hat sie entfernt.«

»Und du bist sicher, sie sind hierhergekommen?«

»Todsicher!«

»Wo sind sie dann?«, knurrte Wolfgang. »Sie können sich doch nicht in Luft auflösen. Außerdem war alles versperrt. Kein offenes Schloss.«

Der Begleiter antwortete nicht.

»Wir haben eine Toleranz von fast fünf Metern. Die beiden könnten auch auf der Straße stehen.«

»Na toll!«, fauchte Wolfgang.

Anne stand wie erstarrt in ihrem Versteck und horchte nach draußen. Die Stimmen drangen gedämpft zu ihnen herein. Sie fühlte, wie ihr der Schweiß den Rücken hinablief.

Plötzlich pfiff jemand leise durch die Zähne.

»Chef. Das musst du dir ansehen.«

Anne hörte, wie die beiden Männer draußen näher kamen und sich am Safe zu schaffen machten.

»Ist ja ein irres Ding. Die beiden haben da wohl was rausgeholt«, sagte Wolfgang. »Aber sie haben den Umschlag hier übersehen.«

»Oder wir haben sie gestört, sodass sie nicht mehr dazu gekommen sind, ihn auszuräumen. Soll ich ihn mitnehmen?«

»Aber immer«, sagte Wolfgang. »Gib her.«

Anne hörte am Rascheln, wie Papier weitergereicht wurde. Ein Umschlag wurde aufgerissen und Unterlagen durchgeblättert.

»Jetzt wird mir so manches klarer«, murmelte Wolfgang. »Wir müssen die Frau finden, Grigorij. Die ist wertvoll. Richtig wertvoll.«

Er lachte und schien die Papiere einzustecken.

Anne bemerkte, wie sich Elder mit dem Mund ihrem Ohr näherte.

»Der Safe hat sich geöffnet. Aber anders, als wir vermutet haben. Nämlich im Safe selber. Offenbar die Rückwand.«

Sie hörten, wie die beiden Männer die gesamte Etage durchsuchten und nach Spuren Ausschau hielten, die auf ihre Anwesenheit hindeuteten.

»Weg«, sagte Wolfgang. »Spurlos verschwunden.« Er schickte einen Fluch hinterher, der Anne rot werden ließ. »Ich habe dieses kleine Biest unterschätzt«, knurrte er und lachte dabei.

»Wo sind sie hin, Chef? Was glaubst du?«

»Weiß der Teufel. Aber ich habe hier ein Lockmittel.« Er schüttelte offenbar den Umschlag, denn Anne hörte das Papier stark rascheln. »Ich sorge schon dafür, dass die Schnüfflerin davon erfährt. Das wird sie zu mir zurücktreiben, ob sie es nun will oder nicht.«

Anne und Elder warteten, bis alle Geräusche verklungen waren. Die Männer verschwanden und sperrten die Wohnung ab. Das Vibrieren der Treppe, das durch die ganze Wohnung lief, verkündete den Abzug der beiden Männer.

Jetzt erst stellte Anne fest, dass sie Elders Hand umklammert hielt. Schnell ließ sie sie los.

»Was haben die gefunden?«, fragte sie zaghaft. Sie hockte sich in der Dunkelheit auf den Boden.

Elder tat es ihr nach. »Wir warten eine halbe Stunde – und nein, ich weiß es nicht.«

Anne schaltete die Taschenlampe wieder an und ließ den Schein über die Liste gleiten.

»Ragnarök«, flüsterte sie. »Ich habe nachgedacht. Das könnte tatsächlich ein Konto sein.« Sie beugte sich vor und deutete auf die Zahlen in der Spalte. »Von jeder Transaktion wandert ein Teil der Summe in diese Spalte. Ein Konto für die Zeit, wenn das Dritte Reich untergegangen ist. Er hat vorgesorgt, es rechtzeitig davor eröffnet und weiterlaufen lassen. Völlig unverdächtig – und außerhalb der Reichweite jeder Steuerfahnungs-CD, wenn er bei den Zinsgewinnen den Staat mitverdienen lässt.«

»Möglich«, sagte Elder. »Wenn das stimmt, müssten Hunderttausende auf diesem Konto liegen.« Er ließ den Finger über die Zahlen gleiten, die akribisch aufgereiht waren.

»Viereinhalb Millionen«, entgegnete Anne. »Ich habe es nachgeprüft. Zins und Zinseszins nicht mitgerechnet.«

»Vielleicht sind sie ja gar nicht hinter den Antiquitäten her«, überlegte Elder.

»Du glaubst, sie wollen das Geld?« Anne schluckte einen Moment und hörte noch einmal Wolfgangs Sätze: »Die ist wertvoll. Richtig wertvoll.«

»Vielleicht«, sagte Elder, lehnte den Kopf an eines der Regale und schloss die Augen. »Ich würde es an deiner Stelle nicht wissen wollen.«

Seine letzten Worte waren kaum mehr zu verstehen, denn er war offensichtlich eingenickt.

»Danke«, blaffte Anne leise zurück. Sie verstand zwar nicht, wie Elder jetzt schlafen konnte, folgte aber seinem Beispiel. Sie löschte das Licht, als sie die ersten ruhigen Atemzüge ihres Adlatus vernahm.

»Nicht schnarchen«, sagte Anne belustigt, obwohl ihr nicht zum Lachen zumute war.

»Ich schnarche nicht«, entgegnete Elder, der offenbar doch noch nicht schlief.

Plötzlich schoss ihr siedend heiß ein Gedanke durch den Kopf: Sie hatte mit ihrem Geburtsdatum den Safe öffnen können. Wie konnte das gehen? Woher kannte Hans Meister alias Konrad Hacker ihr Geburtsdatum?

In welcher Beziehung stand sie zu Hans Meister, dass er ihr Geburtsdatum als Code für seinen Safe verwendete? Das konnte doch kein Zufall mehr sein. Oder hatte er sie bewusst ausgesucht und seine Geheimnisse ihren Suchroutinen angepasst? Aber warum? Sie musste mit ihrer Mutter reden – und zwar dringend.

Außerdem gab es noch etwas, das ihr Kopfzerbrechen bereitete: Was hatte Wolfgang da draußen gefunden? Was war in diesem Umschlag?

27

Anne spürte, wie eine Hand über ihre Haare strich.

Sofort war sie hellwach, ohne sich zu rühren. Es war stockfinster um sie herum. Sie lag auf der Seite. Wo war sie? Wieder fühlte sie, wie eine Hand ihre Haare berührte. Sie lag auf hartem Boden. Ihr war kalt. Ihr Kopf war jedoch weich gebettet.

Dann fiel ihr alles wieder ein.

»Tobias?«, flüsterte sie.

Anne wartete, doch sie bekam keine Antwort.

Panik stieg in ihr auf. Wer konnte das sonst sein?

»Tobias?«, fragte sie schon etwas lauter.

»Ja? Bist du wach?«

In Anne löste sich die Furcht auf wie ein Tautropfen in der Sonne.

»Gott sei Dank. Ich dachte schon … wie lange sind wir schon hier?«

»Schwer zu schätzen. Du hast vielleicht eine halbe Stunde geschlafen. Ich bin aufgewacht, als du dich zu mir hergelegt hast.«

»Hm«, kommentierte Anne. »Habe ich das?« Sie erhob sich. »Wir sollten endlich raus. Unsere Verfolger sind sicherlich abgezogen.«

»Die Fernbedienung hast du in deiner Gesäßtasche«, sagte Elder. »Da bin ich nicht drangekommen.«

Anne tastete danach und drückte auf den »On«-Knopf. Die Tasten leuchteten auf. Daraufhin gab sie den Code ein, und die Tür öffnete sich einen Spalt.

Grelles Licht flutete in den Raum. Sie mussten länger geschlafen haben, denn die Sonne stand bereits ziemlich hoch.

Sie rappelten sich auf und traten nach draußen. Anne zog die Tür wieder in die rechte Position.

Elder ging sofort zum Safe.

»Ich hatte recht«, sagte er und griff hinein. Die Rückwand des Safes war nach unten geklappt und hatte dahinter ein Fach freigegeben. Jetzt war es natürlich leer.

»Was war da wohl drin?«, fragte Anne, als Elder in die Öffnung hineingriff, als wollte er darin verschwinden.

»Erinnerst du dich an den Ausweis? Wir haben zuerst nur das Offensichtliche gesehen. Das Offensichtliche ist aber nicht immer das Wichtige. Das war wohl die Lektion, die uns dieser Hans Meister erteilen wollte. Ich … versuche nur … alles zu …«

Elder stockte.

Anne, die sich weiter in der Wohnung umgesehen hatte, drehte sich zu ihm um.

»Was ist?«

Elder stand da, den Arm halb in der Safeöffnung und mit verkniffenem Blick. Plötzlich zog er den Arm zurück. Er hielt eine kleine Metallscheibe in der Hand.

»Das ist …«, sagte er und grinste übers ganze Gesicht.

Anne trat einen Schritt auf ihn zu.

»Was ist das?«

Elder zuckte mit den Schultern. »Bin ich Gott? Weiß ich alles? Es ist zumindest übrig geblieben!«

Er legte die Marke auf seine Hand. Sie beugten sich beide darüber und betrachteten das Ding genauer. Es war oval, offenbar aus Silber und an den Rändern leicht schwarz angelaufen.

»Da ist eine Zahl eingraviert«, sagte Anne.

Elder drehte die Marke um. Auf der Rückseite war ein Name in das Metall geschnitten.

»Sieht aus wie eine Dienstmarke oder wie eine Hundemarke. Wie Soldaten sie tragen.«

»Ist die nicht immer doppelt?«

»Ja«, bestätigte Elder. »Eine Marke, um sie mit nach Hause zu nehmen, die andere für den großen Zeh des Toten.«

Anne nahm sie ihm aus der Hand und hielt sie ins Licht.

»Die Zahl ist fünfstellig, dahinter ein Buchstabe: 03187 E«, las sie vor.

»Das klingt wie eine Feldpostnummer. Das waren Nummern, die deutsche Soldaten erhielten, damit man nicht wusste, wo sie eingesetzt waren, wenn Angehörige an sie schrieben. Willkürlich vergeben. Keinem Bataillon oder einer Kampfgruppe zuzuordnen. Ziemlich clevere Art, die Post zu verschlüsseln«, erklärte Elder.

Anne überprüfte die andere Seite. »Puh. Dafür brauche ich eine Lupe.«

Sie steckte die Marke ein.

Elder blickte sie prüfend an.

»Was machen wir jetzt?«

»Ich muss mit meiner Mutter sprechen. Irgendwas stimmt da ganz und gar nicht. Die Einzige, die etwas darüber wissen kann, ist sie selber. Begleitest du mich zum Krankenhaus?«

»Auch das ist Arbeitszeit«, sagte Elder.

Er war ans Fenster getreten und spähte hinaus, ohne den Vorhang zu bewegen.

»Ich sehe niemanden mehr.«

Anne nickte, dann machten sie sich auf den Weg. Sie war jetzt froh, ihren Wagen drei Straßen weiter geparkt zu haben.

Als sie um die Ecke bogen, konnte Anne einer älteren Frau gerade noch ausweichen. Elder aber lief direkt in sie hinein. Die Dame ließ vor Schreck ihre Einkaufstasche fallen. Kartoffeln kullerten über den Bürgersteig.

Elder entschuldigte sich wortreich, sammelte das Gemüse ein und gab es der alten Dame in die Hand. Die hatte die ganze Zeit über nichts gesagt, sondern ihn nur vorwurfsvoll betrachtet und die Aufräumarbeiten beobachtet, ohne selbst Hand anzulegen. Sie nahm wortlos ihre Tasche entgegen, als Elder fertig war, hob den Kopf, zog die Mundwinkel nach unten und ging grußlos davon.

Keine zehn Minuten später bog Anne auf den Parkplatz des Klinikums ein, zog eine Parkmarke und stellte den roten BMW so, dass sie schnellstens aus der Parklücke nach draußen und zum Ausgang kommen konnte. Eine reine Vorsichtsmaßnahme.

Dann fuhren sie in den elften Stock zur Stroke Unit.

Diesmal ging es überraschend flott. Kaum hatten sie geläutet, antwortete ihnen bereits eine Stimme durch die Sprechanlage, und wenig später stand Anne im Zimmer ihrer Mutter. Elder wollte lieber draußen warten.

Die alte Dame saß aufrecht im Bett, den Körper leicht nach links verdreht, aber mit wachen Augen.

»Hallo, Mama, wie geht es dir?«, fragte Anne.

Amelie Müller musste zwar noch immer nach der Stimme suchen, die sie ansprach, antwortete aber bereits erstaunlich klar und nur mit leicht schleppender Zunge.

Anne überlegte, ob das wirklich der richtige Augenblick war, um ihre Fragen zu stellen. Doch vielleicht würde sich der Zustand ihrer Mutter nicht mehr bessern. Es konnte ebenso gut jeden Moment zu Ende gehen.

»Mama? Hörst du mich?«

Ihre Mutter nickte mit geschlossenen Augen. Anne fand es merkwürdig, wie schief sie im Bett saß. Der Schlaganfall hatte sie sinnbildlich aus dem Gleichgewicht gebracht.

»Mama. Ich arbeite gerade an einem Fall.«

»Schön«, sagte ihre Mutter, die noch nie verstanden hatte, warum ihre Tochter eine Karriere als Staatsanwältin und Richterin im Staatsdienst ausgeschlagen hatte, eine in ihren Augen sichere Stelle, und dafür die Unsicherheit der freiberuflichen Tätigkeit eingetauscht hatte.

»Ich suche einen Nachfahren von …« Anne musste eine Pause machen, weil sie befürchtete, die nächsten beiden Wörter könnten ihre Mutter womöglich noch weiter aus dem Gleichgewicht bringen. Doch sie musste es wissen. »Einen Nachfahren von Hans Meister!«

Die Reaktion, die Anne befürchtet hatte, blieb aus. Ihre Mutter stieß nur so etwas wie einen Seufzer aus und sagte: »Ja.«

»Mama, kanntest du ihn?«

Anne glaubte schon, ihre Mutter hätte sie nicht verstanden, weil sie keinerlei Reaktion zeigte.

Sie griff nach deren Hand, um sich zu vergewissern, dass ihre Mutter geistig noch bei ihr war.

»Ja«, sagte sie plötzlich.

Anne konnte das Gefühl nicht beschreiben, das sie überflutete. Mit einem Mal gab es eine Verbindung.

»Wer war er?«, fragte sie.

Wieder keine Reaktion. Nur der blinkende Apparat im Hintergrund, der Herzfrequenz und Blutdruck aufzeichnete und nun zu piepen begann. Der Blutdruck stieg, und die Zahl der Herzschläge nahm zu.

»Ein schlechter Mensch«, hauchte ihre Mutter und zeigte ein schiefes Lächeln.

»Warum? Was hatte er mit uns, mit dir, zu tun?«

Ihre Mutter begann schneller zu atmen. Sie stieß die Luft regelrecht aus den Lungen. Anne befürchtete schon, dass sie etwas angestoßen hatte, was sie nicht mehr kontrollieren konnte.

»Testament!«, sagte ihre Mutter leise, dann fiel ihr Kopf ganz zur Seite, und die Überwachung schrillte.

Anne fuhr sich mit der Hand an den Mund. Was hatte sie getan? Der Blutdruck ihrer Mutter schoss auf über zweihundertdreißig hoch und stieg weiter.

Plötzlich war das Zimmer voller blauer Kittel. Ein Arzt stürmte herein. Eine Schwester nahm sie an der Hand und geleitete Anne hinaus.

»Was hat sie?«, fragte Anne.

»Einen hypertonen Schub«, sagte die Schwester ruhig. »Das kommt bei Menschen mit Hirntraumata immer wieder vor. Sie können den Blutdruck nicht selbst korrigieren. Machen Sie sich keine Sorgen. Wir haben das im Griff. Aber Ihre Mutter braucht jetzt Ruhe und wir etwas Platz, um unsere Arbeit zu tun.«

Bestimmt, aber höflich wurde sie aus der Stroke Unit nach draußen geleitet.

Elder nahm sie in Empfang. Er nickte der Schwester zu, dann griff er nach Annes Hand.

»Du siehst ja aus, als hätte man dich ausgekotzt«, sagte er.

»Mama hatte einen Anfall, weil … weil ich … meinen Mund nicht halten konnte.«

Anne schossen Tränen in die Augen, und sie biss die Lippen zusammen. Warum war sie nur so selbstsüchtig gewesen? Das hätte doch ein paar Tage warten können.

»Was hast du denn gefragt?«

Anne drehte ihm leicht den Rücken zu. Sie wollte nicht darüber reden. Nicht jetzt.

»Wir nehmen den Aufzug«, entschied Elder und drückte den Rufknopf für den Lift.

Schweigend standen sie nebeneinander. Elder hatte noch immer eine Hand an ihrem Oberarm, weil er wohl befürchtete, sie könnte zusammensacken und stürzen. Am liebsten hätte sich Anne auf den Boden gesetzt. Das Bild des zur Seite kippenden Kopfes ihrer Mutter ging ihr nicht aus dem Sinn. Was, wenn sie nun schuld an einem weiteren Schlaganfall war? Wenn ihre Mutter weitere Schäden davontrug, nur weil sie in der Vergangenheit herumrühren musste?

Der Aufzug kündigte sich mit einem »Pling« an. Sie stiegen ein und ließen sich ins Erdgeschoss hinunterbringen. Die Luft schnürte Anne die Kehle zu. Sie glaubte in dieser trockenen, mit Desinfektionsmitteln geschwängerten Atmosphäre ersticken zu müssen. Ihre Beine waren schwer wie Blei. Sie schleppte sich auf den Ausgang zu, als wäre sie selbst ein Fall aus der Stroke Unit.

Draußen setzten sie sich auf eine Bank, und Anne brauchte ein paar Minuten, bis sie wieder klar denken und atmen konnte.

»Hier, nimm!«, sagte Elder und reichte ihr ein weißes viereckiges Teil. »Traubenzucker. Das hilft bei Unterzucker.«

Anne steckte den Traubenzucker dankbar in den Mund. Er schmolz sofort, als würde ihr Körper nach Zucker gieren.

»Wann hast du das letzte Mal anständig gegessen?«, bohrte Elder weiter.

»Weiß ich nicht.«

»Gefrühstückt?«

Anne schüttelte den Kopf.

»Wenn dir das während einer Autofahrt passiert, gefährdest du das Leben anderer. Um das deine wäre es zwar auch schade, aber das hättest du selbst verschuldet.«

»Nett gesagt«, bemerkte sie. Dann legte sie ihr Gesicht in beide Hände und sog hörbar die Luft ein. »Meine Mutter kannte Hans Meister.«

»Und?«, fragte Elder, der erwartete, dass sie ausführlicher werden würde.

»Nichts weiter. Sie sagte noch, er sei ein schlechter Mensch gewesen.«

Sie sah, wie Elder den Kopf in die Sonne drehte und mit geschlossenen Augen die wenigen Strahlen einfing. »Das bringt uns nicht viel weiter.«

Anne wusste nicht, ob sie die letzte Information weitergeben sollte. Sie war sehr intim. Schließlich handelte es sich dabei um das Testament ihrer Mutter.

»Sie … meine Mutter … sie erwähnte noch ihr … ihr Testament. Jedenfalls glaube ich, dass sie ihr Testament gemeint hat.«

Jetzt hatte sie Elders Aufmerksamkeit. Er öffnete die Augen, beugte sich vor und verschränkte die Hände ineinander.

»Du willst es öffnen?«

Anne nickte beinahe unmerklich.

»Du weißt, wo es liegt?«

Anne nickte wieder.

»Ich habe es schon in Händen gehalten.«

»Wenn es dich beruhigt, es wird dadurch nicht ungültig, dass du es öffnest. Schau einfach nach.«

Das war ihr auch klar. Doch sie fürchtete etwas anderes. Nämlich, einer Wahrheit gegenübertreten zu müssen, die ihr den Boden unter den Füßen wegziehen würde.

Ihre Mutter hatte sie allein großgezogen. Den Vater hatte sie nie erwähnt, und Anne war an ihrem Erzeuger auch nicht interessiert gewesen. Er habe sie verlassen, hatte Annes Mutter einmal angedeutet, aber nicht begründet, warum und wieso. Nur dass er sich seiner Karriere gewidmet und ein Kind ihn nur behindert hätte.

»Ich glaube, es geht mir besser«, sagte Anne und erhob sich.

Elder stand ebenfalls auf und folgte ihr wortlos. Er schien zu spüren, wie sie mit sich kämpfte, und er respektierte offenbar, dass sie diese Entscheidung mit sich selbst ausfechten musste. Sie war ihm dankbar für seinen Takt, nicht nachzubohren.

Elder war aufmerksam, klug und einfühlsam. Sie musste unwillkürlich lächeln, als ihr bewusst wurde, wie sie ihn taxierte. Als wäre er ein Heiratskandidat. Doch diese Möglichkeit würde Anne niemals in Betracht ziehen. Er war ihr Assistent. Mehr nicht.

Sie stiegen ins Auto, und bevor Anne genau wusste, was sie tun wollte, schlug sie den Weg zum Haus ihrer Mutter ein. Ihr Unterbewusstsein hatte ihr die Entscheidung abgenommen.

Als ihr klar war, was sie soeben aus dem Bauch heraus entschieden hatte, fühlte sie sich besser. Sie schaltete herunter, trat aufs Gas und überholte mit aufheulendem Motor einen Schleicher in einem alten Audi.

Im Augenwinkel bemerkte sie, wie Elder nach dem Haltegriff am Türrahmen langte. Eine Viertelstunde später standen sie vor dem Siedlerhaus ihrer Mutter, und Anne schloss auf.

»Komm schon mit«, sagte sie zu Elder, der zögerte. »Ich brauche einen Zeugen.«

Sie gingen ins Wohnzimmer, und Anne holte die Kassette heraus. Sie suchte den Schlüssel, schloss auf und wühlte in den Unterlagen, bis sie den braunen Umschlag in Händen hielt.

»Das ist es«, sagte sie. »Mein Testament.« Sie las die Beschriftung vor.

Elder langte in seine Hosentasche, holte sein Schweizermesser heraus und reichte es ihr.

»Bitte«, sagte er nur. »Du musst es nur deiner Mutter gegenüber rechtfertigen.«

Anne atmete tief durch. Dann schlitzte sie den Umschlag auf.

Er enthielt eine Reihe von Papieren sowie ein handschriftliches Dokument, auf dem groß »Testament« stand. Anne sah auf das Datum der Unterschrift und gewahrte, dass ihre Mutter erst drei Tage vor ihrem Schlaganfall erneut unterschrieben hatte. Es war die achte Unterschrift. Jährlich hatte sie einmal unterzeichnet, immer etwa zum selben Zeitpunkt.

Es war ein simples Teilungstestament, das der Tochter all ihren Besitz zusprach. Rechtlich beinahe unwirksam, aber da sie die einzige Tochter war, vermutlich verwendbar.

Anne nahm sich die anderen Papiere vor. Es waren Schenkungsurkunden, die im Zehn-Jahres-Rhythmus abgefasst waren und ihr Teile des Hauses überschrieben. Abgefasst und unterzeichnet von Dr. Fritsch, ihrem Notar. Außerdem lagen alte Kontoauszüge dabei, auf denen immer derselbe Begriff und dieselbe Zahl unterstrichen waren: »Rente JF, 934.- Mark«. Was bedeutete »JF«?

»Was gefunden?«, fragte Elder vom Fenster aus. Er kehrte ihr den Rücken zu.

»Das Übliche«, sagte Anne. »Das Haus gehört mir schon zu drei Vierteln. Barvermögen ebenso …«

Plötzlich stockte sie. Sie hielt eine Geburtsurkunde in der Hand. Eine Geburtsurkunde, die es eigentlich nicht geben durfte.

»Tobias, schau dir das doch mal an«, sagte sie atemlos.

Elder kam vom Fenster her und setzte sich neben sie auf die Bank.

Sie nahm das Blatt und drehte es ihm hin.

Elder besah es sich genau, dann pfiff er durch die Zähne. »So etwas ist selten. Mehr als selten, würde ich sagen. Eigentlich verboten. Aus damaliger Sicht. Dass es sich erhalten hat, dass es überhaupt existiert, ist ein Wunder.«

Er deutete auf den Ausstellungsort. »1941. Steinhöring«, las er laut vor.

»Hildegard. Das ist meine Großmutter. Hildegard Karg.«

»Und ihr Erzeuger ist unser SS-Mann Konrad Hacker. Deine Großmutter ist damit die leibliche Tochter Konrad Hackers, wenn das Dokument hier echt ist und keine billige Fälschung.«

»Um Himmels willen!«, entfuhr es Anne.

»Von wem ist das Dokument unterschrieben?«, fragte Elder und hob das Blatt hoch, um sich die Unterschrift genauer zu betrachten.

»Ottilie Hacker«, sagte er verblüfft. »Also wenn das kein Zufall ist.«

»Die Hackers hatten keine Tochter«, sagte Anne. »Nur drei Söhne.«

»Dann war es die Schwester des Vaters. Das ist leicht herauszufinden. Es wäre eine plausible Erklärung für das Dokument. Konrad war in Steinhöring kein Unbekannter. Er hatte beste Verbindungen – und hat sie für diese Bestätigung benutzt.«

»Möglich«, sagte Anne. »Dreh das Blatt doch mal um. Da steht noch etwas«, sagte Anne leise.

Gehorsam drehte Elder das Blatt auf die Rückseite. Diese war ganz leicht mit Bleistift beschrieben.

»Was ist das?«, fragte Anne und beugte sich über das Blatt. Dabei berührten sich ihre Köpfe. Anne zuckte nicht zurück.

»Das ist ein Stammbaum, Anne. Eine Art Ariernachweis. Als Liste. Nur nicht offiziell abgesegnet, sondern irgendwann nachträglich hinzugefügt. Aber schlecht zu lesen, sehr schlecht. Harter Bleistift auf hartem Papier und über siebzig Jahre alt.«

Anne atmete scharf durch die Nase ein.

»Ich hole nur schnell meinen Laptop, damit wir das abschreiben können. Das ist so ja kaum zu lesen.«

Anne erhob sich, um ihre Tasche zu holen, dabei fiel ihr Blick in den Garten – und sie erstarrte. Mitten auf dem Rasen stand Wolfgang und schaute zu ihnen herein.

»Draußen! Wolfgang!«, sagte sie tonlos.

Elder fuhr wie elektrisiert hoch.

»Wie hat er uns gefunden?«

»Wie er uns immer findet«, sagte Anne. »Weil er uns einen Sender untergejubelt hat, ohne dass wir das bemerkt haben.«

»Aber wir sind doch niemandem näher als fünf Schritte gekommen«, protestierte Elder, bis ihm einfiel, dass er bei ihrer Flucht aus der Wohnung jemanden angerempelt hatte.

»Die ältere Dame«, sagte er verblüfft. »Die ich vor der Wohnung in der Langen Gasse angerempelt habe. Sie gehörte zu diesem Kerl.«

Er langte in die Jackentasche seines Blousons – und wurde tatsächlich fündig. Er zog einen kleinen Gegenstand mit einem Drahtanhängsel heraus: einen Sender.

»Verdammt, Anne. Die hat tatsächlich dazugehört.«

Anne starrte nach draußen. Sie konnte es einfach nicht glauben. Warum um alles in der Welt verfolgte sie dieser Kerl derart hartnäckig?

Sie schnippte mit dem Finger nach dem kleinen Funksender. »Gib ihn schon her!«, sagte sie barsch. Elder brachte ihn ihr tatsächlich. So brauchte sie Wolfgang nicht aus den Augen lassen, der wohl ihren Schatten ebenfalls durch das Fenster beobachtete. Als sie die Elektronik in der Hand hielt, stampfte sie zornig mit dem Fuß auf. Sie musste die Sache klären. Ein für alle Mal. Sie ging zur Balkontür und öffnete sie.

»Was machst du?«, herrschte Elder sie an.

»Ich muss mit ihm reden. Ganz einfach. Sonst schleicht er noch hinter uns her, wenn wir in Rente sind.«

Mit einem Ruck öffnete sie die Tür und trat hinaus.

»Was willst du?«, zischte sie Wolfgang an, der fünf Meter entfernt und durch ein Mäuerchen von ihr getrennt in der Wiese stand.

»Das weißt du«, sagt er nur.

»Lass mich in Frieden. Aber zuvor gibst du mir, was du aus der Wohnung von Hacker geklaut hast!«, herrschte sie ihn an.

Sie sah ihm an, dass er überrascht war. Doch er hatte sich schnell im Griff. Als sie den Satz gesagt hatte, wusste sie nicht recht, ob das klug oder ein Fehler gewesen war.

»Dann gibt es dort also ein kleines Versteck. Interessant«, sagte Wolfgang so leise, dass Anne es beinahe nicht gehört hätte.

»Du hast dort nichts zu suchen«, sagte sie.

»Das kommt auf den Standpunkt an. Ich bin schließlich der Geschäftsführer von HAME-Security und damit auch für die Transaktionen verantwortlich, die der Alte noch eingefädelt hat. Es wäre geschäftsschädigend, wenn ich nicht nachbohren würde.«

»Ich sage dir, was geschäftsschädigend ist. Das ist geschäftsschädigend!« Sie warf den Sender in hohem Bogen ins Gras. »Gib mir das Kuvert, das du gestohlen hast. Es gehört mir. Und dann hau ab. Für immer.«

Wolfgang zuckte mit den Schultern, als habe er eine ähnliche Reaktion erwartet. Er brauchte sie nicht mehr. Seinen Spaß hatte er gehabt. In ihr stiegen neben dem Zorn auf den Kerl auch noch Tränen auf wegen ihrer wenig durchdachten Strategie. Anne schluchzte, und das war das Zeichen für den Rückzug. Sie drehte sich abrupt um.

»Ist dein Schatten mit drin?«, hörte sie Wolfgang noch fragen und rufen: »Pass auf. Er ist nicht so harmlos, wie er tut. Aber das Kuvert musst du dir holen. Bei Meister!« Dann schlug die Tür hinter ihr zu, und Elder beeilte sich, den Hebel nach oben zu drücken, der die Tür absenkte und so verriegelte.

»Warum hast du das gemacht?«, fragte er verärgert.

»Weil … weil … weil … ach, lass mich in Ruhe«, fauchte sie Elder an, durchquerte das Wohnzimmer und sperrte sich auf der Toilette ein.

Sie saß auf der geschlossenen Kloschüssel, den Kopf in beide Hände gestützt, und ließ die Tränen fließen.

»Warum bin ich nur so nah am Wasser gebaut?«, herrschte sie sich selbst an und versuchte, die Tränen mit Toilettenpapier abzutupfen.

Sie schnäuzte sich lautstark in das Papier, beruhigte sich aber langsam. Verdammt, verdammt, verdammt, ihre Seelenduselei brachte sie nur in Schwierigkeiten. Sie fühlte, wie die Unterlippe wieder aufhörte zu zittern, wie ihre Atmung abflachte. Mit der Beruhigung setzte auch der Verstand wieder ein.

In Annes Kopf hallte Wolfgangs Warnung wider. »Pass auf. Er ist nicht so harmlos, wie er tut«, hatte er sie gewarnt. Warum warnte er sie mit »Pass auf«? Und vor wem? Vor Elder? Hatte Elder womöglich etwas zu verbergen, was ihr bislang nicht aufgefallen war? Oder wollte Wolfgang einfach nur das tun, was »böse Jungs« immer taten: Zweifel streuen? Was, wenn Elder tatsächlich noch andere Interessen verfolgte, wenn er nicht ihr Freund war, sondern nur …? Anne!, rief sie sich selbst zur Besinnung. Was für ein Blödsinn. Du wärst niemals dort, wo du bist, wenn er dir nicht geholfen hätte. Andererseits mutete es merkwürdig an, wie er aus den vielen Codevarianten, die möglich waren, zielsicher die richtigen herausgefiltert hatte. Wenn er kein Hellseher war – und das war er gewiss nicht –, dann konnte es auch eine andere Erklärung dafür geben. Eine, die Wolfgangs Herumlungern bestätigte: Er war tatsächlich nicht so harmlos, wie es den Anschein hatte.

Anne saß da, zusammengekrümmt, als hätte sie Bauchschmerzen, und überlegte fieberhaft, ob sie paranoid zu werden begann oder tatsächlich die richtige Tür aufgestoßen hatte.

Warum war das alles so kompliziert? Warum konnte die Welt nicht einfach nur schwarz-weiß sein? Die Guten gut, die Bösen böse. Doch selbst dann musste man erkennen können, wer zu den Guten und wer zu den Bösen gehörte. Sie zweifelte, ob sie diese Entscheidung noch treffen konnte.

Anne spülte und trocknete ihr Gesicht ab. Make-up hatte sie kaum aufgelegt, sodass es nicht auffiel, wenn sie mit einem nassen Waschlappen über die Augen und die Wangen fuhr. Natürlich waren ihre Augen noch rot, aber das würde sich geben – und wenn Elder etwas Taktgefühl besaß, würde er sie nicht darauf ansprechen.

Mit dem Vorsatz, den Laptop zu holen und die Liste einzugeben, kam sie ins Wohnzimmer zurück.

Elder saß auf dem Boden, die Liste auf dem Couchtisch, und hatte bereits begonnen, die Daten abzuschreiben.

Er blickte kaum hoch, als sie zurückkam.

»Wieder beruhigt?«, fragte er.

Manchmal war Anne ganz froh darüber, dass die meisten Männer so wenig sensibel waren. Über kleine persönliche Verletzungen konnten sie einfach hinweggehen, erkannten sie oft nicht einmal. Sie waren in der Sache ohne Zweifel zielstrebiger, weil sie Gefühle beiseiteließen oder zumindest zurückstellten.

»Ja, schon gut«, sagte sie matt. »Was hast du?«

»Drei Generationen sind hier aufgelistet.«

»Drei Generationen?«

»Das Interessanteste ist, dass deine Großmutter 1941 zur Welt gekommen ist. Damals war Konrad Hacker – wie alt?«

Er überlegte.

»Einundzwanzig«, sagte Anne. »Er war einundzwanzig. Gerade volljährig und volles Mitglied der SS.«

»Hier steht, dass die Mutter, also deine Urgroßmutter, nur unwesentlich älter gewesen ist.« Elder deutete auf die Vorderseite des Blattes. »Mutter, Sieglinde Karg. Geboren 1917. Sie war dreiundzwanzig Jahre alt.«

»Blond, blauäugig und kräftig gebaut. Es gibt ein Bild von ihr mit kräftigen hellen Zöpfen. Zwar schwarz-weiß, aber es ist deutlich zu sehen, wie blond sie gewesen ist.«

Elder drehte das Blatt erneut und hielt es gegen das Licht.

»Deine Großmutter kam 1941 zur Welt. Als Lebensborn-Kind. Aus der Urkunde lässt sich leider nicht ermitteln, wann genau sie ausgestellt worden ist. Es kann durchaus sein, dass Konrad Hacker sie von seiner Tante Ottilie nachträglich hat ausstellen lassen. Wichtig ist, deine Urgroßmutter hat das Kind alleine aufgezogen und nicht wieder geheiratet.«

»Ich weiß«, sagte Anne. »Wir sind eine Familie starker Frauen.«

»Oder missbrauchter Frauen«, warf Elder leise ein – und bevor Anne widersprechen konnte, zeigte er auf eine Bleistiftlinie auf der Rückseite. »Bevor du irgendetwas sagst, lies das. Es ist mehr als interessant.«

Wütend über seine Behauptung nahm Anne ihm das Blatt aus der Hand. Sie ermahnte sich zur Ruhe. Sie musste vorsichtig sein mit ihren Ausbrüchen.

Eine Linie führte vom Namen Konrad Hacker nach unten und traf auf einen anderen Namen: Hans Meister. Von dem aus lief waagerecht ein Pfeil hinüber zu Hildegard Karg. Auf dem Pfeil stand die Zahl 18. Von Hildegard lief erneut ein Pfeil hinunter zu einem weiteren Namen, dem ihrer Mutter: Hiltrud Amelie Karg.

Anne musste mehrmals die Linien verfolgen, bis sie deren Bedeutung ganz begriff. Ihre Mutter war die Tochter von Hans Meister. Mit achtzehn Jahren war ihre Großmutter von ihm geschwängert worden, ein Jahr später war sie von einer Tochter entbunden worden, ihrer Mutter.

»Das ist …«, hauchte sie, konnte aber den Satz nicht beenden.

»Inzest? Sehe ich auch so.« Elder nahm ihr die Formulierung aus dem Mund.

Anne wusste nicht recht, was sie sagen sollte.

»Was hat das zu bedeuten?«, fragte sie mehr sich selbst als ihren Adlatus.

»Konrad Hacker hat sein Zuchtprogramm fortgeführt.« Elder sagte das so emotionslos, dass es Anne kalt den Rücken hinunterlief. »Der neue Konrad Hacker war auch als Hans Meister ganz der Alte. SS-Mann mit dem Gedanken, eine neue Rasse in die Welt zu setzen. Deine Großmutter und deine Mutter sind wohl das Ergebnis davon.«

Anne wurde leicht schwindlig. Jetzt klärte sich auch das Alleinbleiben der Frauen. Sie waren nicht stark, sie sollten ihr wertvolles Erbgut nicht verschwenden.

»Warum haben sie nicht geheiratet?«

»Meister und deine Großmutter?« Elder zuckte mit den Schultern. »Man muss sich wundern, dass die junge Hildegard sich hat schwängern lassen. Damals war das noch nicht so unproblematisch wie heutzutage. Wenn man heute als alleinstehende Frau ein Kind bekommt – nun, dann bekommt man eben ein Kind. Damals war es ein Makel, hatte es soziale Ausgrenzung zur Folge, wurde man als Hure und Schlimmeres beschimpft.« Elder holte kurz Luft, und Anne fiel auf, dass er den nächsten Satz offenbar ungern aussprach. Er blickte sie dabei nicht an. »Womöglich hat sie das Kind ja nicht … nun … freiwillig empfangen.«

»Du glaubst, er hat sie … vergewaltigt?«

»Zumindest wurde es ihm ermöglicht, denn die Mutter kannte ihn ja – und hat ihn an die Tochter herangelassen.«

Anne musste sich setzen. Das war zu ungeheuerlich. Zwar ließ die genealogische Liste hier viel Spielraum für Deutungen, doch Elders Version war logisch präzise – und, was am schlimmsten war, durchaus denkbar. Anne überlegte, wie sie als Achtzehnjährige reagiert hätte, wenn ein Vierzigjähriger zudringlich geworden wäre. Sie hätte ihn abgewiesen, hätte sich seine Annäherungsversuche verbeten. Sie war sich sicher, dass diese Einstellung auch für das Jahr 1958 gegolten hatte.

Ihr Blick schweifte nach draußen, in den Garten, in dem sie sommers wie winters gespielt und getobt hatte. Wolfgang war verschwunden. Jetzt erst fiel ihr auf, dass sie ihn völlig vergessen hatte.

»Wo ist dieser Wolfgang hin?«, fragte sie Elder. Sie verwendete das Wort »dieser«, um Elder deutlich zu machen, dass ihre Beziehung nicht allzu eng gewesen war.

»Gegangen. Nach deiner Standpauke ist er einfach abgehauen.«

Einfach abgehauen, dachte Anne. Das sah ihm ähnlich.

Anne erinnerte sich plötzlich an das Bild mit dem Dreirad. Es war Konrad Hacker alias Hans Meister, den sie dort abgelichtet gesehen hatte. Die Frau war ihre Großmutter und das Kind ihre Mutter.

Endlich wagte Anne die Frage zu stellen, die ihr auf der Zunge gebrannt hatte, sobald Elder die Beziehung zwischen ihrer Großmutter, ihrer Mutter und Hans Meister offengelegt hatte.

»Und. Bin ich auch von … ihm?«

Elder senkte den Blick, ließ ihn über die Rückseite der Steinhöring-Geburtsurkunde schweifen, blickte sie wieder an und zuckte dann mit den Schultern.

»Keine Ahnung. Der Stammbaum bricht mit deiner Mutter ab.«

Anne riss ihm das Papier geradezu aus den Händen.

Sie überflog die nur sehr schwach zu lesenden Aufzeichnungen. Sie kam nicht darin vor. Doch das beruhigte sie keineswegs. Wie ihre Vorgängerinnen war ihre Mutter alleinerziehend gewesen. Das hatte sie zwar schon gewusst und sich als das Vermächtnis »starker Frauen« schöngeredet, doch die Wahrheit, die dahinterstand, war erschütternd. Wenn auch ihre Mutter ohne Mann geblieben war, dann – doch ihre Gedanken stockten. Ein Detail ihrer Überlegungen stimmte nicht. Ihre Mutter hieß Müller. Heinrich Müller, ihr Stiefvater, hatte Amelie Karg geheiratet. Den ersten Vornamen hatte sie dabei unterschlagen. Wenn ihre Mutter geheiratet hatte, dann bestand die Wahrscheinlichkeit, dass die Tochter, und damit sie selbst, nicht aus der Zeugungslinie Hacker stammte.

Anne fuhr sich mit der Hand übers Gesicht.

»Meine Mutter hat mir nie gesagt, wer mein Vater gewesen ist. Glaubst du, sie hat es mir … deshalb verschwiegen?«

Sie deutete auf die Abstammungsurkunde.

»Möglich. Aber nicht wahrscheinlich. Drei Generationen Inzest würden zu Fehlbildungen führen.«

»Ich bin Juristin geworden. Ist das nicht Fehlbildung genug?« Anne hatte Mühe, ihre Fassung durch eine witzige Bemerkung wiederzugewinnen. Sie betrachtete ihre Hände. »Jedenfalls fehlen mir Schwimmhäute und zusätzliche Zehen.«

Doch dann fuhr es ihr wie ein Messer in die Eingeweide. Jahrelang hatte sie Termine beim Zahnarzt wahrnehmen müssen, weil ihr die oberen Eckzähne fehlten. Eine übliche Fehlbildung, die bei zweihunderttausend Menschen ein Mal vorkomme, hatte sie der Zahnarzt damals beruhigt. Doch jetzt wusste sie es besser. Es war zwar eine Fehlbildung, aber eine inzestuöse Fehlbildung. Und sie hatte diesen Makel schon einmal gesehen.

Sie öffnete ihren Laptop, holte das Bild mit dem Dreirad auf den Schirm und vergrößerte das Gesicht Konrad Hackers: Er lachte mit offenem Mund in die Kamera – und man sah links oben einen fehlenden Eckzahn. Diese Lücke hatte sich durch die sich nach vorne schiebenden Zähne im Oberkiefer verkleinert – war aber deutlich sichtbar geblieben.

»Schau dir das an«, sagte Anne und zeigte auf die Vergrößerung, die stark verpixelt war.

»Oben fehlt ihm ein Eckzahn. Nicht ausgefallen oder gezogen, er fehlte von vorneherein. Gendefekt.«

Sie zeigte auf ihre Zähne im Oberkiefer. »Die Eckzähne fehlen. Das habe ich von ihm. Nur auf beiden Seiten.«

Elder nickte bedächtig. »Damit hätte man ihn eindeutig identifizieren können, als er damals als Hans Meister zurückgekommen ist.«

Anne schloss die Augen. Sie war das Ergebnis einer Zuchtwahl, eines Zuchtversuchs. Sie war ein Zuchtfohlen, das nur deshalb nicht mehr gedeckt wurde, weil der Hengst mittlerweile tot war.

Die logische Konsequenz aus der Entdeckung aber war, dass sie die gesuchte Nachfahrin war. Sie war die Erbin Konrad Hackers alias Hans Meister.

»Ich weiß, was du denkst«, sagte Elder. »Du hast deine Aufgabe erledigt. Aber das stimmt nicht ganz. Nicht du bist die direkte Nachfahrin und damit seine Erbin, sondern deine Mutter. Sie kann nachweisen, dass sie eine Beziehung zu Hans Meister hatte. Vielleicht liegt hier auch irgendwo ein Brief von ihm an sie oder umgekehrt, bei Meister ein Brief von ihr an ihn. Aber du kommst in dieser Rechnung nicht vor. Außer du kannst beweisen, dass Meister dein Vater ist. Was hiermit schwerfallen würde.« Er deutete auf das Testament.

Anne schwieg. Ihre Gedankenblase war mit einem so lauten Knall geplatzt, dass ihr noch immer schwindlig davon war. Sie musste Gewissheit haben – und die einzige Gewissheit würde sie bei ihrer Mutter finden.

»Ich muss noch einmal ins Krankenhaus zu meiner Mama«, sagte sie. »Soll ich dich irgendwohin mitnehmen?«

Elder zuckte mit den Schultern.

Anne wusste, dass das kein wirklich eleganter Rauswurf war, doch er war deutlich genug gewesen.

»Lässt du das Zeug hier? Jetzt, wo dieser Wolfgang weiß, wo er etwas finden wird?«

Anne schüttelte nur den Kopf.

Nein, sie würde alles mitnehmen. Päckchen – Postversand, schoss es ihr durch den Kopf. Das würde die Unterlagen für einige Tage sicher machen. Niemand war in der Lage, den Postversand wirklich zu überwachen.

»Gehen wir«, sagte sie und schob alles in den braunen Umschlag.

Elder fügte sich. Doch der Blick, den er auf den Umschlag warf, warnte Anne, ihn nicht aus den Augen zu lassen. Hatte Wolfgang doch recht?

28

Anne hielt vor der Wohnung in der Langen Gasse. Sie blickte hinauf zu den Fenstern. Dort brannte Licht. Sie hatte es gewusst. Sie blieb noch eine ganze Zeit sitzen und beobachtete, ob sich das Licht veränderte. Aber das tat es nicht. Die Deckenlampe im Wohnzimmer der Meister-Wohnung brannte unverändert.

Sie stellte sich vor, wie Wolfgang auf dem Sofa saß, sich ein Glas Whiskey danebengestellt hatte und in einem der Schmöker las, den er sich aus dem Regal geholt hatte: Ernst Jüngers »In Stahlgewittern«. Er wartete auf sie. Geduldig. Mit einer Ruhe, die ihm sein Beruf aufgezwungen hatte. Er wusste, sie würde kommen, wie sie gewusst hatte, wo er sich befand.

Sie hatte Elder nach Hause gefahren, hatte die Unterlagen zur Post gebracht und war schon auf dem Weg zu ihrer Mutter ins Zentralklinikum gewesen. Doch dann war sie am Klinkertor abgebogen. Einer Eingebung folgend. Jetzt stand sie kaum fünfzig Meter von der Wohnung entfernt und beobachtete den gelben Lichtfleck in der Fassade des spätmittelalterlichen Hauses.

Wolfgang erwartete sie. Er saß da und horchte darauf, dass sie die Treppe heraufkam. Er rechnete mit ihrer Neugier, mit ihrem unbedingten Willen, den Fall aufzuklären. Endlich fasste sie sich ein Herz und stieg aus.

Auf dem Weg zur Wohnung überlegte sie sich, was dieser Umschlag in Hans Meisters Geheimfach enthalten könnte – und was er vielleicht über sie erzählte. Womöglich warf er alle ihre Theorien über den Haufen. Schließlich war Hans Meister ein wahrer Meister darin gewesen, Spuren zu verwischen und neue anzulegen.

Sosehr sie sich auch bemühte – ihr kam keine schlüssige Idee. Sie strich mit der Zunge über die Stellen in ihrer Zahnreihe, an denen Eckzähne stehen müssten. Die hinteren Backenzähne hatten die Lücken fast gefüllt. Sie schauderte bei dem Gedanken, ein mendelsches Genexperiment gewesen zu sein, eine Züchtung, wie man Fleischtomaten oder Erbsen zog.

Sie stieg die Treppe hoch und bemühte sich, dabei möglichst kein Geräusch zu machen, doch die Metalltreppe vibrierte. Wolfgang wusste demnach, dass sie kam.

Die Tür am oberen Ende war ebenfalls abgeschlossen. Sie steckte den Schlüssel ins Schloss und öffnete. Langsam betrat sie den Flur, ging hinüber ins Wohnzimmer. An der Tür blieb sie stehen und sah hinein.

Der Wohnraum war hell erleuchtet. Jetzt erst erkannte sie, dass auch eine der Ständerlampen ihr Licht an die Decke warf. Ein Geruch von verbrannten Insekten stieg ihr in die Nase. Ansonsten war der Raum leer.

Hatte sie sich getäuscht? Anne ging ins Wohnzimmer hinein. Da wurde die Tür hinter ihr wie von Zauberhand geschlossen. Hinter der Tür stand – Dr. Fritsch.

»Fritsch? Sie?« Anne war ehrlich verblüfft. Jeden hatte sie erwartet, nur nicht den Notar. Sie sah sich um, vielleicht handelte es sich um einen Scherz, irgendein Spaßvogel versteckte sich irgendwo, um sich an ihrer Verblüffung zu weiden.

»Woher haben Sie … ich meine … Sie haben einen Zweitschlüssel? … Sie warten auf mich …?«

Endlich hielt Anne den Mund. Das Gestotterte ging ihr selbst auf die Nerven.

Auch Dr. Fritsch war offenbar verblüfft.

»Warte ich auf Sie?«, fragte er und deutete mit einem zaghaften Lächeln auf die Couch.

»Setzen wir uns doch«, sagte er unverbindlich und strebte dem Sitzplatz zu. »Was haben Sie für mich?«

Anne wählte den Sessel daneben. Doch sie fühlte sich unwohl dabei.

»Ich? Nichts natürlich. Ich … Herrgott, was tun Sie hier?«

»Sie haben jemand anderen erwartet?«, begann er das Gespräch.

»Jedenfalls nicht Sie.« Sie stand wieder auf und blickte hinaus. »Draußen wird es dunkel, und ich dachte immer, Notare dürfen nur bei Tageslicht auf die Straße.«

Dr. Fritsch lachte künstlich. Anscheinend hatte er den Witz nicht verstanden.

»Haben Sie einen Zweitschlüssel?«

»Natürlich. In dem Umschlag lag auch ein Satz Schlüssel für mich«, gab er unumwunden zu.

Anne ging zur Stehlampe und knipste das Licht aus. Dann schloss sie die Vorhänge. Jetzt erst fühlte sie sich einigermaßen sicher. Danach schob sie den Sessel einen guten Meter weiter. So war der Ort, an dem sie saß, wenigstens etwas sicherer.

»Eine Vorsichtsmaßnahme. Man hat nicht zum ersten Mal auf mich geschossen. Bislang Gott sei Dank erfolglos.«

Dr. Fritsch zog die Augenbrauen hoch. »Interessant.«

»Was tun Sie hier? Auf mich warten?«

Dr. Fritsch schüttelte den Kopf. »Ich habe heute Nachmittag einen seltsamen Anruf erhalten«, begann Dr. Fritsch und ließ Anne nicht aus den Augen. »Anonym. Der Anrufer behauptete, er wisse etwas über meine Vergangenheit.«

»Da sind Sie einfach hierhergekommen? Weil jemand sagte: Ich habe da etwas über Ihre Vergangenheit. Erzählen Sie das mal Ihrer Tante, Dr. Fritsch.«

Er räusperte sich.

»Das habe ich bereits. Sie sagte nur, ich solle mir das ruhig anhören.«

Anne konnte den Notar nur ungläubig anstarren.

»Haben Sie in der Vergangenheit von den schmutzigen Geschäften Meisters profitiert?«

»Ich hatte mit Meisters dubiosen Geschäften nichts zu schaffen, wenn es solche je gegeben haben sollte.«

»Aber Sie wussten davon.«

Verlegen senkte Dr. Fritsch den Kopf. »Nein.«

»Geahnt?«

»Herrgott noch mal. Natürlich habe ich etwas geahnt. Schließlich war mit einer Sicherheitsfirma nicht viel Geld zu verdienen. Aber manchmal sind Hunderttausende über den Tisch gelaufen, und ich habe mich erkundigen müssen, wie das Geld legal und ohne größere Reibungsverluste auf ausländische Konten verschoben werden konnte. Alles im Rahmen der geltenden Gesetze. Nun ja, manchmal bin ich mit einem Koffer voller Geld auch mal nach Luxemburg gefahren.«

»Woher Meister das Geld hatte, haben Sie sich nie gefragt?«

Dr. Fritsch schüttelte den Kopf, dann nickte er.

»Was jetzt? Haben Sie oder haben Sie nicht?«

»Ich war hin und wieder Bote beim Überbringen der Ware.«

Anne musterte den Notar von oben bis unten.

»Das hätte ich Ihnen gar nicht zugetraut. Mein Notar ein Ganove. Dr. Ganove Fritsch.«

Fritsch fuhr auf. »Jetzt hören Sie aber auf. Die meisten Antiquitäten, mit denen Meister gehandelt hat, waren Kopien. Zwar auch etwas wert, aber natürlich nicht so viel wie die Originale. Diplomaten oder deren Gattinnen bestellten – Meister lieferte. Sogar die Mona Lisa hat er einmal nachmalen lassen, weil ein Japaner das wollte. Von einem Trio Russen!«

Anne war verblüfft. Das ließ die Ware im verborgenen Nebenraum plötzlich in einem ganz anderen Licht erscheinen. Der Handel mit und der Vertrieb von Repliken war nicht ungesetzlich, solange die Fälschungen als solche ausgewiesen waren und zweifelsfrei vom Original unterschieden werden konnten.

Wenn das zutraf, dann war der »Antiquitätenhandel« nur so etwas wie ein Zubrot gewesen und nicht die verbrecherische Ausbeutung welchen Staates auch immer, die sie und Elder dahinter vermutet hatten. So ganz konnte sie das noch nicht akzeptieren.

»Noch einmal, Herr Dr. Fritsch. Was tun Sie hier?«

Jetzt schluckte der Notar. Hatte er etwa doch Dreck am Stecken?

»Ich habe es schon gesagt. Ich warte auf jemanden.« Er schaute auf die Uhr. »Er müsste jeden Augenblick eintreffen.«

In Anne ratterte es. Wer konnte der Unbekannte sein, der Dr. Fritsch hierherbestellt hatte? Wolfgang?

Anne war sich beinahe sicher. Schließlich hatte nur er weitergehende Informationen. Wenn diese nicht sie selbst betrafen, betrafen sie den Notar. Damit hatte ihn Meister – und jetzt natürlich Wolfgang – in der Hand. Wie eine Marionette konnte er ihn tanzen lassen.

»Wenn das ein Erpressungsversuch werden soll, Herr Dr. Fritsch, dann kann ich Ihnen meine Hilfe anbieten. Ich bin Juristin und kann unter Eid aussagen. Ich höre mit, und dann schnappen wir uns den Kerl.«

Jetzt stand Dr. Fritsch auf. Energisch schüttelte er den Kopf. »Ich habe nichts zu verbergen.«

Anne zuckte mit den Schultern. »War nur ein Angebot. Ich kann in dieser Wohnung mithören, ohne dass der andere meine Anwesenheit bemerkt. Sollte jemand Sie zu erpressen versuchen … damit wären Sie aus dem Schneider.« Sie blinzelte ihm verschwörerisch zu. »Jeder hat eine Leiche im Keller. Nicht wahr?«

»Wie wollen Sie das anstellen? Da zu sein und mitzuhören und dennoch nicht gesehen zu werden. Nehmen Sie hinter dem Vorhang Aufstellung?«

»Sie gehen ins Bad. Wenn Sie zurückkommen, bin ich verschwunden. Sie sehen mich nicht mehr, aber ich bin in Ihrer Nähe. Vertrauen Sie mir.«

Man hörte, wie unten an der Treppe ein Schlüssel ins Schloss gesteckt wurde.

»Er kommt«, sagte Fritsch tonlos.

»Gilt der Deal?«

Dr. Fritsch nickte nur.

Während die Schritte die Treppe hochkamen und das Wohnzimmer mit einem rhythmischen Vibrieren füllten, verließ Dr. Fritsch den Raum.

Anne nahm die Fernbedienung und gab den Code ein. Die Tür zum Nebenraum öffnete sich. Sie schlüpfte hinein. Als der Schlüssel ins Schloss der oberen Tür gesteckt und gedreht wurde, hatte sie den Zugang zum Versteck bereits wieder hinter sich zugezogen.

Sie horchte auf die Schritte, die sich näherten. Dann ging die Spülung der Toilette. Der Eindringling blieb ganz ruhig. Er setzte sich. Anne konnte das Knarren des Couchleders hören. Schließlich betrat Dr. Fritsch den Raum.

»Wie kommen Sie hier herein?«, fragte der verblüfft.

»Mit dem Schlüssel«, antwortete der Fremde und schüttelte einen Bund mit Schlüsseln.

Anne war wie elektrisiert. Die Stimme kannte sie.

»Die einzigen gültigen Schlüssel habe ich überstellt bekommen«, warf Dr. Fritsch ein und wirkte dabei verärgert. Anne fand, er spielte seine Rolle gut.

»Mag sein«, sagte der Fremde, auf dessen Stimme Anne jetzt ein besonderes Augenmerk warf. Es bestand kein Zweifel mehr. Es handelte sich dabei um Wolfgang.

»Haben Sie mich angerufen und hierherbestellt?«

»Mhm«, sagte die Stimme und schien mit dem Kopf zu nicken, doch Anne konnte nur spekulieren. Die Dunkelheit, in der sie saß, schärfte zwar ihre Sinne, ließ aber auch ihre Gedanken abschweifen. Warum hatte Wolfgang Dr. Fritsch hierherbestellt? Das ergab doch keinen Sinn, außer – man hatte ihr wieder einen Sender untergejubelt, um sie zu lokalisieren. Panik stieg in ihr hoch. Vorsichtig tastete sie ihre Kleidung ab, schlüpfte mit den Händen in alle Taschen, konzentrierte sich in der Dunkelheit auf ihre Fingerspitzen, fand jedoch nichts. Sie überlegte, ob sie seit der Flucht aus der Wohnung jemandem begegnet war, jemanden angerempelt oder sonst in irgendeiner Weise Kontakt gehabt hatte. Nein, das konnte sie ausschließen.

»Jetzt tun Sie doch nicht so, als wäre Ihnen das nicht bekannt«, beschwerte sich Wolfgang.

Anne schreckte auf. Sie hatte die Unterhaltung verpasst. Was sollte Dr. Fritsch wissen? Sie schalt sich eine Närrin, weil sie nicht zugehört hatte. Sofort konzentrierte sie sich wieder auf das Gespräch.

»Sie wissen, was ich meine. Wir haben die Biografie nachgeprüft. Es besteht kein Zweifel.«

Vor dem Versteck entstand eine Ruhe, die sie nur schwer deuten konnte.

»Dann habe ich das Mädchen ja in eine prekäre Situation …«

»Haben Sie, Dr. Fritsch. Haben Sie.«

»Aber der Mann ist tot. Der Auftrag ist damit doch erfüllt.«

»Vielleicht«, sagte die Stimme. »Es gibt da noch ein anderes Problem.«

»Was denn?«

»Das zeige ich Ihnen am besten.«

Anne hörte einen Umschlag rascheln. Papiere wurden aus einer Hülle gezogen, weitergereicht. Jemand blätterte. Dann wurde die Luft rasch eingesogen, als wäre der Leser von dem, was er dort zu sehen bekam, höchst überrascht.

»Weiß sie davon?«

»Sie hat keine Ahnung. Wussten Sie davon?«

Wieder konnte Anne die Antwort nicht verstehen. Dr. Fritsch sagte keinen Ton mehr. Sie hörte ihn nur schwer atmen.

»Damit … ist der Fall …«

»Gelöst? Nein. Er hat noch nicht einmal angefangen. Meister war ein vermögender Mann. Mit den Antiquitätengeschäften hat er Millionen verdient. Anfänglich mehr, als er sich dann auf Repliken verlegt hat, weniger, aber immer noch ordentlich.«

»Er hat anfänglich mit Kunst aus Raubgrabungen gehandelt?«

Der Mann, der Wolfgang zu sein schien, lachte leise.

»Raubgrabungen? Wo denken Sie hin? Aber stellen Sie sich vor, Sie sind deutscher Obersturmführer gewesen, haben sich in den besetzten Ländern Gemälde, Schmuck, Kleinodien zusammengerafft, ob von Juden oder Russen, ob von Kollaborateuren oder einfach nur von Menschen, deren Nase Ihnen nicht gepasst hat, und stellen fest, Deutschland verliert den Krieg. Alle die schönen und wertvollen Dinge sind gefährdet. Sie verstecken sie dort, wo man sie nicht suchen würde: in Schließfächern von Banken – überall dort, wo ein deutscher Fuß gestanden hat, gab es Banken: Luxemburg, Belgien, Niederlande, Dänemark, Norwegen. Nicht zu vergessen das neutralste und unschuldigste aller Länder, die Schweiz. Dort lagerten die Schätze noch Ende 1945, 1946, 1947 und später. Kommen Sie mit?«

Anne hörte das Rascheln von Dr. Fritschs Hemdkragen. Vermutlich nickte er. Anne atmete nur noch durch den Mund, mit dem Ohr so nahe an der Tür, wie es ihr möglich war.

Sie wusste genau, was kommen würde. HAME-Security bot den Flüchtlingen ihre unübertrefflichen Dienste an. Sie bot an – selbstverständlich gegen eine kleine Beteiligung –, die Kunstwerke, sofern sie eine bestimmte Größe nicht überschritten und im Diplomatengepäck transportiert werden konnten, aus der entsprechenden Bank zu holen und über die Grenze in das Zielland der Wahl zu schaffen.

So ähnlich argumentierte Wolfgang.

»Zuerst ging das Geschäft blendend. Die Zuverlässigkeit sprach sich bei den geflohenen Nazis herum. Später kamen Diplomaten aus aller Herren Länder dazu, die Preziosen außer Landes schaffen wollten, weil sie einen Putsch befürchteten oder tatsächlich bereits fliehen mussten.«

»Die Banken wurden niemals zur Rechenschaft gezogen, nicht wahr?«, warf Dr. Fritsch ein.

»Sie waren nur der Schatzhort oder, noch deutlicher, der Drache, der sie bewachte. Jedem, der Zugriff auf die geheimen Depots wollte, klopfte man strikt auf die Finger. Das schreckte ab.«

»Und als die Demokratie anlief, war die Gefahr ohnehin vorbei«, spann der Notar die Gedanken fort. »Da benötigten die Politiker der ersten Stunde selbst Depots für ihre Sammlungen.«

Jetzt lachte Wolfgang trocken.

»Sie haben es offenbar begriffen, Doktor«, bestätigte Wolfgang.

»Was hat das mit mir zu tun?«, fragte Dr. Fritsch in die lockere Stimmung hinein, und Wolfgang stoppte abrupt.

»Das wissen Sie genau!«, sagte Wolfgang. Diesmal lauernd, als erwarte er eine ungewöhnliche Reaktion.

»Beim besten Willen, ich kann Ihnen nicht folgen«, widersprach Dr. Fritsch. »Ich habe weder die HAME-Security beauftragt noch gefälschte Gegenstände ins Ausland geschmuggelt.«

»Konto Ragnarök«, blaffte Wolfgang ihn an.

»Ragna… Was?«

Selbst Anne hörte aus dem Tonfall heraus, dass der Notar keineswegs so unbedarft war, wie er tat. Er wusste sehr wohl, was der Name bedeutete.

»Götterdämmerung«, übersetzte Wolfgang. Vielleicht war ihm die Überraschung in der Stimme des Notars entgangen. »Ein Konto, das Hans Meister eingerichtet hat. Es ist im Grunde Eigentum der HAME-Security. Über dieses Konto liefen alle Transaktionen des Antiquitäten- und Replikenhandels.«

Ragnarök! Also doch ein Konto, dachte Anne. Wie sie es vermutet hatte. Offenbar waren ihre Überlegungen dazu richtig gewesen. Auf ihm waren die Anteile Meisters an den Verkäufen eingezahlt worden.

»Ich kenne das Konto wirklich nicht«, sagte Dr. Fritsch, und Anne spürte, wie er sich verbal zurücklehnte und ruhiger wurde.

Wolfgang räusperte sich.

»Ich habe hier die Kontoauszüge«, sagte er. »Die Überweisungen wurden steuerlich geprüft und dann von einem Notar abgezeichnet.« Wolfgang machte eine Pause. Er schien darauf zu warten, dass Dr. Fritsch sich irgendwie äußerte, aber das geschah nicht. Der Notar schien völlig ruhig und gelassen zu sein. Schließlich platzte Wolfgang der Kragen.

»Es war Ihr Notariat, das gegengezeichnet hat. Offenbar, um nicht in Konflikt mit der Steuer zu kommen. Na, klingelt es jetzt?«

Dr. Fritsch zuckte hörbar mit den Schultern. »Mag sein. Ich beschäftige fünf Juristen.«

»Herrgott noch mal«, polterte Wolfgang los. »Ich versuche, Ihnen hier Brücken zu bauen, und Sie lassen sich jedes Detail aus der Nase ziehen. Sie geben nur zu, was man ohnehin nicht mehr leugnen kann.«

»Es gibt eine notarielle Schweigepflicht!«, sagte Dr. Fritsch leise. »Ich weiß wirklich nicht, wie ich Ihnen helfen könnte.«

Anne sah ihn vor sich, wie er dabei bubenhaft verlegen lächelte. Sie stellte sich aber auch vor, wie Wolfgang sich den Stuhl heranzog, sich breitbeinig vor Dr. Fritsch hinhockte, wie er die beiden Armlehnen des Stuhls umfasst hielt und sich sein Gesicht dem des Notars gefährlich näherte. Sie konnten beide das Weiße im Auge des anderen erkennen.

»Sie haben die Papiere unterschrieben. Persönlich. Sie hatten also einen Einblick in die Unterlagen, in das Vermögen. Sie wissen, wohin die Gelder geflossen sind und für wen sie bestimmt waren.«

»Ich glaube, Sie täuschen sich da.«

»Ich täusche mich nicht, denn Hans Meister hat hier einige interessante Auszüge hinterlassen.«

Wieder hörte Anne, wie Papier raschelte. Dann knallte es, als hätte man einen Stapel Papiere auf den Boden geworfen oder … Anne erschrak, als sie ein Stöhnen vernahm … mit ihm zugeschlagen.

»Ich … ich habe nur ein legal erworbenes Vermögen auf ein Sperrkonto überwiesen«, erklärte Dr. Fritsch. Er wischte sich mit der Hand über den Mund. Dann fluchte er leise. Anne stellte sich vor, wie er sich mit seiner blutigen Nase die Hemdsärmel verdorben hatte.

»Das Geld gehört der HAME-Security!«, zischte Wolfgang.

»Nein, es gehört Hans Meister – und jetzt seinem Erben«, widersprach der Notar energisch.

Wolfgang seufzte. »Wie dem auch sei. Ich suche im Grunde nicht das Geld, sondern die Bieterliste. Mir sitzt ein Kunde im Nacken. Der hat bereits eine nicht geringe Anzahlung geleistet und will jetzt seine Ware.« Wolfgangs Stimme senkte sich zu einem Flüstern. »Wenn ich diese Liste und die darauf verzeichneten Gegenstände nicht bekomme – und ich gehe davon aus, dass Sie genügend Einfluss haben, Sie mir zu besorgen –, dann erzähle ich dieser Schnüfflerin für Erben eine kleine Geschichte.«

Für einen Augenblick war es totenstill im Raum. Anne befürchtete, dass ihr Atem sie verraten könnte. Es traf sie, dass er sie schon wieder als Schnüfflerin bezeichnete. Ermittlerin wäre in Ordnung gewesen. Aber Schnüfflerin! Zum zweiten Mal! Das tat weh. Sie hasste ihn dafür. Doch im Augenblick hatte sie keine Zeit für Rachegedanken. Irgendetwas geschah im Raum neben ihr. Dr. Fritsch keuchte plötzlich, als würde ihm die Luft abgeschnürt. Dann hustete er krampfhaft.

»Das ist nicht wahr! Sagen Sie, dass es nicht wahr ist.«

»Der Alte hatte einen Gentest von Anne machen lassen. Offenbar ohne dass die Kleine es bemerkt oder ihre Mutter es gewusst hat. Das Ergebnis ist eindeutig.«

Wolfgang triumphierte. Man hörte es ihm deutlich an. Er genoss den Schmerz, den er dem Notar damit zufügen konnte.

»Das … das gibt es doch nicht!«, stöhnte Dr. Fritsch. »Ich habe es die ganzen Jahre über nicht gewusst.«

Anne war elektrisiert. Wovon sprachen die beiden da? Von ihrer Herkunft? Von ihrem Vater? Anne musste mehrmals schlucken, so trocken fühlte sich ihr Mundraum an. Ihre Vermutung war damit bestätigt. Das, was in ihr an Verdacht gekeimt war, wurde in diesem Augenblick zur Gewissheit. Es gab nur eine Mitteilung, die eine Reaktion auslöste, wie die eben von ihr gehörte: Hans Meister, dieses inzestuöse Schwein, war ihr Vater! Er hatte mit seiner eigenen Tochter … Anne durfte gar nicht daran denken. Am liebsten wäre sie jetzt nach draußen gestürmt und hätte Wolfgang die Bieterliste an den Kopf geworfen, ihm das Gutachten aus den

Händen gerissen und gleichzeitig Dr. Fritsch geohrfeigt. Der hatte gewusst, worauf ihre Suche hinauslaufen würde. Er hatte zumindest geahnt, dass Hans Meister die ganze Sache als Schnitzeljagd für seine Tochter und Enkelin und gleichzeitig Urenkelin inszeniert hatte, damit die über kurz oder lang auf die Lösung des Rätsels stoßen würde.

Unwillkürlich ließ sie ihre Zunge über die fehlenden Eckzahnlücken gleiten. Drei Generationen von betrogenen Frauen. Drei inzestuöse Beziehungen, sechzig Jahre Blutschande wegen einer rassenideologischen Wahnidee. Anne wurde schwindlig. Sie musste sich festhalten und hätte beinahe eines der Regale umgerissen. Sie konnte sich gerade noch auf den Beinen halten, ohne Lärm zu verursachen.

Sie hörte kaum mehr, was die beiden Männer dort draußen miteinander sprachen, was sie vereinbarten. Ihre Gedanken kreisten nur um die Tatsache, dass sie von Fritsch an der Nase herumgeführt worden war, dass er ihr bewusst Wissen vorenthalten hatte, Notargeheimnis hin oder her.

»Ich werde es ihr zeigen«, sagte Wolfgang. »Das verspreche ich Ihnen.«

»Nein«, sagte Dr. Fritsch. »Ich … ich werde die Bieterliste für Sie besorgen. Ich verspreche es.«

»Vierundzwanzig Stunden! Keine Minute länger. Ansonsten kann ich für Anne nicht mehr garantieren. Meine Leute werden unruhig.« Er lachte gezwungen. »Die waren Geld gewöhnt – und jetzt haben sie nichts mehr zu tun. Das ist nichts für gestandene Männer. Die müssten sich sonst anderweitig … nun ja … austoben.«

Anne hörte, wie sich Wolfgang aus dem Sessel schälte.

»Wir sollten jetzt gehen«, sagte er. Die Dielenbohlen knarrten. An der Tür drehte er sich wohl noch einmal um, denn seine Stimme klang plötzlich, als würde er ihr direkt ins Ohr flüstern. »Ziehen Sie diesen Zerberus zurück. Wenn Sie nicht aufpassen, dann bringt er die Kleine noch um. Das wäre wirklich schade, denn im Bett … der Wahnsinn.«

Sie hörte Dr. Fritsch stöhnen, als habe ihm Wolfgang erneut einen Schlag verpasst.

»Der Kerl ist um einiges gefährlicher als ich. Anne wäre nicht die erste Leiche, die auf sein Konto geht.«

Anne schauderte bei diesem Satz. Wen meinte er? Elder? Bluffte Wolfgang, oder war sie tatsächlich in Gefahr? Was hatte Dr. Fritsch damit zu tun?

Anne wartete noch eine ganze Weile, nachdem die Tür zugeschlagen worden war. Sie wartete vor allem darauf, von Dr. Fritsch das Zeichen zu bekommen, dass die Luft rein sei. Doch nichts geschah. Endlich hielt sie es nicht länger aus und öffnete mit der Fernbedienung die Tür. Lautlos schwang sie in den hinteren Raum hinein. Anne trat heraus.

Was sie zuerst maßlos verblüffte, war die Tatsache, dass niemand da war. Nicht nur Wolfgang, auch Dr. Fritsch hatte offenbar die Fliege gemacht und war verschwunden. Wollte er nicht mit ihr reden?

29

Völlig ratlos hatte Anne die Wohnung verlassen und war zu ihrer Mutter ins Krankenhaus gefahren.

Wem konnte sie noch trauen? Dr. Fritsch hatte ihr offenbar verschwiegen, dass sie die Tochter Hans Meisters war. Wolfgang hatte sie hintergangen, weil er nicht an ihr, sondern nur an dieser dubiosen Bieterliste und der Ware interessiert war, und Elder war von einem Augenblick auf den anderen zu einer dubiosen Gestalt geworden, deren Interesse an ihr sie noch nicht recht verstand.

Sie stand vor dem Zugang zur Intensivstation und wartete darauf, eingelassen zu werden.

Wem sollte sie sich anvertrauen? Mit wem konnte sie sich noch austauschen? Im Augenblick fiel ihr niemand ein. Alle Menschen, denen sie vertraut hatte, hatten sie enttäuscht, einschließlich ihrer Mutter.

Endlich summte der Türöffner, und sie betrat die Stroke Unit.

Wie ferngesteuert ging sie in das Zimmer, in dem ihre Mutter lag, und traute ihren Augen nicht: Ihre Mutter war weg.

Ihr Herz setzte für einen Schlag aus. Zuerst glaubte sie nur, in Gedanken versunken die falsche Tür geöffnet zu haben. Doch sie überprüfte die Zimmernummer: Sie hatte sich nicht getäuscht. Das Bett mit ihrer Mutter war leer.

Sie lief in Richtung Schwesternzimmer. Schon auf dem Gang kam ihr eine Pflegerin entgegen.

»Wo haben Sie meine Mutter hingebracht?«, fragte sie unvermittelt und ohne die üblichen Höflichkeitsfloskeln. »Sie ist doch nicht …?«

»Oh, Frau Karg. Wir haben Sie nicht erreicht. Nein, keine Sorge. Ihre Mutter ist auf Station 10 verlegt worden. Heute Vormittag. Fragen Sie doch einfach am Infopoint nach.«

Infopoint, dachte Anne. Warum nicht Auskunft? Warum musste alles und jedes anglisiert werden? Verstanden die meisten Menschen doch noch nicht einmal Deutsch, was sollte dann dieses verquaste Englisch?

Anne nickte der Schwester zu, die sie sofort aus ihrem Gedächtnis zu streichen schien. Ihr Blick wurde leer, und sie wandte sich einer weiteren Aufgabe zu.

Die Auskunft fand sich schnell, und man wusste dort auch schon, wohin ihre Mutter verlegt worden war.

Als sie das Krankenzimmer betrat, drangen zwei Dinge penetrant auf sie ein. Ein stechender Geruch nach Urin und ein Geheul, als würde jemand gepeinigt.

Anne sah verwirrt in die Betten. Eines der Betten war hochgestellt, doch der Mensch darin lag zu einem Knäuel zusammengekauert, ans Fußende hinabgerutscht, weil er sich offenbar nicht hatte aufrecht halten können. Am Boden schwamm ein See aus Urin. Im anderen Bett, das völlig waagerecht gestellt war, schrie eine Frau aus Leibeskräften.

»Mutter?«, fragte Anne.

Dann entdeckte sie, dass dieses zusammengesunkene Wesen über dem Urinsee ihre Mutter war.

»Mutter!«, rief Anne. Sie kam gar nicht ans Bett heran, weil sie sonst in die Pfütze hätte treten müssen.

»Anne. Gott sei Dank!« Ihre Mutter wimmerte vor sich hin. »Hol mich hier raus. Bitte. Hol mich raus. Ich werd verrückt.«

Kaum hatte ihre Mutter etwas gesagt, wurde das Geheul lauter. Die Nachbarin schrie in einer anhaltend unangenehmen Lautstärke, die Anne in den Ohren dröhnte und ihre Mutter weiter in sich zusammenfallen ließ.

Wie eine Furie raste Anne zum Infopoint.

»Sind Sie in der letzten halben Stunde mal auf Zimmer 29 gewesen?«, fuhr sie die Schwester dort an. »Da schwimmt ja das Zimmer voller Urin, und die Frau am Fenster schreit sich die Seele aus dem Leib. Das kann ja wohl nicht sein! Meine Mutter soll sich erholen und nicht aufregen und vor lauter Stress einen neuen Schlaganfall bekommen. Ich mache Sie verantwortlich für diesen Saustall! Wer ist hier der Oberarzt?«

Die Krankenschwester zuckte zuerst zusammen. Dann drückte sie den Alarmknopf und eilte schließlich vor Anne her zu Zimmer 29. Als sie die Tür öffnete, schlug sie die Hand vor den Mund.

»Wir regeln das«, sagte sie leise.

»Das hoffe ich schwer«, fauchte Anne.

Offenbar hatte Anne den Nerv der Station getroffen, denn plötzlich brach Hektik aus. Vier, fünf Krankenschwestern tauchten aus dem Nichts auf, und Anne wurde versichert, dass ihre Mutter verlegt würde.

Eine halbe Stunde später fand sie sich mit ihrer Mutter in einem anderen Zimmer. Man hatte die Patientin frisch gewickelt und angezogen, hatte das Bett gemacht, ihr den Kathederschlauch wieder gelegt, der offenbar aus dem Beutel gerutscht war. Wohltuende Stille lag über dem Raum, und ihre Mutter entspannte sich sichtlich.

»Was war denn das?«, fragte Anne, als sie sich neben das Bett setzte, die Hand der alten Frau nahm und sie streichelte.

Ihrer Mutter standen noch immer die Tränen in den Augen.

»Die Frau neben mir. Sie hat geschrien. Den ganzen Tag geschrien. Ich halte das nicht aus. Nicht aus«, wimmerte sie.

»Es ist ja wieder gut«, sagte Anne. »Alles ist geregelt.«

»Danke, Anne«, sagte ihre Mutter und drückte ihr die Hand. »Danke. Ich bin so froh, dich zu haben.«

»Schon gut, Mama«, sagte Anne.

Kurz darauf erschien der Oberarzt. Er schloss die Tür hinter sich. Anne erwartete, dass er sich entschuldigte, doch er brachte kein Wort des Bedauerns über seine Lippen. Er berichtete nüchtern über den Zustand ihrer Mutter, erklärte, dass sich der Blutdruck gesenkt habe, und prüfte ihn noch einmal nach.

»Dann ist ja jetzt alles in Ordnung«, sagte er und wollte sich verabschieden.

Erst jetzt meldete sich Anne zu Wort.

»Nichts ist in Ordnung. Ich werde mich offiziell beschweren«, sagte sie. »Über Sie, über diese Station und über die Art und Weise, wie hier Pflege betrieben wird. Hätten Sie sich jetzt bei mir und vor allem bei meiner Mutter entschuldigt, hätte ich die Sache auf sich beruhen lassen. Aber so bleibt mir gar nichts anderes übrig. Jetzt dürfen Sie gehen. Danke«, schloss Anne.

Der Arzt wollte noch etwas sagen, aber Anne drehte ihm demonstrativ den Rücken zu.

Kaum hatte sich die Tür hinter ihm geschlossen, machte ihre

Mutter die Augen zu und schlief ein. Anne hatte sie mit ihrem neu erworbenen Wissen konfrontieren wollen, hatte sie darauf ansprechen wollen, warum sie mit Hans Meister, der ihr Vater gewesen war, auch noch ein Kind gezeugt hatte. Sie wollte ihr all die Ungeheuerlichkeiten an den Kopf werfen, die sie in den letzten Stunden erfahren hatte – und brachte es nicht übers Herz. Nicht jetzt.

Sie würde ihre Mutter schlafen lassen. Morgen vielleicht oder übermorgen, wenn auch ihr Zorn etwas verraucht war, würde sie noch einmal nachfragen. Sie betrachtete die Frau, die noch vor wenigen Tagen frischer und jünger ausgesehen hatte, als es ihrem Alter entsprach, und die jetzt mit Runzeln um den Mund und auf den Wangen plötzlich gealtert war.

Sie schlich sich aus dem Zimmer.

Auf dem Weg nach unten überlegte sie, wie sie den Knoten lösen sollte, der sich im Fall Hans Meister gebildet hatte. Ein Knoten aus vier Personen: Dr. Fritsch, Wolfgang und jetzt auch noch Elder. Alle drei Personen kreisten um sie selbst. Während sie sich zu Fuß im Treppenhaus in die Tiefe schraubte, kam ihr ein Gedanke: Henrike Heine lag doch auch hier.

Sie war die Einzige, die sie bislang nicht enttäuscht hatte. Auch wenn sie von der Berufsgruppe der Journalisten generell nichts hielt, konnte die Frau ihr doch behilflich sein. Sie wollte die Exklusivgeschichte haben, also sollte sie dafür auch etwas tun.

In welchem Stockwerk hatte man die Journalistin untergebracht? Anne erkundigte sich bei der Rezeption im Erdgeschoss nach dem Zimmer der Journalistin, und fünf Minuten später stand sie vor deren Tür.

Henrike Heine saß völlig angezogen auf einem Stuhl und las Zeitung, natürlich die Augsburger Allgemeine.

»Frau Heine. Wie geht es Ihnen?«

Die Journalistin sah auf. Zuerst war sie erstaunt, dann lächelte sie.

»Sie haben mich gerade noch erwischt«, sagte sie. »Sobald die Papiere fertig sind, werde ich entlassen – mit Souvenir!« Sie deutete auf den Halsring, den sie tragen musste.

»Es freut mich, dass es Ihnen wieder gut geht.«

»Und ich dachte schon, Sie hätten mich aus der Geschichte rausgeworfen«, sagte die Heine, nicht ohne einen dezenten Vorwurf in der Stimme.

»Ich hätte Ihnen einen Vorschlag zu unterbreiten«, begann Anne. »Exklusiv! Allerdings nicht umsonst. Sie müssten mir einen Gefallen tun.«

Das Grinsen im Gesicht der Journalistin wurde breiter.

Anne schilderte ihr, was ihre Recherchen ergeben hatten. Sie hielt auch nicht mit der Inzest-Geschichte hinterm Baum, und als sie vom Antiquitäten- und Replikenhandel erzählte, wurde die Frau vor ihr richtig hippelig.

»Was soll ich für Sie tun?«, fragte sie, und ihre Augen leuchteten regelrecht.

Anne sah, dass die Journalistin angebissen hatte, und musste innerlich lächeln. Vielleicht hatte sie sich in ihr geirrt.

»Tobias Elder«, sagte sie nur. »Ich will wissen, wer das wirklich ist.«

Verblüfft sah Heine sie an.

»Ihr Assistent? Der junge Mann?«

Anne nickte nur.

»Klopfen Sie ihn ab. Ich muss alles über ihn wissen, falls es etwas über ihn gibt.«

Anne bemerkte, wie aufgeregt die Journalistin jetzt wurde.

»Glauben Sie, dass er … dass er Dreck am Stecken hat? Dass er auf eigene Rechnung …«

»Das sollen Sie herausfinden. Sie haben gesagt, Sie kennen Leute, die das für Sie recherchieren könnten. Ich will wissen, wer dieser Tobias Elder wirklich ist.«

Anne sah die Frau auf ihrem Stuhl sitzen. Die Zeitung hatte sie während ihres Gesprächs zusammengefaltet. Jetzt strich sie mit der Hand darüber, als wollte sie das Blatt liebkosen.

»Kann ich Sie mitnehmen? Oder warten Sie auf jemanden?«

»Nur auf die Entlassungspapiere«, sagte die Journalistin.

»Mann? Kinder?«

Henrike Heine schüttelte den Kopf. Anne glaubte einen bitteren Zug um den Mund zu entdecken. »Weder noch. Der Beruf lässt ein solides Familienleben nicht zu. Ich bin unterwegs, wenn andere ins Theater gehen oder sich mit ihren Familien vor den Fernseher setzen. Samstag, Sonntag. Man sieht sich zu selten, als dass eine … eine Partnerschaft das aushalten würde.«

»Ich bringe Sie nach Hause, Frau Heine«, hörte Anne sich sagen. Vor einer Woche hätte sie sich eher die Zunge abgebissen.

»Zur Redaktion«, korrigierte sie die Heine. »Außerdem … wir sollten uns duzen. Oder nicht?«

Sie streckte Anne die Hand hin.

»Anne«, sagte Anne und griff zu.

»Henrike. Sie dürfen aber Rike sagen, das gefällt mir besser und ist nicht so förmlich.«

»Rike«, wiederholte Anne.

In diesem Augenblick ging die Tür auf, und eine Schwester betrat den Raum, einen Umschlag in der Hand.

»Ich sehe, Sie haben Ihren Transport schon organisiert. Hier die Unterlagen.« Lächelnd reichte sie den Umschlag an Henrike Heine weiter. »Der zweite Brief ist für Ihren Hausarzt. Weiter gute Besserung.«

»Danke«, sagte Henrike Heine. Dann stand sie auf. »Wir können, Anne, wenn ich das Angebot annehmen darf.«

Anne nickte, und zehn Minuten später saßen sie im Auto. Auf dem Weg zur Redaktion setzte Anne die Journalistin über die Situation ins Bild. Schließlich ließ sie Rike in Lechhausen vor dem AZ-Gebäude aussteigen. Bevor sie aus dem Auto stieg, kramte sie in ihrer Handtasche nach einem Kärtchen und reichte es Anne.

»Unter der Nummer kannst du mich jederzeit erreichen«, sagte sie. »Das ist ein abgesicherter Apparat. Der kann kaum abgehört werden. Einen halben Tag werde ich wohl brauchen.«

Anne nickte.

Während der Fahrt hatte sie noch über etwas anderes nachgedacht, das wie ein nebulöser Plan in ihrem Kopf herumspukte und langsam immer klarere Konturen bekam. Sie kurbelte das Seitenfenster herunter.

»Warte doch mal, Rike.«

Die Journalistin drehte sich um und kam zurück.

»Ja? Was gibt es noch?«

»Du könntest zwei Anrufe tätigen: Dr. Fritsch und Wolfgang.

Den derzeitigen Leiter von HAME-Security.« Sie kramte in ihrer Handtasche und gab die beiden Telefonnummern weiter. Rike schrieb sie sich mit Kugelschreiber auf ihren Unterarm.

»Wohin soll ich sie bestellen?«, fragte sie zuletzt.

Anne nannte den Treffpunkt. Dann drehte der BMW mit quietschenden Reifen um und schoss in Richtung Autobahn davon.

Anne hatte beschlossen, noch einmal in der Gumpelzheimerstraße vorbeizuschauen.

Sie blieb zunächst im Auto sitzen, betrachtete das heruntergekommene Gebäude, von dessen Fassade der Putz bröckelte. Niemand würde auf dem verwahrlosten Grundstück und in dem beinahe abbruchreifen Haus ein Appartement mit modernster Einrichtung vermuten. Hatte Hans Meister diesen Unterschlupf gewählt, weil er sichergehen wollte, nicht belästigt zu werden? Anne konnte es kaum glauben.

Sie wollte Elder anrufen. Auch wenn Wolfgang sie vor ihm gewarnt hatte, war er immer noch ihr Assistent. Außerdem glaubte sie den Anschuldigungen Wolfgangs nur zum Teil. Da spielte wohl eine Menge Hengstbissigkeit mit. Sie schaltete ihr Prepaidhandy ein und wählte Elders Nummer. Es war entweder abgeschaltet, oder er war außerhalb einer Funkzelle, denn es ging nur seine Mailbox ran. Das kam Anne zwar merkwürdig vor, sie konnte ihm daraus aber keinen Vorwurf machen. Jeder hatte das Recht, nicht erreichbar zu sein.

»Hallo, Tobias«, sprach sie ihm auf die Mailbox. »Bin in der Gumpelzheimerstraße. Komm vorbei, wenn du es möglich machen kannst. Bald.«

Dann musste Anne die nächsten Schritte eben allein machen. Sie hoffte nur, dass ihr vager Plan gelang. Anne suchte in ihrer Handtasche nach dem Schlüssel. Sie hatte ihn damals eingesteckt, das wusste sie sicher. Sie kramte wohl zehn Minuten und mit wachsender Unruhe, bis sie schließlich fündig wurde. Er steckte ganz unten in einem Wust von allem Möglichen, und Anne schwor sich zum sicherlich hundertsten Mal, ihre Handtasche irgendwann von dem Müll, der sich angesammelt hatte, von den Rechnungsbelegen der letzten fünf Jahre, den Tempos und Tampons, den Zetteln, Karten und Kärtchen zu säubern.

Sie kletterte aus dem Auto und ging auf die Wohnungstür zu. Das Siegel war offenbar entfernt worden. An der Selbstmordthese war demnach nicht mehr gerüttelt worden. Anne sah sich kurz um, doch sie konnte nichts Ungewöhnliches entdecken. Die Haustür war auch kaum einsehbar.

Sie steckte den Schlüssel ins Schloss, sperrte auf und schlüpfte hinein.

Anne wusste nicht recht, was sie suchte. Sie hatte nur die Ahnung, dass irgendwo in dieser Wohnung der Schlüssel zur Angelegenheit »Hans Meister« liegen musste. Die Tür öffnete sich beinahe lautlos. Die Scharniere waren gut geölt, das Schloss selbst kaum zu hören. Ebenso lautlos ließ sie die Tür ins Schloss fallen.

Bereits als sie die Garderobe erreichte, irritierte sie der Geruch. Er kam ihr bekannt vor. Etwas schwebte in der Luft, das ihre Nase schon einmal gerochen hatte. Anne blieb abrupt stehen und zog die Hand vom Lichtschalter zurück, den sie beinahe betätigt hätte. Mit zwei leisen Schritten schlüpfte sie in den Schatten. Sie war nicht allein. Die Erkenntnis stellte ihr die Nackenhaare auf.

Jemand, dessen Geruch sie in der Nase hatte, war hier oder zumindest hier gewesen. Jetzt erst kam ihr der Gedanke, dass die Wohnungstür zwar zugezogen, nicht aber abgesperrt gewesen war.

Anne versuchte leise, durch den Mund zu atmen. So verursachte sie selbst keine Atemgeräusche und konnte gleichzeitig besser horchen. Sie ließ den Blick über den Raum gleiten. Schubladen waren aufgezogen, Bücher aus dem Regal genommen und auf den Boden geworfen worden. Jede einzelne Schrank- beziehungsweise Kommodentür stand auf. Hier hatte jemand gründlich gesucht. Doch wonach? Sehen konnte sie in dem weitläufigen Raum niemanden.

Kein Geräusch war zu vernehmen. Sie war offenbar doch allein. Langsam schälte sie sich aus dem Schatten des Eingangs und schlich in Richtung Schlafzimmer. Das war neben dem Bad das einzige Zimmer, das abgetrennt war und in dem sich jemand verstecken konnte.

Woher sie den Mut dazu nahm, wusste sie selbst nicht. Was sollte sie tun, wenn der Einbrecher noch in der Wohnung war? Im Grunde hätte sie zum Telefon greifen und die Polizei verständigen müssen. Doch bis ihr Verstand so weit war, dass er ihr eingehämmert hatte, wie unüberlegt ihr Vorgehen war, hatte sie bereits die Klinke zum Schlafzimmer gedrückt. Sie öffnete langsam die Tür und trat ein. Auch dort fand sie außer ausgewühlten Hemden- und Unterwäschefächern niemanden. Ihre ganze Furcht, die Anspannung, ihre Bedenken – alles überflüssig. Sie war allein.

Jetzt blieb nur noch das Bad. Anne öffnete die Tür, streckte den Kopf hinein und tastete nach dem Lichtschalter, weil es dort stockfinster war. Sie spürte noch, wie sie nach vorne gerissen wurde, wie jemand oder etwas gegen ihren Schädel schlug, dann war Nacht.

Irgendwann schlug sie die Augen auf und blickte in die von Tobias Elder.

Zuerst schrie sie, als würde ihr jemand mit dem Messer in die Eingeweide fahren. Dann begriff sie, dass sich ihre rasenden Kopfschmerzen durch ihr Schreien verschlimmerten. Ab diesem Zeitpunkt wurde sie ruhig. Sie schloss die Augen wieder, öffnete sie erneut. Elder war noch immer da, über sie gebeugt und mit einem Gesichtsausdruck, der als durchaus sorgenvoll gelten konnte.

»Was machst du hier?«, knurrte sie. »Hast du mir das Ding verpasst?«

»Du hast mich angerufen. Ich habe deine Nachricht abgehört und bin gleich hierher gefahren.«

»Um mich niederzuschlagen?«

Elder lachte mit einem kurzen, harten Luftstoß. »Was soll denn der Blödsinn? Die Tür stand auf, und ich bin rein. Da hab ich dich gefunden.« Er strich ihr über das Haar. Dabei berührte er eine Stelle, die sich anfühlte, als habe man ihr dort den Schädel gespalten. »Da hat dir jemand ein ganz schönes Ding verpasst«, sagte er. »Hast du ihn gesehen oder erkannt?«

Anne wollte den Kopf schütteln, ließ es aber sofort bleiben. Jede Bewegung fühlte sich an, als würde ihr Gehirn gegen die Schädeldecke geschlagen.

»Nein, verdammt«, knurrte sie und versuchte aufzustehen. Es gelang ihr leidlich. Auch wenn ihr etwas schwummrig dabei war. »Wie lange war ich bewusstlos?«

»Gute Frage«, sagte Tobias Elder. »Woher soll ich denn das wissen? Wann bist du hier reingekommen?«

Anne überlegte. Sie wusste es nicht genau – außer …

»Wann habe ich dich angerufen?«

Elder zog sein Handy aus der Tasche und kontrollierte die Mailboxanrufe. »Fünfzehn Uhr siebzehn.«

»Das war kurz bevor ich die Tür aufgeschlossen habe. Ich war in höchstens zehn Minuten hier im Raum beziehungsweise im Badezimmer.«

»Jetzt ist es fünfzehn Uhr fünfunddreißig. Wenn er dich nach zehn Minuten bewusstlos geschlagen hat, dann hast du maximal zehn Minuten am Boden gelegen.«

Anne sagte nichts. Wenn Elder erst vor wenigen Minuten gekommen war, wenn der Mann, denn um einen solchen musste es sich handeln, sich nicht in Luft aufgelöst hatte, dann musste er ihm noch begegnet sein. Außerdem hatte sie ihm verschwiegen, dass sie gut zehn Minuten nach dem Haustürschlüssel hatte suchen müssen.

»Bist du niemandem über den Weg gelaufen?«

»Nicht dass ich wüsste«, sagte Elder und führte sie zum Sofa. Er gab sich entspannt und locker. »Was suchst du eigentlich in Meisters Wohnung?«, fragte er beiläufig.

Anne ließ sich auf dem Sofa nieder.

»Meine Vergangenheit«, sagte sie.

»Deine … was?«

Anne lehnte sich zurück. Die Schmerzen zwischen ihren Ohren waren höllisch. Sie würde einen Arzt aufsuchen, vielleicht sogar ein Röntgenbild anfertigen lassen müssen, um auszuschließen, dass sie innere Blutungen hatte. Ihre Augen brannten, und sie hatte das Gefühl, als verschwimme alles vor ihr. Sie vermutete eine leichte Gehirnerschütterung.

»Bist du dir sicher, dass …« Elder zögerte. »Ich meine, du könntest auch gestolpert sein. Die Kante des Waschbeckens ist leicht blutig. Es wäre also möglich …«

»Spinnst du?«, fauchte Anne ihn an. Sofort bereute sie ihren Wutausbruch. Der Schmerz stach wie ein Messer in den Raum zwischen den Augen. »Sei froh, dass ich mich nicht rühren kann, sonst hätte ich dir etwas an den Kopf geworfen«, knurrte sie. Sie presste beide Hände gegen ihre Stirn. Das pochende Hämmern, das sie fast betäubte, ließ nur langsam nach. »Ich habe gespürt, wie mich jemand in das Bad gezogen hat – und dann … bumm!«

»Also. Was hast du hier gesucht?«

»Die Frage muss doch lauten«, antwortete sie mit geschlossenen Augen, »was hat unser Freund hier gesucht? Schließlich wird es einen Grund gehabt haben, dass er die Wohnung auf den Kopf gestellt hat.«

Anne öffnete langsam die Augen.

Elder saß ihr gegenüber und hatte für einen Moment diesen lauernden Blick, der sofort verschwand, als sie ihm direkt in die Augen sah.

Sie versuchte, ihn und den Verdacht, der sich in ihr breitmachte, zu ignorieren. Wenn sie sich nicht hastig und möglichst wenig bewegte, dann überfiel sie auch nicht dieser Schwindel. Sie löste sich von Elders Blick und sah sich um. Die Wohnung war zu modern für einen alten Mann wie Hans Meister. Vom Stil her hatte die Einrichtung höchstens fünf Jahre auf dem Buckel, wenn nicht noch weniger. Welcher alte Knacker ließ sich neu einrichten, wenn er nicht …?

Anne erhob sich vorsichtig. Mit langsamen Schritten ging sie durch die Wohnung, immer darauf bedacht, keine Erschütterung auszulösen, die ihr Zentralorgan durchschütteln konnte. Jeden Gegenstand nahm sie unter die Lupe. Vor einer Lampe blieb sie stehen: Die Geweihschaufel eines Damhirsches war aufgestellt und auf einen Ständer montiert worden. Zwischen Schaufelende und Boden hatte man eine elektrische Lampe installiert. Die Lampe war mindestens hundert Jahre alt, wenn nicht noch älter. Sie durchquerte das Zimmer noch einmal, sah erneut alles durch, und dann war sie sich sicher: Die Lampe war mit Abstand das älteste Möbel in der gesamten Wohnung.

»Fällt dir etwas auf?«, fragte sie Elder, der ihr vom Wohnzimmersofa aus zugesehen hatte.

»Dass die Wohnung etwas kahl wirkt für einen über Neunzigjährigen?«

»Nicht ganz. Sie ist zu schickimicki, zu hip für einen altgedienten Nazi.«

»Und was schließt du daraus, Anne?«

Elder hatte sich jetzt auf die vorderste Kante des Sofas gesetzt, als erwarte er etwas Besonderes.

»Dass diese Wohnung nicht nur zum Wohnen gedient hat. Sie hatte noch eine andere Funktion.«

»Du machst mich neugierig.«

Anne ging langsam, aber zielstrebig auf die Lampe zu. Sie zog den Stecker, hob sie auf und trug sie zu dem Tisch vor dem Sofa.

»Hier ist die Antwort.«

Elder sah zuerst Anne an, dann die Tischlampe mit dem Schaufelgeweih, dann wieder Anne. Schließlich platzte es aus ihm heraus.

»Das ist gut. Das ist wirklich gut. Das ist mein Zweiundvierzig!« Elder lachte lauthals. »Zweiundvierzig!«, prustete er.

Anne sah ihn nur regungslos an.

»Kennst du die Geschichte? Nein, kennst du nicht. Also. Da gibt es diesen einen Computer bei Douglas Adams. Ein Wunderwerk. Er soll den Sinn des Universums berechnen. Nach Jahrtausenden kommt er zu einem Ergebnis, das während einer Zeremonie verlesen wird. Das Ergebnis lautet: ...«

»Zweiundvierzig!«, sagte Anne leidenschaftslos.

»Genau! Zwei...und...vierzig. Wahnsinn oder nicht?«

Anne ignorierte Elder einfach und machte sich ans Werk. Man hatte die Lampe zwischen der Hornverdickung am Kopf und der Schaufelspitze eingehängt. Sie saß nicht stramm, sondern kläpperte etwas. Anne nahm die Kupferringe und löste die Lampe aus ihrer Halterung. Dann stellte sie diese beiseite. Zuerst wurden Schaufel und Basis untersucht. Die Schaufel bestand aus massivem Horn, die Basis aus massivem Holz. Anne klopfte jeden Zentimeter ab, doch sie fand keinen Hohlraum.

Aus dem Augenwinkel beobachtete sie Elder, der sich plötzlich neugierig vorbeugte. Er wischte sich die Lachtränen aus den Augen. Nichts war mehr da von der überschäumenden Fröhlichkeit. Jetzt war er nur noch Neugierde.

»Was suchst du?«, fragte er.

Anne wusste nicht recht, ob sie ihren Verdacht kundtun sollte, ob sie ihm wirklich vertrauen durfte. Ihm oder Wolfgang.

»Ich sagte es doch schon. Meine Vergangenheit.«

Sie rekapitulierte kurz das Szenario beim Aufwachen. Er hatte sich über sie gebeugt. Er konnte sie auch niedergeschlagen haben. Wer um alles in der Welt hätte es sonst sein sollen? Sie hatte ihm verschwiegen, dass sie noch gute zehn Minuten gebraucht hatte, bevor sie die Schlüssel der Wohnung gefunden hatte. Elder hätte demnach dem Täter direkt in die Arme laufen müssen, wenn er nicht selbst der Täter war.

Sie legte das Untergestell behutsam auf den Couchtisch. Dann sah sie Elder an.

Elder kniff die Augen zusammen und musterte sie scharf. Plötzlich war alles Bubenhafte aus seinem Blick, aus seiner Haltung, seinen Gesichtszügen verschwunden.

»Warum sollte deine Vergangenheit hier sein?«, hakte er nach und deutete mit dem Kinn auf die Damhirsch-Schaufel.

Sein Ton war mit einem Mal rau.

»Weil meine Vergangenheit hier beginnt! Du weißt, ich bin Erbenermittlerin.« Sie machte eine Pause. »Ich habe die Erbin gefunden.«

Elder pfiff zwischen den Zähnen hindurch. Dann verzog sich sein Mund zu einem Schmollen.

»Ohne mich? Dann bin ich ja arbeitslos.«

»Womöglich«, sagte Anne. »Seit heute.«

Sie nahm sich die Lampe vor. Die besaß eine alte Ölwanne am unteren Ende, und die war hohl. Anne versuchte, sie abzunehmen oder aufzuschrauben. Doch sie saß fest.

»Darf ich dir helfen?«, fragte Elder.

»Das ist nett, aber ich schaffe es alleine.«

Elder lehnte sich zurück. Anne bemerkte jedoch, dass er den Lampenboden nicht aus den Augen ließ. Wieder trat dieser lauernde Blick in seine Augen.

Wolfgang hatte recht, und sie hatte einen gewaltigen Fehler begangen. Sie war allein mit Elder. Sie hatte ihn zu dem einzigen möglichen Versteck geführt, das ihr eingefallen war.

Anne versuchte, den Boden zu öffnen, doch die alte Kupferwanne hatte sich festgefressen. Das Gewinde ließ sich nicht aufschrauben.

»Öl«, sagte Elder plötzlich. »Wir brauchen etwas Grafitöl.«

»Gibt es hier Grafitöl?«

Mit dem Kopf deutete er zur Tür des Abstellraums. »Ich hole es.«

Annes Augen weiteten sich. Woher wusste Elder, dass dort Grafitöl stand? Anne konnte es sich nur dadurch erklären, dass Elder es sich beim Durchsuchen der Wohnung gemerkt hatte. Er kannte sich also in der Wohnung aus.

Sie würde ihn mit ihrer Entdeckung konfrontieren.

»Du hast die Wohnung durchsucht«, sagte sie ihm auf den Kopf zu, als er wieder zurückkam, eine Flasche Grafitöl in der Hand.

Tobias Elder sah sie mit vor Erstaunen aufgerissenen Augen an. »Wie kommst du auf dieses schmale Brett?«

»Das Öl!«, sagte Anne unumwunden.

Elder sah sich das Etikett der Flasche an, stockte kurz und nickte dann.

»Wäre denkbar«, sagte er. »Aber ich habe dich schon bei der ersten Durchsuchung der Wohnung auf die Dose Grafitöl aufmerksam gemacht. Erinnerst du dich?«

Anne erinnerte sich und verfluchte ihr Mundwerk, das schneller war als ihr Nachdenken.

Sie nickte und brummte eine Art »Ja«.

Elder sprühte ein wenig von dem Öl auf die Verbindung.

»Das muss ein wenig einwirken. Dann könnte es funktionieren.«

Anne nickte. In diesem Moment klingelte ihr Telefon.

Sie holte das Handy aus ihrer Tasche und blickte auf das Display: Henrike Heine.

»Ja, Rike, was hast du für mich?«

Anne lächelte Elder unverbindlich an und zuckte entschuldigend mit den Schultern.

Rike begann am anderen Ende der Leitung zu flüstern.

»Du hattest recht. Tobias Elder ist mit Vorsicht zu genießen. Er arbeitet für die Simon-Wiesenthal-Stiftung.«

»Was ist das?«

»Eine Organisation, die sich der Aufspürung von Naziverbrechern verschrieben hat. Hacker hat nach dem Krieg vermutlich Nazivermögen verschoben. Man konnte ihm nie etwas nachweisen.«

Anne nickte.

»Interessant.«

»Wer ist das?«, fragte Elder in ihr Gespräch hinein.

»Rike«, antwortete Anne und versuchte, so unbeteiligt wie möglich zu klingen. Sie hielt dabei keine Hand vor den Hörer, damit Rike wusste, wer am anderen Ende der Leitung mithörte.

»Rike?«

Anne verdrehte die Augen über so viel Begriffsstutzigkeit.

»Ach so, die Journalistin, Henrike Heine. Seit wann duzt ihr euch?«

»Seit gestern«, antwortete Anne kurz angebunden.

»Was will sie?«

»Sie hat mir nur ein paar Informationen bezüglich Hans Meister gegeben. Weißt du eigentlich, dass wir recht damit hatten, als wir vermutet haben, dass der Kerl womöglich Nazivermögen verschoben hat?«

»Umso besser«, sagte Elder. »Mittlerweile traue ich ihm alles zu.«

»Hast du Dr. Fritsch angerufen?«, fragte Anne bei Rike nach.

»Ja«, flötete Rike am anderen Ende. »Ihn und Wolfgang.«

»Gut«, sagte Anne, verabschiedete sich und legte abrupt auf. Dann wiederholte sie wie zu sich selbst. »Sehr gut.«

Elder kam um den Tisch herum.

»Was ist sehr gut?«

»Meister hat sein erstes Geld mit dem Verschieben von Nazivermögen gemacht. Schließlich muss es in Deutschland Organisationen oder Einzelpersonen gegeben haben, die das Vermögen der ins Ausland geflohenen Führungsebene der NS-Zeit mit Geld versorgt haben, nachdem sich die Hysterie der Verfolgung gelegt hatte und die Bundesrepublik in ruhigeres Fahrwasser gekommen ist.«

Elder sah sie mit zusammengekniffenen Augen an. »Das wussten wir bereits.«

Anne tat so, als habe sie die letzte Bemerkung nicht mehr gehört.

»Gibst du mir bitte die Ölwanne?«

Elder gab ihr mechanisch das mit Grafitöl eingesprühte Teil.

Anne nahm es in die Hände und drehte Ober- und Unterteil entgegengesetzt. Das Öl hatte seine Wirkung getan. Mit einem Knirschen ließ sich der Boden abschrauben.

Bis jetzt war alles reine Spekulation gewesen, jetzt wurde es ernst. Sie schraubte den Boden ganz ab und hob den Deckel auf. Tatsächlich lagen im Inneren zwei gefaltete Zettel.

Auf alles war Anne vorbereitet gewesen, aber nicht darauf. Sie hatte lediglich Zeit gewinnen und ihr Szenario in Szene setzen wollen.

»Gib mir die Unterlagen«, sagte Tobias plötzlich.

Anne sah auf und blickte in die Mündung einer Pistole. Elder hielt sie in der linken Hand, die rechte winkte nach den beiden Papieren.

»Ich muss sie zuerst ansehen.«

Anne ignorierte die Waffe, stellte die Dose auf ihrem Schoß ab, auch auf die Gefahr hin, Flecken auf der Hose zu verursachen, und entfaltete das erste Papier. »Dauerauftrag« stand darüber.

Der enthielt einen Namen und eine Zahl sowie zwei Buchstaben: »Jakob Fugger, 934 mt«. Das Papier war unterschrieben – und zwar auf der Rückseite. Der Name, den Anne darauf lesen konnte, zog ihr beinahe die Beine unter dem Körper weg: Hiltrud Amelie Müller. Das war der Name ihrer Mutter. Die Kontonummer kannte sie. Sie war ebenfalls auf ihre Mutter eingetragen.

Plötzlich wurde ihr bewusst, dass sie die Zahl und den Namen schon einmal gelesen hatte: auf den Kontoauszügen ihrer Mutter. JF, das war nur die Abkürzung für die Kontobezeichnung »Jakob Fugger«. Und der Betrag hatte sich auf monatlich neunhundertvierunddreißig Euro belaufen. Anne musste schlucken. Verbittert dachte sie daran, dass Jakob Fugger es ebenso gemacht hatte. Er hatte an die Kirche kleine Beträge für sein Seelenheil abgezweigt. Meister hatte die Mutter seines Kindes finanziell unterstützt. Sie blies langsam Luft zwischen ihren Zähnen hindurch.

Dann öffnete sie den zweiten Bogen Papier. Auch dort fanden sich nur ein Name und eine Zahl auf dem Papier. »Ragnarök, 4.367.912«.

»Gib mir die Zettel«, sagte Elder jetzt in schärferem Ton.

»Für wen arbeitest du eigentlich?«, fragte Anne jetzt unverblümt. »Für mich oder für das Wiesenthal-Zentrum?«

»Spielt das jetzt noch eine Rolle?«

Anne faltete die Papiere wieder zusammen und legte sie zurück in die Dose. Dann schob sie diese zu Elder hinüber. Hastig nahm er die Unterlagen an sich, faltete sie mit einer Hand auseinander, während die Pistole in der anderen immer noch auf sie zielte. Er betrachtete die Schrift, drehte die Papiere auf die Rückseite, drehte sie wieder auf die Vorderseite und stieß einen leichten Fluch aus.

»Sie nützen Ihnen nichts«, brach plötzlich eine Stimme in die Stille ein.

Elder fuhr herum.

»Sie sollten nicht schießen, sonst zieht es Ihnen morgen durch die Lunge. Und das gibt eine böse Erkältung.«

Vom Eingang her betrat Wolfgang die Wohnung. Auch er hielt eine Pistole in der Hand. Er zielte damit auf Elder.

»Was tun Sie hier?«, zischte Elder.

»Schatzsuche. Ähnlich wie Sie«, antwortete Wolfgang. »Waffe weg. Auch ich kann schießen«, befahl er.

Elder reagierte überhaupt nicht. Er hatte sich mit der Waffe umgedreht und zielte wie Wolfgang auf den Kopf. Kein Kevlar oder eine schusssichere Weste würden etwas nützen.

»Seid vernünftig«, herrschte Anne sie an. »Der Zweite Weltkrieg ist vorbei.«

Anne griff über den Tisch und nahm Elder die Dose aus der Hand. Als der zuckte, knackte der Sicherungshahn an Wolfgangs Waffe.

»Ist ja gut«, sagte Elder versöhnlich. Er hob die Hände und legte die Waffe behutsam beiseite, jedoch nur so weit, dass er sie sofort hätte greifen können.

»Nimm die Waffe, schnell«, befahl Wolfgang.

Anne hatte sich schon vorgebeugt und zog die Pistole an sich. In diesem Augenblick griff Elder zu. Er packte Anne am Hals, zog sie über den Tisch, griff mit der Hand erneut die Pistole, zerrte Anne als Schutzschild vor sich und richtete die Waffe gegen Annes Kopf.

»Legen Sie die Pistole weg!«, befahl er Wolfgang, der es offenbar nicht gewagt hatte zu schießen, aus Furcht davor, Anne zu treffen. Wolfgang hob die Hände, kniete sich nieder, sicherte seine Waffe und legte sie auf den Boden.

»Jetzt zu mir her«, befahl Elder.

Mit dem Fuß schob Wolfgang die Waffe in Elders Richtung, ohne Anne aus den Augen zu lassen.

Anne rang nach Atem. Elder hatte sie derart fest am Hals gepackt, dass es ihr die Luft abschnürte. Erst als Wolfgang entwaffnet war, ließ Elder sie los. Anne rollte vom Couchtisch herunter und schlug auf den Boden.

Sofort war sie auf den Beinen.

»Ja spinnst du denn?«, herrschte sie Elder an.

»Regel dreizehn? Wer nicht erschossen wird, darf auch nicht vom Couchtisch rollen?«

Elder stand auf, Wolfgang und Anne im Blick. Er ließ die Waffe zwischen ihnen beiden hin- und herpendeln.

»Du bist also die rechtmäßige Erbin des hackerschen Vermögens?«, ließ sich Elder vernehmen. »Interessant.«

»Nimm dieses Ding runter«, herrschte Anne ihn erneut an.

»Dann werden wir uns von der Simon-Wiesenthal-Stiftung mal mit dir unterhalten müssen.«

»Ich dachte immer, die Stiftung sei nur eine NGO, eine Nichtregierungsorganisation, um NS-Kriegsverbrecher aufzuspüren. Seit wann bedrohen und töten sie unschuldige Personen?« Wolfgang legte den Kopf schief.

Elder bückte sich beiläufig nach Wolfgangs Waffe und hob sie auf. Er betrachtete sie genau, dann legte er sie auf den Tisch, bevor er antwortete.

»Die Simon-Wiesenthal-Stiftung hatte nie vor, jemanden oder etwas zu bedrohen, es sei denn, er ist NS-Kriegsverbrecher. Da können wir schon mal etwas unsanfter vorgehen. Aber die alten Männer und Frauen von damals muss man mittlerweile vorsichtig behandeln. Ein Oberschenkelhalsbruch verkürzt ihre Leidenszeit enorm. Das will niemand.«

Elder grinste. Anne und Wolfgang verständigten sich mit Blicken. Sie nickte ihm zu, dass es ihr gut gehe, und er behielt dafür einen kühlen Kopf.

»Ach ja, und das!« Elder deutete mit dem Kinn auf seine Waffe. »Ich glaube, das ist etwas – wie soll ich sagen – vertrackter, als dass ich es erzählen könnte.«

Elder zog den Abzug durch. Es knackte, und aus der Öffnung des Laufs züngelte eine Flamme. Die Pistole war ein simples Feuerzeug.

»Scheiße«, entfuhr es Wolfgang. Er wollte sich auf Elder stürzen, doch Anne stieß einen markerschütternden Schrei aus!

»Herrgott noch mal. Wie im Sandkasten! Wir setzen uns jetzt zusammen, und zwar hier an diesen Tisch, und ich setze mich zwischen euch beide.«

Innerlich musste Anne den Kopf schütteln ob der Wendung, die das Ganze genommen hatte. Der Hals tat ihr zwar noch weh, aber mit der Entwicklung der Dinge war sie nicht unzufrieden. Sie brauchte jetzt nur noch die Information, warum Elder ein falsches Spiel gespielt hatte.

Anne nahm mit einer raschen Bewegung die Pistole an sich. Dann hockte sie sich vor den Couchtisch. Die beiden Männer nahmen widerwillig einander gegenüber Platz.

»Okay«, sagte Anne. »Warum Wolfgang hinter uns her war, wissen wir bereits. Er suchte nach den Objekten, für die ein Sammler bereits bezahlt hat.« Wolfgang wollte etwas sagen, doch Anne hob nur die Hand. »Immer langsam mit den jungen Pferden. Ich weiß, wo die Gegenstände sind – und wenn sie nicht aus Raubgut stammen, sondern nur Repliken sind, dann bekommst du sie ausgehändigt. Und zwar umgehend.«

Anne wandte sich an Elder.

»Was mir allerdings bislang noch unklar ist, warum mein Assistent gegen mich arbeitet. Da würden mich doch die Motive interessieren.«

Elder sah beide lange an, bevor er antwortete. Ein unschlüssiges Lächeln lag auf seinem Gesicht, als sei er bei etwas Unehrenhaftem erwischt worden.

Er ist doch zu jung, schoss es Anne für einen kurzen Augenblick durch den Kopf. Dann hatte sie sich wieder im Griff und konzentrierte sich auf das, was Elder zu sagen hatte.

»Die Wiesenthal-Stiftung braucht Geld. Hier war Geld da, und bislang fehlte es einfach an einem Erben. Bevor das Vermögen in die Hände des Staates als allerletztem Erben fällt, hätte ich es gern auf die Konten der Stiftung umgeleitet, die solche Verbrecher fängt. Das wäre nicht weniger illegal gewesen als die Staatserbschaft.« Er zuckte mit den Schultern. »Offenbar gibt es ja jetzt eine Erbin. Damit sind wir außen vor.«

Wolfgang sah verblüfft in die Runde.

»Es gibt eine Erbin? Wen?«

Anne fuhr sich unwillkürlich durchs Haar. Sie hatte das zwar vorhin schon einmal gesagt, aber Wolfgang hatte es wohl nicht gehört oder in der Anspannung überhört.

»Mich«, sagte sie leise. »Ich bin die Tochter Hans Meisters alias Konrad Hacker. Er hat …« Ihre Stimme brach. Plötzlich konnte sie nicht mehr an sich halten und schwamm in Tränen. Die Vorstellung, dass sie nur als Genpool gezeugt worden war, und das auch noch von ihrem eigenen Großvater und womöglich sogar Urgroßvater, riss alle von der Ratio errichteten Dämme ein.

Sie konnte die beiden Männer nicht mehr sehen, sie konnte kein Wort sprechen, sie konnte noch nicht einmal Luft holen, so sehr krampfte sich das Weinen in ihre Eingeweide.

Nur langsam kam sie wieder zu Atem – und dann erzählte sie stockend von Konrad Hacker und Sieglinde Karg, die sich im Lebensborn-Heim kennengelernt und ein Kind gezeugt hatten. Wie Tochter Hildegard nach dem Krieg Hans Meister kennenlernte und von ihm geschwängert wurde, offenbar ohne zu wissen, dass dieser Hans Meister ihr Vater ist. Dass das Kind aus dieser Verbindung ihre Mutter Hiltrud Amelie Karg ist und dass diese Amelie vermutlich ebenfalls wieder einem Mann begegnet war, der sie geschwängert hat: Hans Meister.

Wolfgang war sprachlos.

»Das hast du dir nicht alles nur zusammengereimt?«

»Nein«, sagte Anne matt. »Es geht aus den Unterlagen hervor. Dort steht zwar niemals ›Hans Meister‹, aber damit geben alle die Merkwürdigkeiten einen Sinn, die meine Großmutter und meine Mutter umgeben: die Grablege, die von Großmutter übernommen wurde, das Haus, das meiner Mutter überschrieben wurde, die Geldzuwendung auf das Konto JF, Jakob Fugger, und so weiter.«

Auch Tobias hatte sie genau beobachtet. Er kannte einen Großteil der Geschichte, hatte aber offenbar selbst nicht die Schlüsse daraus gezogen, die sie gezogen hatte.

»Was suchst du dann hier, wenn schon alles sonnenklar ist?«, fragte Wolfgang.

Anne presste die Lippen aufeinander.

»Ich dachte mir, Hans Meister hat hier sicher irgendwo Aufzeichnungen deponiert, die das bestätigen.«

»Im Boden dieser Lampe?« Wolfgang deutete mit dem Kinn in Richtung Geweihschaufel und Blechdose für das Lampenöl.

»Dass es dort tatsächlich etwas gegeben hat, war der reine Zufall. Ich dachte nur, wenn alles so auf mich ausgerichtet ist, dann könnte das auch hier der Fall sein.« Sie lächelte schwach. »Tja, so war es dann ja auch.«

»Ach. Was stand auf den Zetteln, die du gefunden hast?«, hakte Wolfgang nach. »Es müssen aufschlussreiche Dokumente sein, damit du diese Schlüsse ziehen kannst.«

»Jakob Fugger, 934 mt und Ragnarök, 4.367.912.«

Wolfgang hob eine Augenbraue. »Ah ja. Das hätte ich auch daraus geschlossen. Ich hätte allerdings noch versucht herauszufinden, wie der Vorname dieses … wie hieß der gleich … Ragnarök lautet.«

»Jakob Fugger, 934 mt ist leicht zu entschlüsseln: Konto Jakob Fugger, Betrag neunhundertvierunddreißig Euro, mt wird wohl monatliche Überweisung heißen. Der Zettel ist übrigens ein Dauerauftrag auf das Konto meiner Mutter.«

Es war still in der Runde. Die Männer mussten sich die Tragweite von Annes Behauptung erst erschließen. Tobias war der Erste, der begriffen hatte.

»Unterhaltszahlung. Hans Meister zahlte Unterhalt auf das Konto Jakob Fugger. Und das nicht schlecht.«

»Aber nicht bewiesen«, fuhr Wolfgang dazwischen. Er wandte sich an Anne. »Bist du dir sicher, was das Konto deiner Mutter anbelangt?«

Anne nickte bedächtig. »Ja. Aber es gibt noch einen anderen

Beweis.« Sie war ganz ruhig. Sie hätte nie gedacht, dass sie nach der aufwühlenden Aktion von eben und ihrem Weinkrampf, der noch immer in ihrem Bauch schmerzte, so gelassen sein konnte. Sie hatte offenbar alle Tränen geweint.

Sie kramte in ihrer Tasche und zog ein kleines Bündel daraus hervor, das sie schwenkte.

»Das sind die Auszüge meiner Mutter. Ich habe mir die ›Rentenzahlungen‹ angesehen – und zufällig wird ihr jeden Monat ein Betrag von neunhundertvierunddreißig Mark gutgeschrieben. Sorgfältig von meiner Mutter dokumentiert. Das kann kein Zufall sein. Ich werde bei Dr. Fritsch eine Nachprüfung der Herkunft beantragen.«

Sie blickte triumphierend in die Runde und fühlte sich gleichzeitig völlig zerschlagen.

Wolfgang schien amüsiert zu sein.

»Du glaubst, diese Rentenzahlung sei eine Art Unterhaltszahlung gewesen?«

Anne nickte.

»Vermutlich. Die Überweisungen liefen vom Monat meiner Geburt bis zum Ende meines Studiums. Als ich das erste Gehalt überwiesen bekommen habe, endeten die Zahlungen.«

Sie kramte wieder in ihrer Tasche und holte den Umschlag heraus, in dem das Testament gesteckt hatte. Dort hatte sie auch die Bankauszüge gefunden. Alles war sauber notiert, die Beträge unterstrichen, die Zahlung mit dem Begriff »Rente« versehen worden.

»Ich habe meine Mutter noch nicht darauf angesprochen, aber sie wird mir das sicher bestätigen.«

Ein schmerzlicher Zug lag um ihre Mundwinkel.

Wolfgang beugte sich vor.

»Und der zweite Zettel? Was steht dadrauf?«

Anne kramte ihn hervor. Es war kein gewöhnliches Papier. Er bestand eher aus einer Art Hadernpapier, wie man es für Ausweise verwendete, ein Stoffgemisch mit langer Haltbarkeit. Es war mit kleinsten Symbolen bedruckt, die Anne nur mit der Lupe erkannt hätte. Darüber stand handschriftlich mit Tinte eingetragen ein Datum: »31.12.2010«.

»Offenbar ist es am Jahresende ausgestellt worden.« Sie las das Datum vor. Dann Name und Zahlenreihe: »31.12.2010. Ragnarök, 4.367.912.«

»Ragnarök? Klingt irgendwie isländisch«, fragte Wolfgang.

Elder räusperte sich.

»Das ist ein Codewort. Ragnarök ist die Götterdämmerung, der Untergang der Asen. Wenn dieser Konrad Hacker SS-Mann gewesen ist, dann würde das tatsächlich passen. Die SS betrieb einen auf nordischen Mythen basierenden Kult. Ragnarök wäre eine konsequente Verschlüsselung.«

»Und die Zahlenkolonne?«, fragte Anne. Sie wusste zwar die Antwort, wollte sie aber von jemand anderem hören.

»Der Betrag, der auf dem Konto deponiert ist. Vielleicht aber auch nur der Zugangscode.«

Anne drehte das Blatt hin und her, doch außer dem Datum und der Zahl fanden sich keine weiteren entzifferbaren Stellen oder Hinweise, keine Adresse, keine Unterschrift. Sie zuckte mit den Schultern. »Was soll man mit diesem Zeug anfangen?«

Plötzlich räusperte sich jemand im Hintergrund. Anne fuhr herum. Dort stand, die Hände vor dem Körper gefaltet und eine Tasche wie ein Schild vor sich haltend, Dr. Fritsch.

»Entschuldigung. Aber die Tür stand offen. Da bin ich reingegangen. Frau Karg hat mich angerufen und hergebeten.«

Wolfgang beäugte die Situation mit zusammengekniffenen Augen.

»Was soll der Rechtsverdreher hier?«, brummte er kurz.

»Notar«, antwortete Dr. Fritsch, während er langsam näher kam. »Kein Rechtsanwalt.« Er lief um den Tisch herum und setzte sich möglichst weit von Wolfgang weg, wie Anne feststellte. »Ich habe den Schluss Ihres Gesprächs mitangehört«, sagte er, sobald er saß, und räusperte sich erneut. »Ich weiß, was Sie mit diesem Dokument anfangen können.« Sein Lächeln war etwas bemüht. Er ließ den Blick von einem zum anderen gleiten, ohne jemanden genauer anzusehen. Schließlich blieb er auf Anne liegen.

Anne legte den Kopf schief. »Und?«

»Der zweite Umschlag. Sobald geklärt ist, wer Hans Meisters Erbe ist, darf er geöffnet werden. Die Beweisführung war schlüssig.

Sie stimmen mir doch zu, meine Herren! Anne Karg ist nach augenblicklicher Sachlage die legitime Erbin des meisterschen Vermögens.«

Anne fühlte, wie sich ihre Wangen mit Blut füllten. Sie wurde rot wie ein kleines Mädchen. Sie hatte nicht nur den Fall gelöst, sondern auch – wenn die Zahl auf dem Zettel wirklich die Höhe des Vermögens von Hans Meister angab – noch jede Menge Geld geerbt. Das würde sie unabhängig machen.

Dr. Fritsch zog aus seiner Tasche den zweiten Umschlag und einen Brieföffner hervor. Er fuhr mit der Klinge unter die verklebte und versiegelte Lasche.

»Halt, Freunde«, fuhr Wolfgang plötzlich dazwischen. »Ich will deine Verdienste um die Aufklärung der meisterschen Lebensumstände nicht schmälern, Anne, aber die legitime Erbin bist du sicher nicht.«

Annes Blick wanderte langsam zu Wolfgang hinüber. Kein Grinsen stand in dessen Miene, kein schadenfrohes Lächeln oder sonst eine Freude über die gelungene Parade, mit der er dazwischengefahren war.

Selbst Elder rutschte bis an den Rand der Couch vor, weil er diese Wendung der Dinge offenbar nicht erwartet hatte.

»Was willst du damit sagen?«

»Das, was jedes Erbschaftsgericht bestätigen würde. Anne Karg ist nicht die legitime Erbin des meisterschen Vermögens.«

Anne fühlte sich, als wäre sie mit einem rechten Haken zu Boden geschickt worden, und versuchte erst einmal, geistig wieder auf die Beine zu kommen. Sie war angezählt, aber noch nicht k.o.

»Warum?«, hakte sie nach, sobald sie wieder klar denken konnte.

Wolfgang und Dr. Fritsch wechselten Blicke. Sie sah, wie der Notar unmerklich den Kopf schüttelte und Wolfgang die Augenbrauen hob.

»Ich habe den sicheren Beweis!«, sagte Wolfgang nach einer beinahe endlosen Zeit des Schweigens. »Es ist die Information aus dem Tresor«, sagte er lapidar.

»Gib sie her«, zischte Anne und streckte die Hand aus.

Wolfgang hob beschwichtigend die Arme. »Ich habe sie nicht mit dabei. Das wäre auch töricht gewesen. Aber …« Er stockte kurz und blickte dann von Dr. Fritsch zu Elder, bis er schließlich bei Anne verharrte. »Du weißt, wo die Repliken sind. Kunst gegen Information. Das ist ein fairer Deal, Anne.«

Er sah auf seine Uhr.

»Morgen früh um zehn Uhr muss ich die Bestellung übergeben. Ich schlage vor, wir treffen uns heute Abend, zwanzig Uhr, wieder hier in dieser Wohnung. Da bliebe für beide Seiten ausreichend Zeit, die Tauschobjekte zu beschaffen. Einverstanden?«

Wolfgang erhob sich und sah noch einmal in die Runde. Anne bemerkte, wie blass Dr. Fritsch geworden war.

»Ach ja, ich will niemanden erpressen, aber ›Rike‹ hat auch mit mir einen exklusiven Vertrag. Sollte der Deal nicht zustande kommen, werden Dinge enthüllt, die besser nicht an die Öffentlichkeit gelangen sollten. Außerdem …« Er betrachtete Anne von oben bis unten, bevor er fortfuhr. »Außerdem will ich niemandem in der nächsten Verwandtschaft wehtun müssen, um an die Dinge zu kommen, die ich haben will – und die mir zustehen. Lass die Wohnung offen, damit wir ungehindert hereinkommen können.« Er deutete in die Runde. »Es will hier ohnehin niemand etwas klauen.«

Wolfgang verzog keine Miene. Sein Blick war starr auf Anne gerichtet. Dann ging er hinaus.

Dr. Fritschs Stimme holte ihn am Windfang ein.

»Meine Mitarbeiterin erklärt sich zu diesem Handel bereit«, rief er ihm nach, und seine blasse Haut wurde von einer knalligen Röte überzogen.

Anne sah Dr. Fritsch verblüfft an. Er hatte sie noch nie »seine Mitarbeiterin« genannt.

»Das ist ein astreiner Erpressungsversuch!«, zischte sie den Notar an, als Wolfgang draußen war.

»Der für deine Mutter tödlich enden könnte«, ergänzte Elder.

»Halt deinen Mund«, zischte Anne.

30

Anne klopfte leise an die Zimmertür, dann öffnete sie und trat ein. Mit einiger Genugtuung bemerkte sie, dass ihre Mutter allein im Zimmer lag. Ihr Einschreiten hatte offenbar Wirkung gezeigt und die »Götter in Weiß« in ihre Schranken gewiesen.

»Mama?«, flüsterte sie.

Amelie Müller lag mit geschlossenen Augen da und schlief. Die Augen waren eingefallen, die Wangen ebenfalls. Für einen Moment überkam sie die Angst, ihre Mutter könnte tot sein, doch ein leises Schnarchen beruhigte Anne. Sie schlief nur.

Die Lähmung im Gesicht hatte sich gegeben. Annes Blick wanderte die Furchen der Haut entlang, verlor sich in den Falten am Hals und glitt zu den Händen hinab, die voller Blutergüsse waren, die die zartgliedrigen Finger verunstalteten. Das Leben schrieb seinen Text auf die Haut. Und dieser Text war nicht immer wohlwollend, sondern grub seine Lettern tief ein.

Anne forschte in dem Gesicht, das jetzt so ruhig aussah. Wie viel wusste ihre Mutter? Wie viel hatte sie ihr verschwiegen? Wusste sie, dass sie Tochter ihres eigenen Großvaters war? Oder hatte sie davon nichts geahnt?

Anne fühlte, wie ihr Tränen über die Wangen liefen. Sie konnte gar nichts dagegen tun. Sie flossen einfach so aus ihren Augen, als wäre sie übervoll damit. Sie kramte in ihrer Tasche nach einem Taschentuch.

»Warum weinst du, Kind?«

Die Frage traf Anne so unvermittelt, dass sie aufschluchzen musste. Sie wollte es nicht, aber plötzlich überflutete sie eine heiße Welle der Verzweiflung. Die Welt hatte sie, ihre Mutter und die Großmutter betrogen, und sie war gerade wieder dabei, ihnen ein Bein zu stellen.

»Das wird schon wieder«, flüsterte ihre Mutter. »Ich werde gesund. Oder weinst du, weil du verliebt bist?«

Jetzt musste Anne lachen. Dass sie ihr endlich einen Schwiegersohn anschleppte, war in den letzten Jahren der größte Wunsch ihrer Mutter gewesen. Ein richtiger Heiratskandidat mit allem Drum und Dran.

»Nein, ich bin nicht verliebt«, sagte Anne – und wusste nicht einmal, ob sie damit nicht doch etwas schwindelte. Bei dem Gedanken tauchte ein Gesicht vor ihren Augen auf, das sie so gar nicht sehen wollte.

Sie schüttelte den Kopf. »Nein, ich bin nicht verliebt«, wiederholte sie. »Wirklich nicht.«

Wissend lächelnd sah ihre Mutter sie an. Dann wurden ihre Augen ernst.

»Was drückt dich dann? Deine alte Mutter? Keine Angst. Für uns alle gibt es ein Ende. Früher oder später. Damit muss man sich abfinden …«

Anne schüttelte erneut den Kopf.

»Das ist es auch nicht, Mama.« Anne stockte. Der Geruch des Zimmers stieg ihr unvermittelt in die Nase und würgte sie. Krankenhausluft machte eindeutig krank.

»Jetzt rede schon. So viel Zeit haben wir nicht mehr«, flüsterte ihre Mutter.

Anne musste schlucken, wie gelassen ihre Mutter die Dinge nahm und ihr Schicksal zu akzeptieren schien.

»Es geht um … um meinen Vater.« Jetzt war es raus.

Annes Mutter schloss die Augen. Die Wangen schienen noch eine Idee tiefer in die Mundhöhle zu fallen. Die Haut unter den Wangenknochen wurde dunkler.

»Willst du mir nicht sagen, was passiert ist, Mama?«

Hiltrud Amelie Müller, geborene Karg, öffnete die Augen und sah Anne lange an. Die hatte das Gefühl, als würde im Blick ihrer Mutter ein Bedauern mitschwingen.

»Ich vertrage einiges«, sagte Anne. »Ich möchte nur die Wahrheit wissen.« Sie machte eine kurze Pause. »Es ist mir wirklich wichtig.«

»Ach, Anne«, seufzte ihre Mutter. »Was ist schon die Wahrheit?« Wieder schlossen sich ihre Augen, als müsste sie nachdenken.

Mama hat recht, dachte Anne. Wer weiß, wie viele Gelegenheiten wir noch haben, uns auszusprechen?

»Vielleicht sollte ich anfangen. Ich weiß, wer Hans Meister ist.

Mein Klient. Mittlerweile ist er tot. Jetzt soll ich seinen Erben ausfindig machen.«

Anne wagte es nicht, ihre Mutter direkt anzusehen. Nur langsam hob sie den Blick und sah mit Staunen, dass deren Augen weit aufgerissen waren und sie ihre Tochter schreckstarr betrachtete.

»So ist es nicht«, flüsterte ihre Mutter. »Du bist nicht seine Tochter. Ich weiß es. Er hat es versucht. Er hat es auch bei mir versucht, dieses Schwein. Aber ich war schlauer. Frauen können diesen geilen Böcken gehörig die Suppe versalzen.« Sie hatte sich aufgerichtet und ließ sich jetzt langsam wieder zurücksinken. »Wir können nicht von mehr als einem Mann auf einmal schwanger werden. Er hat es versucht, aber ich war bereits schwanger. Er hatte kein Glück. Kein Glück bei mir. Aber er wusste es nicht. Er hatte keine Ahnung. Er dachte, du wärst seine Tochter. Hat es lange gedacht. Aber es stimmt nicht. Ich war keine Jungfrau mehr, als er mich gezwungen hat. Schon lange nicht mehr.«

Amelie Müllers Atem beschleunigte sich bei der Erinnerung, wurde flacher, ging in ein Keuchen über.

Anne hörte das Sauerstoffgerät röcheln, das über einen kleinen Nasenschlauch die Atmung unterstützte.

»Ich war besetzt, ohne dass er es wusste. Aber er hat brav gezahlt. Schweigegeld, Unterhaltsgeld. Hast du die Unterlagen gefunden? Es gehört alles dir.«

Anne hatte bislang noch keine Zeit gehabt, um nachzuprüfen, ob ihre Mutter die Unterhaltszahlungen für die laufenden Kosten der Tochter verbraucht hatte.

»Ich habe jeden Pfennig aufspart. Für dich gespart. Seit dreißig Jahren. Das ist viel Geld. Es gehört dir.«

Anne fand es rührend, dass ihre Mutter ihr ganzes Leben nur an Anne gedacht hatte. Sicherlich hatte es schwere Zeiten gegeben, in denen die zusätzlichen Groschen dringend benötigt worden wären.

»Nichts habe ich verbraucht, Anne. Nichts.«

»Und wer ist nun mein Vater?«

Jetzt liefen der Mutter Tränen über die Wangen. Sie schüttelte den Kopf.

»Ich habe ihm versprochen, es für mich zu behalten. Wir waren jung. Er wollte nicht. Ich musste ihn verführen, um aus diesem Alptraum entfliehen zu können. Ich darf es dir nicht sagen. Das muss er selbst tun. Wir haben es uns gegenseitig geschworen.«

»Kenne ich ihn?« Annes Stimme klang etwas schrill.

»Ich weiß es nicht«, sagte Annes Mutter. Sie ließ sich in die Kissen sinken und schloss die Augen. »Hans Meister … er ist nicht …«

Die Stimme ihrer Mutter brach ab. Kurze Zeit später zeigte ein leises Schnarchen an, dass sie eingeschlafen war. Offenbar hatte ihr Geständnis sie derart angestrengt, dass ihre geringen Kräfte verbraucht waren.

Anne blieb noch eine ganze Weile sitzen und sah den Tropfen zu, die aus dem Beutel mit Flüssigkeit in eine Kanüle liefen und über einen Schlauch und eine Nadel im Körper ihrer Mutter verschwanden. Es waren kleine Dosen, mit denen ein Mensch am Leben gehalten wurde. Es waren ebenso kleine Dosen, die sie über ihre Herkunft erfuhr. Klar war jetzt jedenfalls, dass sie als Erbin nicht in Frage kam. Wenn es stimmte, was ihre Mutter gesagt hatte, dann war Hiltrud Karg selbst die Erbin. Außer es gab noch einen weiteren Sprössling, von dem bislang nichts bekannt war.

Während der nächsten Stunde fuhr Anne ziellos durch die Stadt. Im Grunde wollte sie abends nicht mehr in die Gumpelzheimerstraße. Was sollte sie noch dort? Sie hatte den eigentlichen Erben nicht ausfindig machen können. Ihre Suche hatte nur noch mehr Verwirrung gestiftet. Vor allem bei ihr selbst. Sie musste warten, bis ihre Mutter wieder zu Kräften kam, dann würde sie den Namen ihres Vaters erfahren.

Wenn sie nicht erschien, würde man sie suchen.

Endlich entschloss sie sich, die Sache in die Hand zu nehmen.

Ihr zielloses Herumgondeln bekam plötzlich einen Sinn. Sie blieb immer wieder stehen, stieg aus und lief ein kurzes Stück, nur um zu sehen, ob sie verfolgt wurde. Doch sie konnte niemanden ausmachen, der hinter ihr herschlich.

Sie sah schließlich im Haus ihrer Mutter vorbei, holte sich von dort einen Koffer, fuhr zu ihrem Büro, trug den leeren Koffer die Treppen hinauf, stopfte ihn mit altem Zeitungspapier voll, beförderte ihn zurück zum Auto, lud ihn in den Kofferraum, fuhr zur Wohnung in der Gumpelzheimerstraße, nahm ihn mit ins Haus, wartete dort eine Weile, packte ihn danach wieder ins Auto, fuhr zur Wohnung in der Langen Gasse und zerrte den Koffer die Treppe hoch. Nur so glaubte sie, den neugierigen Blicken eines eventuellen Verfolgers entgehen zu können. Oben belud sie ihn mit den Gegenständen, die Wolfgang haben wollte. Das Zeitungspapier nahm sie zum Einwickeln der Gegenstände.

Sie betrachtete die Kunstwerke genau. Der Merkur sah echt aus – auch wenn sie keine Kunstexpertin war, hätte sie schwören können, dass die Dinge keineswegs Repliken waren, sondern echte Ware. Vermutlich aus Raubgrabungen oder aus anderweitigen dunklen Quellen. Aus der Zeit des Dritten Reiches mussten noch Tonnen von Kunstgegenständen in privaten Sammlungen, auf Dachböden oder unter der Erde liegen. Hans Meister hatte die Verbindungen und die Zeit gehabt, diese Quellen aufzuspüren und für sich fruchtbar zu machen.

Vorsichtig wickelte sie die beiden Gegenstände ein, die zuoberst auf der Liste standen. Und mit jeder Lage Zeitungspapier, die sie darum legte, wurmte es Anne mehr, dass sie Wolfgangs Drohung ernst nahm und darauf einging. Aber ihre Mutter war schließlich ihre Mutter. Anne durfte sie nicht gefährden.

Kurz dachte sie darüber nach, ob sie die Polizei einschalten sollte. Aber zwei Überlegungen hinderten sie daran.

Einmal kam ihr das Bild dieses Mannweibs in den Sinn. Die Polizistin hatte sie beim ersten Kontakt derart überheblich abgekanzelt, dass sie von dieser Seite her keine Hilfe erwartete. Zum anderen würde sie nie wieder einen Klienten bekommen, der auf ihre Diskretion angewiesen war, wenn sie bei solchen Kleinigkeiten alles an die große Glocke hängte.

Als sie sich den Mantel wieder anzog, bemerkte sie erst, wie schwer er auf eine Seite hinabzog. Die Pistole! Sie hatte noch immer Wolfgangs Pistole in ihrer Manteltasche. Sie holte die Waffe heraus, betrachtete sie und dachte darüber nach, was sie damit tun sollte. Sie konnte das Schießeisen im Versteck bei den Repliken lassen. Niemand würde es finden. Doch dann kam ihr etwas anderes in den Sinn.

Plötzlich änderte sich ihre Einstellung zu dem Treffen am Abend. Jetzt würde sie etwas klären – und zwar ein für alle Mal.

Anne trug beschwingt den Koffer die Metalltreppe hinunter und hob ihn schließlich wieder in den Kofferraum ihres BMWs. Wer wusste schon, wo sie die Gegenstände abgeholt hatte? Ob all die Geheimniskrämerei sinnvoll war, konnte sie nicht beurteilen. Aber es beruhigte sie ungemein und lenkte sie von ihren Grübeleien ab.

Zwischen all diesen Aktionen nahm sie Kontakt zu Rike auf und bat sie, noch vor acht Uhr in das ehemalige Domizil von Hans Meister zu kommen.

»Es wird für dich ein Aha-Erlebnis werden«, versprach sie der Journalistin. »Exklusiv und unverstellt.«

Kurz vor halb acht betrat sie wieder die Loftwohnung in der Gumpelzheimerstraße. Rike wartete schon mit einer Kamera im Anschlag auf sie und trat aus dem Schatten der Mauer.

»Jetzt hätte ich mich beinahe zu Tode erschreckt«, beschwerte sich Anne scherzhaft, als die Journalistin unerwartet neben ihr auftauchte.

Die beiden Frauen betraten das Loft. Anne ließ das Licht ausgeschaltet, stellte den Koffer ins Schlafzimmer, setzte sich aufs Sofa und wartete. Sie zog den Mantel nicht aus.

Rike stand zuerst unschlüssig neben ihr.

»Willst du nicht das Licht einschalten?«, fragte sie.

»Nein. Ich weiß noch nicht genau, was ich will.«

»Was habe ich zu erwarten?«, fragte Rike etwas hilflos.

»Lass dich überraschen. Es wird eine Zirkusvorstellung werden. Aber sie sollen nicht wissen, dass wir schon hier sind. Jedenfalls nicht sofort.«

Anne sah sich um. Sie postierte Rike hinter der halb geöffneten Schlafzimmertür. So konnte diese unbehelligt Fotos schießen. Sie ließen im Schlafzimmer leise die Rollos herunter, damit es noch dunkler wurde. Außerdem bat sie Rike, das Schnappschussgeräusch der Kamera abzuschalten. Die Wohnungstür blieb auf, sodass die anderen ungehindert eintreten konnten.

Dann gesellte sich Anne zu ihr ins Schlafzimmer. So konnten sie den Raum überblicken, ohne gesehen zu werden. Sie mussten nicht lange warten.

Als Erstes traf Dr. Fritsch ein. Er knipste das Licht an, setzte sich stumm aufs Sofa, seine Ledertasche auf dem Schoß, und starrte ins Leere, als wäre er paralysiert.

Dr. Fritschs sorgenvolle Miene sprach Bände. Anne vermutete dahinter Schuldgefühle, weil er ihr Tobias Elder zur Seite gestellt hatte, ohne ihn vorher genau zu überprüfen und sie zu informieren. Sie würden sich aussprechen, wenn die Sache überstanden war.

Anne hatte die Hand in der Tasche und spielte mit Wolfgangs Pistole, als Elder die Wohnung betrat. Der sah sich vorsichtig um.

»Ist Frau Karg schon hier?«, fragte er den Notar.

Der schüttelte den Kopf. »Nein. Wir haben ja noch Zeit.« Er blickte auf die Uhr. »Zehn Minuten.«

»Wirklich nicht?«

Jetzt sah der Notar auf. »Nein. Ich war der Erste. Ich habe das Licht angemacht und sitze hier seit …«, er sah auf die Uhr, »… seit zwanzig vor acht. Da war es hier drinnen noch dunkel. Hier ist keine Menschenseele. Oder glauben Sie mir etwa nicht?«

Elder ging durch die Wohnung, öffnete die Tür zum Bad, warf einen kurzen Blick ins Schlafzimmer, knipste kurz das Licht an und wieder aus, ohne Anne und Rike zu bemerken. Die beiden standen mit angehaltenem Atem hinter der Tür, und Anne freute sich zum ersten Mal in ihrem Leben darüber, kein Parfüm benutzt zu haben.

»Sie trauen mir wohl nicht?«, fragte Dr. Fritsch spöttisch.

»Ich bin lieber vorsichtig«, sagte Elder. Er schien den Gedanken mit dem Duftwasser ebenfalls zu haben, denn er schnüffelte in den Raum hinein, ohne ihn zu betreten. Dann drehte er ab.

Anne beobachtete die beiden durch den Spalt zwischen Mauer und Tür. Nur Rike ging jetzt weiter ins Schlafzimmer hinein und vertraute darauf, dass niemand, der aus dem hell erleuchteten Raum in die Dunkelheit blickte, sie sehen würde.

Elder schlenderte zurück zu Dr. Fritsch und legte ihm eine Hand auf die Schulter. Anne sah, wie der Notar regelrecht erstarrte.

»Haben Sie den Umschlag bei sich, Fritsch?«

Dr. Fritsch nickte nur flüchtig, sagte aber weiter kein Wort.

Anne versuchte von ihrem Versteck aus herauszufinden, ob Elder diesmal bewaffnet war. Sie konnte jedoch weder eine Ausbuchtung unter der Achsel noch sonst einen Hinweis auf eine Waffe im Gürtel oder in den Socken entdecken.

»Das trifft sich gut«, sagte Elder. »Geben Sie ihn mir.«

Er streckte die Hand aus.

Jetzt kam Leben in den Notar. Dr. Fritsch drückte die Tasche enger an sich und sah Elder aus schreckgeweiteten Augen an.

»Was haben Sie gesagt?«

»Sie haben mich schon verstanden«, sagte Elder. »Her mit dem Umschlag.«

Der Notar sprang auf.

»Das ist ein notarielles Dokument«, widersprach Dr. Fritsch. »Es wurde mir zu treuen Händen übergeben. Das bekommen Sie niemals.«

Die Stimme des Notars wurde mit jeder Silbe schriller. Offenbar war er sich der Gefahr bewusst, die er durch sein Kopfnicken heraufbeschworen hatte. Andererseits konnte er sich offenbar nicht vorstellen, wie Elder ihn zu illegalen Handlungen zwingen wollte.

»Ich möchte Ihnen nicht wehtun – und das muss ich, wenn Sie mir den Umschlag nicht aushändigen, Doktor. Sehr weh!«

Anne, die vom Schlafzimmer aus durch den Türspalt alles beobachten konnte, schloss ihre Hand fester um den Griff der Pistole. Niemals ... niemals hätte sie Elder so eingeschätzt. Sie hatte immer geglaubt, dieser pickelige, aber durchaus sympathische Kerl könne keiner Fliege etwas zuleide tun. Ein Historiker eben, der zumindest so viel Weltkenntnis besaß, um nicht über kurz oder lang zu verhungern.

Sie wollte eben mit der Pistole im Anschlag aus der Tür treten, als eine sonore Stimme vom Eingang her das Gespräch unterbrach.

»Der Einzige, der hier Gewalt ausübt, bin ich!«, sagte Wolfgangs tiefe Stimme. Er hielt, wie bei ihrer letzten Begegnung, eine Pistole in der Hand. Sie war auf Elder gerichtet.

Auch Wolfgang ließ einen Blick über die Wohnung streifen. Kurz blieb der an der offenen Schlafzimmertür hängen. Für einen Wimpernschlag hatte Anne das Gefühl, Wolfgang würde ihr direkt in die Augen sehen, dann glitt sein Blick weiter.

»Anne noch nicht hier?«

Dr. Fritsch verneinte vehement.

»Ich war der Erste. Ich habe das Licht angemacht. Keine Menschenseele hier.« Er sah zu Elder hin. »Außer uns beiden.«

Dabei ließ er offen, wen genau er mit »uns« meinte. Einer der drei Anwesenden war ausgenommen. Anne vermutete, dass es Elder war, den der Notar ausschloss.

»Was will er von Ihnen?«, fragte Wolfgang. Er deutete mit einer Kinnbewegung auf Elder.

Dr. Fritsch räusperte sich. »Den Umschlag.«

Anne sah, wie Wolfgang eine Augenbraue hob. Offenbar war er erstaunt.

»Welchen Umschlag?«

»Das zweite Testament«, erklärte der Notar. »Zu öffnen, wenn der Erbe gefunden ist. Eine direkte Anwesenheit des Erben ist dabei nicht nötig.«

Elder schnaubte.

»Ich weiß genau, was der Umschlag enthält!«, zischte er.

Wolfgang sah ihm ins Gesicht.

»Hellseher, was? Eine rare Zunft«, spottete er. »Was ist Ihrer Meinung nach drin?«

»Geld!«, sagte Elder kurz angebunden. »Millionen!«

Er blickte in die Runde, als erwartete er eine Bestätigung oder ein anerkennendes Murmeln.

Doch weder Fritsch noch Wolfgang rührten sich.

»Ich vermute einmal, Sie träumen einen falschen Traum«, lachte Wolfgang verhalten. »Das Geschäft hat gerade das abgeworfen, was Meister zum Leben benötigte.«

Elder missbilligte offensichtlich Wolfgangs Einwurf.

»Ich habe die Liste gesehen. Der Handel mit illegaler Raubkunst war unendlich lukrativer, als Ihre Phantasie es sich ausmalen kann.«

Anne horchte auf. Raubkunst. Hatte Elder nicht behauptet, die Kunstwerke seien Repliken?

»Woher wollen Sie das wissen? Ich dachte, Sie sind nur Historiker?«

Jetzt begann Elders Gesicht zu leuchten, so sehr freute er sich offenbar, alle hinters Licht geführt zu haben.

»Kunst-Historiker. Ich habe nur die halbe Wahrheit gesagt.«

»Sie sind auch nicht hinter Hans Meister her gewesen, sondern hinter seiner Sammlung. Stimmt's?« Fritsch mischte sich wieder in das Gespräch ein.

Elder zuckte nur mit den Schultern, aber Anne schien der Gedanke an Elders Suche nach verschollenen und geraubten Kunstwerken glaubhafter als die Simon-Wiesenthal-Story.

»Her damit«, sagte Elder erneut und trat einen energischen Schritt auf den Notar zu.

Der wich erschrocken zurück.

»Lass das!«, zischte Wolfgang. »In dem Umschlag ist sicher kein Geld.«

»Woher wollen Sie das wissen?«, fauchte Elder zurück.

Hier redeten jetzt zwei Kriminelle miteinander. Anne erkannte ihren Adlatus kaum wieder. Die Gesichtszüge waren verzerrt. Speichel spritzte beim Reden aus dem Mund. Überhaupt hatte es den Anschein, als wäre der ganze Körper gespannt wie eine Sehne, die man nur loslassen musste.

»Das werden Sie schon sehen!«, sagte Wolfgang ganz ruhig. »Sie haben recht. Es gibt Millionen. Aber nicht in der Mappe des Notars.« Er schnaubte verärgert. »Dort liegt vermutlich etwas ganz anderes. Nämlich der Hinweis, dass Anne doch nicht die Erbin des meisterschen Vermögens ist.«

»Blödsinn!« Mit Elder ging eine Verwandlung vor sich. War er zuvor noch das Raubtier gewesen, das kurz vor dem Angriff gestanden hatte, war er plötzlich wieder der smarte Jüngling, der etwas tollpatschig daherkam und niemandem ein Härchen krümmen konnte.

Anne hätte sich auch gerne entspannt. Doch sie war wie verkrampft. Wolfgangs letzter Satz hatte sie elektrisiert.

»Woher willst du das wissen, Schlaumann?«, fragte Elder sichtlich neugierig.

»Weil ich ihren Vater kenne«, antwortete der nur. »Und dafür habe ich unumstößliche Beweise. Meister hat nämlich einen DNA-Abgleich machen lassen. Der kam zu einem verblüffenden Ergebnis.«

»Das würde mich jetzt doch interessieren«, warf Elder ein.

»Nein!«, widersprach Dr. Fritsch. Seine Stimme klang hysterisch.

»Mich würde das Ergebnis auch interessieren«, warf Anne ein.

Sie war aus der offenen Tür des Schlafzimmers getreten. Die Waffe hatte sie zuvor gesichert und aufs Bett geworfen. Sie brauchte keine Waffe. Gewalt schürte und gebar nur wieder Gewalt.

Die drei Männer sahen sie an, als wäre sie aus dem Boden gewachsen.

»Woher …«

»Aus dem Schlafzimmer«, sagte Anne und beantwortete die ungestellte Frage.

»Jetzt ist es an mir, Forderungen zu stellen.« Sie streckte die Hand aus. »Der Inhalt des Tresors!«

»Gegen die Kunst«, sagte Wolfgang. Er lächelte matt. »So war der Deal.«

»Bevor ich wusste, was ich dagegen eintausche.«

»Deal ist Deal«, sagte Wolfgang und wich zur Haustür hinaus, als Anne auf ihn zuging.

»Der Plunder steht im Schlafzimmer«, sagte sie leise. »Wer ist mein Vater? Du hast es gewusst und mir nicht gesagt.«

Anne musste ein Schluchzen unterdrücken und hasste sich dafür. Doch diesmal füllten sich ihre Augen nicht mit Tränen. Sie presste nur die Lippen zusammen. Sie sah das Schuldeingeständnis in Wolfgangs Augen, aber auch einen flehenden Blick.

»Ich«, sagte plötzlich eine Stimme hinter ihr.

Anne war zunächst verwirrt. Was sollte dieses einfache »Ich«?

Sie drehte sich um. Hinter ihr stand Dr. Fritsch, der Notar, die Mappe noch immer vor die Brust gepresst, als wäre sie ein Harnisch. Ihn hatte Wolfgang angesehen.

»Was? Ich?«, blaffte sie ihn an.

Fritsch wurde noch eine Spur blasser, als er ohnehin war.

Elder begann hysterisch zu kichern. Offenbar hatte er etwas begriffen, was sie noch nicht ganz verstanden hatte.

Dr. Fritsch versuchte mehrmals, zum Sprechen anzusetzen, doch seine Stimme versagte. Wolfgang nahm den Faden auf: »Das ist doch ganz einfach … Der Alte hat die Schnitzeljagd wohl nur deshalb inszeniert, damit du herausfindest, wer dein wirklicher Erzeuger ist.«

Endlich besann sich der Notar, gab sich einen Ruck und sagte schlicht: »Ich bin dein Vater, Anne.«

31

»Du bist sicher, dass ich nicht mitgehen soll!«

Anne schob ihre Mutter im Rollstuhl über den Bürgersteig. Sie ließ den Kopf suchend hin- und herpendeln.

»Ich weiß, was ich mache. Es dauert auch nur eine Stunde, dann bin ich wieder da. Rike passt solange auf dich auf.«

»Ist das jetzt eine Strafe für sie oder eine Belohnung?«

Anne kicherte. »Beides.«

Sie freute sich, dass ihre Mutter trotz der Einschränkungen beim Laufen ihren Lebensmut nicht verloren hatte.

Sie überquerten gerade die Straße, als Rike mit ihrem Smart einbog und ihn in eine Parklücke steuerte. Die beiden Frauen begrüßten sich mit einem Wangenkuss.

»Ist das eigentlich schon ein Auto oder noch ein Kabinenroller?«, stichelte Anne.

»Noch so eine despektierliche Äußerung zu meiner Rennsemmel, und du darfst deine Mutter mit hineinnehmen«, entgegnete Rike lachend.

»Gott bewahre!«, beschwichtigte Anne. Sie sah auf die Uhr. »Höchste Zeit. Mama, ich bin in einer Stunde wieder da.«

»Jetzt verschwinde schon«, sagte ihre Mutter. »Wir gehen spazieren«, warf sie Rike über die Schulter zu, und die verstand die Bemerkung als Befehl, sofort aufzubrechen.

Anne war froh darüber, wie gut sich ihre Mutter erholt hatte. Die Ärzte hatten sogar die Hoffnung geäußert, dass sie in absehbarer Zeit wieder auf eigenen Füßen würde stehen können.

Außerdem konnte sie sich jetzt eine Hilfe leisten. Hans Meisters Geld gehörte ihr. Sie war die letzte lebende Verwandte des Mannes und mithin die legitime Erbin des Vermögens. Über vier Millionen Euro. Die Zahl auf dem Zettel war tatsächlich nichts anderes gewesen als der aktuelle Kontostand.

Elder hatte recht gehabt. Im zweiten Umschlag waren die Codenummern, das Passwort und die Zugangsdaten für ein Konto namens »Ragnarök« auf Island gewesen.

Sie hatte für ihre Mutter die telefonischen Bestätigungen getätigt. Es war eine gespenstische Aktion gewesen: Sie hatte die notierte Nummer gewählt, und am anderen Ende hatte sich eine Frauenstimme gemeldet.

Sie hatte den Ablauf so durchgespielt, wie er auf dem Blatt notiert war. Zuerst hatte sie den Namen »Hans Meister« genannt. Die Frau hatte kurz gezögert. Dann hatte sie eingeworfen, die Stimme gehöre nicht Hans Meister, woraufhin Anne eine erste Codenummer ins Telefon gesprochen hatte.

»Einen kurzen Moment, ich verbinde«, hatte Anne dann in bestem Deutsch vernommen. In der Verbindung hatte es zweimal hörbar geknackt, dann war ein Mann zu hören gewesen.

»Wir unterhalten uns jetzt über eine sichere Verbindung«, hatte der das Gespräch begonnen. »Mit wem habe ich das Vergnügen?«

Anne hatte den Namen ihrer Mutter genannt und dann bestätigt, dass sie die Generalvollmacht besitze. Außerdem verfüge sie über alle Codes. Sie hatte nach einer freundlichen Aufforderung den Kontonamen angeben müssen: Ragnarök, dann den zweiten Code, den sie auf der Metallplakette gefunden hatte, schließlich die Kontonummer sowie ein weiteres Passwort. Letzteres war ihr am schwersten gefallen: Es lautete: »AnneKarg«.

Schließlich hatte ihr die Stimme am anderen Ende der Leitung mitgeteilt, sie werde über den aktuellen Kontostand informiert, doch die Übergabe des Kontoinhalts könne nur über einen persönlichen Kontakt erfolgen.

Als Anne erwidert hatte, ihre Mutter sei derzeit nicht transportfähig, hatte ihr der Banker am anderen Ende der Leitung versichert, er würde gerne zu ihr und ihrer Mutter kommen, um die Formalitäten in einem Vier-Augen-Gespräch, das in diesem Falle wohl ein Sechs-Augen-Gespräch sein werde, zu klären. Er hatte nur gebeten, die Ausweise und die Generalvollmacht nicht zu vergessen.

Bereits eine Woche später war ihre Mutter im Besitz von über vier Millionen Euro gewesen. Doch damit war alles noch nicht zu Ende. Konrad Hacker alias Hans Meister hatte zusammen mit ihrer Mutter unter dem Namen »Jakob Fugger« für die Tochter ein hübsches Sümmchen angespart, das Anne für einige Zeit unabhängig machte.

Ganz automatisch klopfte Anne gegen die Tür, bevor sie begriff, dass ihr niemand öffnen würde. Sie trat ein – und wieder einmal umgab sie der Charme einer Bahnhofshalle.

Warum diese Treffen an solchen Orten stattfinden mussten, wusste sie nicht zu sagen. Sie fühlte jedoch bereits jetzt ein unangenehmes Stechen in der Magengegend.

Anne schaute sich um, sah jedoch niemanden, den sie kannte. Das beruhigte sie etwas. Nur »der Theo« ließ seine schrille, hodengeschnürte Stimme hören und begrüßte sie überschwänglich.

Mit dem Satz: »Ach, wir kennen uns ja«, schoss er auf sie zu und rief ihr ein penetrantes »Willkommen!« zu. Wieder hatte er sich in eine Hose gezwängt, die sie sich nicht einmal im Dunkeln anzuziehen getraut hätte. »Sie wissen ja, als alter Hase sozusagen, wie alles vor sich geht.«

Anne wollte sich schon die Bezeichnung »alter Hase« verbitten, als sie begriff, wie recht die Karottenhose hatte. Sie war mit einigem Abstand wohl die Älteste in der Runde. Sie hatte sich von ihrer Mutter zu diesem Speed-Dating drängen und überreden lassen – und jetzt saß sie da. Ihre Mutter war nur gegen die strikte Zusage, sie gehe noch einmal zum Speed-Dating, überhaupt bereit gewesen, das Klinikum zu verlassen.

Wie ein Automat trat sie an ihren Tisch, baute ihre gefälschten Kärtchen neben sich auf, nahm Platz und hörte dem ersten Kandidaten gar nicht richtig zu. Sie hatte kein Interesse an dem für ihren Geschmack magersüchtigen, blassen Kerl mit der wächsernen Haut, der sich als Hans, Heinz oder Hinz vorgestellt und sich vor sie hingesetzt hatte. Sie schweifte mit ihren Gedanken ab.

Elder war verschwunden, nachdem endgültig geklärt war, wer das Vermögen erben würde. Sie hatte ihn jedenfalls nicht mehr gesehen, und auch ihr Vater hatte ihn mit keinem Wort mehr erwähnt. Wolfgang hatte sich den Koffer mit den Gegenständen geholt und ihr die DNA-Analyse überreicht. Sie bezeugte eindeutig, dass Hans Meister nicht ihr Vater sein konnte. Es musste ein Schock für ihn gewesen sein, als er davon erfahren hatte. Doch er hatte weder die Zahlungen eingestellt noch sein Testament geändert.

»Darf ich mich setzen?«, hörte sie plötzlich eine dunkle, sonore

Stimme, und diese riss sie regelrecht aus dem Schwall ihrer Erinnerungen.

»Was? Ja. Warum?«, stotterte sie und sah im blendenden Schein der Deckenleuchte zuerst nur einen Schattenriss. Als der Mann sich setzte, schälten sich Wolfgangs Konturen heraus.

Anne wollte aufspringen, doch Wolfgang legte seine Hand auf ihren Unterarm.

»Solltest du nicht etwas über dein Leben erzählen?«, begann Wolfgang. »Oder ist es womöglich zu langweilig? Was ich nicht recht glauben kann.«

Anne schluckte. Sie entzog ihm ihren Arm. »Wo kommst du denn her?«

Es klang unfreundlicher, als sie beabsichtigt hatte. Ganz automatisch glitt ihre Hand zur Hosentasche ihrer Jeans. Dort steckte das neue Blackberry. Sie hatte vergessen, es auszuschalten.

»Du hast mich geortet?«, blaffte sie ihn empört an.

»Ich hatte … dienstlich zu tun«, sagte er und sah sie unverwandt an. »Da habe ich einfach … ein wenig recherchiert.«

Anne biss sich auf die Lippen. Er hatte ihr in der Gumpelzheimerstraße die Dokumente ausgehändigt, war aber allen ihren Fragen ausgewichen – und dann verschwunden.

Wer hatte auf sie geschossen? Wer hatte das Messer in die Tür gestoßen? Wer hatte die Haushälterin getötet? Wer hatte Henrike Heine überfallen? Alles offene Fragen. Keine davon konnte sie befriedigend erklären. Zwar hatte sie mittlerweile Elder im Verdacht, das alles inszeniert zu haben, doch beweisen konnte sie es nicht. Vor allem deshalb, weil Wolfgang einfach verschwunden blieb und Elder untergetaucht war. Jetzt saß dieser Mistkerl vor ihr, als wäre nichts geschehen. Wieder legte er die Hand auf ihren Unterarm – und Anne konnte nicht mehr tun, als ihn einfach nur zu betrachten. Sie hatte nicht die Kraft, den Arm erneut wegzuziehen.

»Als ich gesehen habe, dass du … dass du … hierhergehst … habe ich gedacht …«, versuchte sich Wolfgang in Erklärungen.

Anne hob die Augenbrauen. Er stotterte? Vor Verlegenheit oder weil er genau wusste, welchen Mist er gebaut hatte?

»Ich wollte nicht riskieren, dich hier …« Er deutete in die

Runde. Dann setzte er leise hinzu: »… dich hier zu verlieren. An einen anderen.«

Anne glaubte, sich verhört zu haben. Was sagte Wolfgang da? Wovon sprach er?

»Glaubst du vielleicht, du kannst hier nach Wochen, in denen du abgetaucht bist, einfach wieder auftauchen, und die Schnüfflerin wird weich und lässt sich wieder mit dir ein?«, herrschte sie ihn an, lauter als sie es eigentlich vorgehabt hatte. »Du bist mir noch einige Antworten schuldig. Hast du die Haushälterin getötet?«

Wolfgang senkte den Blick.

»Ich habe dich beschützt«, sagte er leise. »Mit der Haushälterin hatte ich nichts zu schaffen. Sie hat sich vermutlich wirklich selbst getötet, als sie bemerkt hat, dass Elder in die Wohnung eingedrungen ist.«

»Als Linkshänderin mit der rechten Hand«, warf Anne spöttisch ein.

»Sie konnte sich nur links an der Wanne festhalten. Vielleicht war das der Grund.«

Anne sah Wolfgang genau an. Er zuckte mit keiner Wimper.

»Und die Lüge, dass du mit Meister telefoniert hast, ist die wahr?«

»Ich habe mit meinem Auftraggeber telefoniert, aber es war offenbar nicht Hans Meister.«

»Wer dann?«

Wolfgang hob die Schultern. »Ich vermute, es war derjenige, der das Konto ›Ragnarök‹ verwaltet hat. Vermutlich im Auftrag Hans Meisters. Jemand anders kommt mir nicht in den Sinn.«

Anne nickte. Das klang durchaus logisch.

»Hast du auf mich schießen lassen, Wolfgang?«

Wolfgang schüttelte den Kopf. »Elder war hinter dem Geld Hans Meisters her. Vermutlich hat er ihn auch vorher schon bedroht. Womöglich hat der Alte sich Wochen zuvor deshalb das Leben genommen, weil Elder ihn enttarnt hatte. Niemand außer ihm und seiner Organisation hätte nach dem Geld gesucht, wenn du nicht aufgetaucht wärst. Womöglich hat Hans Meister das so geplant. Du solltest nach dem Erbe suchen und es nicht nur finden, sondern gleichzeitig deinen Vater kennenlernen. Elder hat das Spiel so lange mitgespielt, bis der Erbe klar war. Als deutlich wurde, dass du oder deine Mutter die Millionen erben, hat er versucht, dich zu beseitigen. Wenn es ihm gelungen wäre, hätte deine Mutter auch nicht überlebt. Du musst mir glauben, wir haben alles versucht, dich zu beschützen.«

»Und du bist zugleich hinter deinem Profit her gewesen, der Liste.«

Wolfgang seufzte.

»Ja, das war vielleicht ein Fehler. Aber ich musste ja auch an unsere Zukunft denken.«

Anne war überrascht.

»Unsere Zukunft?«

Wolfgang fuhr sich mit der Zunge über die Lippen, atmete tief durch, dann sah er sie direkt an. Die Zeit verstrich, ohne dass einer von beiden etwas sagte.

Anne hätte beinahe die Stille durchbrochen, doch Wolfgang kam ihr zuvor.

»Was hältst du von einer Familie?«, fragte er.

»Ich meine so etwas wie Schwiegermutter, Bier mit dem Schwiegervater, Kinder?«

Verblüfft blickte Anne hoch. Wollte er sich auf ihre Kosten einen Spaß machen?

»Weil ich vermögend bin und irgendwann das Geld meiner Mutter erbe?«

»Das könnte ein Ehevertrag regeln«, sagte Wolfgang lapidar, ließ sie aber nicht aus den Augen.

Annes Augen verengten sich zu Schlitzen. Was wollte Wolfgang von ihr?

»Bist du mir deshalb hierher gefolgt? Um mich auf den Arm zu nehmen?«

»Das mit dem Auf-den-Arm-Nehmen können wir uns noch überlegen, wenn ich dich über die Türschwelle trage. Sofern die Bandscheiben mitmachen«, lachte er leise. »Anne Karg, ich möchte dich etwas fragen.«

Langsam ging Anne dieses gestelzte offizielle Geplänkel auf den Geist.

»Sag schon. Was willst du?«, zischte sie ihn an.

Wolfgang öffnete den Mund, doch in diesem Moment erklang der Gong.

Theo rief dazu auf, die Sitzplätze zu wechseln.

Wie aus dem Nichts stand plötzlich ein Mann neben Wolfgang. Seine runden Formen ließen ihn wie eine Bowlingkugel auf zwei Beinen aussehen. Dazu passte die quietschbunte Kleidung. Auf seinem brustlangen Bart hatte sich das Abendessen verewigt – es hatte irgendetwas mit Mayonnaise gegeben.

Er räusperte sich und wollte Wolfgang darauf aufmerksam machen, dass seine Zeit vorüber sei. Doch Wolfgang dachte nicht daran, den Platz zu räumen.

»Verzisch dich«, blaffte er die Bowlingkugel an. »Ich habe hier was zu erledigen.«

Jetzt musste Anne lächeln. Sie sah in das feiste Gesicht des Mannes, das über und über rot anlief. Er ließ seinen Blick etwas hilflos zu ihr hinüberwandern. Doch Anne zuckte nur mit den Schultern, als würde sie es bedauern, nicht mit ihm sprechen zu können.

»Vielleicht versuchen Sie es wirklich zuerst nebenan«, versuchte sie zu vermitteln.

Der Mann rührte sich keinen Millimeter.

Anne seufzte. »Also los. Was willst du, Wolfgang?«

»Ist das nicht offensichtlich?«, fragte der zurück und drehte dabei dem Fettwanst den Rücken zu. »Dich heiraten. Willst du?«

Anne blieb die Stimme weg. Sie sah verlegen von Wolfgang zu der laufenden Bowlingkugel und zurück. War sie zuvor noch verärgert, jetzt war sie verblüfft. Und dann gab es noch dieses merkwürdige Gefühl, das von ihrem Bauch hochzog und sie am Sprechen hinderte.

Die Bowlingkugel hob die Augenbrauen und sagte nur: »Oh, also schon vergeben. 'tschuldigung. Macht man das so?«

Er trollte sich an den Nebentisch, an dem eine junge Frau saß, die ihm an Übergröße in nichts nachstand. Anne hörte noch nebenbei, wie er der jungen Frau sofort einen Heiratsantrag machte. Dann hörte sie nichts mehr, weil das Blut in ihren Ohren zu rauschen begann.

Was hatte Wolfgang eben von Schwiegermutter und Kindern gefaselt?

Sie hörte sich etwas sagen wie: »Lass uns das austesten.« Dann stand sie auf und musste sich von Wolfgang halten lassen, weil ihr die Knie weich wurden.

»Der Theo« sprang auf sie zu, wollte sie zurück an ihren Tisch bitten, aber Wolfgang schubste ihn einfach sanft beiseite.

»Wir haben genug von den Spielchen«, sagte er. »Wir probieren es jetzt einmal ganz normal.«

Bis »der Theo« begriffen hatte, was gespielt wurde, waren sie schon draußen.

Sein schrilles »Wiedersehen und Bussi« gellte Anne noch in den Ohren, als Wolfgang sie küsste.

Danksagung

Zuletzt möchte ich noch Danke sagen.

Romane beruhen auf der Arbeit einer Vielzahl von Menschen. Ich kann nicht alle aufzählen; das würde ein eigenes Buch füllen. Dennoch möchte ich die für mich wichtigsten Menschen erwähnen:

Immer zu tiefstem Dank verpflichtet bin ich meiner Frau Ingrid, die mir Kritikerin und Diskussionspartnerin ist und die mich mit dem Brot des Schriftstellers versorgt, nämlich der Zeit, um ungestört arbeiten zu können.

Der Arbeit meines Agenten Roman Hocke schulde ich großen Dank. Er rief wie immer das Projekt ins Leben und bietet mir jederzeit Unterstützung.

Meine Lektorin Frau Dr. Marion Heister redigierte mein Buch mit viel Einfühlungsvermögen für die Geschichte, dem Herz für die verletzliche Seele des Schriftstellers und dem präzisen Verstand dafür, wie Romane funktionieren. Auch Frau Daria Gaberdan vom Emons Verlag überarbeitete und kritisierte mein Werk behutsam. Dafür kann ich nicht genug danken.

Dank auch an meinen Bruder Gerhard, der mit mir in langen Gesprächen den Plot entwickelt, die ersten Entwürfe durchgesehen, diese kritisiert und mir damit wesentliche Ideen geliefert hat.

Zuletzt vielen Dank allen, die durch ihre Hinweise, durch ihre Rücksichtnahme, ihre Geschichten, ihre Recherche und oft allein durch ihre Anwesenheit wissentlich und unwissentlich an der Entstehung dieses Buches ihren Anteil hatten.

Jan Hoffmann, im Frühjahr 2014